CYNTHIA ST. AUBIN

Tendres conséquences

Traduction française de
HÉLÈNE ARNAUD

PASSIONS

HARLEQUIN

Collection : PASSIONS

Titre original :
KEEPING A LITTLE SECRET

HARPERCOLLINS FRANCE
83-85, boulevard Vincent-Auriol, 75646 PARIS CEDEX 13
Service Clients — https://www.harlequin.fr/contenu/contactez-nous
ISBN 978-2-2805-1691-4 — ISSN 1950-2761

Édité par HarperCollins France.
Composition et mise en pages Nord Compo.
Imprimé en juin 2025 par CPI Black Print (Barcelone)
en utilisant 100% d'électricité renouvelable.
Dépôt légal : juillet 2025.

MIXTE
Papier
FSC
FSC® C159065

Pour limiter l'empreinte environnementale de ses livres, HarperCollins France s'engage à n'utiliser que du papier fabriqué à partir de bois provenant de forêts gérées durablement et de manière responsable.

1

Il faut qu'on parle.

L'estomac de Preston Del Rio se noua quand il lut le texte affiché sur l'écran lumineux de son portable, sous la table dans le bureau de son père.

Il avait horreur des surprises.

Depuis que la nouvelle fonction *Surprise Me !* de l'application de rencontres k !smet avait provoqué les fiançailles entre sa sœur et le deuxième fils de l'ennemi juré de sa famille, les révélations désastreuses s'enchaînaient.

Le précieux collier volé à sa famille avait été découvert dans la cave de la maison des ancêtres Winters.

Une lettre expliquant comment il était arrivé là avait été rendue publique.

La trêve fragile entre les deux clans avait implosé.

Et maintenant, ça.

Coincé dans cette réunion interminable, obligé d'écouter son père radoter, il sentit la panique monter en songeant à ce texto envoyé par son dernier coup d'un soir. Il n'eut pas le temps de répondre avant que son portable vibre de nouveau.

Cattleman's Club. 8 heures près de la statue. Tu sais laquelle.

Oh oui, il savait.

Il avait embrassé Tiffany Winters dans l'ombre de cette haute statue six semaines plus tôt. Si ce baiser avait été la *seule* chose qu'ils avaient faite le soir du repas de fiançailles de Maggie avec Jericho Winters, il n'aurait pas reçu ces textos.

Mais ce qui avait commencé comme un flirt digne du surnom « Roméo Del Rio » qu'il avait gagné au lycée avait fini par de longues étreintes sous la célèbre statue de cow-boy texan du club. Ensuite, ils avaient à peine réussi à atteindre la maison de Tiffany avant de se déshabiller et de perdre complètement la tête.

Le sang de Preston s'échauffa tandis qu'il serrait son téléphone dans sa main. Il répondit :

J'y serai.

— Café ?

Une petite tape sur son épaule le rappela au présent. L'assistante de son père tenait une cafetière de cuivre, presque dorée dans la lumière d'après-midi. C'était une offre très tentante, mais Preston secoua la tête.

Sa tasse entamée refroidissait et la boisson acide lui dévorait l'estomac. C'était la troisième qu'il buvait depuis le début de la réunion et il attendait encore qu'elle fasse effet après sa courte nuit. En dépit de la querelle entre les familles, il avait envisagé de passer la soirée à réexaminer les notes de Jericho Winters concernant leur projet commun de raffinerie. Hélas, en relisant les messages de Tiffany, il sut que ce ne serait pas possible.

— ... fils ?

Preston comprit trop tard que son père venait de lui poser une question. Il leva les yeux vers Fernando Del Rio III et vit qu'il attendait sa réponse. À l'approche de la soixantaine, il avait un visage royal, sage et rusé. Les rides au coin de ses yeux ne suffisaient pas à adoucir son regard dur, pas plus que les mèches grises sur ses tempes et le bouc brun qui encadrait ses lèvres pincées.

— Désolé, papa, dit Preston en posant son téléphone sur sa cuisse. Tu disais ?

Son père appuya les coudes sur la table autour de laquelle se déroulaient toujours leurs discussions hebdomadaires. Il avait retiré sa veste de costume et roulé les manches de sa chemise sur mesure, comme toujours quand ils étaient seuls.

— Parler de ma retraite t'ennuie ?

Oh ! quelle ironie... Depuis qu'il s'était assis sur les genoux de son père pour assister à sa première réunion de la firme pétrolière que Fernando avait transformée en empire au fil des ans, Preston avait toujours rêvé de prendre la place d'honneur en tête de table. Il le voulait tant qu'il avait consciencieusement suivi les pas de son père. Il avait choisi la même fac, les mêmes études, joué dans les mêmes équipes sportives et s'était dévoué à son travail comme lui, évitant toutes les distractions. Voilà que le moment tant attendu était arrivé, et il ne pensait qu'au corps de Tiffany entre ses bras.

— Bien sûr que non, papa. J'ai juste des soucis depuis que le scandale des diamants a mis un frein au Projet Optima.

Prononcer le nom donné par la presse à la lutte pour les joyaux des Del Rio le fit grincer des dents. La découverte de leur héritage chez les Winters avait coupé court à la trêve qui avait suivi les fiançailles de sa sœur à Jericho. Et cela avait mis à l'arrêt les négociations nécessaires au projet d'optimisation énergétique que Preston et Jericho essayaient de mettre au point.

— C'est de ça que je veux te parler, fils, reprit Fernando.

Son sourire furtif ne dénoua pas la tension dans la poitrine de Preston, bien au contraire.

— Je pense avoir trouvé quelqu'un capable de nous aider à réaliser le Projet Optima.

Preston le dévisagea, surpris.

— Tu sais que Maggie et Jericho sont toujours fiancés ?

— Mais pas mariés. Et, vu qu'ils ont précipité les choses... disons qu'on peut avoir des surprises entre la demande en mariage et la cérémonie.

Preston avait du mal à en croire ses oreilles. Il pensait que son père était capable de placer les sentiments de Maggie avant sa haine des Winters.

— Tu veux qu'on évince le fiancé de Maggie du projet qu'il a imaginé, juste pour servir nos propres intérêts ?

— Je pense surtout qu'une affaire aussi importante qu'Optima mérite que tu cherches le meilleur associé, sans te soucier de nos affaires de famille.

Des affaires de famille. C'était une manière très polie de décrire la guerre sans merci qui avait éclaté entre l'arrière-grand-père de Preston, le premier Fernando Del Rio, et son ennemi de toujours, Teddy Winters.

— Et si Jericho était cet associé idéal ?

— Dans ce cas, répondit durement son père, je dirais que ta tendresse pour les Winters me fait douter de tes capacités à endosser le rôle de P-DG.

La retraite. La carotte que son père avait agitée sous le nez de Preston depuis sa jeunesse. Une ligne d'arrivée qui reculait en permanence en dépit de ses efforts pour l'atteindre. Il avait renoncé à se faire des amis à la fac, à sa vie sociale, même à ses relations sentimentales – à l'exception de courtes et désastreuses fiançailles avec une camarade de classe rencontrée grâce à un ami de Fernando.

Savoir que son père doutait de son engagement dans l'entreprise le rendait amer et… vide.

— Il y aurait beaucoup à dire sur ton comportement avec Tiffany Winters pendant la fête de ta sœur, reprit Fernando.

Preston sentit ses paumes devenir moites.

— Il y a toujours beaucoup à dire sur nos rapports avec les Winters. Je pense que prolonger cette guerre ridicule empoisonne le puits auquel s'abreuve tout Royal.

Ce n'était pas entièrement vrai, mais ce n'était pas non plus un mensonge. Son père était toujours aveugle dès qu'il s'agissait des Winters.

— Tu n'as pas l'air en état de discuter, déclara froidement Fernando. Pourquoi ne pas reprendre cette réunion plus tard ? Va courir. Essaie de remettre de l'ordre dans tes idées.

Dans ses priorités, plutôt. Son père était convaincu que la solitude et le sport réglaient tous les problèmes, ou que ça permettrait à Preston de comprendre qu'il en était la cause. Il n'avait aucune intention de suivre ses conseils, mais cela lui permettait au moins de s'éclipser tranquillement.

— Bonne idée. On se voit demain.

— Tu ne viens pas manger, ce soir ?

Zut. Il avait oublié le repas que sa mère et Maggie avaient annoncé sur le fil WhatsApp de la famille.

— Désolé, je ne suis pas libre, dit-il en rangeant son portable dans sa poche. J'ai du travail. Je préviendrai maman.

Fernando fronça les sourcils, mais répondit :

— D'accord, fils.

Preston avait presque atteint la porte quand il ajouta :

— Pense à ce que je t'ai dit.

Comme si ce n'était pas déjà le cas. Comme s'il ne pensait pas qu'à ça depuis son enfance, tandis que son père se tenait près de lui à la fenêtre de ce bureau imposant ouvrant sur leur immense raffinerie nichée au cœur de la campagne texane. Comme s'il ne savait pas exactement ce qu'il perdrait si Fernando lui retirait sa confiance.

Il se glissa au volant de son Alfa Romeo et jeta un coup d'œil à l'horloge numérique. 18 heures tout juste passées.

Il avait le temps de faire un arrêt chez lui pour se doucher et quitter son uniforme de futur P-DG du groupe Del Rio.

Deux heures à attendre semblaient une éternité, et pourtant son excitation fit défiler les minutes très vite. Chaque fois qu'il consultait son téléphone, il voyait le temps passer et était surpris par la pulsation grandissante du plaisir au fond de lui.

Il savait qu'il voulait revoir Tiffany Winters.

Mais, jusqu'à son texto, il ne savait pas à quel point.

2

Tiffany Winters était assise dans le parking du Texas Cattleman's Club, les yeux fixés sur le ciel, attendant que la première étoile apparaisse.

Elle remarquait ce genre de choses désormais. Les premiers éclats rouges sur le vieux chêne. Les dernières lueurs orange du soleil couchant. Des détails qu'elle aurait manqués dans l'agitation de sa vie, *avant*.

Avant de découvrir qu'elle portait l'enfant de Preston Del Rio.

Avec le recul, il y avait eu des signes qu'elle avait ignorés dans le tourbillon du travail, de la famille et de l'école.

Des signes comme le fudge au sucre brun.

Ça avait longtemps été son préféré à Chocolate Fix, mais elle avait récemment développé une aversion pour son parfum, à tel point qu'elle avait jeté une fournée entière avant de recommencer. Elle aurait aussi jeté la deuxième si elle n'avait pas été interrompue par l'arrivée de Moira, qui avait prétendu ne pas sentir d'odeur bizarre.

Et puis, il y avait eu les vertiges. Elle s'était trouvée derrière le comptoir en train d'emballer des truffes quand les couleurs vives des rayonnages avaient dansé devant ses yeux comme un kaléidoscope et elle avait dû se retenir pour ne pas tomber.

Elle n'avait jamais mangé très équilibré et avait toujours eu du mal à dormir, préférant passer ses nuits à plancher sur son master en administration. Elle avait donc pensé que la fatigue due à ces horaires irréguliers la rattrapait.

Mais... non.

Elle avait fini par savoir au troisième jour de retard de ses règles. Désespérée, elle s'était rendue dans la ville d'à côté pour acheter un test de grossesse. Il était hors de question que les habitants de Royal la voient en demander un.

Toujours impatiente, elle avait fait le test dans les toilettes du magasin. Trois minutes et deux lignes roses plus tard, sa vie avait basculé.

Et, ce soir, celle de Preston basculerait à son tour.

Elle culpabilisa dès qu'elle vit sa voiture noire se garer. De sa place, elle l'apercevait à peine à travers les vitres teintées. Il termina une conversation au téléphone et sortit pour se rendre au point de rendez-vous. Tiffany se mordit la lèvre, sentant son estomac se nouer – et ça n'avait rien à voir avec la petite vie qui se développait en elle.

Preston Del Rio marchait comme si le monde lui appartenait. Pourquoi en aurait-il été autrement ? Il était destiné à reprendre un groupe de firmes pesant des milliards. Il avait déjà une solide réputation comme successeur de son père. Il était aussi rusé qu'implacable. Aussi brutal que brillant. Et, pendant une nuit de rêve, elle avait goûté à tout cela. Il était probablement temps de payer l'addition.

Elle s'examina dans le miroir du pare-soleil, éclairée par la lumière blafarde du plafonnier.

Était-ce son imagination, ou bien avait-elle les yeux cernés ? Les paupières lourdes et le teint pâle ? Elle n'aurait pas su le dire.

C'était bien le problème, avec les secrets : ils vous transformaient complètement.

Elle fit gonfler ses cheveux et se pinça les joues avant de sortir de la voiture, laissant tomber ses clés dans son sac.

Par politesse ou respect, Preston ne se tourna vers elle que lorsqu'elle fut à quelques pas de lui. Quand il le fit, elle sentit son estomac se nouer de plus belle.

Ce fichu sourire en coin. Ces cheveux soyeux et bruns tombant devant des yeux noisette. Cet air arrogant qu'il avait déjà eu six semaines plus tôt, ici même.

Il murmura un petit « Waouh » avant de se ressaisir et de s'éclaircir la voix.

Il essayait sans doute de se montrer gentil. Tiffany ne se sentait certainement pas sexy dans le pantalon large à taille haute, le débardeur blanc et le gros gilet qu'elle mettait à présent pour se promener en ville. Bien sûr, sa grossesse ne se voyait pas encore, mais elle avait l'impression qu'un néon clignotait au-dessus de sa tête pour l'annoncer à tout le monde.

— Merci d'être venu, dit-elle. Désolée de t'avoir pris de court.

— Tu ne m'as pas vraiment laissé le choix.

C'était vrai. Son message avait été délibérément vague, mais assez intrigant pour qu'il y réponde.

— Marchons un peu, proposa-t-elle en jetant un coup d'œil au bâtiment.

Le TCC était souvent calme, en semaine, mais plus la soirée avancerait, moins elle serait sûre d'être en terrain neutre.

— Ça dépend.

Il se pencha, et elle fut submergée par un mélange aphrodisiaque d'eau de Cologne, de lessive et de propreté. Cette odeur avait récemment remplacé le fudge au sucre brun parmi ses préférées. Les hormones, sans doute.

— De quoi ? demanda-t-elle.

— Cette marche a-t-elle une chance de finir comme la précédente ? dit-il en lui adressant un sourire qui la fit fondre.

— C'est de ça dont je voulais te parler.

Elle serra un peu plus son cardigan autour d'elle, la main pressée sur son ventre encore plat, et se mit à marcher. Il baissa la tête et coula un regard en coin dans sa direction, les cheveux devant les yeux.

— Je suis partant, si tu l'es.

— Je suis enceinte.

L'aveu lui échappa d'un coup, en dépit du discours qu'elle avait préparé avec soin depuis des jours. Preston se figea.

— Quoi ?

— Je suis enceinte.

Il se tourna vers elle dans la lumière tamisée du club, qui était le point de rendez-vous incontournable de Royal depuis des générations.

— Tu es...

— Enceinte.

Elle avait déjà hâte de couper court à cette discussion et de commencer à réfléchir à un plan pour la suite.

— Comment ? s'enquit-il en repoussant ses cheveux.

Tiffany haussa un sourcil cynique.

— Tu ne t'en souviens pas, ou tu veux que je te donne une leçon d'anatomie ?

— Ça n'est arrivé qu'une fois. Et je... *On*...

— On a fait l'amour sans protection, acheva-t-elle. Tu veux savoir combien de bébés ont été conçus comme ça ?

Le fait que le souvenir de leur nuit l'emplisse d'une telle satisfaction lui sembla soudain totalement déplacé, étant donné la gravité de la situation.

— Et puis, ce n'était pas qu'une fois. C'était une *nuit*.

Une nuit dont elle se souvenait dans les moindres détails.

Leur discussion au bar après un somptueux dîner qui s'était peu à peu changée en flirt. Le flirt qui avait mené à la danse. La danse qui avait fini en promenade dans la chaleur de cette nuit de fin août. Puis le baiser qui était devenu... *plus*. Leurs mains partout. Un feu de brousse incontrôlable. Enfiévrés, ils s'étaient précipités dans la voiture de Preston et avaient démarré en trombe au moment où on avait tiré les premiers feux d'artifice. Personne ne les avait vus partir.

Tiffany n'osait même pas penser à ce qui s'était passé ensuite, chez elle, de peur de perdre la tête. Jamais elle n'avait vécu de nuit plus extraordinaire.

Ils avaient été si stupides. Inconscients.

— Tu es enceinte, répéta Preston.

— Oui.

Il s'approcha d'un pas et la regarda. Son souffle lui réchauffa les joues.

— Tu portes *mon* bébé ?

Oh ! elle aurait tant voulu ne pas fondre en entendant ces mots. Elle aurait voulu ignorer l'éclair de peur dans les yeux de Preston quand elle acquiesça.

— Je veux le garder, dit-elle avant qu'il puisse montrer sa panique, mais je te laisse décider si tu veux faire partie de sa vie et à quel point.

— Tu en es sûre ?

Sa naïveté était presque touchante.

Croyait-il qu'elle n'avait pas passé chaque minute à y réfléchir, depuis qu'elle savait ?

— Oui, dit-elle en se dirigeant vers la rivière. Je pense que nous ne devrions pas l'annoncer avant le mariage de Maggie et Jericho. Je ne veux pas leur faire de l'ombre.

— Je suis d'accord. À combien de semaines en es-tu ?

— Six.

— Tu as déjà vu un médecin ?

— Pas encore. Je tenais à t'en parler avant qu'on me surprenne régulièrement chez mon gynéco.

Parut-il soulagé ? Rassuré de savoir que c'était encore un secret ? Ou bien de voir qu'elle abordait la situation si prudemment. Sa question suivante l'éclaira :

— Quelqu'un est au courant ?

— Alisha.

Il se fendit d'un petit sourire en coin.

— Elle n'a pas encore essayé de m'écraser avec sa voiture, donc je prends ça pour un bon signe.

— Ne sois pas vexé, mais je ne crois pas qu'elle courrait le risque de rayer sa peinture pour toi, répondit Tiffany en souriant. Et puis, je lui ai fait promettre de ne rien dire.

— Nous savons tous les deux qu'elle est douée pour ça...

Tiffany ne savait pas si c'était censé être une critique, mais ça en avait tout l'air. Alisha et leur frère Marcus avaient menti au sujet des circonstances dans lesquelles ils avaient retrouvé le collier des Del Rio, mais aussi sur la lettre d'aveu laissée par Eliza Boudreaux. Ce mensonge avait rouvert toutes les plaies entre les deux familles. Jack Chowdhry avait d'ailleurs proposé une nouvelle négociation entre les clans, mais ça ne suffisait pas à rassurer Tiffany.

— Tremaine et elle ont l'air heureux, reprit Preston après un silence gêné.

Tiffany se sentit étrangement jalouse en entendant le nom du nouvel amant de sa grande sœur. De six ans son aînée, Alisha était brillante, belle, et la surpassait en tout – depuis ses longues jambes, jusqu'à sa soif de connaissances et son instinct pour les affaires. Tiffany avait l'impression de se débattre en permanence derrière elle, se contentant de suivre ses pas avec reconnaissance.

N'était-ce pas aussi le cas avec ses frères ? Jericho dirigeait un cabinet d'architecture écologique florissant et s'apprêtait à épouser la femme de sa vie. Trey avait son ranch, qu'il partageait avec Misha, une reine de la technologie. Même Marcus, dirigeant une ligne de produits de luxe, était à présent accompagné par Jessica, une cheffe passionnée. Tiffany, elle, faisait les choses à l'envers, comme d'habitude. Ouvrir sa boutique avant son master. Avoir un bébé avant d'être en couple – non pas que Preston ait clairement écarté cette idée.

— Oui, ils sont si heureux que c'en est ridicule.

— Je suis désolé, dit soudain Preston en ralentissant le pas. Je ne t'ai même pas demandé comment tu te sens.

L'inquiétude sincère qui illumina ses yeux sombres et intelligents apaisa les angoisses de Tiffany.

— Paniquée. Fatiguée. Excitée. Parfaitement irresponsable, répondit-elle en se détournant vers la rivière pour cacher les larmes qui perlaient au coin de ses yeux.

Deux mains chaudes se posèrent sur ses épaules et elle regarda Preston.

— Nous avons commis cette erreur à deux et nous trouverons la meilleure solution possible à deux aussi, dit-il. Je sais que je n'ai pas été très recommandable par le passé, mais je te promets d'être là pour toi, Tiffany.

Elle aurait tant aimé le croire. Mais il avait raison. Au lycée, il avait paradé avec toutes les plus belles filles de Royal. Et, bien qu'elle n'eût entendu que des rumeurs, elle savait qu'il avait été brièvement fiancé à la célèbre influenceuse Sunny Rothschild – même si ça n'avait pas tenu.

— Je vais bien, Preston. Vraiment. Je serai aidée. Alisha a déjà réclamé le titre de tata préférée et ma mère aime tant Dez, le fils de Trey, qu'elle n'arrête pas d'espérer de nouveaux petits-enfants. Cette histoire ne perturbera pas ton plan de carrière, je te le promets.

Elle vit sa pomme d'Adam s'agiter et ses mâchoires se crisper. Il n'avait clairement pas encore pensé à ça, mais à présent, la peur se lisait sur son visage. Inutile d'être medium pour deviner comment son père allait réagir en apprenant la nouvelle.

— Dis-moi juste ce que je peux faire pour t'aider.

Prends-moi dans tes bras, songea-t-elle. *Persuade-moi que tout va bien se passer.* C'était une réaction absurde, un fantasme romantique. Se jeter dans les bras de Preston était exactement la cause de tous ses ennuis.

— Promis, répondit-elle.

Au même instant, son téléphone sonna et elle le tira de sa poche pour découvrir un texto d'Alisha.

Ça va ? Parce que je suis au restau et je peux arriver en 5 minutes.

Elle sourit face à l'écran. C'était si typique de sa sœur. Même si elle avait affirmé qu'elle n'avait pas besoin de renforts, Alisha s'était postée au Royal Diner au cas où il faille voler à son secours. Ça avait souvent été le cas, autrefois...

Elle répondit rapidement.

Ça va. Je te rejoins après.

— Un problème ? s'enquit Preston.

Elle sentit des papillons s'agiter dans son estomac en entendant sa voix sensuelle et décida de s'en aller.

— Non, dit-elle en s'obligeant à sourire, mais je dois retourner à Chocolate Fix.

— Si tard ? Dire que je pensais être un bourreau de travail.

Elle tourna les talons et repartit en direction du parking.

— Hélas, oui. J'ai reçu une grosse commande pour la soirée donnée en l'honneur de Misha, au siège de k !smet.

Techniquement, ce n'était pas un mensonge. Mais ce n'était pas non plus tout à fait vrai. Elle devait juste passer à sa boutique pour donner ses consignes à Moira et Steph avant qu'elles s'attellent à la montagne de préparatifs.

— Tout va bien au magasin ?

Elle avait l'impression qu'il avait pitié d'elle. Comparé à un géant de la pétrochimie comme le Groupe Del Rio, Chocolate Fix ressemblait presque à un stand de limonade.

Mais elle espérait bien changer les choses. Obtenir son master n'était qu'un premier pas pour tenter de faire de sa boutique une marque nationale. Elle voulait distribuer ses chocolats dans des restaurants de luxe et des chaînes d'épiceries fines. Plus important, elle voulait créer une fondation humanitaire pour offrir des plantations de cacao à des agricultrices dans les pays en développement.

Elle avait préparé tout ça avec soin. Elle avait prévu de construire une vie qui lui ressemble et d'imposer sa vision, non seulement dans la famille Winters, mais dans le monde entier. Et, encore une fois, elle s'était sabordée.

— Ça va bien. J'ai beaucoup de travail, donc je ne me plains pas.

— Super.

Ils ralentirent en arrivant une fois de plus devant la statue sous laquelle tous leurs problèmes avaient commencé.

Un criquet solitaire qui avait survécu aux premières gelées se mit à chanter dans les graminées décoratives près de l'immense taureau de bronze. Il chantait tout seul, pour lui. Cette pensée brisa le cœur de Tiffany et elle mit sa tristesse sur le compte des hormones.

Preston repoussa une mèche de ses cheveux derrière son oreille, les yeux emplis d'un éclat étrange. Un courant électrique passa entre eux, au contact de leurs peaux.

— Je suis au moins sûr d'une chose, dit-il en se penchant jusqu'à ce qu'elle soit une fois de plus enveloppée par son parfum enivrant.

— Quoi ?

Il lui adressa un sourire qui dévoila la fossette hypnotique qu'il avait au menton.

— Ce bébé va être sacrément mignon.

La tension les fit rire plus fort que nécessaire, mais c'était agréable de partager un peu de chaleur.

— Preston, je...

— Je pensais à quelque chose, dit-il en même temps.

Tiffany sentit son cœur s'emballer.

— Je t'écoute. Commence.

— Je devrais peut-être attendre ici quelques minutes et te laisser partir en premier. Au cas où...

— D'accord, coupa-t-elle.

Il n'avait pas besoin de terminer sa phrase. Si une seule des nombreuses commères de Royal les apercevait en train de se promener ensemble, la rumeur se répandrait comme de la poudre. Tiffany avait à peine réussi à faire taire les potins après qu'ils eurent disparu de la fête de fiançailles de Maggie et Jericho.

Cependant, la prudence de Preston lui fit mal.

Elle fouilla la poche de son cardigan et trouva ses clés.

— Je te tiens au courant, d'accord ?

— Parfait.

Elle sentit sa lèvre trembler dès qu'elle lui tourna le dos. Lorsqu'elle atteignit enfin sa voiture, ses joues étaient déjà humides de larmes et de nouveaux sanglots la secouèrent quand elle mit le contact. Une question la hantait et son cœur pesait comme une pierre dans sa poitrine.

À quel point allait-elle devoir accomplir ce voyage seule ?

3

Preston était assis dans sa voiture et regardait les passants dans le centre-ville de Royal. Il se préparait psychologiquement à affronter l'épreuve qui l'attendait.

Son estomac gargouilla : il avait sacrifié son déjeuner pour enchaîner quelques rendez-vous supplémentaires à la dernière minute. Le manque de sommeil et l'air chaud soufflé par la ventilation de sa voiture lui asséchaient les yeux.

Il avait l'habitude de puiser dans ses réserves, depuis un an qu'il essayait de prouver sa valeur en tant que futur P-DG, mais la nuit blanche qu'il venait de passer était due à autre chose.

Tiffany Winters.

Enceinte.

Il avait encore du mal à accepter cette idée.

C'était d'ailleurs pour ça qu'il était garé devant Odds & Ends, l'élégante brocante-dépôt-vente d'Alisha Winters.

Il avait perdu assez de temps comme ça.

Il coupa le moteur et sortit, inspirant une grande bouffée d'air, frais en cette soirée d'automne, avant d'affronter son destin.

— Eh bien, si ce n'est pas Roméo Del Rio, lança Alisha Winters depuis le comptoir quand il entra.

Elle serra les dents et croisa les bras, confirmant les soupçons de Preston : il avait tout gâché avec Tiffany.

— Ne m'appelle pas comme ça, s'il te plaît, dit-il avec autant de contrition que possible.

— Tu préfères « futur papa » ?

Il tressaillit. Cette expression familière, mais abstraite jusqu'à présent, prenait un sens nouveau pour lui.

— On n'a qu'à s'en tenir à Preston, d'accord ?

— J'ai d'autres idées de surnom, marmonna-t-elle.

Elle se replongea dans les papiers qu'elle était en train de lire à son arrivée, le laissant planté devant elle, de plus en plus mal à l'aise. Refusant d'être ignoré, il posa les deux mains sur la table et dit :

— Balance-moi toutes les insultes que tu veux et finissons-en, d'accord ?

Alisha soutint enfin son regard.

— Tu *veux* que je t'insulte ?

— Oui. Le plus tôt sera le mieux.

— Pourquoi ?

— Parce qu'il faut vraiment que je te parle.

Il était venu la voir par processus d'élimination. Maggie avait toujours été sa boussole et sa confidente, mais elle avait renoncé à ce rôle depuis sa romance éclair et ses fiançailles avec Jericho. Elle ne l'avait même pas grondé d'avoir manqué le repas, la veille, alors qu'elle ne s'en serait pas privée auparavant. Il avait envisagé de contacter Tremaine, son meilleur ami depuis la fac. Preston appréciait son esprit analytique et rationnel. Mais lui avouer la vérité aurait fait entrer une personne de plus dans le secret, donc un risque supplémentaire de déclencher des rumeurs au sujet de la grossesse de Tiffany.

C'était là que l'idée lui était venue. Pourquoi ne pas s'adresser à quelqu'un qui savait *déjà* ? S'il ne pouvait pas discuter avec sa sœur, il était prêt à se rabattre sur sa seconde meilleure option : la sœur de Tiffany. Mais face au regard polaire d'Alisha, il commençait à douter de sa décision.

— Tu veux me parler ? demanda-t-elle en posant son iPad si violemment qu'il eut peur pour l'appareil. OK. Parlons. Tu n'as qu'à commencer par m'expliquer à quoi tu pouvais bien penser quand tu as couché avec ma sœur ?

— Je ne pensais pas, admit-il.

— Ce n'est rien de le dire !

La peau bronzée d'Alisha prit une teinte encore plus cuivrée. Elle contourna le comptoir, les traits crispés et les poings serrés.

— Écoute, je comprends. C'était une nuit de folie. On a dansé, on a bu… Mais de toutes les femmes présentes à la fête, tu as vraiment cru que Tiffany serait ton meilleur choix pour un flirt hasardeux ?

— C'était peut-être un flirt, mais ça n'avait rien d'un hasard.

Alisha redressa la tête, faisant danser ses boucles noires.

— Tu veux dire que Tiffany te plaisait *avant* que le champagne vous rende tous les deux stupides ?

Il soupira. Après tout, il était trop tard pour reculer.

— Ce n'est pas parce que nos familles se tapent dessus bêtement depuis des générations que je suis aveugle, Alisha. Tiffany s'est toujours battue pour tracer sa route et je l'admire pour ça.

Elle le dévisagea d'un air méfiant et il eut l'impression désagréable qu'elle pouvait lire dans ses pensées.

— Et depuis quand l'admires-tu ? Tu n'as pas intérêt à répondre « Après les hors-d'œuvre mais avant l'entrée pendant la fête de fiançailles »…

Ce qui était étrange, c'était que Preston savait précisément depuis quand. Ça avait commencé par le cours de théâtre auquel il s'était inscrit pour éviter le cursus de littérature anglaise au lycée. Il n'avait pas su que Tiffany Winters participait aussi au cours avant la moitié du semestre, mais leur professeur avait demandé des volontaires pour l'aider à construire les décors de la version revisitée de *Roméo et Juliette* qu'elle mettait en scène pour ses examens de première année. Preston avait été le premier surpris face à la violence de sa réaction devant ce grand classique. Il avait même été en retenue après avoir claqué la porte en pleine répétition.

Il n'avait identifié la source de son trouble que plus tard.

Il s'agissait de ses sentiments déplacés pour la belle aux yeux de biche qui lui avait toujours souri timidement en dépit de la rancœur de leurs familles. Savoir qu'il ne pouvait même pas lui dire bonjour sans que leurs deux pères l'apprennent donnait à Preston envie de tout briser sur son passage – à commencer par la règle stupide qui empêchait les Del Rio de sortir avec des Winters.

Comme toujours, sa sœur l'avait battu de vitesse. Non seulement elle était sortie avec un Winters, mais ils s'étaient fiancés. Preston avait été assez naïf pour croire que ça allait changer les choses. Pendant la soirée de fiançailles, il avait eu la sottise de céder à l'attraction magnétique qui le poussait vers Tiffany depuis des années. Mais les deux clans avaient de nouveau sorti les armes quelques semaines plus tard.

Peut-être avaient-ils tous les deux su que c'était inévitable.

Peut-être était-ce pour ça que les choses étaient allées aussi vite entre eux.

Épuisé d'avance à l'idée de raconter tout ça, Preston se contenta de répondre :

— Avant de partir pour la fac.

La moue sévère d'Alisha se détendit un peu.

— Tu veux dire que tu avais déjà un faible pour elle quand elle était ado ?

— On était tous les deux ados, je te signale.

— Je me souviens pourtant que tu assistais à tous les bals et tous les matchs de football avec des cavalières différentes.

— Principalement les filles des barons du pétrole à qui mon père faisait la cour sur le moment, dit-il sèchement.

— Je suis désolée pour toi, mais on n'est plus au lycée, Preston. Et il y a plus en jeu qu'un simple rencard pour le bal de fin d'année.

— Pourquoi crois-tu que je sois venu ? coupa-t-il, agacé et à bout de patience.

— Parce que tu as besoin que je t'aide à te racheter après ta réaction merdique de l'autre soir ?

Il ne prit même pas la peine de nier.

— Elle m'a pris au dépourvu, tu sais. Comment est-on censé répondre à ce genre de nouvelle ?

Alisha renifla.

— Ne pas te comporter comme un foutu robot aurait été une bonne idée, pour commencer.

Ce n'était pas la première fois qu'il rencontrait ce problème. Quand il avait quitté Sunny, la seule femme avec qui il avait eu une relation sérieuse, il avait tellement cherché à ménager ses sentiments qu'elle n'avait même pas compris qu'il s'en allait. Elle était arrivée chez lui le lendemain matin avec du café et un sourire engageant. Bien sûr, la deuxième confrontation n'avait pas été aussi tendre.

— Oui. D'accord. J'admets que je me suis planté. J'aimerais justement savoir comment ne *pas* recommencer, dit-il en levant des mains suppliantes. Tu la connais mieux que personne, Alisha. Je ne veux pas m'imposer dans sa vie, mais je veux être là pour elle. Et pour mon enfant.

Mon enfant.

C'était la première fois qu'il prononçait ces mots et il fut traversé par un brusque élan protecteur. Il voulait être plus présent que son père, mais il ne savait pas comment il pourrait y arriver *tout en* reprenant la tête du Groupe Del Rio.

— Étape un, dit Alisha. Tiffany essaie de diriger une entreprise *et* d'obtenir son master. À présent, elle va aussi devoir mener sa grossesse à bien en même temps. Elle n'a pas besoin d'un homme. Elle a besoin d'un coparent.

— Coparent, répéta-t-il. Noté.

— Étape deux : suis-moi.

Preston obéit et lui emboîta le pas dans l'arrière-boutique où se trouvaient une longue vitrine de bijoux ainsi que quelques petits bibelots de grande valeur. Son cœur s'emballa quand elle déverrouilla un casier contenant une collection de bagues de fiançailles en diamant et il poussa un soupir de soulagement lorsqu'elle prit un hochet en argent brillant.

Elle le souleva, le tenant par sa poignée ornée.

— Tu vas me dire quelle réflexion profondément sentimentale tu veux faire graver là-dessus et tu reviendras dans une demi-heure pour trouver ton cadeau soigneusement emballé et prêt à être offert à la femme qui est en train de faire des essais de peinture beige pour la chambre d'enfant.

Cette image l'emplit d'un flot de tendresse.

— Elle ne m'en voudra pas d'arriver sans prévenir ?

— Sans prévenir, mais *avec un cadeau,* répondit Alisha en haussant les épaules. Ça a marché pour les Rois mages.

Preston la suivit jusqu'au comptoir. Elle saisit un stylo et attendit qu'il lui dicte l'inscription. Il sonda son esprit privé de sommeil et était sur le point de s'en remettre à une recherche sur Internet quand le frère Laurent de Shakespeare lui revint en tête. Il récita sa réplique, l'adaptant au contexte :

— « Que cette alliance soit couronnée et change la rancœur de nos maisons en amour pur. »

Alisha le dévisagea avec surprise.

— Et moi qui craignais que tu me sortes une citation de *Fight Club,* fit-elle en notant rapidement la phrase.

— Parfois, je m'étonne moi-même, lâcha-t-il en tirant son portefeuille de sa poche arrière. Je te dois combien ?

Elle déposa le hochet sur un coussin en velours noir et dit :

— Tu as de la chance : tu peux bénéficier de la réduction spéciale « futur papa ».

Preston sentit sa nuque brûler. Il paya et s'installa à The Eatery pour se remonter le moral avec un bon café en attendant. Lorsqu'il retourna à la boutique, Alisha était avec un autre client. Elle se contenta de lui indiquer d'un regard un coffret posé sur le comptoir, enrubanné d'argent et de vert menthe. *Des couleurs neutres,* remarqua-t-il.

Il la remercia d'un signe de tête et la vit articuler « Bonne chance » juste avant de passer la porte.

Il allait en avoir besoin, c'était certain.

Il se gara devant chez Tiffany, submergé par des souvenirs sensuels. Comme sa maison était plus proche du club que celle de Preston, c'était là qu'ils étaient venus assouvir leur passion dévorante. Il n'avait pas admiré le bâtiment, trop concentré sur elle quand ils avaient débarqué en pleine nuit.

À présent, il prit le temps de regarder le lierre décoratif qui montait de part et d'autre des fenêtres et commençait à s'ourler de rouge et de jaune. Des roses recouvraient les treillages du jardin latéral. Les briques étaient blanchies par endroits, mais le rouge et le brun apparaissaient ailleurs, donnant à la façade décorée de volets noirs un aspect cosy et chaleureux. L'esprit « cottagecore » à son apogée.

Il coupa le moteur, ouvrit la portière et sourit quand il entendit des puissantes basses par les fenêtres ouvertes. Son cadeau à la main, il s'approcha de la porte, aussi nerveux qu'un adolescent avant son bal de promo.

Leurs vies auraient sans doute été très différentes s'il avait pu l'inviter, à l'époque. Elle était en troisième quand il était en terminale et la différence d'âge aurait surpris certaines personnes, mais cela ne l'aurait pas arrêté.

Il appuya sur le bouton de la sonnette. Rien ne se passa. Il réessaya, en vain. Il frappa donc au panneau de verre de la porte sans recevoir de réponse. Testant la poignée, il se rendit compte que le verrou n'était pas tiré.

Comment pouvait-elle laisser sa porte d'entrée sans protection ?

Les fenêtres étaient ouvertes et la musique était si forte qu'elle n'aurait pas entendu le moindre intrus.

Au lieu d'entrer, Preston contourna la maison, suivant la musique. Soudain, à travers une autre fenêtre grande ouverte, dans un rayon de lumière dorée, il vit Tiffany Winters en train de danser.

Fasciné, il la regarda sans pouvoir se détourner ou songer à s'annoncer. Elle ondulait des hanches selon un rythme tribal, les cuisses fléchies sous les franges de son short en jean déchiré. Ses seins rebondissaient sous l'étoffe fine de son débardeur blanc. Des mèches brunes s'étaient échappées de son chignon haut désordonné et ses joues avaient rosi, sous l'éventail sombre de ses cils.

Elle n'avait pas seulement l'air heureuse, elle *rayonnait*. Des vagues d'énergie l'auréolaient comme une déesse primale sensuelle tandis qu'elle bougeait son corps enchanteur. Le refrain commença et elle porta le manche de son pinceau à ses lèvres comme si elle tenait un micro, la bouche ouverte.

Preston ne pouvait pas l'entendre par-dessus les basses, mais il sourit, ravi d'avoir suivi le conseil d'Alisha et d'être passé la voir.

Enfin, la chanson s'acheva et le charme se rompit.

Tiffany rouvrit les yeux, vit Preston, bondit en arrière et poussa un cri aigu. Il faillit lâcher le cadeau dans sa surprise. La musique se tut brusquement et Tiffany s'approcha de la fenêtre, rouge jusqu'aux oreilles.

— Qu'est-ce que tu fiches ici ?

Preston voulut répondre, mais elle ne lui en laissa pas le temps et agita furieusement son pinceau.

— Tu ne peux pas te pointer chez moi comme ça. Et pourquoi tu traînes sous mes fenêtres ? Est-ce que tu sais à quel point ça te donne l'air pervers ?

— Je... La porte d'entrée... J'ai sonné mais...

— Attends. Où es-tu garé ?

— Le long du trottoir, devant...

— Merde !

Elle disparut et revint devant la fenêtre une minute plus tard, plus rouge et essoufflée qu'avant.

— Viens. Il faut qu'on cache ta voiture avant que les voisins la voient.

Preston courut jusqu'à la rue et se glissa dans sa voiture pour la ranger dans le garage que Tiffany avait ouvert, près de sa jeep. Il passa ensuite dans la cuisine par la porte qu'elle avait laissée entrebâillée et la trouva campée devant le frigo, en train de boire ce qui ressemblait à du thé sucré dans un bocal. Elle soupira profondément après avoir terminé et lui tendit le reste du thé sans un mot.

Preston accepta, plus par solidarité que parce qu'il avait soif, et fut surpris par le goût puissant du liquide, loin du sirop écœurant proposé par la plupart des restaurants de Royal.

— Merci, dit-il en lui rendant le pot.

Elle but encore plusieurs longues gorgées avant de le ranger.

— La dernière fois, j'ai dû raconter à tout le monde que ma jeep avait refusé de démarrer et que tu m'avais prêté ta voiture pour que je puisse rentrer chez moi.

Preston eut besoin de quelques instants pour comprendre qu'elle parlait de la fête de fiançailles et des excuses qu'elle avait dû donner à ses voisins trop curieux, intrigués par la présence de sa voiture dans son allée. Ils avaient été si ivres de désir qu'ils n'y avaient même pas pensé.

Soudain, les images de cette nuit lui revinrent les unes après les autres, ravivées par le décor familier de la maison. Le plan de travail en granit de l'îlot de cuisine près duquel ils se tenaient – et où il l'avait assise pour mieux l'embrasser. Le mur qui séparait la salle à manger du salon – où ils avaient failli casser un cadre en se déshabillant avec fièvre. Le canapé en cuir – sur lequel ils avaient atterri avant de rouler par terre. Le couloir conduisant à la chambre, qui leur avait paru interminable tant ils avaient été pressés d'atteindre le lit.

Il était au moins soulagé d'avoir attendu leur départ du club pour faire l'amour. Il aurait détesté savoir que leur bébé avait été conçu contre un mur.

— Qu'est-ce qui ne va pas avec ta sonnette ? demanda-t-il.

— Ma sonnette ?

— J'ai essayé de sonner en arrivant mais ça n'a pas marché.

Elle tira son portable de sa poche et grimaça.

— Bizarre...

— Et pourquoi ta porte n'était-elle pas verrouillée ? ajouta-t-il en se détournant à regret de l'arrondi de ses fesses.

— Elle l'était, répondit-elle distraitement en pianotant sur son téléphone.

— Vraiment ?

Il alla dans le couloir et, devant elle, ouvrit la porte en grand. Elle secoua la tête.

— Je *croyais* l'avoir fermée. Je suis un peu perdue, ces temps-ci.

Cette réponse ne le rassura pas.

— Avec la musique à fond, n'importe qui aurait pu entrer...

Elle le dévisagea sévèrement.

— Dans ce cas, j'ai eu de la chance que l'intrus se contente de m'espionner à travers la fenêtre.

Il sentit ses oreilles s'embraser et se défendit :

— Je n'aurais pas été obligé de partir à ta recherche si ta sonnette avait fonctionné.

Il savait ce qu'il faisait, et elle aussi sans doute. Il provoquait une dispute pour disperser la tension entre eux et ignorer son instinct protecteur parfaitement déplacé.

— Qu'est-ce que j'essaie de régler, à ton avis ? répondit-elle en se replongeant dans l'étude de son écran, les sourcils froncés. On dirait que l'appli s'est dissociée de l'appareil.

— Veux-tu que je jette un coup d'œil ?

— Parce que les hommes sont plus doués pour la technologie, c'est ça ?

— Non, parce que tu n'arrêtes pas de cligner des paupières et je devine que tu as enlevé tes lentilles pour peindre.

Il ne s'était jamais cru supérieur aux femmes : sa mère était trop intelligente et Maggie trop inventive pour ça.

— Oh… Merci, dit-elle en se dandinant, pieds nus.

Il prit le téléphone et réactiva la connexion sans peine.

— Voilà, annonça-t-il en le lui rendant.

Elle le remercia encore et glissa le portable dans sa poche avant de croiser les bras.

— Ce paquet est pour moi ?

Elle regardait la boîte qu'il avait glissée sous son bras et presque oubliée. Le fait qu'elle ne portait clairement pas de soutien-gorge le distrayait trop.

— Euh, oui. En fait, c'est pour *vous deux*, répondit-il en baissant les yeux sur son ventre tout en tendant le cadeau.

— On devrait l'ouvrir dans la chambre d'enfant, alors.

Il la suivit dans le couloir jusqu'à la pièce qu'elle repeignait. Elle souleva une bâche en plastique protégeant les meubles – ce devait être une chambre d'amis, avant – et s'assit sur un carton. Preston en profita pour observer les murs.

— J'ai choisi une couleur neutre, dit-elle. Je ne veux pas connaître le sexe de l'enfant avant la naissance.

— Ça risque de compliquer la tâche pour choisir des vêtements et d'autres… trucs, non ?

Il était un peu gêné par son ignorance en la matière.

— Pas vraiment, dit-elle en déchirant le papier. Il existe plein de vêtements unisexes et… *Oh !*

Il se retourna vivement en l'entendant crier. Elle pressait une main sur ses lèvres, les yeux brillants.

— Preston. C'est si beau. Je… Je…

Elle éclata de rire, se détournant du hochet pour le regarder.

— Tu vas sans doute devoir me lire ce qui est gravé.

Il récita la réplique sans hésiter. Des larmes coulèrent sur les joues de Tiffany et il dut lutter pour ne pas la serrer dans ses bras.

— J'ai interrompu ta soirée, je t'ai fait peur *et* je te fais pleurer...

— *Tout* me fait pleurer ces jours-ci, dit-elle en reniflant. Tu aurais dû me voir sangloter dans la chambre froide ce matin parce que j'ai trouvé une fraise inutilisable dans une barquette.

— Tu étais désolée de la gâcher ?

— Non, j'étais triste à l'idée que toutes ses copines allaient devenir de ravissantes fraises au chocolat pendant qu'elle resterait toute seule dans son coin.

Preston sentit son cœur se serrer.

— Je connais un fermier qui sera ravi de récupérer tous tes fruits trop abîmés. Les chèvres sont moins pointilleuses que tes clients.

Tiffany reposa avec soin le hochet dans sa boîte et dit :

— Tu ferais ça pour moi ?

Il plaqua une main sur son cœur.

— Oui, tout comme je suis prêt à accomplir n'importe quelle mission pour t'éviter de fondre en larmes.

Elle rit et s'essuya les joues avec le bas de son débardeur.

— Tu n'es pas obligé, Preston. J'étais sincère au club : je ne veux pas t'imposer ce bébé.

— C'est de ça dont je voulais te parler, dit-il en s'avançant. J'ai tout gâché, l'autre jour. Je m'étais disputé avec mon père et j'étais stressé au sujet de la réunion avec Jack Chowdhry au sujet de ce fichu collier. Quand j'ai reçu ton texto, je ne savais pas à quoi m'attendre. Je voulais rester calme et j'ai réagi comme un robot.

Il songea qu'il répétait sans réfléchir les mots d'Alisha.

— Je ne dirais pas un robot. Un cyborg, peut-être...

Elle reprit son rouleau de peinture et le plongea dans le bac.

— Veux-tu que je t'aide ?

Elle redressa la tête et chassa d'un souffle une mèche de cheveux de ses yeux.

— Tu n'es pas vraiment habillé pour faire des travaux.

Distraite, elle lâcha le manche du rouleau dans le bac et lâcha un juron avant de chercher un chiffon.

— Laisse-moi faire, dit-il en prenant un morceau de tissu sur la pile de fournitures de peinture.

Elle essuya sa main, puis le rouleau, avant de chasser de nouveau ses cheveux, laissant une trace beige sur sa joue. Preston prit un autre chiffon.

— Viens là. Je vais t'enlever ça avant que tu sois obligée de trouver un fond de teint nuance *Sable du désert*.

— La couleur s'appelle *Alpaga,* si tu veux tout savoir.

— Je ne sais pas ce qui est le plus drôle : que quelqu'un décide de baptiser une teinte d'après un ruminant, ou que tu choisisses de peindre la chambre du bébé en *Alpaga*.

Elle éclata de rire tandis qu'il essuyait sa joue.

— En fait, je pensais que ça pourrait être le thème pour la chambre. Linge de lit, vêtements, décoration... Alisha m'a parlé d'un grand magasin à Coleman.

Preston huma son parfum de vanille et de lavande.

— Je pourrais y aller avec toi, si tu veux.

— Vraiment ? demanda-t-elle, clairement surprise.

— Coleman est assez éloigné de Royal pour éviter les rumeurs. On pourrait se permettre de se garer au même endroit et s'afficher ensemble. Qu'en penses-tu ?

Elle pinça les lèvres et réfléchit quelques instants.

— Pourquoi pas ? Je pense même pouvoir prendre une journée de congés après la fête d'entreprise de k !smet.

Preston sentit la tension contre ses côtes. Son père remarquerait forcément son absence, même pour un jour.

Mais il voulait faire ça. Il voulait passer une journée entière loin des regards avec Tiffany Winters. Sans se soucier des potins.

Il voulait retrouver les sensations de cette unique nuit durant laquelle la guerre entre leurs familles avait disparu.

Il reposa le chiffon sale et glissa la mèche qui n'arrêtait pas de tomber devant son visage dans l'élastique qui maintenait son chignon.

— Ça me paraît bien, dit-il.

Ils ne bougèrent pas. Si près d'elle, Preston se souvenait encore de l'endroit précis où son souffle avait refroidi son torse en sueur. L'endroit où elle avait pressé son poing, tout contre ses côtes. Celui où sa jambe s'était plaquée à lui et là où elle avait glissé sa cheville. Elle s'était endormie sur lui et il avait longuement caressé la peau soyeuse de son dos, conscient que c'était trop beau pour durer. Mais, cette nuit-là, ils avaient conçu une chose qui resterait. Désormais, il allait devoir trouver un moyen de s'occuper de son enfant sans tomber désespérément amoureux de la mère ou gâcher l'avenir pour lequel il avait fait tant de sacrifices. Il recula, de peur de perdre la tête.

— Promets-moi de m'appeler si tu as besoin d'aide.

— Promis, répondit Tiffany.

Il retourna dans le garage et dit encore :

— Pense bien à verrouiller la porte derrière moi.

Il trouva la force de s'en aller, car toute sa vie en dépendait.

Il conduisit à travers Royal sous le ciel qui s'assombrissait, incapable d'oublier le rire adorable de Tiffany ou son parfum enivrant.

4

La sonnerie du téléphone tira Tiffany d'un doux rêve. Elle tâtonna dans le noir à la recherche de sa table de chevet, sentant encore le corps de Preston sur elle. Elle attrapa enfin son portable, se frotta les yeux et, reconnaissant le nom sur l'écran, décrocha immédiatement.

— Salut, Moira. Quoi de neuf ?

— Je suis vraiment désolée de te déranger si tôt...

Entendant la nervosité de son employée, Tiffany s'assit.

— Tout va bien ?

Un reniflement résonna dans l'écouteur.

— Steph et moi sommes allées boire un verre hier, et je ne sais pas si on a mangé quelque chose d'avarié, mais on a été malades toute la nuit.

— Intoxication alimentaire ?

— Je pense. Je peux essayer de trouver quelqu'un pour me remplacer aujourd'hui, mais...

Un gargouillis l'interrompit. Moira couvrit le micro, mais Tiffany l'entendit vomir au loin. Un bruit de chasse d'eau, puis Moira reprit le combiné, la voix éraillée.

— Je m'en veux tellement. Je sais que c'est la dernière ligne droite pour la fête de k !smet et que nous n'avons pas encore préparé les fontaines de chocolat...

Elle toussa et soupira. Tiffany l'imagina en train de lutter contre ses nausées.

— Tout va bien, Moira. Je vais trouver une solution.

— Mais…

— Écoute, si tu as du gingembre, essaie de te faire un thé amer ou gardes-en un petit morceau sous ta langue pour faire passer les haut-le-cœur.

Du moins, c'était ce qu'elle avait lu sur des forums de futures mamans. Moira renifla encore et répondit :

— D'accord.

— Repose-toi. Je prendrai de tes nouvelles plus tard.

— OK. Merci, Tiff.

Moira raccrocha et Tiffany se laissa tomber au milieu des coussins, les yeux fixés sur le plafond. Il faisait encore nuit. À peine 4 heures du matin, et elles avaient prévu de se retrouver à Chocolate Fix à 6 heures pour se mettre au travail.

Si elle appelait un de ses frères, elle serait obligée de subir une longue journée de critiques au sujet de ses choix de carrière. Alisha devait s'occuper de sa propre boutique et avait l'intention de fermer tôt pour passer la nuit dans une chambre d'hôtes avec Tremaine. Il était hors de question de gâcher ses plans. Sa mère serait sans doute venue l'aider, mais Tiffany aurait été obligée de lui expliquer pourquoi elle s'était montrée plus distante, récemment. Pourquoi elle avait refusé plusieurs invitations, de peur que Camille, si observatrice, remarque un changement chez elle. Quant à l'agence d'intérim de Royal, elle n'ouvrirait qu'à 9 heures. Il ne lui restait qu'une option.

Promets-moi de m'appeler si tu as besoin d'aide.

Preston ne s'était pas contenté de le lui dire le soir où il lui avait offert le hochet d'argent : il l'avait répété au moins six fois dans des textos depuis.

Elle sentit ses joues s'échauffer en repensant à l'instant où ils s'étaient regardés à travers la fenêtre. Il l'avait contemplée avec une telle gourmandise.

Il ne l'avait pas touchée, ni embrassée, mais il en avait eu envie.

Chaque fois que ses yeux s'étaient attardés sur les lèvres de Tiffany ou sur sa poitrine – sans soutien-gorge, elle ne s'en était souvenue qu'après –, elle l'avait vu.

Si seulement elle n'avait pas ressenti la même chose...

Elle avait dû se faire violence pour ne pas lui sauter dessus comme une lionne affamée. Si elle n'avait pas encore d'envies bizarres en ce qui concernait les repas, sa libido, elle, était exacerbée. Était-ce dû aux hormones ou à l'alchimie qui les avait rapprochés le soir de la fête ? Elle n'en savait rien, mais elle avait passé le reste de la nuit hantée par le désir.

Les rêves comme celui qu'elle venait de faire ne l'aidaient pas non plus. Mais elle avait moins peur de ce qui risquait de se passer entre Preston et elle que d'échouer à livrer la commande de Misha à temps.

Elle prit une profonde inspiration, rassembla son courage et téléphona. Preston répondit à la deuxième sonnerie. Sa voix ensommeillée était plus sexy que jamais.

— Salut, dit-elle, se sentant déjà un peu bête. C'est Tiffany.

— Tiffany, répondit-il plus clairement. Tout va bien ?

— Moi, oui. Ça va, mais j'ai un souci et j'espérais que tu pourrais m'aider.

— Quoi ?

— Tu te souviens de ma grosse commande pour k !smet ?

Elle entendit un mouvement étouffé et un petit « clic ».

— Oui.

— Moira vient d'appeler. Steph et elle ont une intoxication alimentaire. Je sais que c'est à la dernière minute, mais...

— À quelle heure veux-tu que je vienne ?

Sa question ferme et rassurante faillit la faire pleurer. Pas étonnant, au vu des derniers jours. Elle s'éclaircit la voix.

— On pensait se retrouver à 6 heures, mais je peux commencer seule si tu préfères arriver plus tard…

— Si on n'est que tous les deux, il vaudrait mieux s'y mettre plus tôt, non ?

— Oui. Bonne idée.

Elle ferma les yeux et se mordit le poing pour s'empêcher de sourire. Elle ne voulait pas qu'il l'entende se réjouir.

— Il est… quoi ?

Elle l'entendit écarter le portable pour consulter l'horloge.

— Tout juste 4 heures passées. Je peux être à Chocolate Fix dans vingt minutes, environ.

— Malheureusement, je vais avoir besoin d'une demi-heure, au moins. Je suis un peu ralentie, ces temps-ci.

— 4 h 45, alors ?

— Parfait, dit-elle en repoussant les couvertures.

— À tout à l'heure.

Elle se doucha rapidement, se maquilla à peine et se fit un chignon à la hâte avant d'enfiler le jean et le T-shirt qu'elle portait toujours quand elle avait une grosse journée de travail. Après avoir passé un grand pull et des baskets confortables, elle attrapa son sac, ses clés et se rendit dans le garage.

Preston l'attendait déjà avec un sac blanc et deux cafés quand elle arriva. Sa barbe du matin, sa chemise en flanelle froissée et ses bottes de chantier réveillèrent une bouffée de désir qui la frappa avec la violence d'un poids lourd. Elle sortit de sa voiture et prit ses affaires avant de le rejoindre.

— Bonjour, dit-elle en réprimant un bâillement.

— Bonjour.

Elle tira les clés de la boutique de son sac et jeta un coup d'œil aux places de stationnement vides devant la vitrine.

— Je me suis garé dans la ruelle, expliqua-t-il.

— Tu es toujours si prudent avant 5 heures du matin ?

Il lui adressa un sourire canaille.

— Ça dépend pourquoi…

Oh ! je suis très mal partie, songea-t-elle immédiatement.

Elle lutta contre la serrure caractérielle et Preston tint la porte pour elle avant de la suivre à l'intérieur. La fraîcheur de la boutique et l'odeur du chocolat les accueillirent, tout comme les vitrines immaculées qui protégeaient ses créations artisanales. Preston huma l'air avec un sourire et posa les cafés sur le comptoir.

— Si le paradis ne sent pas comme ça, alors je ne veux pas y aller, dit-il.

— Je suis bien d'accord.

Elle laissa la lumière éteinte avant de passer derrière le comptoir. Si le fait de tenir une boutique lui avait appris une chose, c'était que les clients ne lisaient jamais les horaires affichés sur la porte. Une lampe allumée suffisait à les convaincre d'entrer.

— Viens ici, c'est notre labo.

Elle poussa de la hanche la porte battante qui conduisait à la petite cuisine et sentit son cœur ralentir. Le chrome des appareils et les plans de travail blancs la calmaient toujours.

— Bureau, chambre froide, cellule de refroidissement rapide, bouilloires à vapeur, dit-elle en indiquant les éléments.

— Laisse-moi poser mes affaires quelque part et on s'y met.

Comme toujours, elle glissa son sac à main dans un tiroir du bureau et son portable dans sa poche avant d'enfiler sa blouse de cheffe. Elle alla se laver les mains, les sécha avec soin et tira deux charlottes d'une boîte fixée au mur. Elle enfila la première avant de tendre l'autre à Preston. Avec un peu de chance, cet accoutrement calmerait sa libido déchaînée.

— Vraiment ? demanda-t-il en examinant la charlotte d'un air peu convaincu.

— À Chocolate Fix, on ne plaisante pas avec l'hygiène.

Il sourit et se couvrit la tête. Quelques mèches brunes dépassaient sur les côtés et elle les repoussa avec un sourire.

— Tu n'as vraiment jamais porté de charlotte ?

— Jamais. J'ai une réputation à soutenir. Si quelqu'un apprend ça, je suis perdu.

— Je préfère sacrifier ta réputation que mes truffes.

Elle prit tout son temps pour placer l'élastique de la coiffe derrière les oreilles de Preston.

— Tu m'as fait un suçon, tu sais.

Elle se détourna très vite, les joues en feu.

— Pardon ?

— L'autre soir. Je me suis réveillé avec un gros suçon juste ici, dit-il en montrant un point près de sa pomme d'Adam.

Tiffany se souvenait d'avoir contemplé le grain de beauté qu'il avait à cet endroit pendant qu'ils discutaient au bar.

— Hum. On est obligés de mettre la climatisation pour le chocolat, mais si tu as peur d'avoir chaud en travaillant, tu devrais peut-être enlever ta grosse chemise avant de mettre ton tablier.

Preston déboutonna sa flanelle et la suspendit à l'un des crochets, près du lave-mains.

— J'ai dû porter mon col de chemise déplié pendant une semaine, dit-il. Mon équipe a cru que je traversais une crise identitaire.

Elle se glissa dans son dos pour lui enfiler un tablier et l'ajuster à la bonne longueur.

— Si seulement un simple col pouvait cacher ce que tu m'as fait, dit-elle en tirant fort sur les liens autour de sa taille.

— Un point pour toi.

Il se frotta les mains et reprit :

— Alors, quel est le programme ? Remplir des choux à la crème ? Tremper des fraises dans le chocolat ?

Tiffany enfila machinalement son propre tablier.

— Elles seront trempées dedans, mais pas par nous. On doit préparer des fondues au chocolat blanc et chocolat au lait pour les fontaines. Il faudra aussi découper des fruits et des morceaux de gâteau pour les brochettes. Mais avant, j'ai bien besoin de café.

Ils savourèrent leurs boissons dans un agréable silence.

— Bien mieux, déclara-t-elle quand elle eut fini. Au travail.

Avec l'aide de Preston, elle installa deux postes de découpe sur la grande table en acier inoxydable. Il insista pour porter les ingrédients qui se trouvaient dans la chambre froide et, tout en lui donnant ses instructions, Tiffany fut surprise de voir qu'il savait déjà comment décortiquer un ananas.

— Maman a toujours insisté sur l'égalité des sexes, surtout en cuisine, dit-il avec un sourire complice.

Tiffany commença à couper le gâteau léger en cubes.

— Je pensais que les Del Rio avaient un chef privé...

— Oui, mais uniquement la semaine. Le week-end, c'est ma mère qui cuisine et nous l'aidons si nous sommes là.

Elle remarqua qu'il avait déjà découpé deux fois plus de gâteau qu'elle et s'attaquait à ses chamallows maison.

— Tu fais partie de ces gens agaçants qui sont doués pour tout, c'est ça ? s'enquit-elle.

— Pas toi ?

Il rit et elle fut presque fière d'avoir tiré de lui une mélodie si chaleureuse.

— Si je me rappelle bien, tu jouais dans toutes les pièces à l'école, tu gagnais tous les concours, tu faisais partie de l'équipe de natation et tu remportais toutes les médailles...

— Je ne savais pas que tu suivais mes réussites d'aussi près.

Preston lui jeta un coup d'œil en coin. Il eut soudain l'air plus jeune, presque timide.

— Oh ! si, dit-il.

Le couteau de Tiffany se figea en plein mouvement. Elle aurait été moins surprise s'il lui avait annoncé qu'il avait l'intention d'intégrer la CIA.

— Arrête. Tu as juste pitié parce que je suis la moins accomplie des Winters et tu essaies de me remonter le moral.

— Si tu y tiens.

Il haussa les épaules et posa une poignée de chamallows sur un plateau.

— Tu es sérieux ?

— Je le suis toujours, répondit-il.

— En parlant de ça, quand ton père prendra-t-il sa retraite ?

Preston courba les épaules, les dents serrées.

— Quand il aura fini de me lancer des défis ridicules pour que je prouve ma valeur.

Tiffany rit malgré elle.

— Nos pères se ressemblent beaucoup, au fond. S'ils trouvaient enfin un moyen d'enterrer la hache de guerre, ils pourraient sans doute contrôler tout le Texas à eux deux.

— Pas faux.

— Comment le tien va réagir, à ton avis ?

D'un coup, les lumières parurent faiblir dans la pièce. Cette question leur rappelait toutes les épreuves qui les attendaient, alors qu'ils s'amusaient à flirter. Preston ne quitta pas son couteau des yeux et répondit :

— Il ne sera pas ravi.

Un euphémisme – et pas des moindres, sans doute.

— Et le tien ? demanda-t-il, lui renvoyant la balle.

— Je ne sais pas. Le mariage de Jericho et Maggie va déjà créer des liens entre nos familles. Mais...

Elle chercha les bons mots.

— Disons que les règles ont toujours été un peu différentes en ce qui me concerne.

— Parce que tu es la plus jeune ?

— Probablement.

Elle termina de couper le dernier gâteau et se mit à organiser avec soin le plateau de la fondue.

— Alisha, Trey, Marcus et Jericho m'ont toujours couvée. Je n'ai pas vraiment eu l'opportunité de faire des bêtises.

— On dirait que nous avons rattrapé le temps perdu.

Elle prit un morceau de gâteau et le jeta dans sa direction. Il le détourna d'un geste avant d'être touché.

— Attention. Je pourrais raconter ça à Misha. Je ne suis pas sûr qu'elle apprécie ce manque de professionnalisme chez son traiteur.

— Ne te gêne pas. Si elle peut trouver quelqu'un d'autre capable de préparer des fontaines de chocolat pour deux cents personnes avant 15 heures, qu'elle essaie.

— Il est déjà midi ? demanda soudain Preston. On n'a pas encore attaqué le chocolat.

Son inquiétude avait quelque chose d'attendrissant.

— Ne t'en fais pas : on est en avance, répondit-elle, étonnée de voir ce qu'elle avait accompli avec son aide et en fermant la boutique. D'ailleurs, si ton père refuse de prendre sa retraite, je serais ravie de te proposer un poste ici.

— Il y aurait moins de drames et d'ego surdimensionnés, remarqua-t-il avec un sourire dévastateur.

— Ça m'étonnerait. La semaine dernière, une cliente est venue réclamer un remboursement pour un seul chocolat après en avoir mangé la moitié parce qu'elle ne l'aimait pas.

— Dis-moi que tu plaisantes.

— Non. Elle voulait même l'échantillon gratuit que je propose à tout le monde, alors qu'elle l'avait déjà reçu plus tôt dans la journée.

— Je m'en souviendrai, dit-il, le regard pétillant.

Craignant de fondre elle-même, elle s'accroupit pour allumer les bouilloires à vapeur afin de préparer les fontaines. En se relevant, elle sentit le sol tanguer et dut s'appuyer à l'une des marmites. Elle prit une profonde inspiration et se frotta les paupières. Preston se précipita, l'air alarmé.

— Tout va bien ?

Le rebord de métal brossé se réchauffa sous sa paume tandis que la vapeur commençait à siffler sous l'appareil.

— Oui, très bien. Je me suis relevée trop vite, c'est tout.

Il fronça les sourcils.

— Tu as vu le médecin ?

Elle prit son bras pour rejoindre son poste devant la table.

— Mon premier rendez-vous est prévu pour la semaine prochaine.

— Quand ?

— Pourquoi veux-tu le savoir ?

— Parce que je vais y aller avec toi.

— Tu n'es vraiment pas obligé. Si tu avais peur qu'on nous voie ensemble sur le parking du club, attends un peu qu'on nous surprenne chez le Dr Everett.

— Je m'en fiche, répliqua-t-il fermement. On n'a qu'à en parler à nos familles avant, s'il le faut. Je ne vais pas rater les étapes importantes juste parce que j'ai peur que quelqu'un aille tout raconter à mon père.

Elle sentit son cœur gonfler dans sa poitrine.

— Jeudi, 11 heures, au Royal Memorial.

— J'y serai.

— Parfait. Maintenant, finis de préparer ces plateaux avant que les employés de Misha arrivent, s'il te plaît.

— Tu devrais aller t'asseoir à ton bureau et manger quelque chose. Tu es très pâle.

— C'est à cause de la blouse. Je n'en ai plus pour longtemps et je te promets de faire une pause ensuite.

— Tu as intérêt, Winters.

Il tapota son doigt sur le plexus de Tiffany et elle sentit sa peau s'embraser sous son T-shirt. Elle leva les yeux au ciel.

— J'ai horreur que tu m'appelles par mon nom de famille, murmura-t-elle d'une voix sensuelle.

— Quand est-ce que j'ai fait ça, avant ?

— Tu ne te souviens pas ?

— Non.

— Pendant tout le temps où tu m'as aidée à construire les décors de *Roméo et Juliette.*

Il eut l'air de sonder sa mémoire, les yeux dans le vague, et s'écria :

— Bon sang, tu as raison.

Elle se sentit temporairement troublée d'apprendre qu'un détail aussi important pour elle lui avait laissé si peu de souvenirs. Tiffany ouvrit un tube d'huile de coco pure et fit couler la pâte épaisse dans la bouilloire. Elle se liquéfia immédiatement.

— J'ai toujours cru que c'était parce que tu ne me voyais que comme une Winters.

Preston la regarda avec une intensité nouvelle.

— Non, c'était pour me rappeler que je ne pouvais pas me rapprocher de toi.

Le cœur de Tiffany se mit à battre plus fort. Elle attrapa un grand fouet suspendu au-dessus de sa tête et battit l'huile pour dissoudre les derniers morceaux solides. Elle ne s'était pas attendue à un tel aveu. Elle l'avait pris pour un séducteur au lycée, pour un snob superficiel à la fac, et un accro au travail depuis. Aucune de ces images ne s'accordait avec l'homme intelligent et charismatique grâce auquel cette dure journée de travail venait de passer en un éclair. Pour la première fois, elle envisagea vraiment la possibilité d'élever le bébé à deux. Preston était clairement toujours obsédé par sa réussite, mais il était aussi protecteur, attentionné et observateur. Ces qualités feraient de lui un très bon père.

— As-tu besoin du chocolat ? s'enquit-il en la tirant de sa rêverie.

— Je vais le chercher.

Elle était ravie d'avoir une bonne excuse pour s'échapper dans la réserve. Elle y passa quelques secondes adossée à la porte pour tenter de calmer ses hormones. Il avait suffi de quelques compliments de la part de Preston Del Rio pour qu'elle fonde comme une ado amoureuse.

Elle jeta un coup d'œil à l'heure sur son portable. Si elle réussissait à survivre pendant quatre-vingt-dix minutes de plus, l'équipe de Misha viendrait récupérer la commande et elle pourrait rentrer chez elle pour se jeter sous une douche froide. Seule.

Elle attrapa le gros bloc de chocolat noir et éteignit la lumière avant de rejoindre le labo.

Preston avait fini de préparer les quatre premiers plateaux et était en train d'emballer le dernier dans de la cellophane. En dépit de ses sentiments conflictuels, Tiffany fut fière de voir à quel point ils étaient beaux, alignés sur le plan de travail. Des feuilles de figuier vert vif. Une myriade de fraises rouges. Des nuages de chamallows. Des piles d'ananas coupés en petits cœurs jaune d'or grâce à l'emporte-pièce qu'elle avait acheté sur un coup de tête. Tout était prêt pour que les employés de Misha assemblent leurs brochettes et les plongent sous des rideaux soyeux de chocolat cascadant des deux fontaines qui formeraient la pièce de résistance du buffet.

— Tu veux bien les mettre dans la chambre froide ? Je te laisserai hacher le chocolat blanc ensuite.

Preston hocha la tête et emporta les deux premiers plateaux. Tiffany en profita pour consulter son téléphone et fut surprise de découvrir un texto d'Alisha.

Je viens d'apprendre que Moira et Steph sont malades. Ça va ? Tu veux des renforts ?

Elle répondit très vite :

Tout va bien. J'ai commencé plus tôt.

Si tu le dis. P-S : va voir maman un de ces quatre. Elle commence à s'inquiéter.

Oubliée, la douche. Tiffany décida d'aller directement chez ses parents dès que la commande serait partie. Plus vite elle quitterait la boutique – et Preston –, mieux cela vaudrait.

Elle prit un grand couteau et s'attaqua au chocolat noir.

— Je sais que je ne suis pas un expert, fit remarquer Preston en jetant un coup d'œil sur son travail, mais je croyais qu'il fallait faire des morceaux réguliers.

— Pour les fruits et le gâteau, oui. Le chocolat, lui, sera fondu.

Elle porta son plateau jusqu'à la bouilloire et le vida dedans. Après avoir laissé la chaleur se répandre, elle fouetta le tout avec vigueur. La masse informe se changea rapidement en liquide lustré.

— Tu disais ? demanda-t-elle avec un sourire.

— Je disais que je vais fermer ma grande bouche et me remettre au boulot. Il faut faire la même chose avec le chocolat blanc ?

— Oui, s'il te plaît.

Elle prépara l'autre bouilloire en étalant de l'huile de coco au fond et rassembla de grands seaux en acier inoxydable pour y verser le produit fini.

Le chocolat blanc fondit aussi vite, et quand l'équipe de Misha arriva – avec vingt minutes d'avance – ils venaient tout juste de placer les seaux au bain-marie.

Avec l'aide de Preston, la commande fut chargée dans un van. Tiffany leur répéta plusieurs fois de bien préchauffer les fontaines avant d'y verser le chocolat.

— Je vais sans doute recevoir un texto de Misha dans une demi-heure pour me dire que le chocolat a figé, murmura Tiffany en fermant les portes du van. On parie ?

— Tu devrais envoyer un message à Trey et il s'assurera que tes consignes sont respectées, répondit Preston, toujours vêtu de son tablier mais sans la charlotte dont il s'était débarrassé dès que possible.

Tiffany retira la sienne et se massa le front là où l'élastique avait frotté toute la journée.

— Bonne idée.

— Il m'a toujours fait l'effet d'un type protecteur.

— Un peu trop, répondit-elle en tapant le message. C'est à cause de ça que je n'ai jamais eu de petit copain au lycée.

— J'avais l'impression que tu t'en sortais bien, pourtant.

— Pendant ton année de terminale, oui.

Ils rentrèrent dans la boutique et verrouillèrent la porte.

— On ne m'a invitée au bal de promo qu'après l'annonce de tes fiançailles avec Sunny Rothschild.

Preston perdit son sourire et elle regretta ses paroles.

— Ton bouquet de fleurs a dû durer plus longtemps que notre histoire. Je savais que c'était une erreur avant même de lui demander sa main.

— Pourquoi l'as-tu fait, alors ?

Preston s'appuya au plan de travail, les mains crispées sur le rebord arrondi.

— Parce que son père est un magnat de l'acier de la côte Est et que le mien m'a presque fourré le solitaire de famille dans la main.

Tiffany avait toujours trouvé le chef du clan Del Rio très intimidant. Son animosité vis-à-vis de son père était si évidente qu'elle n'avait même pas pensé à l'ambiance qui pouvait régner derrière les murs du domaine.

— Il n'arrêtait pas de promettre qu'une fois la date du mariage fixée, nous pourrions parler de ma nomination à la tête de l'empire Del Rio. Un matin, j'ai compris que je n'avais pas hâte de me marier. J'avais hâte de voir mon père prendre sa retraite. Je ne pouvais pas aller jusqu'au bout.

— Tu devrais probablement insister pour qu'il te donne une date officielle *avant* de lui parler du bébé, alors, suggéra-t-elle en lui tournant le dos pour dénouer son tablier.

Sa main chaude se posa sur la sienne.

— Pas si vite, Winters.

Entendre sa voix si près de son oreille et sentir sa peau contre la sienne la fit frissonner.

— Je crois que je mérite un échantillon, non ?

Elle agita son autre main en direction de la boutique.

— Sers-toi.

— C'est bien le problème… Je ne *peux* pas.

Il tira sur les liens et elle sentit son tablier se relâcher. Elle resta figée tandis qu'il le lui enlevait pour le poser près d'eux.

5

Impulsivité.

N'avait-il pas encore retenu sa leçon ?

Preston avait su qu'il commettait une erreur en parlant d'échantillon au lieu de rassembler ses affaires et de partir. Chaque minute qu'il passait avec Tiffany le poussait un peu plus à rompre sa promesse à Alisha. Toute cette journée avait eu des allures de préliminaires. Leurs corps, bougeant ensemble dans la cuisine embaumée. La manière dont elle le regardait, comme si elle s'attendait à ce qu'il l'embrasse.

Il s'éclaircit la voix pour rompre le charme.

— Je ne peux pas me servir sans connaître les parfums, expliqua-t-il.

Tiffany cligna des paupières et sourit d'un air embarrassé.

— Bien sûr. Suivez-moi, mon bon monsieur.

Il s'attarda uniquement pour avoir le plaisir d'admirer ses fesses dans ce jean usé qui lui collait à la peau et se mordit la lèvre quand elle ouvrit la porte battante d'un coup de hanche. La grâce naturelle de ce simple geste lui rappela tous les autres instants de ce genre qu'il avait surpris pendant la journée.

— Très bien, dit-elle en se tournant face à lui. Pour trouver l'échantillon parfait, je dois te poser quelques questions.

— Vas-y.

— Lait ou noir ?

— Noir, répondit-il sans hésiter.

— Tu aimes le chocolat noir ou tu crois juste que jouer au snob du cacao te fera gagner des points ?

— Ça ne peut pas être les deux ?

Elle leva les yeux au ciel et reprit :

— Croquant ou fondant ?

— Fondant.

— Alcool ou fruit ?

— Encore une fois : les deux ? C'est possible ?

— Oui, tout à fait.

Elle s'approcha d'une vitrine au bout du comptoir et en tira deux plateaux qu'elle posa devant lui. Preston fut sincèrement fasciné par la beauté et la délicatesse des petits dômes lustrés et alignés avec soin. D'un côté, ils étaient décorés d'éclaboussures orange clair et de poudre d'or. De l'autre, ils étaient moulés pour ressembler à des pierres précieuses, d'un riche bordeaux velouté digne d'un trône de conte de fées. Il prit la petite cartonnette dorée posée devant l'un des assortiments et lut l'inscription calligraphiée :

— *Passion orange* ?

— Ganache de chocolat Valrhona avec un cœur de caramel au beurre salé et Grand Marnier.

Il hocha la tête et prit la carte de l'autre plateau.

— *Cerise coquine* ?

Elle lui sourit avec sensualité – le sourire qui leur avait causé tous ces ennuis.

— Mousse de chocolat noir au piment et cœur de massepain au Luxardo Maraschino.

— Je crois que tu vas devoir choisir pour moi.

Tiffany laissa flotter ses doigts entre les deux plateaux comme si elle tirait à la courte paille.

— Non, pas comme ça, dit-il en sortant une des petites confections orange de son papier avant de la lui tendre. Comme ceci.

— Non, merci. J'en ai mangé un millier quand j'essayais d'affiner ma recette.

Le chocolat froid commença à fondre entre ses doigts.

— Je ne peux pas décider avant d'avoir vu ta réaction.

— Tu sais quoi ? Goûte les deux. Tu peux même emporter une boîte pleine, si tu veux. C'est le moins que je puisse faire pour te remercier.

— Et si je préfère que tu me remercies en me laissant te regarder les manger ?

Ils s'observèrent un moment. Tiffany entrouvrit les lèvres pour permettre à Preston de glisser le chocolat dans sa bouche. Il ne la quitta pas des yeux pendant qu'elle le savourait.

— Option deux, maintenant, dit-il.

Son sang battit à ses tempes tandis qu'il lui offrait le chocolat à la cerise pour le frotter doucement sur ses lèvres charnues. Elle ouvrit de nouveau la bouche et il le posa sur sa langue. Elle le dégusta lentement, cette fois, les yeux mi-clos. Preston sentit la lourdeur familière envahir ses reins mais il ne put se détourner. Le plaisir se posait sur le beau visage de Tiffany comme un voile et transformait ses traits.

Lorsqu'elle rouvrit les yeux, ses prunelles brûlaient sous la frange sombre de ses cils. L'air parfumé vibra autour d'eux, chargé d'une question qu'ils n'osaient pas poser. Elle y répondit en attrapant le T-shirt de Preston pour l'attirer contre elle. Leurs bouches se rencontrèrent et fondirent dans un flot décadent de sucre et d'épices renforcé par la danse de leurs langues. La poitrine de Tiffany se pressa sur son torse et elle gémit avec impatience. Il la souleva et elle passa les jambes autour de sa taille. D'un coup d'épaule, il ouvrit la porte battante et la porta jusque dans le bureau. Il débarrassa la table d'une main et assit Tiffany dessus. Elle tendit un bras pour fermer le store pendant qu'il détachait sa ceinture. Ils ne se lâchèrent que le temps d'enlever leurs hauts.

Preston ne prit même pas la peine de dégrafer le soutien-gorge de Tiffany et le poussa vers le haut pour libérer ses seins.

Ils étaient chauds dans ses mains, plus fermes et plus lourds que dans ses souvenirs. Il abandonna ses lèvres pour gober ses tétons. Elle se cambra avec un cri pressé qui le remplit d'un plaisir bestial.

D'un coup, il retrouva les sensations de leur première nuit.

Ils avaient tellement hâte qu'ils n'enlevèrent que les vêtements nécessaires. Tiffany déboutonna rapidement son jean avant de le faire glisser le long de ses cuisses avec sa culotte. Preston descendit sa main sur son ventre et trouva avec ses doigts son sexe déjà humide. Il eut à peine le temps d'atteindre son clitoris quand elle cria et se crispa contre lui.

— S'il te plaît, dit-elle, encore secouée de spasmes. J'ai besoin de toi.

— Je... Je n'ai rien sur moi.

C'était ce que j'aurais dû dire l'autre soir, songea-t-il avec une pointe de culpabilité. Tiffany baissa les yeux.

— C'est un peu tard pour ça.

— Je... ne risque pas de te faire mal ? s'enquit-il.

Elle lui adressa un regard patient que des milliers d'hommes avaient déjà dû voir au fil des siècles. Ils avaient le luxe de pouvoir ignorer les fondements de la mécanique de la vie, eux...

— Non. Ça ne risque rien.

Il oublia son hésitation et fut envahi par quelque chose de primal et possessif. Il libéra son sexe dressé et plaqua Tiffany contre la table. Écartant ses cuisses autant que son jean encore froissé autour de ses mollets le permettait, il la pénétra d'un coup et se figea.

Il se pencha pour l'embrasser, effleura sa joue avec son menton et enfouit son visage dans le creux de son cou.

— Ça fait si longtemps que j'ai envie de toi, souffla-t-il.

Elle lui griffa le dos avec ses ongles coupés court et appuya son front sur son épaule.

— Tu peux m'avoir, Preston. Autant que tu veux et aussi souvent que tu veux.

Oh ! il voulait *tout*. Toujours.

Il recula et la pénétra de nouveau, cambrant les reins pour plonger au cœur de sa chaleur humide.

— Encore, chuchota-t-elle.

Il remonta les mains sur ses épaules pour mieux la tenir et obéit. Le désir s'alluma comme un incendie et il se laissa emporter. Preston le laissa le brûler tout entier là où leurs corps s'unissaient, dévorant tout sur son passage. Oubliant toute prudence, il donna des coups puissants au point de faire reculer la table. Tiffany redressa les hanches pour mieux s'offrir à lui, le poussant à accélérer. Soudain, elle se contracta, cria son nom et le fit basculer au bord de l'abysse. Il se perdit en elle, secoué par des spasmes.

Aucun d'eux ne bougea ou ne parla ensuite.

Preston ne savait pas ce qui le rendait plus stupide. Le fait qu'il venait de déchirer l'illusion fragile de leur simple coup d'un soir ? Ou bien le fait qu'il ait pu croire que leur liaison allait s'arrêter là ? Avait-il réellement pensé qu'ils pourraient élever leur enfant en restant neutres et platoniques ?

Laisser parler leur désir les avait fait entrer dans une immense zone grise. Les frontières n'étaient pas seulement floues, elles étaient inexistantes.

Son père avait peut-être eu raison, au fond.

Il n'avait pas seulement un faible pour Tiffany Winters. Il était aveuglé.

Appuyé sur le bureau, il la regarda, incapable de savoir ce qu'il devait faire ou dire, à présent. Elle repoussa une mèche humide de sueur de son front, sans le quitter des yeux.

— On va trouver une solution, Preston, dit-elle comme pour répondre à la question qu'il n'osait pas poser.

Il fut surpris de se sentir profondément rassuré par ses paroles.

Il l'aida à s'asseoir et se retourna pour remettre son pantalon, lui laissant une chance de se rhabiller aussi.

— Qu'est-ce que tu as prévu, pour le reste de la journée ?

Cette question semblait artificielle après ce qu'ils venaient de partager.

— D'abord, je vais faire une sieste. Ensuite, je dois aller manger chez mes parents. Je les ai plus ou moins évités ces dernières semaines et Alisha insiste pour que j'aille les voir.

Preston se sentit un peu coupable. Au milieu de ses soucis, il n'avait pas songé une seule fois à la pression qu'elle devait ressentir en cachant leur secret à sa famille.

— Tu penses vraiment qu'on va pouvoir attendre que le mariage de Maggie et Jericho soit passé pour annoncer la nouvelle ? l'interrogea-t-il en lui tendant son T-shirt.

Tiffany l'enfila très vite et refit son chignon.

— Si mon ventre ne s'arrondit pas trop, oui. J'ai l'intention de porter beaucoup de pulls larges et de tuniques, cet hiver.

Ce n'était pas la première fois qu'il se rendait compte de la différence entre leurs épreuves. Ce serait Tiffany qui subirait les changements physiques. Sa vie serait la plus impactée.

— Je ne sais pas si ce sera utile. Tu pourrais porter un sac et attirer quand même l'attention sur toi, dit-il en ramassant les papiers qui s'étaient éparpillés par terre.

Tandis qu'il les reposait en pile nette sur la table, son regard s'attarda sur la première page. C'était une balance bénéfices-pertes, avec beaucoup de pertes.

— Arrête, répliqua-t-elle en récupérant un baume à lèvres pour l'étaler sur sa bouche rosie par les baisers. Ce n'est pas comme si je croulais sous les prétendants. Et, dans quelques mois, les candidats seront *encore* plus rares.

Penser à son apparence à six ou sept mois de grossesse avait un effet opposé sur lui. Il imaginait sa silhouette athlétique avec des nouvelles courbes, rayonnante comme une déesse. Glissant un doigt sous son menton, il déposa un baiser sur ses lèvres au parfum de menthe.

— Si tu as besoin de moi, envoie un texto. Jour… et nuit.

Tiffany attrapa son pull suspendu à un crochet et l'enfila avant de récupérer son sac et ses clés.

— On verra bien comment ça se passe entre maintenant et le rendez-vous chez le médecin jeudi.

Aux yeux de Preston, ce délai prit des airs d'éternité.

Il la suivit dans la boutique. Elle récupéra un ballotin doré sous le comptoir et le remplit d'un assortiment de chocolats.

— Pour ma mère, expliqua-t-elle. Elle me pardonnera mon absence plus facilement avec des truffes.

— Et tes frères ?

— Encore plus facile, dit-elle en posant la boîte pour en attraper une autre. Maggie aime les crèmes au fruit, non ?

— Comment le sais-tu ?

— Jericho vient m'en acheter de temps en temps.

— Vraiment ?

— Oui. Il arrive souvent avec un immense bouquet, pour qu'il ne fane pas dans la voiture pendant son absence.

Elle s'approcha d'une autre vitrine et remplit le ballotin.

— Je ne l'ai encore jamais vu aussi amoureux.

Preston eut besoin d'une minute pour surmonter son tressaillement en songeant au frère de Tiffany. Dernièrement, il lui semblait même qu'il commençait à apprécier Jericho. Il était heureux que sa sœur soit fiancée à un homme qui mémorisait ce qu'elle aimait et qui pensait à lui faire des cadeaux.

Lui n'avait clairement pas été ce genre de petit ami.

Ou de fiancé. Sunny ne lui en avait jamais voulu, mais il aurait de toute manière eu du mal à remarquer sa frustration tant il était concentré sur son travail. Il ne regrettait pas la fin de leur relation, juste le fait qu'il ne l'avait pas aimée comme d'autres auraient pu le faire. Plus il passait de temps avec Tiffany, plus il comprenait qu'il n'avait pas été digne de Sunny.

— Rouge, noir ou doré ? demanda-t-elle en ouvrant un tiroir plein d'élastiques décoratifs sous la caisse.

— Doré.

Elle fit un nœud sur la boîte et la lui tendit.

— Combien je te dois ?

— Rien du tout.

Elle éteignit la lumière de la cuisine et alluma l'alarme avant de rejoindre la porte.

— Oh ! mince ! s'écria-t-elle. J'ai oublié que tu étais garé dans la ruelle. Tu veux que je te fasse sortir par-derrière ?

— Non. Je vais faire le tour.

— Et si les gens te voient quitter mon magasin ?

Il se pencha et l'embrassa.

— Dans ce cas, qu'ils en profitent.

L'expression déterminée de Tiffany lui fit beaucoup de bien. Il attendit sur le trottoir qu'elle ferme la porte, sans chercher à se cacher, et la suivit jusqu'à sa jeep pour lui ouvrir la portière.

— Quel service, dit-elle en riant. On se voit jeudi matin, alors ?

— Sauf si tu m'appelles avant.

— Merci encore pour ton aide, aujourd'hui.

Elle boucla sa ceinture et alluma le moteur.

— De rien.

Il referma la portière et la regarda reculer puis s'engager dans la grande rue.

Il ne remarqua la silhouette qui se tenait un peu plus loin qu'après que Tiffany eut disparu au carrefour.

La principale commère de Royal.

Mandee Meriweather.

6

Après une longue sieste dont elle émergea sans savoir en quelle année elle avait atterri, Tiffany se glissa sous la douche, encore à moitié endormie, et y resta jusqu'à ce que l'eau chaude ait dissipé le brouillard de ses yeux.

Si seulement ses pensées pouvaient s'éclaircir aussi facilement. Une fois de plus, elle avait rêvé de Preston et s'était réveillée avec la culotte humide. N'avaient-ils pas causé assez de problèmes pour une journée ?

« Une fois, c'est un accident. Deux fois, une expérience. »

Le dicton préféré de sa mère lui revint tandis qu'elle s'essuyait. En d'autres mots, ce qui s'était passé entre Preston et elle ne pouvait plus être considéré comme un coup d'un soir.

Elle aperçut son reflet dans le miroir embué et fut soulagée de voir que leur passion de l'après-midi ne lui avait presque laissé aucune trace. Une petite marque sur son menton et près de la bouche. Un léger suçon sur sa poitrine, qui serait caché par ses vêtements. Son ventre restait encore quasiment plat mais ses seins avaient un peu enflé. Ses tétons étaient aussi plus sombres. Pour l'instant, elle ne voyait aucun autre signe de sa grossesse.

Bref, avec un peu de maquillage et une tenue soigneusement choisie, rien ne la trahirait. Soudain affamée, elle s'enveloppa dans une serviette et se rendit dans la cuisine pour avaler du jus d'orange tout en faisant griller une tranche de pain. Cela suffirait à étouffer son petit vertige sans gâcher son appétit pour l'excellente cuisine de sa mère.

Elle savait que Trey serait à la fête de Misha, mais elle avait tenté de se renseigner discrètement sur la présence du reste de la fratrie au domaine Winters. Hélas, sa maman lui avait donné une réponse plutôt vague.

« Oh ! chérie, entre les futurs mariés, les paysagistes, les calligraphes et les fleuristes, je ne sais jamais qui va venir. »

Pourvu que cette soirée ne fasse pas exception...

Tiffany allait entrer dans sa chambre quand elle aperçut le petit hochet d'argent posé sur la couverture blanche qu'elle avait tirée d'un carton dans le placard après être revenue chez elle, son test de grossesse à la main.

Ça avait été sa couverture quand elle était petite. L'un des rares objets qui lui rappelaient encore sa vraie mère, morte peu de temps après sa naissance. Voir le hochet et la couverture ensemble lui serra le cœur. Elle n'aurait pas pu rêver meilleurs parents que son père et Camille, qui avait toujours été gentille, chaleureuse et aimante. Une mère, dans tous les sens du terme. Hériter aussi d'une grande sœur avait été un bonus. Tiffany joua un instant avec le hochet, laissant courir son pouce sur l'inscription.

Seigneur, pourvu que ces mots s'avèrent prophétiques.

Elle avait été surprise par l'amertume de Preston quand il lui avait parlé de son père. Cette grossesse arrivait à un très mauvais moment pour lui, et elle le savait. S'ils réussissaient à survivre au mariage et à la médiation au sujet des diamants, ils auraient peut-être une chance.

Trente minutes plus tard, sa jeep s'engagea sur l'allée circulaire devant la maison de ses parents.

L'odeur familière de son enfance l'assaillit tandis qu'elle franchissait la porte. Les bougies au parfum de gâteaux que sa mère adorait. Les produits d'entretien de leur femme de ménage. Et, dessous, l'arôme qui l'aurait conquise dans d'autres circonstances : les lasagnes de Camille.

Ses sens plus développés furent submergés par ce mélange et elle sentit les larmes lui monter aux yeux.

— Coucou ! lança-t-elle dans le hall immense.

Pas de réponse. Elle n'avait pas vu d'autres véhicules dehors, mais il était possible que toutes les voitures soient dans le grand garage. Tiffany se rendit dans la cuisine et s'arrêta devant le frigo double en acier où était accroché le faire-part de Jericho et Maggie. Elle l'examina, un peu jalouse du bonheur qui irradiait dans leurs sourires. Amoureux, ils se couvaient d'un regard brûlant.

Tiffany ouvrit le frigo, moins par faim que pour briser le charme de la belle photo en noir et blanc. Les étagères étaient remplies de ses plats d'hiver préférés. Des soupes revigorantes que sa mère aimait congeler. Des fonds de tarte et des crumbles d'avoine qui serviraient à préparer de délicieuses tourtes à la citrouille et aux pommes. La nourriture avait toujours joué un rôle important dans leur famille recomposée.

Reproduirait-elle la même chose, si Preston et elle parvenaient à élever leur enfant ensemble sans être en couple ? Son bébé pourrait avoir des demi-frères et sœurs. Ou une fratrie par alliance. Une belle-mère.

Elle était tellement plongée dans ses réflexions qu'elle faillit sursauter quand elle découvrit sa mère près d'elle en refermant le frigo. Vêtue d'un legging noir et d'une robe-pull en cachemire blanc, la peau de Camille avait un éclat d'acajou sombre illuminé par son jogging quotidien.

— C'est pour Thanksgiving, dit-elle en voyant un fond de tarte dans la main de Tiffany. Je les refroidis avant de les mettre au congélateur.

— Tu ne commences les préparatifs que quelques jours plus tôt, d'habitude, remarqua Tiffany.

— Maintenant que tous tes frères et sœurs sont en couple, je m'attends à recevoir plus de monde, cette année.

D'un coup, la phase deux de la panique de grossesse de Tiffany se déclencha dans sa tête.

Oh ! Seigneur.

Elle n'avait pas pensé aux fêtes de fin d'année.

Comment Preston et elle allaient-ils s'organiser ? Les deux familles allaient-elles se rassembler ? Allaient-ils partager la garde ? L'idée d'obliger leur enfant à passer la moitié des vacances dans chaque maison lui noua l'estomac.

Et que dire au sujet des anniversaires ? Des soirées-pyjama ? Des vacances d'été ?

— Je ne pensais pas que tu inviterais tout le monde, dit Tiffany en rangeant le fond de tarte sur l'étagère.

— Peut-être parce que tu n'es jamais là, ces temps-ci, plaisanta sa mère. Et même maintenant, tu agis comme une étrangère. Tu ne m'as même pas fait de câlin.

Elle ouvrit les bras et Tiffany se nicha dedans, savourant sa force et sa douceur, enveloppée par son parfum si familier.

— Désolée, maman, dit-elle, les larmes aux yeux. Je viens tout juste de terminer la grosse commande pour k !smet et je suis épuisée.

Sa mère lissa ses cheveux et lui tapota le dos.

— Tout va bien, ma puce. Il se passe aussi beaucoup de choses ici, avec les préparatifs du mariage et tout le reste.

— Ça avance ? s'enquit Tiffany contre son épaule.

Camille la lâcha et soupira.

— Je ne veux plus jamais entendre les mots « plan de table ».

Elle tira du frigo une bouteille du chardonnay préféré de Tiffany. Consciente qu'elle l'avait sans doute achetée pour elle, la jeune femme eut l'impression d'être une fille indigne.

— Essayer de placer des invités ensemble alors que les familles se sont évitées pendant des générations est un calvaire indescriptible, dit Camille en attrapant un tire-bouchon. J'aimerais presque remonter le temps et arracher ce fichu collier des mains d'Eliza Boudreaux.

Elle sortit deux verres d'un placard et les posa sur le plan de travail. Tiffany saliva en pensant au vin frais et à tout le bien qu'il pourrait lui faire. Elle attendit que sa mère se soit servie pour l'arrêter.

— Je crois que je vais attendre un peu. Mon estomac est assez retourné, aujourd'hui.

Depuis un mois, en fait.

Camille fronça les sourcils d'un air inquiet.

— Tu as l'air un peu pâle, dit-elle en posant le dos de sa main sur le front de Tiffany. Tu es sûre que tu n'as pas attrapé le même virus que Moira et Steph ?

— C'est une intoxication alimentaire, lui rappela Tiffany. Et je vais bien. Je n'ai pas assez dormi, c'est tout.

— Parce que tu t'inquiétais pour la commande k !smet ?

Parmi toutes les qualités de sa belle-mère, celle-ci était une de ses préférées. Elle avait le don d'offrir une issue facile à chaque situation délicate. Tiffany acquiesça.

— Le travail à la boutique est épuisant, en ce moment.

Camille chassa une mèche de sa joue et dit :

— Je crois que tu te fais trop de souci. Ta sœur m'a dit que tu étais là-bas avant l'aube pour tout terminer seule.

C'était à moitié vrai.

Sa mère rouvrit le frigo et en sortit une bouteille de *ginger ale,* comme elle le faisait quand Tiffany se plaignait de douleurs d'estomac pendant son enfance. Elle se souvenait encore du goût frais du soda et du réconfort qu'il lui avait apporté lorsqu'elle avait été malade, à l'époque où Camille commençait à peine à fréquenter son père. Ils avaient encore une nounou à domicile, mais Camille avait insisté pour qu'ils annulent leur rendez-vous afin de rester pour s'occuper de Tiffany. L'affection profonde qu'elle ressentait pour cette femme qui l'avait élevée comme sa fille faillit la faire pleurer de nouveau tandis qu'elle prenait le verre – et Camille le remarqua.

— Ma chérie, qu'est-ce qui ne va pas ? Tu as l'air sur le point de fondre en larmes.

Sa gentillesse eut raison des dernières barrières. Tiffany laissa tomber sa tête dans ses mains et sanglota. Toutes ses peurs, ses angoisses, sa gêne et sa honte se déversèrent d'un coup. Abandonnant son vin, Camille contourna le plan de travail et la serra de nouveau dans ses bras.

Lorsque les hoquets de Tiffany s'espacèrent enfin, sa mère recula et la regarda dans les yeux.

— J'imagine que ce n'est pas juste la commande k !smet...

Tiffany baissa les yeux et Camille prit un mouchoir dans sa poche pour essuyer ses joues.

— Tu n'es pas obligée de me parler, mais je veux que tu saches que je suis là si tu as besoin de te confier.

Tiffany examina les veines du plateau en marbre, épuisée et vide, incapable de soutenir le regard de sa mère.

— Je suis enceinte, avoua-t-elle. Je ne sais absolument pas comment je vais gérer ça, mais j'ai décidé de garder le bébé.

Le silence qui suivit dura une éternité.

Camille posa finalement son doigt chaud sous le menton de Tiffany et lui redressa la tête. Son regard était doux, bien loin de la déception à laquelle elle s'attendait.

— Tu es en train de me dire que... je vais de nouveau être grand-mère ?

Tiffany renifla.

— Pas tout de suite, mais oui.

Le cri de joie de Camille l'arracha à sa tristesse. Sa mère leva les mains au ciel et se mit à danser avant d'abattre furieusement sa paume sur le plan de travail.

— Prends *ça*, Gail Del Rio ! Tu as peut-être une plus grande maison et un collier de diamants qui vaut plus que les bijoux de la Couronne, mais j'ai un deuxième petit-enfant en route.

Apparemment, elle n'était pas aussi neutre vis-à-vis de la guerre entre les clans qu'elle voulait le faire croire.

— Tu n'as pas beaucoup d'avance sur elle, tu sais, dit Tiffany en s'éclaircissant la voix.

Sa mère ouvrit des yeux ronds.

— Ne me dis pas que... Maggie ?

— Non, Preston. C'est lui, le père.

Après avoir élevé trois beaux-fils adolescents, Camille était immunisée contre les révélations choquantes. Les frères de Tiffany avaient eu un certain nombre d'ennuis en grandissant. Néanmoins, la jeune femme n'avait encore jamais vu sa mère aussi surprise.

— Toi... et Preston ?

Tiffany hocha la tête.

— Vous êtes...

Elle attendit que sa belle-fille complète le blanc, mais celle-ci ne savait pas comment décrire leur relation.

— On n'est pas ensemble. Ce n'est arrivé qu'une fois.

Ou presque.

— Le soir de la fête de fiançailles de Maggie et Jericho ?

Tiffany ne put cacher son étonnement.

— J'ai dû être très créative pour empêcher ton père de vous voir danser ensemble, dit sa mère avant de boire une gorgée de vin. Preston est au courant ?

Tiffany s'assit sur un tabouret haut près du plan de travail.

— Oui, mais nous préférons attendre que le mariage soit passé pour l'annoncer à tout le monde.

Elle vit un trouble passer dans les yeux de sa mère.

— Tu en es sûre ? La session de médiation pour le collier approche et je pense que...

— Il est hors de question que ma grossesse devienne un moyen de pression, coupa Tiffany en sirotant son soda. Personne ne doit être mis au courant avant que le mariage et le scandale des diamants soient derrière nous.

— Au courant de quoi ?

La voix de Joseph, à la porte de la cuisine, les fit sursauter. Il portait un jean usé et un T-shirt des ZZ Top qui le faisaient ressembler à un *roadie*, d'après les garçons, et ses chaussons de daim rendaient ses pas atrocement silencieux.

— La surprise que Tiffany prépare pour Maggie et Jericho, dit Camille sans hésiter.

— Oh.

Il plongea la main dans sa poche et en tira un mouchoir pour essuyer ses lunettes, qu'il ne portait qu'à la maison.

— Quelqu'un a crié ? J'ai cru entendre un cri.

Tiffany et sa mère échangèrent le même regard comploteur qui avait dû circuler entre les femmes au fil des siècles.

— Oui, moi, répondit Camille. Je viens de recevoir un e-mail de l'organisateur du mariage me disant que les Del Rio ont modifié le plan de table pour la réception.

Son père parut immédiatement agacé.

— Encore ?

Combien de ces batailles avaient déjà eu lieu sans que Tiffany le sache ?

— Hélas, oui.

Joseph s'en alla en lâchant une bordée de jurons et Camille se retourna vers sa belle-fille dès qu'elles furent seules.

— Quand tu décideras d'en parler à ton père, assure-toi que je sois présente aussi, d'accord ?

Elles entendirent la porte du bar claquer, suivi par quelques grommellements dans la pièce d'à côté.

— ... pense que le foutu monde est à lui... salaud va s'excuser, même si je dois le battre pour ça.

Camille but une autre gorgée de vin.

— À bien y réfléchir, peut-être que Preston et toi feriez mieux d'être loin quand il l'apprendra.

— C'est-à-dire ?

— Ton père et moi allons passer un moment sur la côte amalfitaine après le mariage. Je pourrais le lui dire là-bas.

— Quand il y aura un océan entre le cou de Preston et ses mains ?

— Exactement. Tout passe mieux avec un estomac rempli de calmars.

La voix de son père se rapprocha de la cuisine.

— ... s'il pense que je vais rester les bras croisés pendant qu'il tire profit de l'idée de mon fils, il se fourre le doigt dans l'œil, annonça-t-il en agitant son verre. Et vous deux ? Qu'est-ce qui ne va pas ?

— Que veux-tu dire ? demanda Camille en le rejoignant avec une telle confiance que Tiffany faillit presque y croire.

Son père plissa les paupières.

— On dirait que vous complotez quelque chose.

— Non, on *organise* quelque chose, rectifia sa femme. C'est toi qui complotes. Et je refuse de te laisser gâcher le mariage de notre fils. Donc, si tu n'as pas l'intention de m'aider à refaire le plan de table, je te conseille d'aller ailleurs, en attendant le repas.

Joseph passa une main dans ses cheveux châtain clair.

— Je dois me rendre au TCC pour un dîner d'affaires, mais je serai de retour pour le dessert.

Tiffany fut submergée par le soulagement quand il s'en alla. Camille posa doucement la main sur sa joue.

— Tout va bien se passer, dit-elle – et sa voix suffit à calmer les battements de son cœur. Cet enfant sera aimé, c'est ce qui compte. Nous réglerons le reste au fur et à mesure.

De nouveau, ses yeux se mirent à piquer.

— Merci, maman.

Camille regarda le ventre de Tiffany comme si elle commençait à voir les effets physiques de sa grossesse.

— Tu as déjà vu un gynéco ? As-tu besoin de trouver un médecin hors de Royal ?

Cette attention était plus touchante que tout ce que Tiffany aurait pu imaginer en cet instant.

— J'ai rendez-vous avec le Dr Everett jeudi, à 11 heures.

— Quelqu'un va t'accompagner ?

Manière détournée d'essayer de savoir *qui*...

— Oui. Preston.

Camille hocha la tête et serra son épaule.

— Très bien. Finis ton soda, Alisha ne devrait pas tarder.

Tiffany reprit son verre et tourna son tabouret face à la pièce. Elle avait toujours aimé regarder sa mère cuisiner.

— Alexa, joue du Etta James, lança Camille.

Des notes sensuelles se déversèrent par les haut-parleurs, allégeant tout de suite l'atmosphère. Camille sortit un bloc de pancetta du frigo et commença à le couper en petits cubes, un sourire pensif aux lèvres. Tiffany voyait presque un bébé potelé danser dans sa tête.

La porte d'entrée s'ouvrit et Alisha cria depuis le hall :

— Désolée pour le retard.

Elle entra dans la pièce, posant son sac et ses clés sur le comptoir. Son bracelet scintilla sous les lampes tandis qu'elle se massait le front.

— Je devais finir de corriger des devoirs pour mon séminaire sur la Renaissance.

— C'était si terrible ? demanda Tiffany, qui connaissait tous les défis posés par son emploi à temps partiel en tant que professeure adjointe en histoire de l'art.

— Un des élèves de mon cours du soir a expliqué sur cinq pages pourquoi Leonardo n'aurait jamais dû faire partie des *Tortues Ninja Teenage Mutant*.

— Et tu n'es pas d'accord ? demanda Camille en versant la pancetta dans une poêle.

— Pas du tout ! S'il fallait virer une des tortues, ce serait Donatello. Il avait déjà soixante-six ans à la naissance de Leonardo.

— On en apprend tous les jours.

Leur mère s'attaqua à la découpe d'un céleri.

— Oh ! mince, s'écria-t-elle. Tiff, tu veux bien sortir les petits oignons du freezer pour moi ? J'ai du gras de pancetta plein les mains.

— Bien sûr.

Elle bondit de son tabouret et ouvrit le compartiment au bas du réfrigérateur. Elle attrapa le sac, refermant la porte d'un coup de coude.

— Voilà. Oh...

Elle sentit soudain le sol tanguer sous ses pieds. La musique fut étouffée, lointaine, et une ombre se forma au bord de son champ de vision tandis que ses genoux vacillaient sous elle.

— Tiffany !

Le couteau tomba bruyamment sur le plan de travail et Camille se jeta sur elle tandis qu'un rideau rouge s'abattait, oblitérant toute la scène.

7

Une autre réunion. Un autre texto. Une autre mauvaise surprise.

Preston avait l'impression d'avoir passé une année entière assis devant la table lustrée de la salle de conférences du siège du Groupe Del Rio. L'odeur de la cire à bois lui donnait mal à la tête. Les voix se brouillaient autour de lui. Il n'arrivait pas à se concentrer sur la conversation malgré ses efforts.

Vu le week-end qu'il venait de passer, ce n'était pas étonnant. Les chocolats que Tiffany avait choisis avec tant de soin pour Maggie attendaient toujours dans la cuisine de son loft de célibataire. Les excuses qu'il avait voulu présenter pour avoir manqué un autre dîner de famille avaient été gâchées par une nouvelle urgence liée au mariage. Il commençait à perdre patience devant tous ces problèmes et la guerre ridicule qui les engendrait.

Et maintenant, ça.

Salut, toi ! Je suis en ville pour la semaine et j'ai très envie de te voir.

L'espoir qui perçait dans le texto inattendu de Sunny le rongeait. Pourquoi maintenant ?

Son père se leva de son siège, les mains dans le dos, et se mit à parler plus lentement comme chaque fois qu'il s'apprêtait à faire une annonce importante. Preston se détourna de son portable et essaya d'écouter.

— Quand mon arrière-arrière-grand-père a acheté ce terrain, il avait un rêve simple.

Preston aurait pu réciter ce discours de tête. *Il n'avait que vingt-cinq dollars en poche...*

Il fut un instant envieux de cette vie tellement plus facile que les épreuves qu'il traversait. Il était né dans une famille fortunée et il savait mieux que personne à quel point ça pouvait influencer les gens. Cette obsession de l'héritage transformait les hommes responsables comme son père en lutteurs acharnés. Preston avait aussi pensé à ce qu'il léguerait à son tour et il avait passé tant de temps à essayer de construire son propre empire qu'il n'avait jamais pris la peine de se demander si c'était vraiment ce qu'il voulait ; si son désir de prendre la tête du Groupe Del Rio venait de lui ou si ce n'était qu'un reflet de l'ambition aveugle de son père. Sa relation avec Sunny était tout aussi tortueuse.

Il lui devait au moins un adieu définitif. Après ce qui s'était passé entre Tiffany et lui à la boutique, il sentait qu'il devait tourner la page pour de bon avant de continuer. Il était déjà en train de taper une réponse quand des applaudissements s'élevèrent, l'interrompant.

Tout le monde le regardait.

Il essaya de comprendre quels mots avaient déclenché cette réaction, mais il ne trouva rien. Il était perdu.

— Le 1er janvier, dit l'homme assis près de lui en lui donnant une tape dans le dos. Qu'est-ce que ça fait d'avoir enfin une date de transition officielle ?

Preston regarda son père, dont le grand sourire n'atteignait pas les yeux. Fernando Del Rio venait d'annoncer la date de sa retraite. Et au moment fatidique qu'il avait tant attendu, pour lequel il s'était préparé toute sa vie, Preston avait été obnubilé par son ex-petite amie.

De toute évidence, sa distraction n'était pas passée inaperçue. Une vague glacée envahit sa poitrine.

Fernando se retourna vers les membres du conseil d'administration et déclara :

— J'espère que vous me retrouverez tous au Glass House ce soir pour célébrer ce grand événement.

Preston s'éclaircit la voix.

— En fait, je ne sais pas si je pourrai me libérer.

Le sourire satisfait de son père disparut sous une grimace.

— Tu es l'invité d'honneur. Qu'y a-t-il de plus important que ta nomination comme P-DG du Groupe Del Rio ?

Il n'aurait sans doute pas aimé la réponse : Preston avait prévu de passer chez Tiffany. Non seulement elle ne lui avait pas envoyé le moindre message pendant le week-end, mais elle n'avait pas non plus répondu à son texto de ce matin pour confirmer le rendez-vous chez son gynéco.

Les membres du conseil s'agitèrent tandis que la tension montait dans la salle. Preston songea qu'il pouvait faire une apparition d'une demi-heure à la réception, serrer quelques mains et écouter les félicitations avant d'aller chez Tiffany.

— Rien, dit-il en s'obligeant à sourire. Qui veut passer me prendre ? Je sais déjà que je ne serai pas en état de conduire après cette soirée.

Ce genre de vantardises l'écœurait, mais elles furent dûment approuvées par les autres hommes. Preston détestait ces étalages de complicité masculine, mais cela eut l'avantage de faire sourire son père.

— 6 heures ? suggéra Fernando. La première tournée sera pour moi et la deuxième pour l'homme qui s'apprête à hériter de la firme la plus lucrative dans dix pays différents.

Le groupe se leva bruyamment en repoussant les chaises. Tous les membres du conseil serrèrent la main de Preston à tour de rôle, le laissant frustré et vide.

Son père fut le dernier à partir, s'approchant si lentement qu'il sentit sa gorge s'assécher.

— J'espère que tu es heureux, dit-il.

Preston ferma son ordinateur et le cala sous son bras.

— Bien sûr.

Fernando repoussa brutalement la chaise que son fils venait de quitter.

— Je te pose juste la question parce que tu avais l'air très distrait.

— J'ai beaucoup de préoccupations.

— Les négociations à venir avec Jack Chowdhry au sujet du scandale des diamants ? Tu as intérêt à y être. Maintenant que la rumeur de notre succession va se répandre, les gens vont nous observer de très près, Preston. Nous devons nous montrer unis.

Son débit si lent l'exaspéra. Que son père et lui parviennent ou non à résoudre leurs problèmes relationnels, ils devaient à tout prix avoir l'air soudés en public. On lui avait martelé ce message depuis qu'il savait parler.

Ce n'était pas comme si sa famille lui demandait d'être parfait. Il devait juste s'assurer que les gens le pensent. Il avait le droit d'avoir des problèmes personnels tant que personne ne le savait. Maintenir cette façade depuis son enfance l'épuisait et lui mettait les nerfs à vif. Il frôlait le burn-out.

— J'y serai, promit-il.

— Bien.

Son père passa devant lui dans un nuage d'eau de Cologne.

— J'espère aussi que tu n'as pas l'intention de renoncer à la soirée d'aujourd'hui à la dernière minute. Nos associés seraient très déçus si tu ne te montrais pas.

— Je comprends, papa.

— Leur confiance en nous a consolidé le Groupe Del Rio. Sans leur soutien...

— Je viendrai.

Son père l'observa longuement. Il le jaugeait.

— Nous discuterons ce soir.

Preston répondit par un bref salut de la tête et quitta la salle comme s'il avait les fesses en feu. Son bureau était juste à côté, mais il lui fallut plusieurs minutes pour le rejoindre : tous ceux qu'il croisait insistèrent pour lui adresser leurs félicitations.

Lorsqu'il put enfin fermer la porte derrière lui, il s'adossa au battant. Il se crut tiré d'affaire jusqu'à ce que son téléphone vibre de nouveau. Sunny venait sans doute d'accepter son invitation à boire un café dans la semaine.

Non, il se trompait.

Félicitations, Pres !

Recevoir un message de sa sœur lui donnait toujours le sourire, mais le contexte assombrit son humeur. Il répondit :

Les nouvelles vont vite…

Je savais qu'il allait l'annoncer aujourd'hui, mais pas à quel moment. Amanda Battle vient de me demander ce que j'en pensais quand je suis passée au restaurant.

Comment peut-elle déjà être au courant ?

Tu sais qu'elle a des informateurs dans toute la ville.

LOL. Tu viens à la fiesta de papa au Glass House ?

Pas possible. J'ai le 76e essayage de ma robe.

Elle accompagna son texto d'un GIF représentant un personnage de dessin animé en train de cogner sa tête contre un mur. Preston écrivit :

Dire que je croyais que tu étais noyée dans ta félicité conjugale.

Je t'autorise à trouver la femme de ta vie, mais par pitié n'organise jamais de mariage. Pour l'amour de Dieu, fais ça en secret. Loin d'ici.

Preston eut l'impression qu'on venait de lui planter une flèche dans le cœur.

La femme de sa vie.

Il ne savait déjà pas comment entretenir une relation plus d'un an. La seule femme qui l'intéressait vraiment n'était pas faite pour lui, mais elle portait son bébé ; un fait qui allait transformer leurs deux vies pour toujours. Il répondit vite :

Promis.

Puis il s'affala dans son grand fauteuil de cuir, derrière le bureau, et laissa le soleil lui réchauffer le dos à travers la baie vitrée. Il tourna lentement pour admirer le paysage texan. C'était son royaume, d'après ce qu'on lui avait toujours répété. Et la soirée à venir ne serait qu'une extension de cette fable.

Il n'aurait pas dû être surpris d'entendre les mêmes phrases en boucle. Après tout, il les supportait depuis son adolescence.

« Ce n'était qu'une question de temps. »

On pouvait dire la même chose de tout, non ?

« Voilà le futur P-DG. »

Comme s'il avait eu le choix.

« Tu es le portrait craché de ton père. »

Pouvait-on vraiment croire qu'il le faisait exprès ?

Pendant une demi-heure, il autorisa Fernando à le faire parader dans le patio extérieur du Glass House, laissant les invités le picorer comme s'il faisait partie des hors-d'œuvre.

L'ambiance festive, la musique et les lumières du jardin donnaient à la réunion un côté intime malgré le nombre de personnes présentes. Rien de tout cela ne semblait réel.

Son angoisse ne s'apaisa que lorsqu'il vit sa mère et Maggie attendant patiemment dans un coin isolé.

Gail Del Rio rayonnait de fierté. Maggie, qui avait annulé son essayage à la dernière minute, n'avait pas l'air aussi détendue. Dès qu'il croisa son regard, elle passa du sourire à une moue inquiète.

Preston les rejoignit, suivi de près par son père qui s'assura que le photographe immortalise leur poignée de main. Fernando jouait son rôle à la perfection, debout près de son fils avec un sourire ravi de circonstance. Le flash aveugla Preston, qui cligna des paupières pour chasser les reflets bleus.

— Je vais chercher un verre, annonça-t-il en s'esquivant.

Au bar, il avala une demi-bouteille d'eau avant de commander un whisky. Soudain, un parfum familier arriva jusqu'à ses narines. Vanille et jasmin.

La signature de Sunny.

À présent, il comprenait la grimace de Maggie.

Il aurait dû se douter que recevoir un texto de son ex le jour où son père annonçait sa nomination au poste de P-DG n'était pas une coïncidence.

— Tu ne croyais quand même pas que j'allais manquer ce grand moment ? s'enquit-elle en pressant ses lèvres luisantes de gloss sur la joue de Preston.

Elle était aussi belle qu'avant. De longs cheveux bruns. De grands yeux noisette. Une peau sombre et lisse. Tout ce qui l'avait attiré autrefois était toujours là, et pourtant il ne ressentit pas le moindre frisson, contrairement à tous les autres hommes qui la déshabillaient des yeux dans sa robe de soirée moulante rouge vif.

Fernando avait clairement orchestré son apparition comme une pin-up qui jaillit d'un gâteau, la faisant entrer discrètement au milieu des autres convives.

— Je n'arrive pas à croire que ça soit enfin arrivé.

Un barman en chemise blanche lui servit son whisky et Preston laissa tomber une pièce dans le bocal à pourboires.

— Moi non plus, admit-il. Je pensais que le vieux resterait aux commandes jusqu'à ce qu'on soit obligé de le planter en tête de table comme un épouvantail.

— Je parlais de nous, rétorqua-t-elle en le regardant à travers un rideau de cils noirs.

S'il avait espéré que la discussion reste platonique, il s'était clairement trompé.

— Tu veux qu'on aille marcher plus loin ?

Ce qu'il avait à dire était trop personnel pour le faire devant témoins.

— Avec plaisir, roucoula-t-elle.

Le barman lui apporta un martini sans même qu'elle ait besoin de le demander. Elle le prit et le remercia avec un sourire sensuel qui fit rougir le pauvre homme jusqu'aux oreilles. Ils se frayèrent ensuite un chemin dans la foule pour quitter le patio et descendre l'escalier qui conduisait dans l'élégant jardin de l'hôtel Bellamy.

Preston ralentit une fois arrivé dans l'ombre d'une haie.

Il avait répété son discours depuis qu'il avait reçu le texto, mais son esprit se vida d'un coup.

— Mon père t'a invitée, n'est-ce pas ?

— Oui, mais ce n'est pas pour ça que je suis venue.

— Pourquoi, alors ?

Elle se rapprocha d'un pas.

— Parce que tu me manques.

Preston sentit son cœur se serrer. Il n'avait pas envie de lui faire *encore plus* mal.

— Sunny…

— S'il te plaît, coupa-t-elle en levant la main, j'ai besoin de te dire quelque chose avant de perdre courage. Depuis qu'on s'est quittés, je n'ai pas arrêté de penser à ce que tu m'as dit. Au fait que tu ne pouvais pas m'épouser parce que ta carrière passerait toujours en premier, que ce serait injuste pour moi. Je comprends que je ne t'ai pas soutenu autant que je l'aurais dû. Si j'avais passé moins de temps à te traîner dans des endroits à la mode pour qu'on s'affiche comme un couple idéal, nous aurions eu une chance de le devenir dans la vraie vie.

— Non, interrompit Preston. Je suis le seul à blâmer.

— Pardon ? demanda-t-elle en haussant son sourcil parfaitement dessiné.

— Je n'ai pas été honnête avec toi. Et avec moi-même.

Sunny serra les bras autour de son buste, l'air tendu.

— Qu'est-ce que tu veux dire ?

Les bruits distants de la fête leur parvinrent, portés par la brise qui agita les branches d'un vieux chêne.

— Mon père n'arrêtait pas de me répéter que je devais me caser avec quelqu'un. Qu'assumer son héritage passait aussi par la fondation d'une famille qui poursuivrait la lignée Del Rio. J'ai cru que nos fiançailles le persuaderaient que j'étais prêt à reprendre la tête de l'entreprise.

Une larme brilla au coin de l'œil de Sunny dans la lumière des guirlandes accrochées au-dessus d'eux.

— Mais... quand tu m'as demandée en mariage, tu as dit que tu n'imaginais pas ta vie sans moi. Tu as dit...

— Je ne me rendais pas compte que j'étais obnubilé par l'idée de marcher dans les pas de mon père, ou que ça influençait mes décisions, admit-il, le regard perdu dans les silhouettes des arbres, loin devant. Je tenais vraiment à toi, Sunny. J'ai essayé de me convaincre que ça suffirait, que je serais un bon mari même si je ne partageais pas tes sentiments.

— Tu m'as donné *l'impression* d'être aimée, Preston, dit-elle en posant la main sur son bras. Ça *me* suffit.

Il recouvrit doucement ses doigts avec sa paume.

— Ce n'était pas assez. Tu te souviens de tous les rendez-vous que j'ai annulés ? Des voyages qu'on n'a pas faits ? De tout ce que tu voulais et que je ne t'ai jamais donné ? J'ai bien vu que tu faisais comme si ce n'était pas grave, mais c'était un mensonge. C'était très important, et je t'ai laissée tomber. Tu voulais tellement que notre couple fonctionne que tu as refusé de le voir.

Elle baissa les yeux sur les pavés, le visage caché par ses cheveux. Preston sentit le poids de la vérité jusque dans ses os.

— Tu sais que c'est vrai, dit-il. Un jour, tu trouveras quelqu'un capable de te donner l'amour que tu mérites.

Elle redressa la tête, les yeux brillants, et le regarda. Elle plaqua sa main libre sur son torse et se hissa sur la pointe des pieds pour l'embrasser avec tendresse.

— Merci, Preston.

— De quoi ?

— De m'avoir dit la vérité. Même si ça fait mal, admit-elle avec un sourire triste. Surtout si ça fait mal.

Il essuya une larme de sa joue.

— Promets-moi que tu seras heureuse.

Elle écarta sa main et la serra avec force.

— Je te promets d'essayer.

Il la regarda un long moment, heureux d'avoir eu cette discussion avec elle, même si leurs retrouvailles étaient une autre machination de son père. Sunny prit une profonde inspiration et soupira.

— Je crois que je vais y aller. Dis au revoir à ta mère et à ta sœur pour moi.

— Bien sûr.

Il l'observa tandis qu'elle retournait vers le parking, tout en écoutant les voix étouffées des invités dans le patio. Ce n'était pas vraiment lui qu'ils fêtaient, mais eux-mêmes et leurs liens avec une entreprise qu'ils espéraient voir grandir grâce à lui.

Il allait devoir parler sérieusement à son père de la présence de Sunny, ce soir, mais il sentait que ce n'était pas le moment.

De toute manière, l'apparition de son ex l'avait aidé, involontairement. Le rappel de leur relation avait éclairé d'un jour nouveau ce qu'il vivait en ce moment.

Il savait ce qu'il devait faire.

Il tira son portable de sa poche et se connecta au groupe WhatsApp familial pour envoyer un message rapide.

Petite urgence à régler. Toutes mes excuses.

Son cœur s'alourdit quand il vit que sa sœur, sa mère, puis son père avaient lu le message. Des petits points apparurent et disparurent plusieurs fois, indiquant que Fernando écrivait. Maggie et Gail furent plus rapides.

Maman : Bien sûr, fils. Fais le nécessaire.

Maggie : On te couvre, Pres.

Son père arrêta de taper et Preston sentit une bouffée de gratitude pour ces deux femmes fortes et courageuses sur lesquelles il pouvait toujours compter.

Ses pneus laissèrent des traces de gomme sur le parking quand il démarra en trombe pour se rendre chez Tiffany.

Il devait la voir. Lui parler.

Par parce qu'il souffrait encore de la passion adolescente qui l'avait envahi au lycée.

Mais parce qu'il venait de comprendre qu'il était en train de tomber amoureux de Tiffany Winters.

Et s'il ne faisait pas attention, ces sentiments risquaient de leur coûter très cher. À tous les deux.

8

— Mademoiselle Winters, avez-vous conscience des conséquences de vos choix irresponsables ? demanda le juge sévère, d'une voix qui ressemblait étrangement à celle de Fernando Del Rio.

Tiffany sonda sa mémoire à toute allure mais elle ne savait pas ce qui l'avait menée devant ce tribunal. Chaque fois qu'elle essayait de répondre, le juge abattait son marteau. Elle serra les poings, finalement assez furieuse pour hurler.

Son gémissement étranglé la tira du sommeil.

Elle s'était endormie sur le canapé.

Le livre d'économie qu'elle était en train d'étudier avant de s'assoupir était ouvert sur sa poitrine. Le logo Netflix flottait paresseusement sur l'écran de sa télévision. Son portable, réglé sur silencieux pour lui permettre de préparer son examen à venir, affichait plusieurs appels manqués.

Le plus récent venait de Preston.

Soudain, les coups sourds qu'elle avait entendus dans son rêve prirent tout leur sens : quelqu'un frappait à sa porte. Elle se leva péniblement, comme si ses membres avaient été coulés dans le béton.

— J'arrive, lança-t-elle en rejoignant le hall.

Elle ouvrit et tomba nez à nez avec Preston, le front en sueur et l'air affolé. Il parut soulagé pendant un instant, puis fronça les sourcils.

— Tu m'as fait une peur bleue. J'étais sur le point d'appeler le 911.

Tiffany s'écarta et se frotta les yeux.

— Qu'est-ce que tu fais ici ?

— À ton avis ? Je panique, répliqua-t-il avant d'entrer.

— À propos de quoi ?

Elle bâilla.

— Tu ne réponds pas au téléphone. Ta voiture est dans le garage et toutes les lumières sont allumées, mais tu ne viens pas ouvrir la porte quand je frappe.

— Je dormais, expliqua-t-elle en montrant le canapé.

— Comment étais-je censé le savoir ?

— Tu ne pouvais pas. Mais tu devrais être chez toi ou dans un restaurant en train de profiter de ton temps libre, non ?

Sa silhouette fine et musclée vibrait d'énergie tandis qu'il faisait les cent pas dans le salon.

— À l'avenir, je pense que tu devrais éviter de laisser ton portable en silencieux quand tu es seule.

— Pourquoi ? demanda-t-elle en croisant les bras pour cacher le fait qu'elle ne portait pas de soutien-gorge.

— Parce que je veux pouvoir m'assurer que tu vas bien. Imagine si tu t'étais évanouie et si tu t'étais cogné la tête ?

Une montée d'adrénaline chassa sa fatigue.

— Dans ce cas, je ne pourrais pas répondre au téléphone même s'il *était* allumé.

Preston pinça les lèvres. Son visage rosit sous son hâle estival et il se mit à taper quelque chose sur son portable.

— Qu'est-ce que tu fais ?

— Je t'achète un système d'alarme d'urgence, dit-il sans lever les yeux.

— Pourquoi ne pas installer des caméras de sécurité, tant que tu y es ? Comme ça, tu pourras me surveiller n'importe quand, marmonna-t-elle.

Le visage de Preston se détendit et il examina la pièce.

— Ce n'est pas une mauvaise idée.

— Je plaisantais.

— Après ce qui s'est passé l'autre jour, tu ne peux pas m'en vouloir d'être inquiet.

L'agacement de Tiffany se mua en colère sourde.

— Qu'est-ce qu'Alisha t'a raconté ?

— Comment ça ? demanda-t-il, l'air méfiant. Il est arrivé quelque chose ?

— Réponds-moi d'abord.

Elle alla dans la cuisine et sortit du réfrigérateur une bouteille de *ginger ale* que Camille lui avait apportée. Elle en tendit une autre à Preston, qui refusa.

— Alisha ne m'a rien dit. Je parlais de ton vertige à Chocolate Fix. Tu as failli tomber dans les pommes.

Tiffany but une gorgée de soda piquant et soupira.

— Ça s'appelle de l'hyperhémèse gravidique et ce n'est pas grave, expliqua-t-elle en se laissant tomber sur le canapé.

Preston la suivit mais ne s'assit pas.

— Le Dr Everett m'a dit que c'est assez courant et…

— Le docteur ? Je croyais que tu devais seulement le voir jeudi.

— Oui.

Comment allait-elle pouvoir lui expliquer la situation sans l'effrayer davantage ?

— J'ai passé une soirée chez mes parents, et ma mère m'a recommandé d'avancer le rendez-vous, dit-elle plus nerveusement qu'elle l'aurait voulu.

— Attends… Camille est au courant, maintenant ?

Tiffany acquiesça.

— Dès qu'elle a posé les yeux sur moi, j'ai compris qu'il était inutile de lui mentir. Elle est d'accord pour qu'on attende le mariage avant de l'annoncer et elle nous aidera.

Preston digéra l'information en silence.

— Et pourquoi a-t-elle voulu que tu avances le rendez-vous ?

Elle avait espéré que le fait que sa mère connaisse leur secret lui ferait oublier le reste. Hélas, ça n'avait pas marché.

— J'ai eu un autre malaise dans sa cuisine. Je ne me suis pas évanouie, cette fois...

— *Cette* fois ? Tu veux dire que c'est déjà arrivé ?

Sa voix était montée d'une octave. Tiffany replia les jambes sur le canapé et avoua :

— Oui, à peine. Ça n'a pas duré longtemps.

Elle vit les narines de Preston se dilater.

— Et tu n'as pas pensé à m'en parler ?

— À quoi bon ?

— J'ai le droit de savoir si la mère de mon enfant a des ennuis de santé !

— C'est mon titre officiel, maintenant ? lâcha-t-elle en posant violemment sa bouteille sur la table basse. Parce que, si c'est le cas, il va falloir que tu me dises ce que ça implique. Est-ce que je devrais te transmettre tout mon dossier médical ? Ou juste les infos qui pourraient affecter ma grossesse ?

— Ce n'est pas ce que je voulais dire.

— Dans ce cas, que *veux*-tu dire, exactement ?

Il se détendit, l'air moins furieux.

— Je me soucie de ce qui t'arrive, Tiffany. Et je veux que tu saches que je serai toujours là pour toi.

— Non, tu ne *peux* pas.

Elle n'avait pas eu l'intention d'être aussi cinglante et voulut immédiatement apaiser l'éclair de douleur qui passa dans les yeux de Preston.

— J'apprécie ton aide. Vraiment. Mais on est dans la vraie vie, Preston. Tu ne peux pas passer toutes tes journées avec moi. Tu ne peux pas accourir chaque fois que je ne réponds pas au téléphone. Ou faire comme si on était un vrai couple.

Il s'approcha de la fenêtre qui donnait sur la rue et sur sa voiture garée le long du trottoir. Tiffany eut soudain envie de presser sa joue contre son dos et d'entendre les battements étouffés de son cœur à travers son torse solide. Elle aurait voulu connaître les pensées qui encombraient son esprit si vif.

Lorsqu'il se retourna, la flamme protectrice qui avait brûlé dans ses yeux n'était plus qu'une braise.

— Je suis un mauvais partenaire, Tiffany. Je me connais assez bien pour l'admettre. Je n'ai jamais réussi à faire passer quoi que ce soit avant mon travail... (Ses poings crispés se détendirent.) Mais je ne veux pas être comme ça avec toi. Je veux que notre enfant ait la priorité, quoi qu'il arrive.

— Moi aussi, Preston.

— Et tu as raison : je dois mieux respecter ton intimité. C'est pourquoi je pense que notre relation devrait rester strictement platonique à l'avenir.

L'espoir qui était monté en elle retomba comme un soufflé.

— Je vois.

— Je suis désolé d'avoir laissé les choses déraper à la boutique, l'autre jour. Je n'ai écouté que mon désir et j'ai compliqué la situation pour nous.

— On était deux. Si je me rappelle bien, c'est moi qui ai fait le premier pas.

— J'avoue que j'ai envie de recommencer mais, pour le bien de nos familles et de nos carrières, je crois qu'on devrait éviter.

Bien sûr, Tiffany avait déjà pensé à tout cela depuis leur dernière rencontre. D'autres discussions plus profondes et plus difficiles les attendaient sans doute, mais la simple idée de se lancer sur cette pente l'épuisait plus encore. Elle se redressa au bord du canapé et bâilla.

— Dans ce cas, tu ferais sans doute mieux de partir pour que je puisse me doucher et aller me coucher.

— Non, mais je serais ravi de faire le guet pendant ta douche pour que tu ne tombes *pas*, et de te border ensuite.

Elle aurait voulu refuser – question de principe. Elle aurait voulu lui prouver qu'elle pouvait le repousser aussi facilement qu'il rejetait toute idée de relation physique entre eux.

Mais, ce soir, elle n'avait pas envie d'être seule.

Sa mère et Alisha lui avaient déjà proposé de rester avec elle une semaine, le temps que le traitement prescrit par le Dr Everett calme ses symptômes. Seulement, elle n'avait pas envie de les éloigner de leurs maisons ou de leurs conjoints. Sans compter qu'elles auraient dû inventer une excuse pour cacher sa grossesse.

Mais il n'y avait pas que cela.

Elle se sentait en sécurité avec Preston.

Elle voulait qu'il soit près d'elle. Elle le voulait pour elle seule, et savoir que cette possessivité était totalement irrationnelle n'y changerait rien.

— Fais ce que tu veux, si ça peut te rassurer, dit-elle comme si elle n'acceptait que pour son bien.

Elle éteignit la télévision et empila ses livres sur la table basse avant de traîner son corps fatigué dans le couloir.

Preston la suivit, assez près pour la rattraper si elle tombait, mais assez loin pour lui laisser un peu d'espace.

Elle attrapa des sous-vêtements propres et un long T-shirt dans sa chambre. Preston attendit à la porte, puis lui emboîta le pas dans la salle de bains. Appuyé contre le lavabo, les bras croisés, il la regardait d'un air très sérieux.

— On devrait te trouver un tabouret de douche, dit-il en observant la paroi vitrée.

On. Encore ce mot.

Elle le savoura, même si ce n'était que temporaire.

Elle ouvrit la porte de la douche et fit couler l'eau.

— Je suis sûr que je pourrais trouver ça sur Internet.

Il tira son portable de sa poche en un éclair et tourna rapidement l'écran vers elle.

— Qu'est-ce que tu dis de celui-ci ?

— Il est très sympa, admit-elle en examinant le tabouret. Tu veux bien m'envoyer le lien ?

— Il sera livré demain entre 14 heures et 17 heures, annonça-t-il avec un grand sourire.

— Preston, tu n'étais pas obligé, le gronda-t-elle.

— Ça me fait plaisir et je serai plus rassuré.

— Quand tu ne seras pas disponible pour superviser ma douche, tu veux dire ?

Elle se fit un chignon très haut attaché par un élastique.

— Non, mais tu pourras t'asseoir pendant que je supervise.

Elle éclata de rire et se retourna pour enlever son T-shirt.

— Tu n'as quand même pas prévu de venir tous les soirs ?

Comme il ne répondait pas, elle jeta un coup d'œil par-dessus son épaule et vit qu'il fixait son dos en se mordillant la lèvre. Elle s'éclaircit la voix et il s'empressa de regarder le plafond.

— Ça t'ennuierait ?

— Non, mais ça me semble juste improbable.

— Parce que… ?

— Je sais que ton père t'oblige à participer à de nombreux événements et je sais que le réseautage est important pour ton travail. Je sais aussi que tu es le célibataire le plus convoité des dix comtés voisins. Je ne m'attends pas à ce que tu abandonnes ta vie sociale pour jouer les sentinelles chez une pauvre fille mal fagotée.

Il s'écarta du meuble et s'approcha d'elle.

— Tu n'es pas mal fagotée.

Tiffany baissa les yeux sur son survêtement distendu et délavé, taché de javel et troué au genou au fil de ses séances de ménage.

— Oui, je suis la séduction incarnée.

— Si tu veux avoir l'air négligée, il va falloir faire plus d'efforts, tu sais.

— Tu dis ça maintenant, mais attends que j'ajoute des taches à cause du bébé sur tout ça.

— J'en ai bien l'intention, répondit-il avec ferveur, comme une promesse. Maintenant, entre là-dedans avant d'avoir gâché toute l'eau chaude.

Tiffany n'avait jamais été très pudique. Elle finit de se déshabiller et poussa la pile de vêtements vers le panier à linge avant de se glisser sous l'eau délicieusement tiède. Elle la laissa couler sur sa peau et se détendit la nuque.

— Alors, comment s'est passée ta journée ?

Elle fit couler du savon sur son éponge et se frotta comme s'il n'avait pas été là.

— Mon père a annoncé la date de sa retraite.

La masse mousseuse se figea près de sa clavicule.

— Vraiment ?

— Vraiment. Dès le 1er janvier, je serai le nouveau P-DG du Groupe Del Rio et de toutes ses filiales.

— On dirait que ça ne te rend pas heureux…

— Pour être franc, j'ai l'impression qu'il a une idée derrière la tête.

— Laquelle ? s'enquit-elle en posant l'éponge pour attraper son gel nettoyant pour visage.

— Je ne sais pas, mais j'ai bien l'intention de le découvrir.

— Tu ne penses pas qu'il a juste décidé que tu étais prêt ?

Sa silhouette s'approcha au bord du champ de vision de Tiffany.

— Fernando Del Rio ne change pas d'avis sans raison. Il est très têtu et encore plus orgueilleux.

— C'est de là que ça te vient, alors.

Elle rejeta sa tête en arrière et laissa l'eau chasser la mousse de sa gorge et de sa poitrine.

— Qu'est-ce que je suis censé comprendre ? demanda-t-il, si proche qu'elle sentit un courant électrique la traverser.

— Rien. C'était juste une remarque.

— Si on se lance dans les remarques désobligeantes, je trouve que tu ne manges pas assez.

Tiffany massa ses joues savonneuses.

— Tu devrais jeter un coup d'œil à mon placard de cuisine. Il y a un énorme sac de chips trempées dans du chocolat qui était encore plein à craquer, hier.

Preston tressaillit.

— Les femmes enceintes ont vraiment des envies bizarres.

— Si c'est vrai, alors la moitié de Royal attend un bébé en secret, répondit Tiffany en offrant son visage au jet d'eau. Ces chips font partie de mes best-sellers avec les fudges au sucre brun. D'ailleurs, Maggie a aimé ses chocolats ?

— Je ne les lui ai pas encore donnés.

— Tu ne l'as pas vue ?

— Si, ce soir. Mais je ne les avais pas sur moi.

— Tu étais chez tes parents ?

— Non, au Glass House.

Ce ne fut pas tant sa réponse que le ton de sa voix qui l'intrigua.

— Tu es allé manger là-bas ?

Il ne répondit pas immédiatement.

— C'était une soirée improvisée pour fêter l'annonce de la succession.

Tiffany chassa la mousse de ses yeux pour le regarder.

— Et ça s'est fini assez tôt pour te permettre de frapper à ma porte à 19 heures ?

Preston s'agita un peu, les yeux fixés sur le carrelage.

— Pas tout à fait.

Tiffany coupa l'eau et ouvrit la porte de la douche.

— Tu as quitté ta fête juste pour venir me voir ?

Preston observa un instant son corps nu, puis baissa la tête. Il attrapa une serviette et la lui tendit.

— Oui.

— Pourquoi as-tu fait ça ?

Il ne la regarda dans les yeux que lorsqu'elle fut couverte.

— Parce que j'avais besoin de m'assurer que tu allais bien.

Il avait quitté la soirée célébrant le but qu'il avait poursuivi toute sa vie parce qu'il s'inquiétait pour elle. D'un coup, elle s'en voulut d'avoir été si cassante avec lui.

— Pourquoi n'as-tu pas appelé Alisha ? Tu aurais pu lui dire que tu n'arrivais pas à me joindre et que ça te préoccupait. Tu n'étais pas obligé de...

— Si, coupa-t-il sans hésiter. Si, j'étais obligé. Je ne pouvais plus rester planté là-bas, sourire et bavarder comme si je m'intéressais à tout ce que ces gens racontaient, alors que je craignais que tu te sois fait mal.

Une boule dure se forma à la base de la gorge de Tiffany, l'empêchant de répondre.

— Et je tiens à préciser que je ne me soucie pas que de ta grossesse. Je veux tout savoir : comment tu te sens, ce que tu penses, ce qui te fait peur, ce qui t'excite. *Tout,* Tiffany. Tout le temps.

Il respirait plus vite et avala sa salive. La peau de son cou se tendit sur sa pomme d'Adam. Oh ! elle aurait voulu lui dire tellement de choses, lui poser tant de questions. Mais la peur la retint et elle se rabattit sur des banalités.

— J'ai peur de perdre ma boutique, de rater ma maîtrise, ou les deux. Je commençais à peine à prendre mon envol et j'ai l'impression qu'on m'a attaché des poids aux pieds.

Elle sortit sur le tapis de bain et coinça la serviette sous ses bras. Preston s'écarta pour la laisser accéder au lavabo.

— J'étais sincère quand je t'ai dit que je voulais t'aider, tu sais.

Tiffany ouvrit le placard et attrapa la crème qu'Alisha lui avait offerte pour calmer ses boutons hormonaux.

— Tu me proposes de faire mes devoirs à ma place ?

— Je suis prêt à tout faire chez toi ou ailleurs.

— Comme l'autre jour, dans mon bureau ?

Preston s'agita de nouveau et ignora sa remarque.

— On est embarqués là-dedans ensemble, Tiffany. Je tiens à ce que tu le saches.

Elle voulait le croire. Elle avait besoin de faire taire la petite voix qui lui rappelait que seul son corps serait concerné par les changements qui se profilaient. Que Preston n'avait qu'une obligation morale vis-à-vis du bébé. Il était le genre d'homme à vouloir « faire ce qui était juste », mais elle n'était pas certaine de savoir ce qui serait juste pour eux deux, dans cette situation.

— Merci d'être venu, ce soir. Je te promets que tout ira mieux quand mon traitement aura commencé à agir.

— Tu essaies de me pousser dehors ?

— Pourquoi ? Tu voulais rester ?

— Si je me rappelle bien, je t'ai proposé de te border et j'ai bien l'intention de m'occuper de toi jusqu'au bout.

— Tu n'as pas besoin de faire tout ça.

— Et si j'en ai envie ?

De toute évidence, il était inutile de protester.

— Laisse-moi un instant pour enfiler mon pyjama.

Quand elle sortit de la salle de bains quelques minutes plus tard, Preston était dans sa chambre avec un plateau-repas. Tiffany sentit immédiatement son cœur fondre. Il avait préparé une bouteille d'eau, une autre *ginger ale*, son baume à lèvres et un paquet de crackers salés. Des larmes agaçantes montèrent de nouveau aux yeux de Tiffany.

— Qu'y a-t-il ? J'ai oublié quelque chose ?

— Non, tu es juste si... si... gentil avec moi.

Il lui adressa un sourire craquant.

— J'essaie de m'améliorer.

Tiffany essuya ses yeux d'un revers de manche.

— J'ai été méchante, tout à l'heure, et tu as pris la peine de me préparer un plateau avec soin, balbutia-t-elle.

— Je crois qu'il est temps que tu dormes.

Il la poussa en avant et posa le plateau sur la table de chevet avant d'écarter les coussins décoratifs du couvre-lit.

— Jette-les dans le coin.

— Vraiment ? C'est ce que tu fais, d'habitude ?

— Ils sont là pour faire joli, répondit-elle, un peu gênée par le nombre de coussins.

Preston repoussa les couvertures avec soin et fit gonfler l'oreiller avant de s'écarter pour la laisser passer.

— Couche-toi.

Elle s'assit et glissa les jambes sous le drap qu'il tenait en l'air. Puis, comme elle allait s'allonger, il l'arrêta.

— Pas si vite.

Elle pressa le duvet contre sa poitrine.

— Je suis censée attendre quoi, exactement ?

Preston ajusta l'oreiller dans son dos.

— Tu dois te laisser couler.

— Pardon ?

— Il n'y a rien de plus agréable que se laisser couler sur un oreiller moelleux. Prends ton temps pour en profiter.

Elle rit et ses abdominaux se crispèrent. Elle n'arrêtait pas de ressentir des tiraillements étranges dans son ventre, tandis qu'il se préparait déjà à faire de la place pour la petite vie qui se développait en elle.

— Et qui t'a enseigné cette drôle de théorie ?

Il haussa les épaules et se frotta la nuque.

— On faisait toujours ça avec Maggie quand on était petits.

Tiffany n'avait aucun mal à les imaginer : un garçon et une fille aux cheveux bruns et aux longs cils, avec des sourires canailles. Elle s'était tellement concentrée sur le rôle que Preston pourrait jouer dans la vie du bébé qu'elle n'avait pas pensé à celui qu'endosserait sa sœur.

Tante Maggie. Tonton Jericho.

Quoi qu'il arrive – ou pas – entre Preston et elle, cet enfant aurait une famille. Et cette idée la réconforta.

Elle espérait tant que cela suffise à chasser les scénarios atroces et les désirs ridicules qui la hantaient.

Des désirs qu'elle n'osait pas confier à Preston.

Elle se laissa lentement tomber sur l'oreiller et, dès que sa tête l'eut touché, ses paupières s'alourdirent. Ces temps-ci, la fatigue n'était jamais loin et elle ne savait pas quand elle frapperait. Preston hocha la tête d'un air satisfait.

— Bien mieux, dit-il. Je peux t'apporter autre chose ?

Elle lutta contre un gros bâillement – en vain.

— Non… Tout va bien.

Il éteignit sa lampe de chevet.

— Pour verrouiller la porte d'entrée, il suffit de… d'appuyer sur le truc et d'attendre que ça bipe.

— Appuyer sur le truc, répéta Preston. Ça marche.

La deuxième lampe s'éteignit à son tour et, dans le noir, Tiffany sentit que Preston remontait la couverture sur son épaule. Son parfum délicieux l'enveloppa, suivi par un murmure qui l'accompagna jusque dans ses rêves :

— Bonne nuit, Juliette.

9

Preston n'arrivait pas à bouger.

Des fourmis remontaient de ses doigts privés de sang, et son bras s'enfonçait dans ses côtes. Ses genoux étaient pressés contre quelque chose de dur et ses lombaires lui faisaient mal à cause de son immobilité prolongée. Au milieu d'une forêt de jambes, il apercevait à peine l'éclat émeraude d'un terrain de football.

D'un coup, il comprit où il était.

C'était le stade de Royal, dans lequel étaient organisés tous les matchs du vendredi de l'équipe du lycée. Seulement, au lieu d'être sur le terrain, Preston était piégé sous les gradins. Pas étonnant qu'on l'appelle dans le haut-parleur.

Il gémit et tenta de s'extirper des bancs métalliques pour s'avancer sous les spots du stade. Il était si proche. Il pouvait sentir l'odeur fraîche de la pelouse tondue, des hot-dogs et des stands de pop-corn. Mais aussi du...

Café ?

— Preston.

Le haut-parleur se mua en une voix familière. Quelque chose de chaud effleura son front et il ouvrit les yeux.

Le décor peu familier le dérouta un instant. Une table basse. Une pile de livres. Et Tiffany qui se tenait au-dessus de lui avec une tasse fumante à la main.

— Est-ce un ange que je vois devant moi ? demanda-t-il d'une voix un peu rauque.

— Je suis sûre que les anges auraient mieux à t'offrir qu'un basique café colombien, dit-elle en posant la tasse sur la table.

Preston grimaça en se redressant sur le canapé, les membres gourds.

— Merci.

— Je ne savais pas comment tu le prenais, alors je l'ai préparé comme le mien.

— En général, je le bois noir dans un gobelet en carton, donc je vois déjà une amélioration, dit-il en soufflant dessus avant de le goûter. Waouh. Qu'est-ce que tu as mis dedans ?

— Du sucre brun, un sirop maison de vanille de Madagascar, un nuage de lait et un peu de crème.

Elle sourit et prit sa propre tasse couronnée de chantilly.

— Pourquoi je n'ai pas ça sur le mien ?

— Je n'ai pas voulu t'infliger ma passion du sucre.

Elle s'écarta du canapé et alla chercher la bombe dans la cuisine.

— Déformation professionnelle, précisa-t-elle.

Preston tendit sa tasse pour qu'elle y verse un nuage de crème fouettée. C'était une boisson délicieuse, décadente, qu'il n'aurait jamais choisie lui-même. Il serra la faïence entre ses paumes dans la lumière du petit matin et regarda Tiffany repartir vers la cuisine. Depuis sa place, il pouvait l'admirer à son aise tandis qu'elle s'agitait dans la petite pièce bien rangée.

Sa propre cuisine ne contenait que le strict nécessaire. Il avait l'habitude de s'acheter un petit déjeuner en sortant de la salle de sport, déjeunait au bureau et dînait avec des clients ou sa famille. Sa maison n'était pas un reflet de sa personnalité comme celle de Tiffany. Elle avait fait de cet endroit un vrai foyer – et ce mot lui serra le cœur.

La demeure de ses parents le rendait toujours un peu nostalgique, mais ce n'était plus chez lui. Ce n'était plus le centre de son existence. Depuis des années, il vivait dans sa tête, bercé par ses espoirs.

Était-ce le vrai sens du mot « cocon » ? Ce désir de créer un lieu chaleureux et accueillant pour se retirer loin du monde ?

Il se leva, gêné par ses muscles raidis, et se rendit dans la cuisine avec son café. Il s'appuya d'une main au cadre de la porte pour s'étirer.

— Tu aurais pu dormir dans le lit, tu sais, dit Tiffany en le regardant par-dessus le rebord de sa tasse.

— Je sais.

Mais il ne l'aurait jamais fait. Il avait déjà été assez difficile de trouver le sommeil sur le canapé. L'image du corps nu et mouillé de Tiffany avait dansé devant ses yeux jusqu'à l'aube.

— Ou mieux : dans ton lit, ajouta-t-elle.

— Je sais, répéta-t-il.

La veille, il n'avait pas dépassé le salon avant de faire demi-tour pour voir si elle allait bien. En entendant sa respiration profonde et posée, il avait voulu partir puis s'était arrêté de nouveau en percevant un bruit sous la fenêtre. Ça n'avait été qu'un opossum, mais il n'avait pas pu s'empêcher de faire un tour dans le jardin de derrière. L'allée. Le garage. Il avait décidé qu'il partirait *vraiment*, ensuite, quand il avait remarqué que la fenêtre de la salle de bains était entrebâillée, ce qui l'avait poussé à vérifier toutes les autres ouvertures.

En découvrant que deux fenêtres ne fermaient pas correctement, il s'était installé sur le canapé.

— J'espère que tu n'auras pas une journée trop agitée, au moins.

« Agitée » était un euphémisme. La grande annonce de son père allait certainement faire les gros titres. Preston n'avait pas encore consulté son téléphone, mais il savait déjà qu'il allait y trouver une avalanche de notifications. Le seul fait d'y penser l'épuisait.

— Ça ira. Et toi ?

Tiffany sortit une boîte colorée d'un placard et la posa sur le plan de travail entre eux. Elle l'ouvrit pour dévoiler une collection de petits sablés dans des corolles en papier. Elle en prit un et le plongea dans son café avant de mordre dedans.

— La routine, répliqua-t-elle.

Il haussa un sourcil, surpris.

— Tu manges des gâteaux au petit déjeuner ?

— Ce n'est pas un gâteau, c'est un sablé.

— Quelle est la différence ?

— Deux œufs, un peu de bicarbonate de soude et mon don naturel pour tout justifier.

Elle poussa la boîte dans sa direction. Preston prit un sablé qui fondit sur sa langue comme une poudre savoureuse.

Si doux.

Sa vie manquait cruellement de douceur, ces temps-ci. Chaque moment passé avec Tiffany ressemblait à une récompense. Une fête. Un répit.

— J'ai une idée, dit-il.

Elle goba la seconde moitié de son sablé et fit tomber les miettes de ses doigts.

— Quoi ?

— On devrait faire l'école buissonnière, aujourd'hui.

Elle fronça son nez parsemé de taches de rousseur.

— L'école buissonnière ? Sérieusement ?

— Oui, répondit-il, de plus en plus séduit par ce projet. Quand as-tu fait ça pour la dernière fois ?

Elle pinça les lèvres et se pencha sur le plan de travail.

— Jamais.

— Tu n'as jamais fait l'école buissonnière ?

Elle secoua la tête, agitant ses adorables boucles en bataille.

— Non.

— Pas même au lycée ?

— Surtout pas. Marcus a toujours été celui qui s'attirait des ennuis. Il ne nous laissait pas l'occasion de faire des bêtises.

— Dans ce cas, c'est décidé. On va quitter Royal pour la journée et on va aller acheter toutes les affaires de bébé dont tu rêves.

S'il avait pu immortaliser son sourire ravi, il aurait été prêt à renoncer au reste de sa vie pour le contempler à jamais.

— Tu es sûr que tu peux te le permettre ? Avec l'annonce...

— Je n'ai pas pris de vacances depuis plus d'un an. Je ne pense pas que l'entreprise va s'écrouler parce que je m'absente une journée. Et toi ? Tu crois que les filles pourront gérer la boutique sans toi ?

— Probablement.

— Parfait. Alors, je te propose de terminer notre café. Ensuite, j'irai me doucher chez moi et je repasserai te prendre dans une heure.

Tiffany leva sa tasse pour trinquer.

— D'accord pour le rencard... euh, le rendez-vous, corrigea-t-elle très vite.

Preston aurait préféré la première suggestion, mais il ne dit rien. Il ne voulait pas gâcher leurs bonnes résolutions de la veille.

Une fois chez lui, il se dépêcha de se préparer, plus excité que jamais. Il n'avait pas encore terminé ses activités habituelles du matin et commençait déjà à en inventer d'autres pour repousser l'inévitable. Prévenir son père.

Il observa son téléphone cinq bonnes minutes avant d'envoyer un message simple :

Je vais télétravailler aujourd'hui.

Il posa ensuite son portable sur le plan de travail et s'éloigna comme si c'était une bombe à retardement. La réponse qui l'attendait quand il sortit de la douche le stupéfia.

Pas de souci. On se verra demain.

Preston aurait préféré affronter la colère à laquelle il s'était préparé. Il décida de ne pas bouder cette bonne surprise et envoya un *like* avant de s'habiller pour rejoindre Tiffany.

Elle l'attendait à la porte avec un grand sourire et un chocolat.

— Tu as fait vite, dit-elle en passant son sac à son épaule.

— Qu'est-ce que c'est ? demanda-t-il en examinant le dôme rouge et lustré surmonté d'une petite feuille en sucre vert.

— Juste une nouvelle recette sur laquelle je travaille.

Elle ferma la porte d'entrée.

— N'oublie pas d'appuyer sur le truc, plaisanta Preston avant de gober le chocolat.

Tiffany lui lança un regard noir en verrouillant.

— J'ai du mal à croire que je me suis endormie si vite, hier.

— Moi, si. Tu avais l'air… Oh ! waouh.

Le chocolat fondit sur sa langue, libérant un bouquet complexe de saveurs en se réchauffant.

— Comment tu appelles celui-ci ?

— La pomme empoisonnée. Persipan, ganache de chocolat blanc à la vanille de Madagascar et gelée de pomme relevée d'une pointe de whisky et de cannelle de Ceylan, expliqua-t-elle.

— Persipan ?

— C'est comme de la pâte d'amandes, mais c'est fait avec des noyaux d'abricots. Ça te plaît ?

— Oh oui, je pourrais en manger une trentaine.

— Tu manques d'entraînement, ça te rendrait malade.

Soudain, il revit son visage pâle au-dessus de la bouilloire.

— Je ne t'ai même pas demandé comment tu te sentais, ce matin. Tu es d'attaque pour faire du shopping ?

— Carrément. Je ne sais pas si c'est grâce aux cachets ou à une bonne nuit de sommeil, mais je suis en pleine forme.

— J'en suis vraiment ravi.

Ils rejoignirent sa voiture. Heureusement pour eux, la rue

était déserte et personne ne les vit. Preston ouvrit la portière pour elle, puis se glissa derrière le volant.

— Tu penses qu'on va pouvoir quitter la ville incognito ?

— Dis-moi juste si tu vois un visage familier et je reculerai mon siège.

Elle mit sa ceinture et il fit ronfler le moteur. Tout en s'écartant du trottoir, il jeta un coup d'œil à Tiffany.

— Écoute, je suis désolé d'avoir été si parano. C'est juste que mon père...

— Inutile de t'excuser. Je ne sais peut-être pas ce que ça fait d'être l'héritier du trône, mais je subis aussi la pression de ma famille.

— Vraiment ?

— Tous mes frères et sœurs ont monté des entreprises à succès et sont en couple, dit-elle en haussant les épaules. Moi, je suis tombée enceinte par accident et je suis à peine capable de garder ma petite chocolaterie ouverte.

— Mais tu es partie de rien, remarqua-t-il. Tu as eu cette idée toute seule et tu l'as réalisée. Ça demande du courage.

— Ou de la folie, murmura-t-elle. Marcus et Jericho ont fait comme moi et ils ont tout de suite réussi.

— On est censés faire l'école buissonnière, tu te souviens ? Oublions le travail, les affaires, les querelles de famille, les colliers volés et toutes nos responsabilités d'adultes.

— Ça va sacrément réduire les sujets de conversation...

Elle tira un baume à lèvres de son sac et baissa le pare-soleil pour l'appliquer grâce au miroir. Un parfum de vanille flotta jusqu'à Preston. Il aurait aimé ne pas déjà savoir quel goût aurait sa bouche s'il s'arrêtait pour l'embrasser.

Et il en avait tellement envie ! Il avait beau se répéter que leur relation devait rester platonique pour le bien de leur futur enfant, il ne pouvait pas s'empêcher de revivre l'extase absolue qu'il avait connue quand ils avaient fait l'amour.

— Alors, où va-t-on en premier ? demanda-t-il. Baby Barn ? Baby Mart ? Baby Depot ?

Tiffany remonta le pare-soleil.

— C'est un choix difficile... J'ai toujours aimé les trains.

— Baby Depot, alors.

Peu de temps après, ils se garèrent devant le centre commercial, assez calme en pleine semaine. Même si Thanksgiving n'était pas encore passé, les vitrines avaient déjà revêtu leurs habits de fête. Des rubans et des lumières. Des couronnes, des cloches, des elfes et des rennes.

L'atmosphère joyeuse combinée à l'excitation de Tiffany fit presque oublier à Preston que chacun de ses sourires était un instant volé. Il la suivit au milieu des rayons, refusant de sortir son portable de sa poche pour lire ses messages.

— Oh ! mon Dieu, regarde ça ! s'écria Tiffany en lui montrant un minuscule pyjama.

Il était jaune pâle avec des lamas miniatures imprimés dessus. Une cape de bain assortie à la capuche ornée d'oreilles, de grands cils et d'une petite truffe noire était vendue avec. Il prit les petits chaussons qui complétaient l'ensemble. Il avait du mal à imaginer un pied assez fin pour rentrer dedans.

— Désolé, dit-il tristement. On ne peut pas acheter ça.

— Pourquoi ?

— Ce sont des *lamas*. Je me souviens très clairement que tu voulais une thématique « alpaga » pour la chambre du bébé.

Tiffany lui donna un coup avec un paquet de petites couvertures roulées.

— C'est assez proche.

Preston ajouta le pyjama à son Caddie déjà bien garni.

Une heure plus tard, le coffre et la banquette arrière de sa voiture étaient totalement remplis de sacs. Tiffany se tenait près du véhicule, son manteau soigneusement fermé, et regardait

Preston réagencer les paquets pour faire rentrer l'immense lama en peluche qu'ils avaient trouvé dans la dernière boutique.

— Tu crois qu'on en a trop fait ? demanda-t-elle.

— Pas du tout. Il paraît que le maximalisme est à la mode.

— Eh bien, on n'aurait pas pu faire plus. Bien sûr, ce qui ne rentrera pas dans la chambre d'enfant chez moi pourra toujours aller dans la tienne.

Preston faillit se cogner la tête au capot.

Comment avait-il pu ne pas penser à ça ?

Il avait passé des jours à réfléchir à son avenir, mais il n'avait pas songé à l'organisation quotidienne et à la garde du bébé. Comme pour tout le reste, dans son monde, il faudrait remplir des papiers. Des documents officiels pour définir le partage des ressources, du temps et des responsabilités. Cette idée gâcha sa bonne humeur. Il se leva, les bras encore chargés de sacs et contempla l'arrière de la voiture.

— Tout va bien ? s'enquit Tiffany en écarquillant les yeux.

— Oui. Je cogitais, c'est tout.

— À propos de quoi ?

Elle s'adossa au véhicule. Clairement, ils ne partiraient pas tant qu'elle n'aurait pas obtenu une réponse satisfaisante.

— Comment est-ce qu'on va faire ?

Elle jeta un coup d'œil par la fenêtre et dit :

— Je pense qu'en poussant les couches, l'humidificateur et le mini-château gonflable, tu pourrais empiler ces boîtes et...

Il n'entendit pas le reste. Alors qu'il regardait de l'autre côté du parking, il vit un homme faire sauter un bébé blond sur ses épaules en rejoignant une Mercedes, suivi de près par la mère de l'enfant.

Il comprit qu'il ne voulait pas être le genre de père incapable de prendre son vendredi après-midi au pied levé pour faire des courses. Le genre de père qui n'assistait jamais aux matchs de base-ball. Ou de football. Ou qui manquait tous les petits instants importants de la vie.

Il savait ce qu'on ressentait face à ce genre de négligence.

Soudain, Tiffany se racla la gorge.

— Est-ce qu'on peut prendre un instant pour admirer mon travail remarquable ?

Pendant qu'il rêvassait, elle avait réorganisé toute la banquette arrière.

— Je suis impressionné.

Tiffany termina bruyamment le cappuccino frappé qu'elle avait prétendu ne pas vouloir et qu'elle ne buvait que « pour le bébé ».

— Tu sais ce qu'on devrait faire, maintenant ?

Preston savait évidemment ce qu'il avait *envie* de faire. Se promener dans les magasins et être considéré comme son compagnon par les vendeurs avait eu un effet étrangement flatteur.

— Quoi ?

— Je pense qu'on devrait aller voir un film.

— Un film ? répéta-t-il.

— J'ai très envie de manger du pop-corn et il y a un multiplex géant juste de l'autre côté du parking.

— Je ne sais même pas ce qu'il y a à l'affiche.

Cela faisait une éternité qu'il n'était plus allé au cinéma.

— On va voir, répondit Tiffany.

Les options proposées étaient très prévisibles. Une comédie romantique. Un film de superhéros. Une fresque fantasy. Un remake en *live-action* d'un dessin animé classique. Un film d'horreur réchauffé. Un film d'action. Un drame.

Ils choisirent la comédie romantique, car Tiffany pensait qu'elle aurait moins de chances de pleurer. Dans tous les autres films, on risquait de trouver un animal de compagnie en détresse…

— Je vais chercher les billets et je te laisse te charger des snacks, suggéra Preston.

— D'accord.

Dès qu'elle eut franchi la porte, il s'approcha du jeune qui tenait la billetterie.

— Combien de places avez-vous vendues pour la séance de 11 h 30 de *Love, Linda* ?

Le caissier consulta son ordinateur.

— Aucune pour l'instant.

— Et combien ça coûterait de louer toute la salle ?

Les yeux du gamin s'écarquillèrent derrière ses lunettes.

— *Toute* la salle ?

— Oui, toute, confirma Preston.

— Un instant. J'appelle mon responsable.

Le caissier décrocha son téléphone et marmonna quelques mots avant de presser le combiné sur son torse mince.

— Il dit que ça fera... (Il avala sa salive.) Deux mille dollars, plus les taxes et les frais de ménage.

Preston tira son portefeuille de sa poche et glissa sa carte de crédit dans le compartiment métallique sous la vitre. Le jeune encaissa la somme d'un air abasourdi.

— Profitez bien du film, monsieur.

Preston rangea sa carte et prit un billet de cent dollars qu'il fit passer dans la fente.

— Merci pour votre aide... Doug, dit-il en plissant les paupières pour lire le nom imprimé sur son badge.

— De rien, monsieur ! Joyeuses fêtes !

Les joues de Doug étaient rose foncé, la pointe de ses oreilles, écarlate. Il avait l'air sur le point de danser.

Preston poussa les portes du hall et fut assailli par une brise aux relents de pop-corn. Il trouva Tiffany en train de remplir un plateau au stand de friandises.

— Ça fait beaucoup, remarqua-t-il.

Elle attrapa une poignée de serviettes et répondit :

— Cornet de pop-corn extra-large avec beurre et sel, bien sûr. Réglisse, ours gélifiés et billes de chocolat au lait.

— Et ça ? demanda-t-il en indiquant trois petits gobelets blancs posés sur le cornet.

— Sauce ranch. Pour le pop-corn.

— Si ce n'est pas une envie de femme enceinte !

Elle lui adressa un sourire un peu gêné.

— En fait, je prends toujours de la sauce ranch avec mon pop-corn, avoua-t-elle.

— Pourquoi ne suis-je pas surpris ?

Il attrapa le plateau et s'approcha de la porte où se trouvait une jeune femme munie d'un scanner à code-barres.

— Vous êtes dans la salle sept, dit-elle en souriant. Tournez à droite dans le premier couloir et ce sera sur votre gauche.

— Merci beaucoup, répondit Preston.

Il attendit que Tiffany l'ait précédé de quelques pas avant de glisser un autre billet de cent dollars à l'ouvreuse. L'expression émerveillée de la fille lui réchauffa le cœur.

Il entra dans la salle obscure et eut une étrange impression de déjà-vu. Il avait accompli ce même rituel avec de nombreuses conquêtes, autrefois. Tiffany et lui s'installèrent au moment où les bandes-annonces commençaient.

Tiffany descendit une tablette devant elle et disposa son festin dessus.

— Tu sais que les sièges s'abaissent ?

Elle se pencha par-dessus Preston pour appuyer sur un bouton éclairé en bleu. Le dossier descendit et le repose-pieds se redressa lentement.

— Pourquoi tu chuchotes ? On est seuls.

Il faisait son possible pour ne pas faire attention à son bras, bien trop proche d'un membre qui se réveillait déjà.

— Respecter les coutumes est important, dit-elle en mordant dans un ruban de réglisse. Même quand il n'y a personne.

Preston posa le cornet de pop-corn sur ses genoux, plus par précaution qu'autre chose. Qu'il était étrange de goûter à une vie dont il n'avait fait que rêver jusque-là. Le beau profil de Tiffany Winters fut illuminé par les reflets sur l'écran. Il ne put s'empêcher de penser que les choses auraient été plus simples pour eux s'ils avaient pu faire ça dans leur adolescence. Être idiots. Irresponsables. Insouciants. Égoïstes. S'attirer des ennuis en sachant qu'ils pourraient s'en sortir.

Si ça avait été un rencard, il aurait envisagé de se rapprocher d'elle ; pas en étendant son bras sur le dossier de son siège (trop évident), mais en lui chuchotant une question comme...

— Est-ce que tu as vu cet acteur dans le remake de *Hamlet* ?

La poitrine de Tiffany se pressa contre son bras quand elle se pencha pour attraper une poignée de pop-corn.

— Non, dit-il.

— Tu devrais. Il était meilleur dans *Titus*, mais je pense sincèrement que ça te plairait.

— Je jetterai un coup d'œil.

Les images défilaient sur l'écran, mais il n'était conscient que des quelques centimètres de peau nue, là où leurs mains se touchaient sur l'accoudoir. C'était vraiment comme au lycée, y compris l'érection gênante qu'il essayait vainement de contrôler. Son père lui avait interdit d'avoir une relation sérieuse avant l'âge de passer son permis. Le jour où il l'avait eu, Fernando avait insisté pour qu'ils aillent sur l'une des routes secondaires de Royal. Tandis qu'ils cahotaient sur le bitume percé d'ornières, son père lui avait livré sa version de *la conversation*.

Il ne s'agissait pas tant de l'aspect sexuel – il lui avait déjà expliqué tout ça avant – mais des conséquences. Garé près de l'un des rares points de vue sur le domaine familial, Fernando avait insisté pour qu'il se protège toujours.

« Nous avons un immense pouvoir, fils, et tout pouvoir est un privilège. On en apprend long sur un homme en fonction de sa manière de l'utiliser et des personnes avec qui il le partage. »

À l'époque, Preston avait été si choqué d'être appelé un homme qu'il n'avait pas fait attention au reste. Pour son père, il ne s'agissait pas juste d'éviter une grossesse accidentelle. Il s'agissait de préserver l'héritage familial. Preston devait l'enrichir de manière responsable. Hélas, il avait raté cette épreuve si simple et il devrait un jour l'avouer à Fernando.

Tiffany lui donna soudain un coup de coude.

— Tu peux me passer les ours ?

Sur l'écran, les deux héros se penchaient l'un vers l'autre. Un gros plan s'attarda sur leurs visages, faisant monter la tension avant l'inévitable baiser.

Preston tendit les bonbons à Tiffany, qui ne quittait pas le film des yeux. Elle ouvrit le paquet et mâchonna un ours pensivement tandis que le baiser devenait plus sensuel.

La nuque de Preston s'échauffait. Son entrejambe devenait plus tendu. Il envisagea de s'éclipser dans les toilettes mais il n'avait pas envie de régler le problème d'une manière aussi triste. Comment allait-il survivre à cette séance ? Et aux sept mois à venir ?

Le couple se laissa tomber sur un lit et roula sur le matelas en faisant voler les vêtements. Un voile de sueur recouvrit le front de Preston.

— Tu es sûre que c'est une comédie romantique ?

Tiffany hocha la tête sans se retourner. Elle voulut gober quelques pop-corns mais manqua sa bouche, puis le cornet quand elle essaya d'en reprendre. Preston poussa le cornet vers elle, heurtant un gobelet de soda avec son bras. Ils s'empressèrent de se redresser et se cognèrent la tête.

— Mince, dit-il en se massant le front. Je suis désolé.

— Non, c'est *moi*, dit-elle avec une grimace. Après tout, j'ai insisté pour acheter tout ça.

— Laisse-moi voir…

Preston enfouit ses doigts dans les cheveux de Tiffany pour palper son crâne. Pas de bosse, heureusement. Elle pencha la tête vers lui, les paupières battantes.

— C'est agréable, murmura-t-elle.

— Tant mieux.

Il respirait à peine et laissa lentement sa main descendre vers la nuque de Tiffany. Elle gémit doucement et roula la tête sur le côté. Il ferma les yeux, concentré sur les cheveux soyeux qui glissaient entre ses doigts. Il aurait voulu passer des heures, des jours à explorer chaque portion de son corps comme ça. Apprendre ce qui la faisait rire, soupirer, crier et chanter. Il voulait la prendre sur ses genoux, ici même, et...

— Preston ?

Il ouvrit les yeux et vit qu'elle le regardait.

— Mmm ?

Le magnétisme qui les avait attirés l'un vers l'autre le soir de la fête de fiançailles de Maggie, puis dans la boutique, s'éveilla de nouveau. Leurs lèvres se rapprochèrent, s'effleurèrent une fois. Deux fois.

Se rencontrèrent.

Fusionnèrent.

Il crispa les doigts dans ses cheveux et gémit à son tour, s'abreuvant de sa douceur quand elle ouvrit la bouche. La danse sensuelle de leurs langues devint plus urgente. Plus exigeante. Leurs corps s'appelaient en dépit des barrières physiques qui auraient dû les séparer. Leurs bras étaient coincés par les dossiers des sièges, par l'accoudoir, par les plateaux pliants. Leurs dents se percutèrent. Ils sourirent tous les deux de leur maladresse.

— Tu veux qu'on s'en aille ? demanda Tiffany, les lèvres luisantes dans la lumière du projecteur.

Il avait eu peur de poser la question. Peur que l'éclat du soleil consume leur passion et les dégrise. Peur aussi de ce qui pourrait se passer dans le cas contraire.

— Oui, dit-il.

Ils rassemblèrent rapidement leurs affaires, entassèrent les derniers bonbons dans le cornet de pop-corn que Preston tint devant lui comme un bouclier en sortant de la salle.

Il pressa le pas pour ouvrir la porte et, quand il se retourna vers Tiffany, son estomac se noua.

Elle était figée comme une statue, le visage blafard.

Il eut peur qu'elle s'évanouisse jusqu'à ce qu'une voix familière s'élève dans le hall derrière lui, accompagnée par un lourd parfum floral.

— Quelle coïncidence ! claironna Mandee Meriweather en passant devant Preston pour enlacer Tiffany.

Ses cheveux courts acajou pointaient dans toutes les directions, ébouriffés par le vent texan. Ses yeux d'oiseau curieux passèrent de l'un à l'autre.

— Qu'est-ce que vous faites là, tous les deux ?

Tiffany ouvrit la bouche mais aucun son ne franchit ses lèvres. Preston vola à sa rescousse et lâcha :

— C'est pour le travail. Tiffany veut distribuer ses chocolats auprès de vendeurs locaux et je connais le gérant du cinéma, donc...

Preston jeta un coup d'œil au guichet, où le premier jeune à qui il avait donné un billet leva la main, comme pour entrer dans son jeu.

— Oh ! dit Mandee, les lèvres pincées. Comme c'est gentil. C'est donc bien vous deux que j'ai vus discuter devant la chocolaterie, l'autre jour.

— Oui, intervint Tiffany avec un sourire.

Preston fut soulagé de voir qu'elle avait repris des couleurs.

— C'est très commerçant de leur part de vous avoir donné des friandises pour la route, reprit Mandee en haussant un sourcil épilé avec soin, dans une tentative peu subtile d'éventer leur bluff.

— Oui, répondit Preston. Et vous ? Vous êtes venue voir un film ?

— Seigneur, non. Je suis en mission caritative. Nous allons organiser une tombola au TCC et le cinéma a accepté de donner des billets en cadeau. Je suis venue les récupérer.

— Dans ce cas, on va vous laisser.

Il fit un petit signe à Tiffany, qui sourit à la correspondante du *Royal Tonight*. Ils avaient presque atteint la sortie quand Mandee les rappela.

— Les bénéfices de la tombola seront reversés à l'association Furry Friends. Bien sûr, on accepte aussi les dons *anonymes*, dit-elle en insistant sur le dernier mot.

Preston et Tiffany échangèrent un regard entendu.

— Je serai ravie d'offrir un panier gourmand pour la tombola, proposa Tiffany.

— Vous êtes un amour. J'espère que vous ne vous sentez pas obligée. Loin de moi l'idée de vous mettre la pression.

— Pas du tout. Je suis contente de vous aider.

— Évidemment. La protection des animaux est une bonne cause. Toutes ces pauvres bêtes qui cherchent un peu de chaleur pendant les sombres et froides…

— Je suis sûr que le Groupe Del Rio pourra aussi trouver quelque chose, ajouta Preston avant que Mandee n'ait le temps de sortir son téléphone pour leur montrer toutes les photos des animaux à adopter qu'elle lui mettait toujours sous le nez dans l'espoir qu'il en sponsorise une dizaine.

— Oh ! merci pour votre merveilleuse générosité.

Elle sortit tout de même son portable et ajouta :

— J'ai un QR code pour les dons, si jamais ça marche…

Preston la dévisagea, pris de court.

— Euh, oui. Bien sûr.

Il tendit le cornet de pop-corn devenu inutile à Tiffany et scanna le code.

— Bien sûr, le montant des dons est libre. Saviez-vous qu'avec à peine cinq dollars, on peut nourrir un animal abandonné pendant près d'une semaine ?

— Non, dit Preston en entrant un montant sur l'application.

— Pensez au nombre d'animaux qu'on sauverait avec cinq cents dollars, glissa Mandee. Ou même mille.

Preston effaça la somme qu'il avait entrée, la doubla et valida le paiement. Le téléphone de la reporter sonna, coupant son monologue sur l'importance de vérifier qu'il n'y ait pas de chats cherchant la chaleur sous les voitures en hiver.

— Oh ! Preston, s'écria-t-elle en pressant une main sur son opulente poitrine. Comment vous remercier ?

— Ce n'est pas la peine. Je suis content d'avoir été utile.

Mandee fit mine de tirer une fermeture Éclair devant ses lèvres fuchsia et de jeter la clé.

— Profitez bien de votre journée, tous les deux.

Preston la salua de la tête et se dirigea vers le parking. Il ne regarda Tiffany que lorsqu'ils furent enfin seuls.

— Est-ce que je viens de me faire plumer ? J'ai clairement l'impression qu'elle m'a arnaqué.

— Je n'osais rien dire, mais oui : tu t'es fait plumer.

Preston appuya sur le bouton de sa clé pour déverrouiller la voiture et ouvrit la portière pour Tiffany.

— Ça aurait pu être pire, ajouta-t-elle en s'asseyant.

Il ferma la portière et contourna le véhicule pour s'installer au volant.

— Pire ? Comment ?

— Elle aurait pu nous surprendre à la sortie de Baby Depot, ou te demander de participer à des enchères de célibataire.

L'idée d'avoir échappé à de telles catastrophes le soulagea.

— Tout va bien ? s'enquit Tiffany en posant sa main fraîche sur sa joue en sueur. Tu as l'air tendu.

Il appuya son front contre le cuir souple du volant.

— Oublions Jack Chowdhry, grommela-t-il. C'est elle qu'on aurait dû engager pour arbitrer le scandale des diamants.

— En parlant de ça, la réunion a lieu quand ?

Il se redressa et lança le moteur.

— Demain matin.

Le mur qu'il avait érigé entre cette journée et le reste de sa vie commença à se fissurer, laissant échapper un ruisseau d'angoisse.

— Et comment ça va se passer, à ton avis ?

Il accéléra en s'engageant sur la voie d'accès de l'autoroute.

— Je croyais qu'on ne devait pas parler de choses d'adultes.

Elle se tut un long moment, contemplant un champ fraîchement moissonné.

— On dirait que nos responsabilités nous rattrapent quoi qu'on fasse, dit-elle enfin.

— Tu as raison.

Ils discutèrent peu sur le chemin du retour.

Preston avait déjà emprunté ces routes un million de fois, mais il avait rarement pris le temps d'observer les modestes maisons de briques dressées entre des rangées de grands arbres destinées à protéger les prés du vent. Il ne s'était jamais demandé qui vivait là. Le métier que faisaient les parents. Si la vente des récoltes était profitable ou s'ils devaient arrondir les fins de mois en travaillant dans l'une des raffineries de son père. Si leurs enfants ados avaient des emplois étudiants dans des cinémas et sautaient de joie quand ils recevaient cent dollars de pourboire.

— Ça te dérange si j'allume le chauffage ? demanda Tiffany en frissonnant.

— Pas du tout.

L'immense ciel du Texas était passé du bleu à un gris éteint. Les météorologues alertaient sur l'approche d'une vague de froid potentiellement dangereuse pour le réseau électrique. Preston jeta un coup d'œil à son tableau de bord et vit que la température avait déjà baissé de plusieurs degrés. Il songea avec envie à la cheminée du salon de Tiffany.

Même si l'apparition de Mandee Meriweather avait refroidi leurs ardeurs, ils pourraient au moins s'asseoir un moment ensemble au coin du feu. Cela lui suffirait pour affronter les conséquences inconnues de la réunion du lendemain.

Ils eurent la chance de pouvoir rejoindre la maison sans être vus. Preston coupa le moteur et ordonna à Tiffany d'aller se détendre à l'intérieur pendant qu'il déchargeait la voiture.

— Mes bras et mes jambes fonctionnent encore, protesta-t-elle. Je peux au moins porter les vêtements.

— Ce n'est pas la question, dit-il en la poussant vers la porte du garage. Je suis là pour t'aider, alors laisse-moi faire.

— Et quand tu ne seras pas là ?

Elle abandonna son sac sur un meuble et le suivit dans la chambre d'enfant. Preston posa un premier lot de boîtes, de sacs et de peluches par terre.

— Et si j'étais toujours là ? demanda-t-il, le cœur battant, soulagé d'un fardeau qu'il avait porté sans le savoir.

— Tu veux dire... emménager ensemble ?

Tiffany avait l'air surpris.

Il s'approcha d'elle et contempla ses grands yeux noisette.

— Oui. C'est exactement ce que je veux dire.

10

Tiffany dévisagea Preston, certaine qu'elle avait mal compris, puis elle s'assit sur l'une des boîtes.

— Attends… Attends, attends, *attends*. Ce matin, tu avais encore peur qu'on nous surprenne ensemble et maintenant, tu penses qu'on devrait partager une maison ?

Cette suggestion la bouleversait.

Preston alla se camper devant la fenêtre, les mains appuyées sur le rebord, contemplant la portion du jardin d'où il l'avait observée pendant qu'elle peignait.

— Je ne veux pas que notre bébé ait deux chambres. Je ne veux pas devoir choisir quels vêtements vont chez qui, ou qui héritera des lampes. Savoir si nous achetons tous les deux la bonne marque de couches, dit-il en lui jetant un coup d'œil.

— Tu penses à une cohabitation platonique pour élever notre enfant ? Ou à autre chose ?

— Je n'essaie pas de te mettre la pression, mais je crois qu'on est tous les deux d'accord sur le fait qu'avoir deux parents aimants à la maison serait bon pour le bébé. Je n'ai pas envie de n'être là qu'un week-end sur deux, ou quand ce sera mon tour. Je ne veux rien rater de cette aventure.

La veille encore, elle aurait été ravie d'entendre ces mots. Mais à présent, c'était ce qu'il ne disait *pas* qui la préoccupait.

— Preston, je suis vraiment heureuse que tu sois prêt à faire ça. Seulement, j'étais sincère la première fois qu'on en a parlé. Je ne tiens pas à ce que tu bouleverses toute ta vie pour moi.

Les épaules de Preston tressaillirent. Un signe de résignation de sa part ? Ou bien laissait-elle parler ses propres peurs ?

— Promets-moi juste d'y réfléchir.

Elle soupira et se leva.

— Je ne vais pas te mentir : j'avais un peu peur de me sentir isolée en te voyant parader en ville au bras d'un mannequin quand j'aurai pris du poids et quand je serai épuisée par la grossesse.

Il fronça les sourcils.

— Tu penses vraiment que j'aurais pu faire ça ?

Elle sonda son regard en quête d'une réponse.

— Je ne sais pas, Preston. Ce n'est sans doute pas ce que tu espérais entendre, mais c'est la vérité. Je ne sais pas si mes craintes sont rationnelles ou absurdes. Je ne sais pas ce que je fais ou comment je pourrais ne pas être jalouse si tu décidais de fréquenter une autre femme. Je n'ai rien à exiger de toi, mais je te veux pour moi seule. Voilà.

Son cœur se serra en le voyant croiser les bras, les yeux fixés sur la pointe de ses chaussures. Des larmes traîtresses lui montèrent aux yeux et elle se détourna avant de pleurer.

L'air s'agita dans sa nuque lorsqu'il vint se placer derrière elle. Il la prit par les hanches et l'attira contre lui pour l'enlacer sans rien dire jusqu'à ce qu'elle se laisse aller.

— Je suis là, Tiffany, murmura-t-il en frottant sa joue rugueuse contre la sienne. Il n'y a que nous, personne d'autre.

Il enfouit son visage dans le creux de son cou, envoyant une vague de frissons dans tout son corps. Elle soupira et ferma les yeux. Des larmes chaudes coulèrent sur ses joues et tombèrent sur l'avant-bras musclé de Preston, plaqué en travers de sa poitrine.

— Dis-moi que tu ne fais pas ça par pitié, chuchota-t-elle.

Elle sentit qu'il s'écartait. Il la tourna face à lui, et l'éclat blessé qu'elle vit dans ses yeux lui brisa le cœur.

— C'est vraiment ce que tu crois ?

— Qu'est-ce que je suis censée penser ? Nous savons tous les deux comment cette histoire a débuté. C'était un coup d'un soir. Si je n'étais pas tombée enceinte par accident, tu ne serais pas ici, maintenant.

Preston essuya sa joue humide avec son pouce.

— Tu n'en sais rien.

— Vraiment ? Dans quel univers Preston Del Rio, seul fils du pire ennemi de mon père, se tiendrait dans ma chambre d'amis après m'avoir ignorée toute sa vie ?

— Je ne t'ignorais pas, Tiffany.

— N'essaie pas de me ménager. On en avait envie, on a couché ensemble et on sera toujours liés à cause de ça. Tu n'as pas besoin d'arranger les choses juste pour moi.

— C'est bien ce que j'essaie de te dire, répondit-il en caressant le bas de son dos. Le soir de la fête, je ne t'ai pas choisie au hasard uniquement parce que je voulais flirter.

— Ah bon ?

— Pour la première fois, nos familles n'étaient pas en train de se battre. Après tout ce temps, j'avais enfin le droit de te parler et je l'ai fait. Je suis désolé pour tous les problèmes que je t'ai causés, mais je ne regretterai jamais ce que nous avons partagé cette nuit-là.

Tiffany eut du mal à comprendre ce qu'il sous-entendait.

— Après… tout ce temps ?

Il hocha la tête.

— Nous avons passé un an ensemble au lycée et je ne te quittais *jamais* des yeux. J'ai même changé un de mes cours en option juste pour entendre ton rire quand tu t'arrêtais devant ton casier entre deux classes.

Elle ouvrit grand la bouche, assaillie par des souvenirs de ce couloir et de chaque regard accidentel qu'ils avaient échangé.

— Mais tu avais toujours l'air tellement furieux…

— Je l'étais, avoua-t-il en remontant les mains sous son pull pour caresser la peau sensible de sa taille. J'étais furieux de voir que tous les autres garçons de l'école pouvaient te parler et pas moi.

Elle sentit soudain qu'un simple courant d'air aurait pu la faire tomber et s'écarta pour s'asseoir le temps de réfléchir.

— Excuse-moi. Je crois que je vais avoir besoin de rester seule une minute.

— Prends tout le temps qu'il te faut. Je vais finir de décharger la voiture.

Assise sur sa boîte, elle vit la chambre se remplir lentement. Chaque objet prouvait que Preston disait vrai. Pendant leur exploration des magasins, il avait entassé dans le chariot tout ce qui attirait son regard. Elle avait même dû lui arracher leurs dernières trouvailles, lui rappelant qu'ils ne connaissaient pas le sexe du bébé et qu'ils n'auraient pas besoin d'un pot ou d'une chaise haute avant plusieurs années.

— Je crois que c'est tout, dit-il en plaçant l'immense peluche de lama près du carton contenant le berceau qu'ils avaient choisi ensemble.

Un berceau qu'ils pourraient peut-être monter tous les deux...

Elle s'approcha dans son dos, admirant ses muscles à travers sa chemise. Puis elle passa les bras autour de sa taille, les pouces glissés dans ses passants de ceinture, et appuya sa tête entre ses omoplates.

— Merci.

— De quoi ?

— Merci pour ton aide à Chocolate Fix. Merci de m'avoir commandé un banc de douche et d'avoir acheté toutes les fournitures de bébé thématique lama du comté. Merci de m'avoir emmenée au cinéma.

Il rit et tout son dos vibra.

— Je ne sais pas si je peux accepter ce dernier remerciement, vu qu'on n'a pas vraiment regardé le film.

— C'est bien ce qui m'a plu.

Il lui sourit, par-dessus son épaule.

— À moi aussi.

Elle glissa la main dans la poche de son jean et fut surprise de sentir son sexe en érection. Elle le caressa à travers le tissu et il gémit.

— Attends un instant, fit-il en posant la main sur la sienne.

Il disparut dans le couloir et revint quelques minutes plus tard.

— Ferme les yeux, dit-il.

— Tu sais que je connais ma maison, non ?

— Ferme les yeux ou je te mets un bandeau.

Il lui tendit la main. Elle la prit et obéit.

— Ce n'est pas vraiment une menace, remarqua-t-elle.

Elle le suivit néanmoins dans le couloir, se guidant grâce au mur. Elle vit une lumière dorée danser à travers ses paupières avant même d'entendre le premier crépitement.

— Tu peux regarder.

Il avait rassemblé tous les coussins du canapé pour former une sorte de matelas par terre devant la cheminée, y ajoutant ceux qu'elle gardait dans sa chambre et plusieurs plaids. Leurs friandises du cinéma étaient disposées sur la table basse, qu'il avait poussée pour faire de la place et construire son château improvisé.

Un flot d'hormones l'envahit devant ce spectacle. Elle imagina Preston allongé là avec un garçon ou une fille aux cheveux bruns, en train de regarder des dessins animés.

Une fois de plus, les larmes perlèrent au coin de ses yeux.

— Si tu continues à être aussi gentil avec moi, on va devoir faire un stock de Kleenex, dit-elle en s'asseyant sur le canapé pour retirer ses bottes.

Preston l'imita, se débarrassant de ses chaussures, de ses chaussettes et de sa chemise. Tiffany se cacha les yeux d'un air offusqué quand il déboucla sa ceinture.

— Monsieur, on m'a dit que c'était un établissement familial, protesta-t-elle.

— Vous vous trompez, madame, dit-il en ouvrant sa braguette. Voici le premier château de couvertures nudiste de Royal, Texas.

— Le premier ?

Elle enleva son pull sous lequel elle avait enfilé un léger T-shirt au cas où elle ait une bouffée de chaleur dans la journée. Preston étendit son pantalon près de sa ceinture.

— On envisage d'ouvrir des filiales, ajouta-t-il.

Tiffany ôta son legging et son soutien-gorge.

— Dans ce cas, c'est un honneur d'assister à l'inauguration.

Elle se laissa tomber sur les coussins et tira une couverture sur ses jambes. En boxer, Preston s'étendit près d'elle. Ils contemplèrent le feu, enveloppés par un silence confortable.

— Est-ce que tu as déjà envisagé de faire autre chose que reprendre les rênes du Groupe Del Rio ? l'interrogea Tiffany.

Des flammes orange dansaient dans les yeux de Preston.

— Non.

— Jamais ?

— Jamais. J'ai toujours su que diriger le groupe n'était pas un simple choix de carrière. C'est mon devoir.

— Le fait qu'on ait planifié toute ta vie ne te gêne pas ?

Il passa la main dans ses cheveux.

— Mon père est l'homme le plus impressionnant que je connaisse. Penser que je pourrais un jour devenir la moitié de ce qu'il est surpassait le poids des responsabilités.

Elle remarqua qu'il avait parlé au passé. Elle s'adossa aux coussins qu'il avait dressés devant le canapé et demanda :

— Tu sais ce que j'aimerais, moi ?

Preston attrapa ses jambes sous la couverture pour les poser en travers de ses cuisses.

— Avoir le don incroyable de Mandee Meriweather pour se trouver toujours là où on ne veut pas d'elle ?

Tiffany lui donna un coup sur l'épaule avec un coussin.

— J'aimerais que nos pères comprennent à quel point il est difficile pour nous de subir leur haine alors que nous sommes plus éloignés qu'eux d'Eliza, de Teddy et du premier Fernando.

Le sourire amusé de Preston devint soudain triste.

— Je suis d'accord.

Il souleva le pied de Tiffany et commença à masser son mollet fatigué.

— C'est agréable ?

— Merveilleux, soupira-t-elle en basculant la tête en arrière.

Elle avait bien l'intention de savourer la décadence de cette flambée d'après-midi tandis que le vent battait contre les fenêtres.

— Si c'est trop intense, dis-le-moi.

— Trop intense ? demanda-t-elle.

— J'ai lu que les hormones montaient en flèche au début d'une grossesse.

— Preston Del Rio… Tu as fait des recherches ?

— Possible.

— Tu as vraiment acheté des livres sur la grossesse ?

— Avec des images et tout, précisa-t-il en remontant sur sa cuisse. J'étais… mal préparé.

Tiffany devinait que c'était un euphémisme. De nombreux hommes, surtout à l'âge de Preston et dans sa situation, ignoraient tout des complexités du corps féminin. Et même avec une mère et une sœur, elle doutait qu'il ait été confronté aux détails les plus violents du processus. Elle se souvenait de son horreur quand sa mère lui avait montré des photos d'accouchement. Elle avait affirmé qu'elle ne laisserait une telle chose lui arriver pour *rien au monde*.

« Tu changeras peut-être d'avis, un jour », avait dit Camille avec un sourire – un peu malicieux, avec le recul.

Et elle avait eu raison…

— Qu'as-tu appris d'autre ? s'enquit-elle.

— Que les hormones de grossesse peuvent booster la libido et accroître la sensibilité à la fin du troisième trimestre.

Il effleura le haut de sa cuisse et elle sentit ses muscles se crisper au niveau du bassin.

— Tu as hâte, c'est ça ? murmura-t-elle, le souffle court.

— Oui.

Il l'attira contre lui pour l'embrasser. Leur baiser, d'abord tendre, devint vite plus passionné. Tiffany s'en enivra pour oublier son avenir incertain. Elle engrangea tout ce qu'elle pouvait pour lutter contre la solitude qui viendrait probablement lui rendre visite, plus tard. Elle caressa les pectoraux fermes de Preston avant de descendre jusqu'à son ventre, puis son sexe dressé.

Ses efforts pour cacher son érection au cinéma lui avaient paru à la fois comiques et adorables.

Quand il s'écarta, elle vit qu'il respirait plus vite. Il la contempla d'un air à la fois incrédule et fasciné. Elle ressentait la même chose : une émotion plus intense que la faim. Plus animale et primaire que la soif.

Il fit basculer ses jambes sur les coussins et s'agenouilla devant elle, dos au feu. Son regard, sous ses paupières mi-closes, alluma un incendie au creux de ses reins.

Il ne la quitta pas des yeux en écartant ses jambes et en passant un de ses pieds sur son épaule. Elle avait l'impression d'être une déesse sur un autel, sans savoir comment il allait montrer sa dévotion.

— Tu sais ce que je regrette le plus au sujet de notre première nuit ? demanda-t-il d'une voix rauque.

— Quoi ?

Il la caressa à travers sa culotte.

— D'avoir eu l'impression qu'on devait faire vite. Qu'au moindre ralentissement, j'allais me réveiller seul dans mon lit, comme si ça n'avait été qu'un rêve.

Elle comprenait. Chaque fois qu'ils avaient fait l'amour, cela avait été furtif. Certes, la crainte d'être surpris avait attisé leur passion, mais ça les avait aussi rendus pressés et négligents. Avec leur corps et celui de l'autre.

Elle aurait aimé que leur bébé soit conçu avec plus de soin, qu'il soit voulu. Qu'il naisse de l'amour et pas d'un simple abandon. Mais elle ne l'avoua pas.

Elle enleva son T-shirt léger et s'exposa seins nus à la lumière de la cheminée.

— Je suis ici, maintenant, dit-elle.

Une bûche s'écroula derrière lui, envoyant une volée d'étincelles contre le pare-feu. Elles scintillèrent comme des étoiles mourantes en retombant.

Preston appuya ses mains de part et d'autre d'elle et se pencha pour l'embrasser dans le cou, sur la clavicule, la gorge, puis il déposa un baiser sur chacun de ses tétons. Ils étaient déjà plus sombres et plus larges qu'avant.

Quand il en goba un, elle poussa un petit cri.

— Ça va ? Je ne...

— Tout va bien, chuchota-t-elle. C'est juste si... si...

Elle n'acheva pas sa phrase et gémit quand il passa de l'autre côté, jouant avec sa langue sur sa chair tendue. Il glissa une main entre ses cuisses et poussa un grognement sensuel contre son sein en découvrant son sexe mouillé.

Un voile de sueur perla sur le ventre à peine arrondi de Tiffany. Preston l'embrassa avant de descendre pour lui enlever sa culotte. Il la jeta près d'eux et sourit avec gourmandise avant d'enfouir son visage entre ses jambes.

Des rumeurs sur son talent dans ce domaine avaient circulé dans le groupe d'amies de Tiffany, colportées par les jeunes femmes de Royal qui avaient pu bénéficier de ses faveurs quand il revenait de la fac pour les vacances. Elle avait souvent entendu murmurer que Preston Del Rio aurait pu faire jouir un piquet de clôture et qu'il avait même donné un tel orgasme à une de ses amantes, un jour, qu'elle s'était évanouie.

Pour une fois, les ragots ne mentaient pas.

Découvrir son don fit comprendre à Tiffany pourquoi il avait eu autant de succès dans les affaires qu'en tant que quarterback dans l'équipe du lycée. Il incarnait un parfait mélange d'instinct et de précision diabolique – et l'effet était dévastateur.

Les deux premières fois, ils n'avaient pas pris le temps de se donner du plaisir de cette manière. Il était clair que Preston avait l'intention d'y remédier, à présent...

Tiffany avait déjà connu de bons amants. Plusieurs, et elle se sentait très chanceuse pour ça. Mais le terme *renversant* avait toujours semblé très exagéré à ses yeux.

Jusqu'à...

Jusqu'à ce qu'elle découvre la sensation de l'épaule de Preston Del Rio sous sa cuisse. La pression de ses mains sur sa poitrine et sa hanche. Sa bouche posée sur la partie la plus intime de son corps. Sa langue qui dansait autour de son clitoris qu'il avait éveillé et qui frissonnait de vie.

Elle s'y abandonna.

Elle le laissa l'entraîner dans une fièvre incontrôlable, oubliant tout le reste.

— Oh ! bébé, murmura-t-il contre sa peau brûlante. J'adore te voir comme ça.

— Comment ? demanda-t-elle avec difficulté.

— Sauvage.

Ses yeux sombres brûlaient comme des charbons ardents. La main posée sur sa hanche effleura son ventre tremblant, puis il plongea ses doigts en elle tout en l'embrassant. Tiffany sentit monter les premiers spasmes de l'orgasme. Elle agrippa ses cheveux, l'obligeant à rester au même endroit tandis qu'un courant électrique la parcourait, du nombril au bout des orteils.

La foudre s'abattit et la jouissance la frappa comme une révélation.

Lorsqu'elle cessa de trembler, il se redressa à genoux pour la regarder.

— Qu'y a-t-il ? demanda-t-elle.

Il caressa doucement sa gorge rougie par les baisers, puis son ventre. Il dessina lentement des cercles autour de son nombril avec son doigt.

— Tu es en train d'imaginer à quoi ça va ressembler dans six mois, c'est ça ?

Une mèche brune tomba devant les yeux de Preston.

— Comment as-tu deviné ?

— Déduction logique, après notre conversation de tout à l'heure…

Elle chassa les cheveux de son front et ajouta :

— Je ne pensais pas que tu fantasmais sur les femmes enceintes.

— Fantasmer ? dit-il en riant (et elle admira le mouvement de ses abdominaux tendus). Je ne fantasme pas sur les femmes enceintes.

Tiffany s'assit en face de lui.

— Désolée de te le dire, mais si tu regardes le corps d'une femme en savourant les changements causés par la grossesse que tu as provoquée, c'est un fantasme.

Il lui adressa un petit sourire en coin.

— Dans ce cas, oui. Je l'avoue.

— Je ferais mieux d'alerter les médias…

Elle se mit à genoux à son tour et l'allongea sur les coussins près d'elle pour caresser son ventre. Ses muscles se crispèrent tandis qu'elle glissait les doigts sous l'élastique de son boxer pour toucher son gland.

— Tiffany, gémit-il. Tu vas me rendre fou.

Elle se positionna au-dessus de ses hanches.

— Ce n'est peut-être pas sexy, mais j'ai des nausées pour tout et n'importe quoi en ce moment. Il va falloir y aller doucement.

Preston souleva son menton d'un doigt.

— Tu n'es pas obligée de le faire.

— Et si j'en ai envie ?

— On peut toujours attendre le deuxième trimestre, dit-il en caressant ses lèvres avec son pouce. J'ai lu que les nausées se calmaient à ce moment-là.

Tiffany lécha son doigt.

— Est-ce que tu te rends compte que c'est d'une sensualité absurde ?

— La fin des nausées ?

— Non, le fait que tu te sois renseigné là-dessus.

D'un geste, elle baissa son boxer, libérant son sexe. Il était à la fois ferme et doux sous sa paume. Preston retint son souffle quand elle effleura son gland déjà humide.

— Oh ! bon sang, dit-il en l'embrassant sur le front, les mains dans ses cheveux. C'est si bon.

— Dans ce cas, finis d'enlever ce boxer pour que j'arrive plus facilement à te faire plaisir.

Il obéit sans perdre un instant.

Tiffany prit quelques instants pour profiter du spectacle. Ses hanches fines et ses cuisses musclées. Ses tétons plats et son sexe imposant, splendide.

Preston poussa un gémissement guttural quand elle le prit dans sa bouche et se mit à bouger. Lentement et avec soin, elle monta et descendit, l'explorant tout entier avec sa langue. Chaque soupir qu'elle provoquait et chaque froncement de sourcils le rendait irrésistible.

Hypnotisée par les réactions de Preston, elle prit un rythme régulier jusqu'à ce qu'il referme sa main sur la sienne.

— Waouh. Laisse-moi un instant...

Une seule perle de sueur coula le long de sa nuque lisse. Tiffany le chevaucha et la lécha.

Preston saisit ses fesses pour la soulever tandis qu'elle se plaçait au-dessus de lui.

— Ça va ?

— Oh oui.

Elle posa les mains sur ses épaules et se laissa descendre lentement sur lui. C'était une torture délicieuse.

Voir le combat intérieur de Preston sur son visage fut sa récompense. Les tendons de son cou et les muscles en V parfait au-dessus de ses hanches se dessinèrent clairement quand il rencontra une résistance en elle. Son front luisait de transpiration.

— Rien de mieux que se laisser couler, dit-elle en sentant les doigts de Preston s'enfoncer dans le pli de ses hanches.

Leurs respirations se confondirent quand elle commença à bouger. Elle ondula du bassin pour lui permettre de la découvrir tout entière. Elle voulait qu'il sente chaque recoin d'elle, chaque creux, aussi profondément qu'il le pouvait.

Preston attendit qu'elle ait trouvé son rythme avant de bouger à son tour, se cambrant quand elle descendait sur lui.

Il s'assit et leurs torses moites se collèrent. Il enfouit une main dans sa nuque.

Soutenir son regard de cette manière était étrangement intime. Comme s'il avait pu lire les secrets de son âme. Il glissa les bras sous les siens et attrapa ses épaules pour donner un coup de reins plus puissant.

Elle rejeta la tête en arrière, libérant le cri qui montait en elle avec la violence d'un ouragan.

— C'est si bon, Preston.

Il donna une autre poussée et elle se crispa.

— J'adore me savoir en toi.

— Moi aussi, gémit-elle.

Il se crispa sous elle, la fit monter plus haut. Elle se contracta autour de son sexe et cria de plus belle. Elle sentit qu'elle tombait, piégée sous lui pour savourer ses derniers assauts puissants. Ils jouirent ensemble.

Le poids du corps de Preston sur le sien était aussi rassurant que la gravité. Il l'ancrait dans le monde et tout ce qu'il contenait. Elle ne savait pas ce qu'ils allaient faire ce soir, demain, dans un mois.

Tout ce dont elle était sûre, c'était qu'elle aurait voulu que cet instant dure toujours.

En sécurité. Possédée. Comblée.

Trouvée.

Bercée par ces mots, avec le père de son enfant allongé sur elle, elle laissa enfin le sommeil l'emporter.

11

Preston se réveilla en sursaut. La lumière qui se déversait sur l'édredon qu'ils avaient étendu sur eux lui indiqua ce que l'écran de son portable confirma quelques secondes plus tard.

Il était en retard.

La session de médiation du scandale des diamants au Texas Cattleman's Club allait commencer dans trente minutes. Son père l'avait déjà appelé deux fois et lui avait laissé des messages.

Preston bondit du lit et enfila rapidement ses vêtements froissés. Tiffany roula sur le matelas, s'étira et bâilla.

— Quelle heure est-il ? demanda-t-elle.

— Neuf heures et demie.

Il ferma sa chemise, boucla sa ceinture et s'examina dans le miroir en pied. Il avait tout d'un homme qui allait accomplir en public la marche de la honte lors d'une réunion très importante...

— Oh ! zut, dit Tiffany en se levant avant de passer une main dans ses cheveux ébouriffés. Je n'arrive pas à croire que j'ai si bien dormi.

— Moi, si, dit-il avant de déposer un baiser sur son front chaud. Je suis désolé, mais il faut vraiment que j'y aille.

Elle parut très inquiète quand il s'écarta, et sa main s'attarda un instant sur le bras de Preston.

— Est-ce que tout va bien ? Ce n'est pas à cause de ce qu'on a... de cette nuit ?

— Pas du tout, répliqua-t-il sans savoir si c'était tout à fait vrai.

Entre son esprit encore engourdi par le sexe et la terreur qui lui montait à la gorge, il n'avait pas encore eu le temps de tout digérer. La seule chose qu'il savait, c'était que chaque seconde passée faisait drastiquement baisser leurs chances de s'en sortir.

— Je suis juste en retard pour la médiation au TCC.

Il lui prit la main avec douceur et embrassa ses doigts avant de reposer sa paume sur la couverture moelleuse.

— Je t'appelle plus tard, d'accord ?

Sa réponse n'eut pas l'air de rassurer Tiffany. Elle avait tiré le duvet sur sa poitrine et croisa les bras.

— Tu viendras, ce soir ?

— Bien sûr. J'apporterai le repas.

— Non, sinon je vais déjà devoir congeler la moitié de tout ce que ma mère a entassé dans le frigo.

— D'accord. Je te préviendrai quand je serai en route.

— Très bien, répondit-elle d'une voix si triste qu'il se haït.

Il avait horreur de s'enfuir comme cela.

Il avait horreur de l'inquiéter à ce point. Il avait horreur de devoir la quitter alors qu'il aurait dû lui servir le petit déjeuner au lit et lui prouver que s'ouvrir à lui n'avait pas été une erreur.

Il détestait penser qu'il ne pouvait pas la rassurer.

Trente et une minutes plus tard, il pénétra dans le hall du club, le front couvert de sueur et un sourire d'excuses plaqué sur les lèvres. Les justifications qu'il avait imaginées dans la voiture s'envolèrent dès qu'il vit son père en train de l'attendre sous le grand lustre constitué de bois de cerfs.

Fernando avait l'air… *heureux* de le voir.

— Eh bien, regardez qui voilà ! s'écria-t-il avec un sourire qui ne faiblit qu'un instant, tandis qu'il examinait la tenue négligée de Preston. Je pensais que tu aurais eu le temps de te reposer après hier…

Ah.

Maintenant, il comprenait mieux la joie de son père.

Fernando pensait que Preston avait quitté la réception en avance avec Sunny. Donc, il croyait qu'elle l'avait poussé à s'absenter du bureau le jour suivant.

Il se redressa et rassembla tout son courage.

— Je suis désolé, papa. Pour l'annonce, la fête, tout. Je voulais t'en parler, mais...

— Sommes-nous prêts ? lança Jack Chowdhry depuis la porte de l'une des salles de réunion privées du club.

Il portait un costume sur mesure gris foncé impeccable, une chemise blanche et une cravate en soie bleue. À côté de lui, Preston eut l'impression d'être habillé comme un mendiant.

— Nous arrivons, répondit Fernando avant d'adresser à son fils un regard complice. Ne t'en fais pas : nous avons tous assisté à une réunion avec une mine endormie. Surtout après avoir passé la soirée en si bonne compagnie. De toute manière, je sais que tu n'en feras pas une habitude.

Il lui donna une tape sur l'épaule sans attendre sa réponse et entra dans la salle. Preston le suivit, recevant un accueil moins amical.

Joseph Winters était assis au bout de la table, entouré par Marcus et Alisha. Le visage aussi fermé qu'une statue de l'île de Pâques, le patriarche des Winters regarda Preston prendre place près de son père, du côté visiblement réservé aux Del Rio.

— Désolé de vous avoir fait attendre, dit Preston.

— Ce n'est rien.

Installé dans le siège d'honneur, Jack but une gorgée d'eau puis reposa son verre près de l'épaisse chemise en cuir placée devant lui. Il s'éclaircit la voix avant de commencer :

— Comme vous le savez, le collier Del Rio a été conservé par le département de Sûreté publique. Je suis heureux de vous annoncer que le bijou et la confession écrite d'Eliza Boudreaux ont été pleinement authentifiés.

Fernando poussa un grognement et Jack se tourna vers lui.

— Souhaitez-vous dire quelque chose au sujet de l'authentification ?

— L'authenticité du collier n'a jamais été mise en doute. La lettre, par contre...

— Allez-vous prétendre que c'est un faux ? demanda Joseph Winters sans cacher son animosité.

— Je suis certain qu'elle est vraie, déclara Jack sans s'émouvoir. D'autant plus que j'ai ici des documents le confirmant.

Il sortit deux feuilles de papier de sa chemise et les leva pour que tout le monde puisse les voir. Le père de Preston garda le silence un long moment.

— Je ne dis pas que cette lettre est un faux. Je trouve juste que cette découverte a eu lieu à un moment étrangement propice.

— Propice pour qui ? demanda Alisha en croisant les bras. Je suis certaine que nous aurions tous préféré que Marcus ne trouve *pas* un collier volé chez moi, au milieu de travaux de rénovation absolument ruineux.

— Raison de plus pour se demander pourquoi vous avez décidé de ne pas dévoiler la lettre immédiatement.

— Oh ! pardon d'avoir voulu régler ce problème sans déclencher la Troisième Guerre mondiale, intervint Marcus, le regard noir et les lèvres pincées.

— Bref, intervint Jack pour tenter de calmer les esprits, ce qui compte, c'est que le collier pourra vous être rendu, ce qui nous permettra de clore cette affaire une fois pour toutes.

Il ouvrit sa pochette et en sortit deux épais documents. Il en fit glisser un de chaque côté de la table.

— J'ai ici un accord définissant les conditions exactes de la restitution du collier à la famille Del Rio. Je vous invite à le lire avant que nous poursuivions.

Fernando abattit sa main sur la liasse de pages et chaussa ses lunettes pour déchiffrer les petits caractères.

Une vibration brisa le silence tendu et le portable d'Alisha s'illumina sur la table. Elle jeta un rapide coup d'œil à l'écran, puis fronça les sourcils avant de dire à Jack :

— Veuillez m'excuser un instant.

— Pas de problème, répondit-il.

Elle quitta la salle en trombe et revint quelques minutes plus tard, l'air contrariée et sombre. En s'asseyant, elle adressa à Preston un regard de pur mépris et il fut tenté de disparaître sous la table, bien qu'il n'eût aucune idée de ce qu'il avait bien pu faire pour mériter ça.

Son malaise s'intensifia quand elle reprit son téléphone et tapa un texto rapidement.

Il s'agissait forcément de Tiffany.

Il consulta son propre portable, mais il n'avait reçu aucune notification.

— Je n'ai pas modification à apporter, déclara Joseph Winters en repoussant les documents devant lui.

Sa voix semblait plus emphatique, dénuée de son accent texan habituel. Preston s'était souvent demandé s'il en jouait inconsciemment – ou consciemment – dans certaines circonstances.

— Bien sûr que non, marmonna Fernando.

— Qu'est-ce que c'est censé vouloir dire ? demanda Marcus en s'accoudant à la table.

— Ça veut dire qu'il n'y a aucune rétribution prévue alors que la famille Winters a été en possession d'un bien précieux qui ne lui appartenait pas pendant plus de cent ans.

— Un bien volé avant la naissance de toutes les personnes ici présentes, précisa Jack.

— Peu importe : le collier a été subtilisé et tout Royal sait à présent qui était responsable, insista Fernando en ne s'adressant plus qu'à Jack. Le scandale des diamants a été rendu public et, dans la situation inverse, j'aurais insisté pour faire un geste.

Plus les minutes passaient, plus Preston était exaspéré par le comportement de son père. Cette fierté ridicule qui rongeait les deux clans comme un cancer, concentrée sur des faits très éloignés de leurs soucis actuels... Tout cela rendait sa vie bien plus compliquée qu'elle aurait dû l'être.

— Pourquoi pas une donation ? suggéra-t-il malgré lui.

Tous les regards se tournèrent vers lui – il n'était pas préparé à ça. Son père, en particulier, le fixa d'un air furieux.

— Quel genre de donation ?

— Quelque chose qui se rapprocherait des circonstances qui ont conduit à ce vol.

Il s'adossa au fond de sa chaise et la fit basculer sur les pieds arrière même si sa mère avait passé des années à le gronder pour cela.

— Par exemple ? demanda Joseph en le dévisageant de ses yeux bleus et froids.

Il n'avait aucune raison de se douter que Preston avait passé la nuit avec Tiffany, mais celui-ci ne pouvait s'empêcher de penser que le patriarche Winters avait des soupçons.

— Une association qui soutient l'exploitation durable des mines de diamants, proposa-t-il. Quelque chose qui fera comprendre aux gens qui s'intéressent à cette affaire ridicule que les deux plus grandes familles de Royal ne s'écharpent pas pour un collier appartenant à des personnes enterrées depuis longtemps.

Un lourd silence tomba, comme si tout le monde réfléchissait à son idée. Ce fut Jack qui parla le premier.

— Je pense que c'est une très bonne solution.

Joseph Winters s'éclaircit la voix.

— S'il faut ça pour tourner la page, nous acceptons.

Son annonce ne suffit pas à dérider Marcus ou à effacer la moue irritée d'Alisha. Jack se tourna vers Fernando.

— Et vous ? Êtes-vous satisfait par cette suggestion ?

Le père de Preston regarda son fils et acquiesça.

— Oui.

— Merveilleux, conclut Jack. Je vais faire ajouter cette mention à l'accord et vous recevrez le document par e-mail cet après-midi.

Il se leva, donnant à tout le monde le signal du départ.

Alisha attrapa son sac et le jeta sur son épaule. Elle marmonna des excuses à sa famille avant de quitter la salle d'un pas vif. Preston fut si surpris par son départ soudain qu'il faillit renverser sa chaise en la poursuivant. Il dut courir pour la rattraper dans le parking.

— Alisha ! Attends.

Elle pointa sa clé vers sa voiture et appuya sur le bouton de déverrouillage sans ralentir.

— Alisha, *s'il te plaît*.

Sa main hésita au-dessus de la poignée. Elle se tenait très droite, la tête inclinée d'un air agacé.

— Est-ce qu'on peut parler une minute ? demanda Preston.

Elle fit volte-face et déclara :

— Je n'ai *rien* à te dire.

— Je sais que la réunion était tendue, mais je ne comprends pas ce que j'ai fait pour te mettre en colère.

Elle ouvrit grand la bouche.

— Tu ne comprends pas ce… Tu sais quoi ? Laisse tomber. J'en ai assez de tes airs de victime innocente.

— Innocente ? C'est-à-dire ? aboya-t-il, plus contrarié qu'inquiet à présent.

Alisha croisa les bras.

— Tu vas vraiment me regarder dans les yeux et prétendre que tu ne sais *pas* ce que tu as fait de mal ?

Preston avait l'impression de se noyer sous le soleil aveuglant.

— Étant donné que j'ignore ce qui t'a mise en colère, je ne vois pas ce que je pourrais faire d'autre.

— Vraiment ? demanda-t-elle en plissant les paupières.

— Comment dois-je te le dire ? Oui, *vraiment*.

Alisha tira son portable de son sac et tapota l'écran avec rage avant de le tourner vers lui.

Preston sentit son estomac tomber comme une pierre.

C'était une photo de lui et de Sunny, penchés l'un vers l'autre. Elle pressait ses mains sur son torse et il semblait sur le point de lui prendre le bras. Ils s'embrassaient tendrement.

Rien ne laissait supposer que Sunny avait fait le premier pas ou qu'il avait accepté ce baiser en signe d'adieu.

Un coup d'œil au résumé de l'article confirma ses peurs :

Une ancienne flamme renaît pour l'héritier Del Rio ! Attention, mesdames. L'un des célibataires les plus convoités de Royal pourrait bien être pris. Durant la fête célébrant son accession officielle au poste de P-DG du Groupe Del Rio, Preston embrasse son ex-fiancée Sunny Rothschild…

Les lignes se brouillèrent tandis que le sang de Preston se mettait à bouillir. Il serra les poings, le ventre tendu, pris de vertige.

— Félicitations, remarqua méchamment Alisha. Tu fais les gros titres.

Preston n'eut même pas la force de répliquer. Son cerveau tournait à toute allure, heurtant des hypothèses atroces comme s'il rebondissait sur des murs en béton.

— L'appel que tu as pris pendant la réunion, c'était Tiffany ? demanda-t-il.

— À ton avis ?

L'image de Tiffany, encore nue dans son lit, allumant son portable pour découvrir cette photo le cloua sur place. La moue sur ses lèvres. Ses yeux de biche blessée laissant couler des ruisseaux de larmes.

— J'imagine qu'il est inutile de te dire que ce n'était pas ce que tu crois...

Alisha prit un air meurtrier.

— Ma sœur enceinte et hypersensible m'appelle pour me dire qu'elle vient de voir une image du père de son enfant en train de bécoter son ex, et c'est tout ce que tu as trouvé ?

— C'est la vérité. Je ne savais pas que Sunny serait à cette soirée. En fait, je ne savais même pas qu'il y aurait une soirée. J'ai été totalement pris de court.

Alisha le toisait comme une reine offensée, les épaules tendues, le cou arqué, le nez en l'air.

— Au point de tomber la langue la première sur ton ex ?

Preston n'avait aucune envie de se justifier alors qu'il n'avait pas prévu de se trouver dans une telle situation.

— Oui. J'ignorais que mon père allait annoncer la date de sa retraite, dit-il en listant sur ses doigts, ou qu'il avait prévu un cocktail pour fêter ça, et encore moins qu'il y avait convié mon ex-fiancée.

— Et *comment* t'es-tu retrouvé en train de l'embrasser ?

— Je lui ai proposé de sortir pour discuter. Elle a admis que mon père l'avait invitée et quand je lui ai expliqué que j'avais tourné la page sur nous, elle a compris mais elle a voulu m'embrasser pour me dire au revoir. Je l'ai laissée faire. Si tu tiens à me haïr pour ça, ne te gêne pas.

— Tourné la page pour être avec ma sœur ?

— Oui ! cria Preston, frustré. C'est exactement ce que j'ai fait : je suis parti de la fête pour aller la voir parce qu'elle ne répondait pas au téléphone. J'ai passé la nuit avec elle, la journée d'hier et ce matin, jusqu'à l'heure de la réunion.

Alisha baissa la voix et demanda :

— Et après tout ça ? Tu comptais faire quoi ?

— Pardon ?

— Après ces négociations. Après ta journée de travail. Après avoir fait le nécessaire pour prendre le contrôle de l'empire pétrolier Del Rio ? Quelle place avait Tiffany dans tes grands projets ?

— Tiffany a aussi son mot à dire, Alisha. Ce n'est pas à moi de décider ce qu'elle...

— Mais si c'était le cas ?

Preston n'arrivait même plus à réfléchir.

— Si c'était le cas de *quoi* ?

Une bourrasque soudaine agita les feuilles du grand érable, près du club. Alisha soupira, un peu radoucie.

— Si tout dépendait de toi, comment finirait cette histoire ?

Il lut toutes ses pensées dans son regard. Son amour féroce pour sa petite sœur. Sa fureur protectrice. Le mince espoir qu'il trouve contre toute attente un moyen de dire et faire ce qu'il fallait.

— Preston ? appela son père à travers le parking. Tout va bien ?

— Oui. J'arrive.

Alisha ne bougea pas, attendant sa réponse. Un aveu que Preston n'arrivait même pas à se faire à lui-même.

— Je serai là, Alisha. Pour Tiffany et pour notre bébé. Quoi qu'il en coûte.

Elle baissa les yeux, les narines dilatées. Quand elle redressa la tête, son regard était glacial.

— Si c'est comme ça que tu comptes être présent, je ne suis pas sûre que ce soit la meilleure solution pour ma sœur.

Il ravala une remarque cinglante et demanda :

— Tu vas chez elle ?

— J'y serais déjà, sans toi, répondit-elle en ouvrant la portière pour jeter son sac sur la banquette.

Preston posa une main sur le capot.

— S'il te plaît...

— Non. Je regrette déjà de t'avoir aidé et je ne recommencerai pas, coupa-t-elle en lui donnant un coup de coude pour l'écarter. Si j'étais toi, je garderais mes distances le temps de savoir ce que je veux vraiment. On a trois frères, et je suis sûre qu'ils t'apprécieront beaucoup moins quand toute cette histoire éclatera au grand jour.

Elle fit signe à Marcus qui les observait de loin, ses épais bras croisés devant des pectoraux tout aussi impressionnants.

— Maintenant, si tu veux bien m'excuser...

Il s'écarta pour lui permettre de fermer la portière et elle partit dans un crissement de pneus et un nuage de fumée bleue.

Il avait la réponse à sa question.

Si tout avait dépendu de lui, il savait exactement ce qu'il aurait fait. Il aurait trouvé un moyen de remonter le temps.

Il serait revenu à ce matin pour sentir de nouveau le dos chaud et doux de Tiffany contre son torse. Il aurait posé une main sur son ventre, conscient que la vie qu'ils avaient créée grandissait en elle. Il serait resté là et aurait oublié tout le reste.

Hélas, c'était impossible.

— Que se passe-t-il ? l'interrogea son père en s'approchant.

Voyant que son fils ne répondait pas, il insista :

— Alors ?

Preston prit une profonde inspiration et parla lentement.

— C'était au sujet de la photo de Sunny et moi au Glass House. Celle qui s'affiche dans la section people du journal. Sais-tu qui l'a prise ?

Un sourire rusé se forma au coin des lèvres de son père.

— Je n'en ai aucune idée.

— Étrange, étant donné que tu avais tout calculé. Annoncer ta retraite sans prévenir. Préparer la soirée. Inviter Sunny.

— Tu m'as dit que vous étiez restés amis. Je pensais juste vous laisser une chance de vous réconcilier.

— Tu as cru qu'il suffirait de la jeter dans mes bras pour que je t'obéisse, comme toujours ?

Preston sentait un voile de sueur froide couler entre ses omoplates et sous ses bras, mais il ne pouvait pas s'arrêter.

— Je n'apprécie pas ce ton, Preston.

— Et moi, je n'aime pas être piégé ou manipulé.

Depuis son enfance, il avait eu peur du talent incroyable de son père pour lire dans ses pensées. Un sourire protecteur fit fondre le masque glacé de Fernando.

— Pardonne-moi, fils, mais je te trouvais trop seul ces temps-ci.

— Seul, oui. Parce que j'ai consacré tout mon temps à te prouver que je suis prêt à te succéder !

— Parle moins fort, chuchota sèchement son père.

Preston sentit son sang bouillonner et étouffa sa fureur.

— Quand on était fiancés, tu n'as passé qu'un dîner avec elle. Un *dîner*, papa. Tu pensais vraiment pouvoir choisir une partenaire pour moi en te basant sur si peu ? Tu ne la connaissais même pas.

Son père s'éclaircit la voix et frotta le sol du bout du pied.

— Vous aviez l'air heureux ensemble.

— Évidemment. Sunny est influenceuse sur Instagram. Je pourrais te retrouver vingt photos prises juste après une effroyable dispute et tu la verrais en train de sourire avec un cocktail à la main. Avoir l'air heureuse, c'est son métier.

Non, pas tout à fait. Elle devait aussi avoir l'air belle. Élégante. Riche. Soudain, il comprit que c'était pour ça que son père avait choisi Sunny : leur apparence sur les photos. À présent qu'il allait reprendre les rênes de la firme, son père tenait à ce qu'il ait une bonne image, y compris en privé.

— Si tu es vexé à ce point que je l'aie invitée, pourquoi as-tu quitté la fête avec elle ? s'enquit Fernando.

— Je ne l'ai pas fait.

Son père fronça les sourcils et une ride se forma au milieu de son front.

— Mais, ce matin… tes vêtements…

— Tu as raison : j'ai bien passé la nuit avec quelqu'un. Seulement, ce n'était pas Sunny Rothschild.

Preston se campa devant Fernando et soutint son regard.

— C'était Tiffany Winters.

Le soleil de novembre disparut derrière un nuage. Un corbeau lança un cri lugubre en volant au-dessus d'eux pour se percher sur le toit du club. Preston n'avait jamais cru aux présages, mais il sentit son avenir s'assombrir d'un coup.

— Tiffany Winters ?

Il pouvait voir les engrenages tourner dans le cerveau intelligent et implacable de son père.

— Tu m'as dit que les rumeurs au sujet de la fête de fiançailles étaient fausses. Je t'ai *défendu,* Preston.

Son mensonge s'abattit entre eux comme si la terre s'était soudain fendue pour les séparer.

— Tu as continué à la voir depuis ce soir-là ?

— Oui.

Ce n'était pas tout à fait vrai, mais il n'avait pas la force de lui expliquer tout ce qui s'était passé entre Tiffany et lui ces dernières semaines. Un autre croassement fusa dans l'air.

— Tu m'as désobéi délibérément.

Preston se redressa et soutint le regard de son père. Il vit son passé et son avenir dans ses yeux, toutes les choses qu'il avait voulues et pour lesquelles il avait travaillé si dur.

— Oui.

Le visage anguleux de Fernando se figea.

— Comment puis-je te confier mon héritage alors que tu n'es même pas capable de me dire la vérité ?

La question n'était pas complètement absurde, même si Preston n'avait aucune envie de l'admettre. Au bureau, son père l'avait accusé d'avoir un faible pour les Winters. Il avait eu raison, et cela durait depuis très longtemps.

— Parce que cette vérité n'affecte pas mes capacités pour diriger le Groupe Del Rio.

— Vraiment ?

Un vent froid contourna le bâtiment et le gifla.

— Avant-hier, certaines des personnes les plus importantes associées à nos entreprises se sont réunies en ton honneur. Des gens avec qui j'ai travaillé pendant des décennies. Si tu étais resté, tu aurais eu l'occasion de forger tes propres relations. Mais, au lieu de ça, tu as décidé de passer la soirée avec Tiffany Winters. Ta performance baisse, ces temps-ci, et maintenant je sais pourquoi.

Une rage froide anesthésiait le cœur de Preston. Après tout ce qu'il avait fait, tout ce qu'il avait sacrifié, les heures, les minutes, les jours qu'il avait consacrés à son travail, voilà que son père lui annonçait que ce n'était rien comparé à deux semaines pendant lesquelles son emploi du temps avait été quelque peu bouleversé.

— La seule chose qui faiblit est ma capacité à me taire et à faire semblant d'être de ton avis, déclara-t-il, tremblant sous un flot d'adrénaline. Pendant toutes ces années, tu as été obsédé par l'idée qu'on t'avait floué. Que tu méritais une sorte de compensation. Tu as été tellement aveuglé par tes désirs égoïstes que tu ne vois même plus ce qu'il y a sous ton nez.

Son père se raidit.

— Je le vois très bien, au contraire : ce qui est devant moi porte des vêtements froissés et arbore une mine insolente. Tu te moques de la confiance que je t'ai accordée, en public.

Une montée d'acide rongea le ventre vide de Preston.

— Si on se moque de quelque chose, c'est uniquement de ton orgueil, papa.

Ils se tenaient chacun sur une portion de trottoir comme s'ils étaient sur deux îles désertes. Abandonnés là par le coup du sort.

— Quoi qu'il en soit, je suis toujours le P-DG par intérim du Groupe Del Rio et le chef de cette famille. Je n'ai pas l'intention de te confier l'entreprise tant que tu entretiendras ce flirt ridicule avec Tiffany Winters.

Preston jeta un coup d'œil à la place de parking qu'Alisha venait de quitter et déclara :

— Ce n'est pas qu'un flirt.

Fernando souffla comme un taureau en colère.

— Épargne-moi tes mélodrames.

— Elle est enceinte, papa. Elle va avoir mon bébé.

C'était la première fois qu'il le disait à haute voix. La fossette du menton de son père se creusa et les cernes au coin de ses yeux s'étendirent jusqu'à ses tempes.

— Enceinte ?

— Oui. Nous allons élever cet enfant ensemble.

Fernando pâlit.

— Je te conseille de peser tes options avec soin, Preston.

— Je l'ai toujours fait.

Sur ce, il s'en alla avant de prononcer des paroles qu'il risquait de regretter. Il sentit à peine l'asphalte sous ses semelles ou l'odeur familière de cuir dans sa voiture. Il ne savait qu'une chose : il devait rejoindre Tiffany. Tout son univers tournait uniquement autour de cela.

Les chiffres lumineux bleus du tableau de bord baissèrent rapidement tandis qu'il se rangeait au bord de la route, quelques kilomètres plus loin.

Qu'allait-il bien pouvoir lui dire ?

Comment lui faire comprendre ? Il serra le volant à s'en faire blanchir les doigts, résistant au désir de frapper quelque chose.

Pendant toute sa vie, il avait travaillé pour prouver qu'il était digne de l'héritage Del Rio. C'était la seule chose qu'il pensait vouloir. Jusqu'à ce qu'il voie Tiffany Winters au milieu de la foule pendant la fête de fiançailles de sa sœur et comprenne quel était son véritable désir. Pendant un instant, un court et magnifique instant, il avait cru qu'il pourrait avoir les deux.

Mais s'il ne trouvait pas un moyen de régler le problème au plus vite, il risquait à présent de tout perdre.

12

— Je te promets que tu te sentiras mieux après ça, dit Alisha en débouchant un flacon de sels de bain qu'elle versa dans la baignoire fumante de Tiffany.

Sa sœur contempla l'eau vert tendre, les yeux encore brûlants d'avoir pleuré pendant des heures.

— J'apprécie ta gentillesse. Vraiment. Mais j'ai juste envie d'aller me coucher pour oublier cette journée.

— Tu parles comme une femme totalement déprimée.

Déprimée ? Elle l'était. Totalement ? Elle aurait eu besoin d'un psy pour le confirmer.

Quelle que soit l'émotion qui lui serrait le cœur et lui embrumait l'esprit, elle était clairement atteinte.

Elle se mordilla la peau au bord d'un ongle, appuyée au meuble-lavabo.

— Je ne comprends pas. Ils ont rompu leurs fiançailles il y a un an. Pourquoi se laisserait-il embrasser ?

Alisha serra les mâchoires – un signe d'exaspération chez elle. Elles avaient déjà parlé de tout ça, mais la réponse que Tiffany avait reçue n'avait pas suffi à l'apaiser.

— Chérie, je ne sais pas pourquoi il l'a fait. Tout ce que je sais, c'est que c'est arrivé. Tu peux rester là à ruminer, ou tu peux profiter du bain que je viens de te préparer. Personnellement, je te conseille la deuxième solution.

Tiffany sentait qu'elle l'agaçait. Elle n'avait pas besoin des réprimandes de sa sœur pour le comprendre.

Hélas, les explications logiques d'Alisha sonnaient faux à ses oreilles. Elle avait traité Preston de salaud. De voyou. De gosse de riches trop gâté. De lèche-pompes privilégié.

Rien de tout ça ne l'avait aidée.

— Très bien, j'y vais, dit Tiffany en enlevant son peignoir moelleux avant de se glisser sous la mousse pendant que sa sœur avait le dos tourné.

L'eau vint lécher son cou et ses épaules. La tension qu'elle avait ressentie depuis son réveil se dissolvait lentement.

Alisha lui tendit un gant que Tiffany plongea dans le bain chaud et étala sur son visage, juste pour l'arracher ensuite.

Dès qu'elle fermait les yeux, elle revoyait la photo.

Et chaque fois qu'elle voyait la photo, son cœur se brisait un peu plus.

Ils n'avaient jamais parlé de fidélité. Ils ne s'étaient fait aucune promesse. Elle ne s'attendait pas à ce qu'il tourne le dos aux autres femmes. Mais cela faisait mal quand même.

— Qu'a-t-il dit, exactement ?

Alisha lui avait déjà répété plusieurs fois les paroles de Preston, mais elle recommença sans protester. Assise sur le rebord de la baignoire, elle lui livra le même résumé. Le père de Preston avait invité Sunny au Glass House. Preston lui avait gentiment expliqué que tout était terminé entre eux. Sunny l'avait embrassé pour lui dire adieu. Il était ensuite venu directement chez Tiffany...

Et il lui avait dit qu'il préférait que leur relation reste platonique. Il avait même dormi sur le canapé.

D'un autre côté, tout ce qui s'était passé entre eux le lendemain...

Quelque chose ne collait pas.

Envisageait-il de se remettre en couple avec Sunny ? Essayait-il juste de gagner du temps ?

Elle avait interrogé Alisha sans relâche mais n'avait pas trouvé de meilleure réponse.

— Regarde le bon côté des choses, dit sa sœur. Au moins, l'excitation autour de lui et de Sunny va éclipser cette fichue Mandee Meriweather et ses potins au sujet de votre rencontre au cinéma de Coleman.

Tiffany aurait en effet préféré se passer de cette humiliation. Elle tira une petite satisfaction mesquine à l'idée que l'histoire avait été rendue publique en dépit de la généreuse donation de Preston. Au moins, elle n'avait offert à Mandee qu'un panier de chocolats pour sa tombola...

— Je suppose que je devrais être contente que maman et toi soyez les seules au courant de ma grossesse.

Alisha s'éclaircit la voix et attrapa un sachet de masque purifiant aux algues.

— C'est bien, ce truc ? J'en entends parler sur tous les blogs de maquillage.

— *Alisha.*

— Avec le changement de saison, j'ai la peau très sèche et je cherche un produit qui survivrait à l'hiver texan.

Tiffany se tourna lentement dans la baignoire et arracha le masque des mains de sa sœur.

— Qui sait que je suis enceinte ?

— Juste Tremaine. Il m'a entendue en parler avec maman au téléphone. Tu sais que Preston est un de ses amis et j'ai pensé qu'il pourrait peut-être lui faire entendre raison.

— Donc, maman, Tremaine et toi.

— Oui, dit Alisha avant d'hésiter un instant. Et Marcus.

Tiffany bondit en avant, envoyant un raz-de-marée contre le rebord de la baignoire.

— Marcus est au courant ?

— Il était dans le parking quand j'ai failli étrangler Preston. Il m'a appelée dans la voiture. Je ne pouvais pas lui mentir après ça. Mais ne t'en fais pas, ajouta-t-elle rapidement, je lui ai fait jurer de garder le silence.

— Tu sais, Marcus sait, Tremaine sait, et maman aussi. Y a-t-il quelqu'un d'autre ?

Alisha baissa ses yeux brun-doré.

— Marcus a pu en parler à Jericho.

— Tu plaisantes ?

— Je n'en suis pas sûre, mais Jericho m'a téléphoné juste après Marcus et m'a posé des questions suspectes.

— Quel genre de questions ?

Alisha haussa les épaules.

— Oh ! tu sais. Comment tu allais. Si j'avais eu de tes nouvelles récemment. Si j'avais remarqué que Preston et toi aviez l'air de bien vous entendre à la fête de fiançailles.

Tiffany enfouit son visage sous le gant. Elle aurait aimé pouvoir rester dans cette bulle noire et chaude toute sa vie sans jamais devoir adresser la parole à un autre être humain.

— Est-ce que tu penses que Preston l'a raconté à Maggie ? demanda Alisha.

— Pas à ma connaissance. On voulait garder le secret jusqu'après le mariage.

— Je comprends, mais je pense qu'il serait temps que maman en parle à papa. Marcus, Jericho et lui discutent tout le temps et ils risquent de faire une gaffe.

Tiffany baissa les épaules.

— Je ne comprends pas comment ça a pu arriver…

— Moi, si, dit Alisha de plus loin, comme si elle s'était levée et approchée du meuble. La barbe de trois jours.

Tiffany retira le gant, aveuglée un instant par un halo bleu.

— Pardon ?

— La barbe de trois jours que Preston portait à la fête. C'était très sexy et je sais que tu ne résistes pas à ce genre de choses. Tu n'aurais jamais dû t'approcher de cet homme.

Étrangement, Tiffany était d'accord.

Elle se souvenait de l'apparence de Preston, ce soir-là. Ses cheveux sombres et en désordre après quelques passages sur la piste de danse. Sa chemise de costume bleu ciel juste assez ouverte pour laisser apparaître le col d'un T-shirt dessous et la peau lisse et ambrée de son cou. Elle se souvenait surtout de son parfum. Adoucissant pour le linge, savon boisé, propreté. Son sourire sensuel et son côté *bad boy* si dangereux...

Un homme aux allures de pur poison.

Il lui avait dit bonjour au bar, et elle avait perdu pied.

— Toute ma vie a déraillé à cause d'une barbe, dit-elle.

Alisha prit un pinceau à maquillage sur l'étagère et caressa l'intérieur de sa paume pensivement.

— La mienne a déraillé à cause des fesses de Tremaine moulées dans son jean, alors je suis mal placée pour te juger...

Tiffany serra ses genoux contre sa poitrine.

— Tu le penses vraiment ?

— Et tu devrais le voir en combinaison de travail : il est encore plus sexy. S'il ne finit pas très vite de poser les carreaux dans la salle de bains, Preston Junior pourrait finir par avoir un cousin de son âge.

Sa sœur voulait clairement alléger l'atmosphère, mais entendre ce nom brisa le cœur de Tiffany.

— Je parlais du jugement. Tu es sûre que je ne t'ai pas *un peu* déçue ?

Alisha reposa le pinceau et revint s'asseoir au bord de la baignoire.

— Parce que tu as couché avec Preston Del Rio sans protection ?

Tiffany hocha la tête.

— Je pourrais être tentée de te suggérer une appli pour suivre ton cycle et te permettre de savoir quand tu peux faire des folies, mais à part ça, non, Tiffany. Je ne suis pas déçue.

— C'est bien le problème ! J'ai déjà une appli. Je n'étais pas censée être en période d'ovulation : j'en étais au vingt-cinquième jour. Mes règles auraient dû arriver juste après.

Alisha fronça les sourcils.

— Sacré ballet de phéromones...

— Tu n'imagines même pas. C'est arrivé comme ça... (elle chercha une métaphore appropriée) comme un aimant. Comme si toutes mes cellules étaient attirées par lui. D'habitude, je n'ai aucun mal à résister à un homme, mais j'ai eu l'impression qu'être avec lui était mon réglage par défaut, ou quelque chose du genre.

Elle se laissa retomber dans le bain et ajouta :

— Mais ce n'était peut-être pas réciproque. Il n'a même pas essayé de m'appeler depuis que cette photo a été publiée.

Alisha essuya une goutte d'eau qui avait atterri sur son beau pantalon crème.

— Pour être honnête, c'est peut-être en partie ma faute.

— Ta faute ? Comment ça ?

— Je lui ai dit de garder ses distances jusqu'à ce qu'il sache ce qu'il voulait vraiment. Il doit toujours être en train de réfléchir.

Tiffany prit une profonde inspiration. C'était difficile à entendre, mais sa sœur avait eu raison de le lui dire.

— Je vais te poser une question, reprit Alisha en la regardant avec attention. Tu n'es pas obligée de répondre tout de suite, mais je crois que tu devrais y penser.

— Vas-y.

— Quelle a été ta première réaction quand tu as vu ce portrait de Preston et Sunny ensemble ?

Tiffany répondit sans hésiter :

— J'ai été dévastée. Minée. Complètement abattue.

Alisha repoussa une mèche mouillée de son front.

— Je suis au moins sûre d'une chose : que Preston se reprenne assez pour comprendre qu'il serait le dernier des idiots s'il te laissait partir ou non, tu seras une maman formidable.

— Comment peux-tu en être sûre ?

— Je te connais, Tiff. Tu mets du cœur dans tout ce que tu fais. Et il est peut-être temps que tu dises à Preston ce qu'il y a dans le tien.

Tiffany appuya son menton sur ses genoux.

— Je ne peux pas. Je n'ai pas la force de l'affronter pour l'instant.

— Alors, ne l'affronte pas. Envoie-lui une lettre. Tu sais, comme celles que maman nous faisait écrire quand on se disputait ?

Elles étaient si proches depuis des années que Tiffany avait oublié les chamailleries fréquentes entre frères et sœurs pendant leur enfance. Ils se battaient pour leurs chambres, leurs crayons, leurs jeux vidéo, leurs jouets, le téléviseur dans le sous-sol que tout le monde voulait regarder…

Mais le temps d'exposer leurs griefs sur papier, la colère finissait toujours par retomber.

— Je vais y réfléchir.

— C'est bien.

Sa sœur serra son épaule et se leva.

— Je vais te laisser te détendre un moment. Tu veux plus d'eau chaude ?

— Avec plaisir.

Alisha souleva la bouilloire du comptoir en marbre et versa de l'eau fumante dans la baignoire, comme Camille l'avait fait pour elles quand elles étaient petites et avaient besoin de réconfort. Jamais elles n'avaient remis en question sa théorie selon laquelle l'eau bouillie à la main apportait plus d'amour dans un bain. Alisha déposa ensuite un baiser au bout de ses doigts et les pressa sur le front de Tiffany.

— Tu vas t'en sortir, petite sœur.

— Merci, Lisha, répondit Tiffany en employant un surnom qu'elle n'avait plus utilisé depuis leur enfance.

Une fois seule, elle se rallongea dans l'eau, laissant les bulles lui chatouiller le menton. Elle rejeta la tête en arrière, sur la serviette roulée qu'Alisha avait placée sur le rebord de la baignoire.

Sous la surface, sa paume trouva son ventre.

La vie que Preston et elle avaient créée avait la taille d'une myrtille, à présent. Les cellules qui allaient former son cœur commençaient à peine à s'agiter. En cet instant, elle promit à son bébé et à elle-même qu'elle ferait tout son possible pour protéger ce petit cœur de la souffrance qu'elle ressentait.

Preston était devenu très doué pour protéger les choses du soleil.

Lorsqu'il avait emménagé dans son élégante maison de ville, il avait installé des rideaux occultants à chaque fenêtre. À force de faire des heures supplémentaires chez lui, le soir, il se couchait souvent alors que l'aube commençait à blanchir le plafond.

Il s'allongeait alors dans une obscurité totale sans savoir quelle heure il était et sans la moindre envie de le découvrir.

Ce matin, par exemple, il avait conscience qu'il devait se lever et affronter sa journée, mais il n'arrivait pas à rassembler assez de force pour quitter son lit.

Il n'avait toujours pas reçu de nouvelles de Tiffany. Cependant, il n'arrêtait pas de penser à la réaction qu'elle avait dû avoir en découvrant la photo, puis aux paroles sur lesquelles son père et lui s'étaient quittés. Ces deux scènes tournaient en boucle dans son esprit, accompagnées par le souvenir de la profonde déception dans les yeux de Fernando.

Son père avait eu raison.

Preston avait agi de manière irresponsable. Il avait laissé ses sentiments pour Tiffany mettre en danger sa loyauté vis-à-vis du Groupe Del Rio. Son père avait peut-être fait le bon choix en revenant sur sa décision de le nommer P-DG.

Jusqu'à présent, tous ses efforts pour épuiser son cerveau et sombrer dans le néant avaient été des échecs.

Il s'agita avec une grimace de douleur sous les couvertures et roula sur le côté, bien décidé à dormir au moins une demi-heure avant la fin de cette étrange parenthèse hors du temps.

Il commençait à peine à s'assoupir quand un bruit attira son attention. Il rouvrit les yeux.

On frappait à sa porte.

Preston ne bougea pas. Il alla même jusqu'à retenir son souffle tout en sachant que personne ne pouvait l'entendre, de toute manière.

Avec un peu de chance, l'intrus allait s'en aller. Au bout d'une minute, les coups s'arrêtèrent.

Preston poussa un soupir de soulagement et remonta le drap jusqu'à son menton.

Lorsque les coups reprirent à un mètre de sa tête, sur la vitre de sa fenêtre, il se redressa d'un bond et lâcha une litanie de jurons.

— Je sais que tu es là ! Tu laisses toujours la lumière allumée dans ta cuisine quand tu as passé la nuit à travailler, lança la voix étouffée de Maggie, étrangement amusée et joyeuse. Je t'ai apporté du café.

Les mots magiques.

Preston repoussa les couvertures, se traîna hors du lit et enfila un pantalon de survêtement avant d'aller ouvrir le rideau.

Sa sœur se tenait de l'autre côté de la fenêtre, plus élégante et fraîche que jamais.

Elle ouvrit grand la bouche d'un air choqué en le voyant. Preston n'avait évidemment pas besoin d'un miroir pour deviner de quoi il devait avoir l'air.

Il indiqua la porte d'entrée d'un signe du menton et quitta sa chambre pour descendre le couloir et traverser la cuisine. Quand il ouvrit, un flot d'air froid au parfum de feuilles mortes humides s'engouffra dans la maison. Il s'effaça pour laisser sa sœur entrer.

Maggie posa deux gobelets en carton et un sac en papier blanc sur la table de la cuisine avant d'enlever son manteau mouillé par la pluie.

— Voilà le tien, dit-elle en glissant un des gobelets vers lui. Je t'ai aussi pris un gros roulé à la cannelle au *diner*.

— Merci.

Preston fit sauter le couvercle du gobelet et inhala l'odeur riche du café torréfié.

— C'est celui que tu prends toujours, l'informa Maggie.

Non, celui qu'il buvait d'habitude lui sembla soudain plus amer en comparaison...

— Je te laisse dix gorgées pour permettre à la caféine de faire effet avant de te demander ce qui ne tourne pas rond chez toi en ce moment. Tu es prévenu.

— C'est gentil. Est-ce que maman t'a envoyée, ou bien tu es en mission de reconnaissance ?

— Ni l'un ni l'autre. J'ai quelque chose pour toi.

Elle fouilla dans son sac et en tira une enveloppe juste assez grande pour une carte de vœux. Le nom de Preston était écrit dessus en cursive délicate.

— J'ai déjà reçu mon invitation pour ton mariage, lui rappela-t-il en jetant un coup d'œil à son réfrigérateur où la photo des fiançailles de Maggie et Jericho était accrochée à l'aide d'un aimant.

— Ce n'est pas lié au mariage.

— Qu'est-ce que c'est, alors ?

Il glissa un pouce sous le rabat pour le décoller avec soin. Un seul regard sur la feuille de papier crème fit battre son cœur plus vite.

Tiffany Winters.

Il leva les yeux vers sa sœur.

— Où as-tu eu ça ?

Maggie retira le couvercle de son propre café et souffla dessus, faisant monter un tourbillon de vapeur dans l'air.

— Jericho me l'a confiée pour que je te l'apporte.

Preston appuya sa paume à plat sur le plan de travail en marbre. Si Tiffany avait donné cette lettre à son frère, alors...

— Je n'arrive pas à croire que tu ne m'aies rien dit !

— Je n'ai bu que cinq gorgées, remarqua Preston. Te dire quoi ?

— Arrête de faire l'innocent, Pres. Toute la ville est au courant pour Tiffany Winters et toi.

Le sang déserta d'un coup le cerveau de Preston et il sentit un vertige le saisir. Ses joues piquaient comme si mille petites aiguilles dansaient soudain sur sa peau.

— Les gens savent pour le bébé ?

Maggie ouvrit la bouche comme un poisson hors de l'eau.

— Attends… Quoi ?

Merde.

— De quoi est-ce que *tu* parlais ?

— De ma soirée de fiançailles, répondit Maggie. Et *toi* ?

— Je crois que je suis assez réveillé pour manger ça, maintenant…

Il attrapa le sac en papier, mais sa sœur lui donna un coup sur la main pour le faire lâcher prise.

— Preston Oliver Del Rio, tu as intérêt à tout me raconter, et tout de suite.

— Tu sais, m'appeler par mon nom complet ne fonctionne qu'avec maman.

— Disons la chose autrement : raconte-moi tout ou je pars en emportant le roulé à la cannelle.

Elle avait toujours su négocier. Preston se laissa tomber sur un tabouret haut et frotta son menton encore marqué par les plis du drap.

— On a couché ensemble le soir de ta fête et Tiffany est tombée enceinte. Elle a décidé de garder le bébé et nous nous sommes revus plusieurs fois depuis. Papa m'a dit que je devais choisir entre elle et mon poste de P-DG, que je ne pourrais pas avoir les deux. Ensuite, Tiffany a vu la photo de Sunny et moi en train de nous embrasser dans le journal.

Il fut surpris de voir avec quelle facilité il arrivait à résumer ses soucis.

— Papa est au courant ?

Preston hocha la tête.

— Je le lui ai dit après la séance de médiation.

— Qui d'autre sait ?

— Camille Winters, Alisha, Tremaine - si j'en crois le texto qu'il m'a envoyé. Je ne sais pas s'il y en a d'autres.

— Attends une minute.

Elle s'assit sur le tabouret voisin.

Preston s'effondra et se pencha pour appuyer son front sur le plan de travail en marbre frais. Avec un peu de chance, cela suffirait à calmer ses émotions incontrôlables.

— Le jour où tu as manqué le travail, que faisais-tu ? demanda Maggie.

— Tiffany et moi sommes allés faire les boutiques.

Le cri de sa sœur le fit sursauter et il s'attendit presque à découvrir le Yéti devant sa fenêtre.

— Tu es allé acheter des trucs pour le bébé, c'est ça ?

— Tiffany a transformé sa chambre d'amis en chambre d'enfant. Je voulais juste l'aider.

Les yeux bruns de Maggie se mirent à pétiller et elle plaqua une main sur son cœur.

— Ce n'est pas si important, insista-t-il.

— Pas si important ? Pas si important ? Preston, tu vas être papa. *Papa.*

— Ouais. Je suis au courant.

— Oh ! mon Dieu, je vais être tante ! s'écria-t-elle en effleurant ses pommettes rouges.

— Tu viens de t'en rendre compte ?

— Pardonne-moi d'être un peu choquée. Depuis trois ans, tu es marié à ton travail, tu as l'air presque coincé, et soudain tu décides de coucher avec Tiffany Winters pendant ma fête de fiançailles.

Preston grimaça.

— D'abord, ça n'est pas arrivé à la fête, mais plus tard dans la nuit. Ensuite, peux-tu éviter d'en parler comme ça ? Ce n'était pas un simple coup de folie.

Maggie chassa une mèche de cheveux de son visage.

— Ne me dis pas que Tiffany et toi sortiez ensemble avant.

— Non. Le soir de la fête, c'était la première fois. Mais ce n'était pas un hasard.

Elle croisa les bras et déclara :

— Je ne t'ai jamais vu regarder Tiffany Winters de toute notre vie.

— Dans ce cas, c'est que tu ne faisais pas attention.

— Je sais que vous avez fait partie du même club de théâtre à un moment, bien sûr...

Preston passa la main dans ses cheveux déjà ébouriffés. Il ne pouvait plus éviter cette conversation, apparemment.

— Je me suis inscrit au club pour elle. Je pensais qu'en participant à la création du décor, j'aurais une chance de lui adresser la parole sans qu'on en fasse une montagne.

— C'est vrai, dit-elle en sirotant son café. Je m'en souviens, maintenant. C'était le semestre où toute l'école a rendu hommage à Shakespeare. Tu as même été choisi pour jouer Roméo.

— Oui. Tiffany était la metteuse en scène et je me suis porté volontaire. Je devais rester en coulisse, mais les deux acteurs principaux ont eu la mononucléose, et M. Overton nous a demandé de les remplacer pour la scène du balcon pendant une répétition. Il a fini par m'offrir le rôle.

Soudain, sa sœur parut comprendre.

— Tu veux dire... Pendant tout ce temps ?

Preston ne savait pas exactement comment décrire ce qu'il éprouvait pour Tiffany. Certaines personnes comparaient cela au fait de porter un flambeau. C'était sans doute une bonne métaphore. Pendant toutes les années qu'il avait consacrées à son travail pour la firme familiale, son attirance pour elle était restée en sommeil, mais il avait suffi d'une étincelle pour la réveiller. Un peu comme si ses sentiments réprimés n'attendaient que cela.

— Je n'arrive pas à croire que je n'ai jamais rien vu...

Maggie déchira le sachet en papier blanc et en tira un énorme roulé à la cannelle généreusement couvert de glaçage, ainsi que deux fourchettes.

Le parfum délicieux des épices envahit ses narines dès qu'elle ouvrit le couvercle.

— De toute évidence, ça n'a pas échappé à papa, dit-il.

— Qu'est-ce que tu veux dire ? s'enquit-elle en lui tendant l'une des fourchettes.

— Deux jours avant de me nommer P-DG, il m'a accusé d'avoir un faible pour Tiffany et il a mentionné ta fête. Mais on n'avait pas parlé depuis des semaines avant ça.

Maggie mangea un gros morceau de gâteau.

— Et il t'a posé un ultimatum ? Incroyable.

Preston renifla avec colère.

— Il n'a fait que ça depuis notre enfance.

— Pas avec moi, précisa Maggie.

Preston avala sa première bouchée pour faire passer son amertume.

— Alors, que lui as-tu répondu ? insista sa sœur.

— Je n'ai encore rien dit.

— Et au sujet de Tiffany ?

— Nous allions assez bien jusqu'à ce que cette photo de Sunny et moi soit publiée.

— Qu'entends-tu par « assez bien » ?

— En fait, on envisageait même de vivre ensemble.

Maggie se figea, sa fourchette à mi-chemin de sa bouche.

— En couple ?

— Non, en tant que coparents.

— Avec bénéfices ? Parce que si vous continuez à coucher ensemble...

— OK, interrompit-il en levant la main. Je n'ai pas envie de parler de ça avec toi.

— Cette femme porte ton enfant, je te rappelle. Pourtant, tu ne lui as même pas dit ce que tu envisageais pour vous deux, au-delà du bébé ?

— Pas vraiment.

Il planta sa fourchette dans un autre morceau de roulé.

Maggie posa la sienne et se tourna face à lui.

— Pour quelqu'un d'aussi intelligent, tu peux être vraiment stupide parfois, Preston.

Il haussa un sourcil, sans comprendre ce qu'elle voulait dire.

— Pardon ?

— Sa vie et son corps vont changer pour toujours, quoi qu'il arrive. Tu ne penses pas qu'elle mérite que tu lui dises à quel point *tu* es prêt à changer pour elle ?

— Je n'y ai pas vraiment réfléchi.

Maggie secoua impatiemment la tête.

— Commençons par là. Que ressens-tu pour Tiffany ?

— Ce que je ressens pour elle ? répéta-t-il pour gagner un peu de temps, et pas parce qu'il ne connaissait pas la réponse.

— Est-ce que tu envisages de rester avec elle sur la durée ?

Il se leva et se mit à faire les cent pas. Envisager d'être avec elle n'avait jamais été le problème : il y pensait depuis des années. Mais il avait toujours été arrêté par les conséquences dans la vraie vie. La guerre entre leurs familles. Son travail. Les rêves de Tiffany.

— Oui, dit-il, mais je ne sais pas si elle serait d'accord.

Maggie s'éclaircit la voix et jeta un coup d'œil à l'enveloppe posée près de son sac.

— La réponse pourrait se trouver là.

Preston regarda la lettre comme si c'était une grenade dégoupillée.

— Je peux te laisser la lire seul, si tu veux.

— Non. Quoi qu'elle contienne, je préfère que tu sois avec moi.

Elle lui serra les doigts. Le café lui avait réchauffé la main. Preston prit une profonde inspiration et parcourut le message.

Preston,

Tu m'as dit un jour que tu voulais tout savoir. Tout ce que je traverse. Tout ce que je ressens et ce à quoi je pense. Donc, allons-y. J'ai chaud en permanence et c'est pour ça que j'ai l'habitude de laisser mes fenêtres ouvertes. J'ai l'impression que cette chaleur vient de moi et que la seule chose qui peut la dissiper est l'air frais sur ma peau. Je dors très mal et, quand j'y arrive, mes rêves sont à la fois bizarres et magnifiques. Je suis terrifiée et ravie par ce qu'il se passe dans mon corps, mon cerveau, ma vie. Je n'avais jamais imaginé qu'il m'arriverait une chose pareille et pourtant, je n'arrive plus à envisager un autre avenir désormais. J'ai peur. Peur de ne pas être une bonne mère. Peur de ne pas réussir aussi bien que mes frères et sœurs. De ne pas savoir ce que j'aurais pu devenir sans ce bébé. Et j'ai surtout peur en pensant que si j'avais pris une autre décision à un moment donné, je ne serais pas là, en train de t'écrire, tandis qu'une vie qu'on a créée par accident grandit en moi.

Quel que soit le rôle que tu veux tenir dans cette histoire, je tiens à te dire que je m'en sortirai. Nous nous en sortirons. Pour une fois, je veux que tu prennes ta décision parce que c'est ce que tu désires vraiment et pas parce qu'on te force la main. Je serai là quand tu seras prêt. – T

Preston leva les yeux vers sa sœur quand il eut terminé. Avant qu'il s'enferme dans son travail, Maggie avait été la personne la plus proche de lui au monde. Il n'eut pas besoin de parler. Elle savait déjà.

— Termine ce roulé à la cannelle et saute dans la douche, dit-elle. J'ai une idée.

13

— On avait choisi la rose ou la blanc cassé, pour le brunch « Pattes et Rubans » ?

Alisha émergea de son immense dressing en tenant une blouse dans chaque main. Elles avaient fouillé pendant toute la matinée parmi l'impressionnante garde-robe d'Alisha constituée de pièces de créateur pour déterminer quels éléments garder ou donner. Ce n'était pas comme cela que Tiffany aurait aimé passer son dimanche, mais au moins, cette tâche lui changeait les idées.

— On n'a rien choisi, dit-elle en fermant un des sacs de vêtements à donner, parce que je n'ai pas dit que j'y irais.

— Mais c'est pour une bonne cause, répondit Alisha en faisant la moue.

— Je sais : j'y ai déjà contribué.

Elle posa le sac à l'écart et se laissa tomber sur un coin du matelas.

— J'ai offert à Mandee Meriweather un ballotin de chocolats de luxe et même un chèque-cadeau pour un cours privé de fabrication de truffes.

Alisha raccrocha les blouses sur le portant.

— Tu ne veux même pas savoir qui remportera ta donation ?

Tiffany fit semblant de réfléchir une demi-seconde.

— Non.

Sa sœur éteignit la lampe du dressing et enfila une paire d'escarpins qui semblaient particulièrement inconfortables.

— Tu sais qui pourrait être là, dit-elle en chantonnant.

— Raison de plus pour ne *pas* y aller.

Elle n'avait pas reçu de réponse à sa lettre transmise à Preston par Jericho.

— Tu vas quand même devoir lui parler, tôt ou tard...

Le bracelet doré d'Alisha brilla tandis qu'elle attrapait un flacon de lotion dans sa trousse de toilette et en faisait tomber une goutte au creux de sa paume. Sa magnifique peau dorée et tannée semblait plus lumineuse dans la lumière du matin.

— Lettre ou pas, tu portes quand même son enfant.

— Oh ! crois-moi, je suis au courant.

Et elle n'était pas la seule. La rumeur de sa grossesse s'était répandue comme un feu de prairie. Elle avait perdu le compte du nombre de personnes qui étaient à présent dans la confidence et avait décidé que cela ne la concernait plus.

En revanche, affronter en face ces personnes était une tout autre histoire.

— Passons un accord, suggéra sa sœur en étalant le reste de sa lotion sur ses tibias et ses mollets ciselés. On va rester une heure là-bas et je nous offrirai une pédicure ensuite.

— J'ai déjà refait mon vernis ce matin, dit Tiffany en enlevant une de ses ballerines noires pour montrer ses ongles rouge vif. Je me suis dit que je devais en profiter tant que je peux atteindre mes pieds.

— Un massage, alors ?

Tiffany croisa obstinément les bras.

— Une demi-heure, et si je vois Preston, je me réserve le droit de partir en courant.

Alisha lui tendit la main.

— Vendu.

Une première vague de panique submergea Tiffany quand elle vit deux fois plus de véhicules qu'elle s'y attendait sur le parking du Texas Cattleman's Club. Mandee Meriweather avait élevé la culpabilisation au rang d'art, mais jamais encore elle n'avait réussi à rassembler autant de monde pour ses événements caritatifs.

Tiffany examina rapidement les voitures et n'aperçut pas celle de Preston.

C'était déjà ça.

Alisha et elle se garèrent et s'approchèrent de la porte. Soudain, Tiffany se figea et prit une profonde inspiration.

— Tout va bien ? demanda sa sœur.

Comme l'avait prédit le Dr Everett, le traitement qu'il lui avait prescrit avait miraculeusement calmé ses nausées. Cependant, il n'avait aucun effet sur ses nerfs.

— J'ai hâte que cette demi-heure se termine.

— Ce ne sera peut-être pas aussi terrible que tu le penses. Après tout, c'est pour la protection des animaux.

Le sourire énigmatique d'Alisha ne suffit pas à la rassurer.

— Finissons-en, répondit-elle en ouvrant la lourde porte pour sa cadette. Passe devant.

— Si tu y tiens.

Le hall était étrangement silencieux. Il n'y avait ni musique ni les bavardages habituels qu'on retrouvait lors de ce genre de rassemblements.

— Est-ce qu'on s'est trompées d'endroit ?

— Non, à moins qu'il existe un autre Cattleman's Club dans les environs, répliqua Alisha avec un clin d'œil.

Elles s'approchèrent de la double porte de la grande salle et, comme Tiffany le lui avait demandé, Alisha ouvrit le premier battant pour entrer avant elle.

Tiffany se raidit et la suivit, la tête basse et les yeux fixés sur le plancher poli.

— Surprise !

Le tonnerre inattendu d'acclamations la pétrifia.

Alisha n'était plus devant elle mais à ses côtés, face à un flot de visages excités.

Sa mère. Ses frères avec leurs compagnes. Moira et Steph ainsi que quelques clients fidèles de Chocolate Fix. Une fois le choc passé, Tiffany vit une immense table couverte de cadeaux. Des décorations sur le thème des lamas. Un buffet garni.

— Qu'est-ce que c'est ? demanda-t-elle à sa sœur.

Alisha lui adressa un sourire resplendissant.

— On a décidé de l'appeler une mini-fête. Une sorte de *baby shower* avec tous ses avantages, mais sans les jeux gênants.

Camille s'approcha et serra Tiffany dans ses bras. Elle inhala le parfum floral si familier et sentit une partie de son angoisse s'évaporer.

— Joyeuse mini-fête, ma chérie, dit sa mère en l'embrassant sur la joue.

— Je n'arrive pas à croire que vous ayez organisé tout ça ! Je n'en suis pas encore au deuxième trimestre.

Camille et Alisha échangèrent un regard entendu.

— Avec la folie du mariage et tout ce qui est arrivé ces derniers temps, on a simplement voulu te montrer à quel point on est contents pour toi, dit sa mère en la serrant dans ses bras avant de la relâcher. Ton père aurait adoré être présent, mais comme ça s'est décidé à la dernière minute, il n'a pas pu se libérer.

Elle semblait sincèrement désolée et Tiffany comprit qu'il ne s'agissait pas que d'une simple *baby shower* manquée.

Elle ne pouvait pas s'empêcher de penser qu'elle avait agi par lâcheté en obligeant sa mère à annoncer la nouvelle à son père après qu'Alisha avait insisté pour qu'il soit mis au courant. Hélas, cela ne suffisait pas à calmer son malaise dû aux nombreux jours de silence qui s'étaient écoulés depuis que Camille l'avait informée par texto qu'elle avait accompli sa mission. Tiffany ne s'était pas attendue à une fanfare, bien sûr.

Ce n'était qu'une grossesse accidentelle, pas l'arrivée très attendue d'un bébé au sein d'une famille stable et unie. Mais pour une fois, elle aurait voulu que Joseph la voie autrement que comme une fillette qu'il devait protéger et guider. Qu'il la considère comme une femme capable de tracer son chemin.

La boule qu'elle avait dans la gorge se mua en larmes lorsqu'elle vit ses trois frères approcher avec leurs compagnes. Jericho et Maggie furent les premiers.

— Félicitations, Tiff, dit-il en l'embrassant sur la joue.

Depuis le siège où on l'avait assise, elle enlaça son frère et s'agrippa à lui avec une fièvre qu'elle ne pouvait pas expliquer. Il la lâcha pour laisser Maggie lui succéder.

— Je n'arrive pas à croire que je vais être tata !

Les effusions de sa future belle-sœur parvinrent enfin à effacer ses restes d'inquiétude à l'idée d'éclipser potentiellement son mariage à cause du bébé.

Marcus et Jessica l'embrassèrent à leur tour, puis Misha et Trey.

Alisha resta aux côtés de Tiffany pour l'aider à aller de groupe en groupe, inondée par les câlins et les félicitations. Malgré son soulagement – personne ne semblait la juger –, une douleur subtile et persistante restait ancrée au fond de son cœur.

Elle aurait aimé que Preston soit là.

Ce n'était pas la première fois que cette pensée la traversait depuis leur dispute. Son odeur restait imprégnée entre les draps qu'elle refusait de laver. Les objets qu'elle s'était obligée à ranger dans la chambre d'enfant lui rappelaient ce qu'il avait dit et son regard quand elle les avait glissés dans le chariot, au magasin. Sa présence s'attardait dans toute la maison et dans son corps, la laissant dépourvue depuis son départ.

Déracinée.

Après avoir fait le tour de la salle, Alisha installa Tiffany devant une table et siffla pour réclamer le silence.

— Je sais que l'invitation précisait qu'il n'y aurait pas de jeux gênants, mais j'ai menti, annonça-t-elle, provoquant quelques rires polis. Vous serez soulagés de savoir que j'ai juste prévu une activité avant de vous laisser profiter du magnifique buffet offert par Mlle Jessica Drummond.

Elle fit signe à Trey, qui plaça une chaise au centre de la pièce.

— Si notre invitée d'honneur veut bien s'asseoir ici...

Tiffany sentit ses joues rougir en rejoignant sa sœur qui tira un foulard de sa manche, comme une magicienne.

— Qu'est-ce que tu fais ? s'enquit-elle à mi-voix.

— Fais-moi confiance, répondit Alisha en pressant son épaule d'un geste rassurant.

Bien sûr, Tiffany accepta. Elle avait toujours foi en elle.

L'écharpe soyeuse et chaude portait le parfum préféré d'Alisha. Sa sœur la noua avec soin sur ses yeux.

— C'est confortable ?

— Rien de tout ça n'est confortable, marmonna Tiffany.

Alisha se plaça devant elle et Tiffany tourna la tête pour suivre le bruit de ses pas.

— Ce jeu est simple. Je vais poser un objet dans ta main. Tu vas devoir me dire ce que c'est et quel rapport ça a avec le bébé.

Des rires enthousiastes fusèrent de toutes parts.

— Prête ? demanda Alisha.

Tiffany sentait qu'elle transpirait sous le bandeau et tendit la main.

— Je suppose.

Elle n'eut aucun mal à reconnaître les trois premiers objets.

Une tétine. Un biberon. Une grenouillère.

Le quatrième, en revanche, lui donna l'impression que sa sœur avait juste essayé de la tranquilliser jusqu'à présent.

Elle discerna facilement la forme et le matériau. C'était un lourd cube en bois aussi large que sa paume et recouvert d'étranges lignes creuses. Elle passa un doigt sur la fissure la plus proche du centre quand l'objet se démantela d'un coup. Les pièces tombèrent par terre et elle sursauta.

— On ne triche pas, la gronda sa sœur quand Tiffany s'accroupit pour essayer de palper les morceaux.

— C'est un puzzle ?

— Non. Essaie encore.

Tiffany fouillait au milieu des formes anguleuses quand elle trouva quelque chose de rond et de lisse. Il devait être tombé de l'objet qu'elle était censée reconnaître. Non, ce n'était pas ça. Elle sentit des lacets croisés sous ses doigts.

Une chaussure ?

Elle cria quand quelque chose bougea, dans la chaussure.

— Qu'est-ce que... ?

Elle retira son bandeau et cligna plusieurs fois des paupières. Un petit cri lui échappa quand elle vit plus clairement la personne qui se tenait devant elle.

Preston Del Rio avait mis un genou en terre et il lui présentait un petit écrin.

Le cœur de Tiffany s'emballa et le battement du sang à ses oreilles étouffa tous les autres sons. Elle aurait voulu se tourner vers Alisha et s'en remettre à son calme rassurant, mais elle n'arrivait pas à quitter Preston des yeux.

La passion qui brûlait dans son regard la submergea comme une vague. Elle avait l'impression de revivre la soirée de fiançailles. Ce jour-là, comme maintenant, elle avait été noyée dans une foule de gens et avait trouvé une ancre dans ses yeux.

— Que fais-tu ici ? demanda-t-elle.

Il jeta un coup d'œil à l'écrin, puis releva la tête.

— Tu as fait tomber ça, dit-il.

Elle prit le coffret d'une main tremblante et l'ouvrit. À l'intérieur, elle découvrit un anneau couvert de diamants qui luisaient comme des étoiles sur un coussin de velours bleu nuit. Elle plaqua une main sur ses lèvres.

— Tiffany Winters, dit Preston, génie de la confiserie et future mère de mon enfant, je me demandais si tu me ferais l'immense honneur de devenir ma femme…

Preston ne sut pas s'il perdait la notion du temps ou s'il s'écoula une éternité avant la réponse de Tiffany.

Il avait tout gâché.

Il était censé lui faire transmettre un message pour l'inviter à regarder par la fenêtre, vers la pelouse où attendaient deux lamas. Après l'avoir émerveillée, il aurait eu une chance de parler avec elle en privé dans le jardin, se serait agenouillé devant la statue près de laquelle ils s'étaient embrassés pour la première fois, et lui aurait demandé sa main.

Ça avait été le plan, en tout cas.

Mais son corps avait visiblement décidé que le moment était venu de se déclarer. Ici, devant tout le monde. Sans faire à Tiffany les excuses sincères qu'il avait répétées cent fois.

On entendit soudain plusieurs personnes s'agiter sur leurs sièges dans le silence.

Au moins, il n'était pas le seul à se sentir gêné.

Il avait mal au genou à force de rester accroupi sur le sol dur. Son poing moite pendait le long de sa cuisse. Il ne savait même plus depuis combien de temps il retenait son souffle.

Enfin, Tiffany se détourna de la bague et le regarda.

Exactement comme lorsqu'il s'était tenu sur le balcon durant la répétition qui l'avait propulsé au rang de rôle principal de la pièce du lycée, il pria pour qu'elle puisse voir plus loin que les disputes superficielles qui déchiraient leurs familles.

Pour qu'elle le voie, *lui*.

Un sourire se dessina lentement sur ses lèvres et transperça son angoisse comme le soleil à travers un épais brouillard. Elle s'approcha, toujours à quatre pattes, et passa les bras autour de son cou, serrant l'écrin dans sa main. Elle murmura à son oreille le petit mot qui allait changer leurs vies pour toujours :

— Oui.

Preston relâcha son souffle.

Il prit Tiffany par la taille et la serra contre lui dans un tonnerre d'acclamations. Le sol vibra sous eux à cause du battement des semelles tandis que des cris et des sifflements remplirent la salle.

Il se leva, entraînant sa fiancée avec lui et la fit tournoyer dans les airs avant de la reposer par terre. Tous les invités se dressèrent dans un crissement de chaises et applaudirent.

— Cette bague appartenait à ma grand-mère, dit-il en récupérant l'écrin pour passer l'anneau au doigt de Tiffany.

Il croisa le regard ému de sa sœur au milieu de la foule et se souvint de ce qu'elle lui avait dit dans sa cuisine après qu'il eut lu la lettre.

« – On va peut-être avoir besoin d'un autre diamant pour réparer les dégâts causés par le collier Del Rio.

Il avait essayé de protester quand elle avait placé la bague de leur grand-mère dans sa main.

— Je n'en ai pas besoin, avait-elle dit en regardant celle que Jericho lui avait offerte quand il l'avait demandée en mariage. »

— J'ai encore quelque chose à te montrer, murmura Preston à Tiffany entre deux câlins et félicitations.

— Ici ? s'enquit-elle d'une voix ronronnante qui le fit vibrer au creux des reins.

— Non, dehors.

Alisha lui adressa un clin d'œil complice et frappa dans ses mains pour diriger les invités vers le buffet tandis qu'ils s'échappaient de la salle.

— On retourne sur les lieux du crime ? plaisanta Tiffany quand elle vit quelle direction il prenait.

— Peut-être...

Mais ce fut au tour de Preston d'être surpris en découvrant que les lamas n'étaient plus là. À leur place, sous la statue, attendait...

Son père.

Et Joseph Winters.

Côte à côte.

Tiffany serra les doigts de Preston. Tant qu'il lui tenait la main, il aurait été prêt à abattre les portes de l'enfer. Son père et lui n'avaient pas parlé depuis leur dispute sur le parking. En demandant la main de Tiffany Winters, il venait de donner publiquement sa réponse à l'ultimatum que Fernando avait posé. Quelles que soient les conséquences, il avait pris sa décision et il était prêt à se battre pour défendre son choix.

L'herbe crissa sous leurs chaussures tandis qu'ils ralentissaient pour affronter les deux hommes dont l'héritage combiné avait étendu son ombre sur leurs vies et sur toute la ville de Royal, Texas.

Fernando Del Rio s'avança et Preston se prépara à affronter ses inévitables réprimandes.

Mais, loin de se mettre en colère, son père se tourna vers Tiffany.

— Félicitations, ma chère.

Les rides se creusèrent au coin de ses yeux.

Au lieu de prendre la main qu'il lui tendait, Tiffany l'enlaça.

Preston croisa le regard de son père, qui tapota doucement le dos de la jeune femme. En cet instant, toutes ses peurs s'évanouirent et une flamme chaude s'alluma dans son cœur.

Fernando lâcha Tiffany pour laisser Joseph embrasser sa fille.

Preston vit la lutte du patriarche Winters pour contrôler ses émotions. Il serra les dents, les yeux humides.

— Je n'arrive pas à y croire, murmura Joseph. Je vais de nouveau être grand-père.

— En parlant de ça, intervint Fernando, qui s'écarta pour dévoiler une immense boîte enveloppée de papier argenté, voilà un petit cadeau pour te souhaiter la bienvenue dans notre famille.

Tiffany essuya une larme sur sa joue, les yeux pétillants d'excitation, avant de soulever le couvercle de la boîte.

Un antique cheval à bascule se dévoila dans la lumière de cette fin d'automne. Preston se souvenait l'avoir vu dans la collection de son père, mais il semblait avoir été rénové. Le bois avait été poncé et vernis en brun ambré. La crinière sculptée avait été repeinte d'un beau noir satiné.

— Il appartenait à mon grand-père, Fernando I.

— Je ne me souviens pas de ça, fit remarquer Preston en passant la main sur la selle miniature en cuir lustré posée sur le dos du cheval. C'est nouveau ?

— Très ancien, en fait, dit Joseph, qui s'approcha à son tour. Elle appartenait à Teddy Winters. Puisque cet enfant sera le premier bébé Del Rio-Winters, on a pensé qu'il méritait d'avoir un souvenir appartenant aux deux familles.

On.

Preston et Tiffany échangèrent un bref regard.

Imaginer son père en train de collaborer avec Joseph Winters pour préparer cette surprise était presque trop émouvant pour Preston.

Maggie et Jericho avaient sans doute joué un rôle dans cette réconciliation.

— Les étriers sont réglables ? demanda Tiffany en lâchant la main de Preston pour examiner la selle de plus près.

Il se retrouva seul face à son père.

Fernando croisa les bras et s'éclaircit la voix.

— Fils, je te dois des excuses.

Ces paroles étaient extrêmement rares, venant de lui, et Preston ne répondit pas, de peur de briser la magie de l'instant.

— Après que tu m'as parlé de Tiffany, je suis allé sur la falaise où tu as appris à conduire. J'étais tellement furieux que je ne savais pas quoi faire. Je suis resté assis là pour regarder notre domaine. J'ai réfléchi à l'avenir que j'avais prévu pour toi. L'avenir de l'entreprise, aussi. Et j'ai compris une chose : une fois que j'aurai pris ma retraite, nous ne pourrons plus travailler ensemble.

Il secoua la tête et soupira.

— Je crois que je n'étais simplement pas prêt à renoncer à ça.

Preston soutint son regard, remarquant que ses yeux étaient un peu rouges.

— Dans ce cas, ne renonce pas, dit-il.

Fernando fronça les sourcils.

— Je sais peut-être tout ce qu'il faut pour être P-DG, reprit Preston, mais j'ignore tout en ce qui concerne le rôle de père. Je vais avoir besoin de ton aide.

Fernando baissa alors les yeux sur ses chaussures salies par l'herbe.

— Je ne suis pas certain d'être le meilleur exemple à suivre.

— Moi, j'en suis sûr, dit Preston.

Ils se regardèrent un long moment.

— Bon, on devrait probablement aller voir de plus près ce fameux buffet…

— Oui, confirma Joseph en donnant une tape amicale dans le dos de Fernando, qui lui retourna la faveur avec un peu plus de force.

Preston et Tiffany les suivirent des yeux et secouèrent la tête en même temps.

— Combien de temps cette trêve va-t-elle durer, d'après toi ? demanda-t-elle.

Le cheval à bascule s'agita un peu quand il posa le pied sur le support incurvé.

— Avec un peu de chance, assez longtemps pour nous permettre de goûter le rôti.

— Oui, ça me tente bien, répondit-elle. Je meurs de faim.

Preston glissa un bras autour de sa taille et l'attira contre lui.

— Je suis affamé aussi…

Leur baiser passionné attisa un feu brûlant dans ses veines, et la chaleur monta jusqu'à son cœur.

Entendant un bruit de sabots sur l'allée, Preston prit le menton de Tiffany et lui fit tourner la tête pour qu'elle voie les invités spéciaux que Trey et Dez conduisaient par la longe à travers le jardin.

Devant le spectacle des deux lamas portant des paniers roses et bleus remplis de cadeaux, Tiffany poussa un cri strident.

— Oh ! n'est-ce pas la chose la plus ravissante que tu aies vue ?

Il recula d'un pas pour observer sa fiancée, lui rendant son sourire émerveillé.

— Presque, dit-il.

SOPHIA SINGH SASSON

Une famille pour Jack

Traduction française de
HÉLÈNE ARNAUD

PASSIONS

HARLEQUIN

Titre original :
PATERNITY PAYBACK

1

— Il essaie de te prostituer, ma chérie.

Frustrée, Willa jeta sa canette de cola vide et manqua de peu la tête de Rogerio. Il rattrapa le projectile sans peine et essaya de l'envoyer dans la poubelle voisine, mais il rebondit sur le rebord et roula par terre.

Willa poussa un profond soupir, quitta sa chaise bancale et ramassa la canette. Elle jeta un coup d'œil au bureau étriqué qu'elle partageait avec trois autres journalistes. Les murs gris et la moquette vaguement marron reflétaient son humeur sombre.

— David ne me prostitue pas. Il m'a juste demandé de me rapprocher de Jack Chowdhry pour déterrer des scandales sur lui. C'est comme contacter une source pour obtenir des infos, rien de plus.

Essaies-tu de convaincre Rogerio ou toi-même ? Elle n'avait pas envie de discuter de ça avec son collègue. Cela l'aurait obligée à réfléchir à ce qu'elle ressentirait quand elle reverrait Jack. Sa seule chance de survivre à cette mission serait de faire comme si Jack n'était qu'un sujet d'article banal.

Rogerio haussa les sourcils. Du haut de son mètre soixante-quatre, Willa était à peine plus petite que lui. Il avait des cheveux noirs, des yeux noisette et une silhouette trapue entretenue grâce à de trop nombreuses heures passées à soulever des poids en salle de sport.

— C'est ton ex et le père de ton bébé. Il ne s'agit pas d'une simple source, dit-il.

— Chut !

Willa se releva très vite et alla s'assurer que personne ne pouvait les entendre depuis le couloir.

— Calme-toi, tout le monde est déjà parti. Personne ne risque de surprendre ton petit secret.

Elle se retourna face à Rogerio.

— Écoute-moi bien. Ma sœur et toi êtes les seuls à savoir qui est le père de Priya. Jack Chowdhry ignore que j'ai une fille, et encore plus que c'est la sienne. Je n'ai pas l'intention de le lui dire. Compris ?

Rogerio se leva et posa les mains sur ses épaules.

— Ne t'en fais pas, mes lèvres sont scellées, dit-il avant de baisser la voix. Mais sérieusement, je ne pense pas qu'aller à Royal soit une bonne idée. David ne se soucie que de l'audience. Il est prêt à se servir de n'importe qui pour gonfler les chiffres.

Ce n'était pas nouveau. Elle avait l'habitude de travailler pour des patrons qui profitaient d'elle. Au moins, David ne la poignardait pas dans le dos comme Jack l'avait fait ; il ne cachait rien de ses projets douteux.

— Je n'ai pas le choix. Si je veux quitter la rubrique des potins, j'ai besoin de ce scoop. J'ai passé un marché avec David.

— Tu as du talent. Si Jack n'avait pas été là, tu serais la patronne de David, à l'heure actuelle. Sois patiente : le reportage qui te propulsera au premier plan arrivera tôt ou tard.

Elle se rassit à son bureau. Elle n'avait pas besoin qu'on lui rappelle ce que Jack avait fait. Son dernier article en date traitait des meilleurs marchés artisanaux de Noël de la ville. Elle était passée de la dénonciation de politiciens véreux à l'écriture de textes stupides au sujet des personnalités mondaines de New York.

— Je ne peux pas attendre toute ma vie. J'ai trente-sept ans. Je dois lancer ma carrière pour de bon. Après tout, est-ce que ce sera si dur ? Un homme comme Jack a forcément des cadavres dans le placard. Il faut juste que je trouve la bonne info et ça marchera.

— Peut-être, mais en fouillant dans son placard, tu risques d'atterrir dans son lit.

Elle sentit son estomac se nouer.

— Ça n'arrivera jamais.

Certes, elle n'aurait pas choisi d'écrire un article sur Jack d'elle-même, mais dévoiler ses magouilles n'était pas une si mauvaise idée que ça. Les médias l'adoraient ; il était l'homme d'affaires rusé qui avait su bâtir un empire des médias avant de se recycler sans prévenir en propriétaire de ranch philanthrope. Mais elle n'y croyait pas une seule seconde. S'il était à Royal, c'était pour conclure une affaire qui le rendrait encore plus riche et puissant. Elle avait hâte de tirer le rideau sur le petit spectacle qu'il offrait au reste du monde.

— Tu en es sûre ? Tu l'as vu ? demanda Rogerio en tapant sur son clavier avant d'orienter son écran vers elle.

Le visage de Jack Chowdhry occupait tout l'espace. *Bon sang.* Elle avait suivi de près le scandale des diamants, mais elle avait tout fait pour ne pas regarder la moindre photo de lui, récemment. Il avait réussi à conclure une trêve entre les célèbres familles Del Rio et Winters, des ennemis jurés. Les Del Rio avaient accusé les Winters d'avoir volé un collier de famille – et l'affaire avait fait des émules dans tout le pays quand les diamants avaient été découverts dans la demeure ancestrale des Winters. Jack avait poussé les deux clans à conclure un accord visant à rendre le collier et à verser une compensation pour le vol. Bientôt, le bijou allait être exposé au Texas Cattleman's Club et une conférence de presse était organisée le lendemain, à la fois pour montrer le trésor au public et pour annoncer la fin de la guerre. Jack y serait et Willa était chargée de se saisir du prétexte des diamants pour se rapprocher de lui.

Se rapprocher, mais pas trop, se rappela-t-elle. Elle avait l'intention de redorer son blason de journaliste en exposant les dessous peu reluisants de Jack. Le détruire ne serait qu'un bonus. Elle contempla l'écran. Comment avait-il pu devenir encore plus beau, ces cinq dernières années ? Il avait toujours ce petit sourire en coin arrogant qui dévoilait ses fossettes, cette barbe de trois jours qu'elle sentait encore sur sa peau quand elle fermait les yeux et ces cheveux bouclés qui s'enroulaient à la perfection autour du doigt de Willa.

— Regarde ce hâle parfait, ces yeux sensuels, ce...

— Tu as peur que je lui saute dessus ? C'est plutôt toi que je devrais surveiller de près, répliqua-t-elle.

Elle n'avait pas besoin que Rogerio lui rappelle à quel point Jack était séduisant.

— C'est bien ce que je dis. Cet homme est magnifique et tu ne serais pas humaine si tu n'étais pas un peu sensible à son charme.

— Tout ce que son visage me rappelle, c'est qu'il a détruit ma carrière. Il savait à quel point j'avais travaillé pour ce reportage. J'ai risqué ma vie pour ça et il a accordé tout le crédit à quelqu'un d'autre. Maintenant, Jessica Danan présente le journal sur CMG – sa carrière a décollé dès qu'il lui a confié cette histoire.

Rogerio s'approcha pour la serrer dans ses bras.

— Oh ! chérie, tu dois arrêter de penser à ce qui aurait pu se passer. Tu vas réussir à remonter la pente.

Elle acquiesça. Jack avait tout gâché pour elle, mais il était aussi sa porte de sortie.

— Remettons-nous au travail, d'accord ? Tous les hôtels de Royal sont complets. Je vais essayer de nous trouver un logement pendant que tu réserves les billets d'avion. Il faut que je rentre chez moi pour m'occuper de Priya.

— Comment vas-tu cacher son existence à Jack ?

— Je ne vais pas l'emmener. Kylie a accepté de la garder.

Willa partageait un appartement avec sa sœur, Kylie. Priya adorait sa tante, mais elle ne serait pas ravie d'apprendre que sa mère allait s'absenter plusieurs jours. Plus important encore, Willa n'avait pas envie de la quitter. Sa fille était tout ce qui comptait pour elle, et elle ne savait pas comment elle allait réussir à survivre sans elle pendant son voyage. Elle avait envisagé de l'emmener avec elle. Sa baby-sitter habituelle était prête à prendre l'avion aussi, mais il était hors de question que Priya se trouve dans la même ville que Jack. Il avait déjà volé trop de choses à Willa.

Jack Chowdhry prit une profonde inspiration. *Ça part mal.* Il tendit ses clés au voiturier et jeta un coup d'œil à l'ancienne écurie où aurait lieu la conférence de presse. La meute de reporters avec leurs micros et leurs caméras lui donnait le vertige.

— Tu es prêt à plonger dans l'arène ?

Jack se retourna et vit Misha Law en train de lui sourire. Elle se pencha vers lui et il l'enlaça.

— Où est ton amoureux ?

Misha avait récemment commencé à sortir avec Trey Winters, l'un des descendants de la célèbre famille.

— Déjà à l'intérieur. J'avais une réunion k !smet au sujet de notre entrée en Bourse.

Jack lui sourit à son tour. Misha était séduisante, avec ses cheveux auburn coupés court, ses yeux noisette et son visage doux. Mais ce qu'il admirait le plus chez elle, c'était le succès qu'elle avait bâti seule. Elle avait lancé un réseau social doté d'une application de rencontre qui avait fait des ravages dans Royal et dans le reste du pays. Elle avait connu des écueils en route, mais Jack était heureux d'apprendre qu'elle était prête à faire entrer son entreprise en Bourse. La firme pourrait lever des fonds importants grâce à ça et propulser l'application sur le marché.

— Tu devrais vraiment t'inscrire sur k !smet. Ce serait génial si Jack Chowdhry rencontrait son âme sœur avec mon appli, non ?

Oui, il devrait peut-être y penser. La fonction *Surprise Me !* de l'application avait accouché de rencontres étonnantes qui avaient plutôt bien fonctionné. Il n'avait pas eu de relation sérieuse depuis Willa St Germaine. Il était temps pour lui de trouver quelqu'un et de fonder une famille. Il avait quarante-quatre ans. Pouvait-il encore attendre ? Dans sa famille, on plaisantait en disant que lorsqu'il aurait enfin des enfants, on le prendrait sans doute pour leur grand-père dans la rue.

— Je ne sais pas si je suis prêt pour l'appli.

Misha s'arrêta et lui prit le bras.

— Allez ! Tu es l'un des célibataires les plus convoités de Royal. Et puis, comme je l'ai dit, si tu t'inscrivais, ça nous donnerait un vrai coup de pouce pour l'entrée en Bourse.

— Je ne suis pas si connu, rétorqua-t-il, un peu gêné par tous ces compliments.

À une époque, il adorait ce genre de flatteries, mais il avait appris qu'elles ne signifiaient pas grand-chose.

— Ne sois pas modeste. Tu as géré les négociations entre les Del Rio et les Winters d'une main de maître.

Jack balaya cette remarque. S'il avait su que tous les regards se tourneraient vers lui, il n'aurait jamais accepté ce rôle de négociateur pour le Texas Cattleman's Club. Il avait même envisagé de manquer la conférence de presse, mais se cacher l'aurait rendu encore plus intrigant. Des reporters campaient déjà devant la grille de son ranch. Il avait donc préparé une déclaration pour ce soir et espérait orienter de nouveau les projecteurs vers les deux familles. Un mariage et un bébé allaient bientôt les lier. C'était forcément plus intéressant aux yeux de la presse, non ?

— Tu devrais profiter de la présence des médias pour promouvoir k !smet, dit-il pour changer de sujet.

Misha réfléchit quelques instants.

— J'essaie d'en parler dès que je le peux. Tu crois que je pourrais rappeler aux gens qu'on fêtera l'entrée en Bourse demain soir ?

— Je te laisserai prendre le micro un moment.

— Merci ! Tu sais que tu es très beau, ce soir ?

Il avait choisi de porter des bottes de cow-boy, un jean et une chemise lâche dont il avait ouvert les deux premiers boutons. *Peu d'hommes portent bien la chemise sans la rentrer dans le pantalon, mais tu as des fesses parfaites pour ça.* Il sourit en songeant à Willa. Comment s'en sortait-elle, à New York ? Il avait jeté un coup d'œil à la liste de médias qui prévoyaient d'assister à la conférence. Sa chaîne, NYEN – New York Entertainment Network –, avait appelé son bureau pour obtenir quelques commentaires, mais elle n'avait pas demandé d'invitation pour la soirée. Willa gâchait ses talents sur cette chaîne à potins mondains ; hélas, il ne pouvait rien pour elle. Il avait essayé de lui trouver un emploi après la catastrophe, cinq ans plus tôt, mais elle avait disparu de sa vie. Elle n'avait pas répondu à ses appels, à ses e-mails, ses textos ou ses messages privés sur les réseaux sociaux. Il avait même déposé plusieurs lettres chez elle. Comment lui en vouloir, après ce qu'il avait fait ? Même au bout de cinq ans, la culpabilité continuait à le ronger.

— Ma chérie est-elle en train de complimenter un autre homme ? lança Trey Winters en les rejoignant à mi-chemin.

Il se pencha pour embrasser Misha. Avec son mètre quatre-vingt-cinq, il était bien plus grand qu'elle mais dépassait à peine Jack. Ils se serrèrent la main.

— Jack va s'inscrire sur k !smet, annonça Misha, excitée.

Jack l'arrêta d'un geste.

— J'ai dit que j'allais y réfléchir.

Trey posa sa main sur son épaule et dit :

— J'ai beaucoup investi dans cette appli parce que j'y crois. J'avoue que j'avais des doutes au sujet de la fonction *Surprise Me !* quand elle a associé Jericho et Maggie, mais... (il regarda Misha avec tendresse) l'amour prend parfois des chemins inattendus.

Jack sentit son cœur se serrer. Aurait-il pu connaître le même bonheur que Trey et Misha ? Le méritait-il seulement, après ce qu'il avait fait à Willa ?

— Vous feriez mieux d'entrer. La presse s'agite et a hâte de rencontrer le héros du jour.

Jack se retourna lorsque Preston Del Rio lui donna une tape dans le dos. Il avait récemment découvert qu'il allait devenir père et souriait en permanence depuis. Il s'était fiancé à Tiffany Winters – une autre rencontre Winters-Del Rio qui avait bien tourné...

— C'est le collier qu'ils viennent voir, lui rappela Jack.

Il avait prévu de dévoiler le bijou devant les invités de ce soir et la presse. Dès que le système de sécurité serait en place, les diamants seraient exposés au club pour le grand public. Le TCC s'attendait à de nombreux visiteurs et avait pris toutes les précautions imaginables. Cette présentation ne serait qu'un avant-goût.

Preston salua Trey et Misha. Ils discutèrent durant le reste du chemin. Jack se tint en retrait, laissant les deux hommes parler. Depuis que la sœur de Trey avait accepté d'épouser Preston, ils s'entendaient bien mieux. Autrefois, ils auraient changé de trottoir pour éviter de se croiser dans la rue.

Alors qu'il approchait de la porte, Jack se figea d'un coup. *Impossible.* Il ferma les yeux. Toutes les blondes d'un mètre soixante n'étaient pas Willa. Il imaginait des choses parce qu'il venait de penser à elle, voilà tout. Il rouvrit les yeux à l'instant où la femme se retournait.

Son cœur s'arrêta. *Willa !* Leurs regards se croisèrent brièvement et ce fut comme si elle l'avait brûlé de l'intérieur. Puis elle se détourna et il se demanda si elle l'avait vraiment reconnu. Il pressa le pas pour la rejoindre. Elle était en train de se disputer avec Jared, l'employé du TCC qui vérifiait la liste des invités.

— Je ne comprends pas pourquoi vous refusez d'appeler la chaîne pour vérifier nos identités, dit Willa.

Jack l'observa. Elle portait une robe turquoise avec des bottes qui lui arrivaient aux genoux. Son cœur s'emballa à la vue de ses yeux bleus furieux et de sa silhouette fine.

— Il y a un problème, Jared ? demanda-t-il.

S'il parlait à l'employé, il ne quittait pas Willa des yeux. Il avait du mal à croire qu'elle était vraiment là. Elle lui adressa un coup d'œil sévère et il tressaillit. Elle avait eu la même expression lors de leur dernière rencontre. Quand elle l'avait quitté.

— Monsieur, ils ne sont pas sur la liste. Je ne peux pas les laisser entrer.

Willa fusillait toujours Jack du regard.

— Vous êtes combien ? s'enquit Jared.

— Juste nous deux. Willa St Germaine et Rogerio Silva, de NYEN, annonça un autre homme en tendant la main.

Jack la serra sans même le voir.

— C'est bon. Je me porte garant pour eux.

Rogerio donna un coup de coude à Willa, qui eut l'air de retrouver enfin sa voix.

— Merci.

— Je suis content de te revoir, reprit Jack, la gorge nouée.

— Monsieur Chowdhry, c'est un plaisir de vous rencontrer, intervint Rogerio. Est-ce qu'on pourrait avoir une interview ?

Jack s'obligea à le regarder. Il n'avait pas prévu d'accorder des entretiens individuels. Au contraire, il espérait enfin détourner l'attention de lui.

— Jack, on est prêts pour la conférence, appela un autre membre du TCC.

— Je vais faire une déclaration à la presse, dit-il à Willa. Après, je serai ravi de discuter avec toi. Ça fait longtemps.

Willa plissa les paupières.

— Est-ce une manière de nous accorder une interview, monsieur Chowdhry ? demanda-t-elle d'une voix aussi glaciale que ses yeux.

— On ne peut pas juste parler, entre vieux amis ?

— On n'est pas amis. Si tu veux qu'on parle, ce sera par le biais d'un entretien officiel.

Elle n'avait pas changé. Elle restait la même journaliste implacable qu'il avait rencontrée autrefois. Il sourit.

— Passons un accord. Tu poseras une question et je t'en poserai une à mon tour.

Elle parut se méfier mais répliqua :

— Ça marche.

Il allait enfin obtenir quelques réponses…

2

— Qu'est-ce qui ne tourne pas rond, chez toi ? chuchota Rogerio après le départ de Jack.

Willa n'osa pas croiser son regard. Oui, qu'est-ce qui ne tournait pas rond, chez elle ? Elle pensait qu'elle était prête à revoir Jack ; elle avait même préparé des répliques cinglantes à lui lancer. Mais elle s'était figée en l'apercevant. C'était comme si rien n'avait changé depuis leur dernière rencontre. Ce souvenir l'avait envahie brutalement. La douleur de la trahison, la tristesse, la colère – tout cela menaçait de la noyer.

Au fil des ans, elle avait envisagé de lui pardonner en dépit de ce qu'il avait fait, car elle n'aurait pas eu Priya sans lui. Mais le revoir lui avait rappelé que ses blessures étaient encore profondes et que sa colère ne s'était pas apaisée. Comment allait-elle bien pouvoir l'interviewer ? Comment allait-elle être capable de s'asseoir avec lui, de faire comme si elle était une simple journaliste à l'affût d'un scoop ? Au moins, Rogerio serait avec elle.

— Willa, tu penses pouvoir l'interroger ?

Non.

— Bien sûr, je suis une pro, dit-elle, la gorge sèche.

Elle prit un verre sur le plateau d'un serveur qui passait près d'eux. Ce ne fut qu'après en avoir avalé la moitié qu'elle se rendit compte que c'était un cocktail. Rogerio lui tendit une bouteille d'eau.

Les journalistes avaient été rassemblés sur une pelouse, devant une scène. Jack venait d'être présenté et faisait sa déclaration. Elle aurait dû écouter, mais son estomac était trop noué pour cela. Rogerio filma le discours et prit des photos du fameux collier au cœur du scandale des diamants. Au moins, il avait la présence d'esprit d'entretenir leur couverture.

— Je reviens, lui glissa-t-elle à l'oreille.

— Où vas-tu ? Les médias posent des questions.

Elle l'ignora et s'éloigna de la foule. Elle demanda à un employé le chemin des toilettes, installées dans une caravane, et s'y enferma. Jamais elle n'avait vu de W-C éphémères aussi élégants. Il y avait des fleurs au bord du lavabo de marbre et un panier rempli de serviettes roulées. Elle s'aspergea le visage d'eau, ce qui fit couler son mascara. Elle examina les traces noires sur ses joues. *Je ne vais pas le laisser me faire subir ça. Plus jamais.*

Il lui avait fallu des mois pour se remettre sur pied après leur dernière rencontre. En une nuit, elle était passée du scoop de sa vie à la démission. La semaine suivante, elle avait découvert qu'elle était enceinte. Elle avait été sur le point de prévenir Jack quand elle avait vu Jessica Danan à la télévision. Willa avait travaillé plus d'un an pour dénicher des preuves au sujet des liens profonds entre le maire de New York et la mafia. Elle avait risqué sa vie en interrogeant des sources dans les quartiers les plus dangereux de la ville et, quand elle avait enfin été prête à diffuser son reportage, Jack lui avait dit que c'était trop risqué, que la chaîne refusait de le programmer. Offusquée, Willa avait quitté son emploi. Il avait ensuite confié l'histoire à Jessica. Elle avait été si stupide – des rumeurs couraient au sujet d'une liaison entre Jessica et Jack ; seulement, elle avait pensé que ce n'étaient que des ragots. Elle aurait pu se remettre de la perte de son scoop, mais pas de la trahison de Jack. Le stress et la douleur avaient mis sa grossesse en danger et elle avait dû rester au lit jusqu'à la naissance de Priya. Les médecins avaient parlé d'une dépression liée aux hormones alors que c'était en fait la peine d'un cœur brisé. Sans la gentillesse de Priya et le soutien de sa sœur, Willa n'aurait sans doute jamais remonté la pente. Elle n'avait repris le travail que depuis deux ans et elle tenait sa première chance de publier un article intéressant. Elle n'allait pas tout gâcher.

Elle s'essuya le visage avec une serviette et se remaquilla. Willa St Germaine allait retrouver sa place et, cette fois, elle rendrait à Jack la monnaie de sa pièce – elle le piétinerait.

Elle retrouva Rogerio à l'arrière de la foule.

— Qu'est-ce que j'ai manqué ?

Il la regarda.

— Tu as l'air plus en forme. Tu t'es remonté le moral ?

— Je suis prête, confirma-t-elle.

— Tant mieux, parce qu'il vient de terminer. Il a laissé le micro à une femme qui annonce une fête pour son réseau social.

— k !smet ! Filme : il faut qu'on enregistre ça.

Il haussa un sourcil mais obéit. Willa fit une rapide recherche sur son téléphone. Elle avait lu des choses au sujet de cette application. Le réseau avait attiré l'attention au début du scandale des diamants car son algorithme avait associé deux descendants des clans rivaux.

— On devrait demander à Jack de nous présenter à la directrice, dit-elle en indiquant la femme qui annonçait la tenue d'une soirée marquant l'entrée en Bourse de la firme pour remercier tous les membres du réseau. Il faut à tout prix qu'on y aille. C'est demain.

Dès que Jack quitta la scène, il fut assailli par les reporters. Willa fit signe à Rogerio de la suivre à travers la masse et Jack les salua avant de les rejoindre.

— Désolé, tout le monde : je ne donnerai qu'une interview ce soir et je l'ai promise à Willa St Germaine.

Pendant un instant, Willa savoura les regards envieux des autres journalistes. Elle se sentit confiante, contrôlant la situation ; mais dès que Jack se campa devant elle, un frisson la parcourut.

Elle prit conscience de sa présence, de la chaleur qui irradiait de son corps et de son eau de Cologne boisée. Elle le regarda, le cœur emballé, et se laissa piéger par la profondeur intense de ses yeux. Il se pencha à quelques centimètres d'elle et elle retint son souffle.

— Allons dans un endroit plus calme.

Pour l'interview, se rappela-t-elle. Il ouvrit la voie et elle le suivit avec Rogerio. Ils entrèrent dans le club.

— Il y a une petite salle que le restaurant utilise pour les dîners privés. On peut s'y installer, annonça Jack.

Ils se retrouvèrent bientôt dans une pièce décorée comme un ancien saloon, avec des panneaux de bois, une table solide et des chaises couvertes de cuir. Des toiles représentant des paysages vallonnés et des chevaux ornaient les murs. Une odeur de whisky vieilli et de fumée de cigares flottait dans l'air. De grandes fenêtres offraient une vue imprenable de la campagne dans le soleil couchant.

La table aurait pu accueillir dix personnes sans difficulté. Jack s'installa à la place d'honneur. Il aurait été puéril de s'asseoir du côté opposé, donc Willa s'installa près de lui même s'ils étaient un peu trop proches à son goût. Elle aurait préféré laisser la longueur de la table entre eux.

Jack sourit et son cœur s'arrêta un instant. *Fichues fossettes.* Rogerio s'éclaircit la voix.

— Je suis prêt.

Willa se redressa et commença :

— Merci de nous accorder cette interview.

— Je suis très content de te revoir. Comment vas-tu ?

— Très bien, merci.

Elle souriait un peu trop. *Comment oses-tu me demander si ça va ?*

— Super discours. J'aimerais savoir si…

— Tu as manqué le plus gros.

Il avait donc remarqué qu'elle s'était absentée ?

— Rogerio l'a entendu, dit-elle sans se laisser perturber. Alors, pourquoi as-tu laissé les Winters et les Del Rio te choisir pour négocier la restitution du collier volé ?

— Je fais partie des administrateurs du Texas Cattleman's Club. En tant que pilier de la communauté, le TCC a pensé qu'il serait utile de les aider à régler ce problème. On m'a proposé cette mission à cause de mon expérience des négociations dans le monde des entreprises.

Il avait probablement répété cet argument à tout le monde, évidemment, mais Willa devait commencer doucement pour le mettre en confiance et le pousser à baisser la garde.

— Maintenant, c'est à moi de te poser une question.

Quoi ? Elle se gifla mentalement. C'était le prix convenu pour cette interview. Jack Chowdhry ne donnait jamais rien gratuitement.

— Après CMG, tu as disparu pendant plus de deux ans. Où étais-tu ?

De toute évidence, il n'avait pas l'intention d'attaquer en douceur, lui. *Et... il m'a surveillée ?*

— J'ai pris un peu de temps pour moi.

Il la dévisagea et elle sentit son estomac se nouer, mais elle ne baissa pas les yeux. Il n'était pas le seul à être doué pour les réponses évasives.

— Qu'est-ce que tu veux dire par... ?

— Une question à la fois, dit-elle fermement.

Il sourit furtivement et elle se laissa distraire un instant par les fossettes au creux de ses joues. Il savait qu'elle ne pouvait jamais résister à cette moue arrogante. Elle observa ses lèvres sans le vouloir et se souvint de leurs baisers, de la sensation de sa bouche sur la sienne. Elle prit une inspiration pour se reconcentrer sur l'interview. Être si proche de Jack, sentir son parfum, le voir, être englobée par sa chaleur était dangereux.

— Qu'as-tu retiré de ces négociations ?

— Je ne comprends pas.

— Tu n'as pas demandé la moindre compensation de la part

des familles pour ça et le TCC ne t'a pas rémunéré. Donc, qu'est-ce que cette mission de négociateur t'a apporté ?

Il fronça les sourcils.

— Si tu parles de compensation financière, je n'en ai pas reçu. J'ai fait ça parce que Royal est ma maison et je voulais me rendre utile. De plus, Jericho est un de mes amis. Il savait qu'en tant qu'administrateur du TCC, je serais neutre.

— Tu as fait ça par pure bonté d'âme ? Le dernier accord que tu as décroché pour CMG incluait une prime à six chiffres.

Elle avait voulu paraître détachée, mais elle ne put cacher son scepticisme. Jack se pencha vers elle et dit :

— Il s'est passé beaucoup de choses en cinq ans, Willa. Je ne suis plus le même.

Dans son mouvement, son parfum flotta jusqu'à elle et elle se crispa.

— Les gens ne changent pas à ce point, dit-elle sèchement.

Rogerio inspira bruyamment dans son dos. Elle avait presque oublié sa présence.

Jack se cala de nouveau au fond de son siège et rit.

— Toi, tu n'as pas changé, c'est sûr.

— Tu ne sais rien de moi, vociféra-t-elle avec dédain.

Jack était toujours convaincu qu'il pouvait jauger les gens d'un seul regard, prendre le contrôle de toutes les situations en quelques secondes.

Rogerio posa la main sur l'épaule de Willa, mais elle le chassa d'un geste. Le sourire de Jack vacilla un instant, sans disparaître. Elle serra les poings. *Toujours aussi vantard.*

— C'est à mon tour de te demander…

Elle se prépara pour la question inévitable : lui en voulait-elle encore ? Jack aimait poser des questions rhétoriques pour prendre la main et s'étendre sur sa philosophie de la vie. Il avait essayé de la contacter après qu'elle lui avait rendu sa carte de presse dans la salle de rédaction, mais elle avait bloqué son profil sur les réseaux sociaux, son adresse e-mail et son numéro de téléphone. Lorsqu'il avait réussi malgré tout à lui faire parvenir une lettre, elle l'avait brûlée sur sa cuisinière à gaz sans la lire. Elle avait failli déclencher le détecteur de fumée de l'immeuble, mais ça en avait valu la peine. Elle savait ce qu'il avait eu l'intention de lui dire ; il avait toujours une explication toute prête, une manière de tourner chaque décision à son avantage.

— Où loges-tu, à Royal ?

Elle fut prise de court.

— En quoi est-ce important ?

— Ce n'est pas une réponse, dit-il en agitant un doigt sous son nez.

Elle était sur le point de répliquer que ça ne le regardait pas quand Rogerio intervint :

— Les hôtels étaient tous complets, alors on a loué un studio sur Paso Street, à quelques kilomètres du centre.

Willa le fusilla du regard et Jack secoua la tête.

— Les environs de Royal sont assez sûrs, mais les immeubles de Paso Street sont plutôt délabrés. J'imagine que le studio ne doit pas être très confortable.

— Ça va, commença Willa avant d'être interrompue de nouveau.

— Non, c'est atroce. Je suis sûr d'avoir vu une souris dans la baignoire.

— Rogerio ! protesta-t-elle en se tournant vers lui.

Visiblement, ses mises en garde muettes ne marchaient pas. Il lui adressa un sourire innocent et haussa les épaules.

— Je ne peux pas vous laisser rester là-bas, déclara Jack. Pourquoi ne viendriez-vous pas vous installer dans mon ranch ? On pourrait terminer l'interview demain, au calme.

— Non ! cria Willa d'une voix bien trop aiguë.

— Avec plaisir, dit Rogerio en même temps.

Jack se leva et tira une carte de visite de sa poche. *Depuis quand porte-t-il des jeans ?* Et pourquoi ne l'avait-elle pas remarqué plus tôt ? Il demanda un stylo à Rogerio, qui s'exécuta.

— Voilà mon numéro de portable personnel. Demandez juste à un taxi ou à un Uber de vous conduire au ranch Chowdhry. Je préviendrai le gardien.

— Merci pour ton hospitalité, mais je préférerais finir cette interview maintenant.

Avait-elle l'air désespérée ? Sans doute, et ça ne lui plaisait pas.

Jack lui tendit sa carte mais elle resta pétrifiée. Rogerio la prit à sa place.

— Mon portable n'arrête pas de vibrer. On aura plus de temps pour discuter demain. De plus, je serai très heureux de te montrer ma maison et de rattraper le temps perdu, Willa.

— Merci, dit Rogerio. On arrivera dans une heure.

Jack sourit à Willa et partit sans lui laisser le temps de lui dire d'aller au diable.

Dès son départ, elle se retourna vers son collègue.

— Qu'est-ce qui t'a pris, bon sang ?

Rogerio leva les mains en signe d'apaisement.

— Chérie, cette interview ne menait nulle part. Il vient de nous faire un cadeau. Penses-y. Si on loge chez lui, on pourra parler à ses employés et à tous ceux qui vivent là-bas. Quel meilleur moyen de déterrer des potins à son sujet ?

Il avait raison et elle le détesta pour ça.

— Mince.

— Je suis désolé, dit-il en la prenant par les épaules. Je vois bien que c'est difficile pour toi.

— Non, je...

Il haussa les sourcils et elle soupira. Rogerio n'était pas seulement son cameraman, il était aussi son ami et son voisin. Ils s'étaient rencontrés à l'épicerie du quartier à l'époque où elle restait encore chez elle pour s'occuper de Priya. Il l'avait aidée à décrocher son emploi à NYEN.

— Ce reportage est une mauvaise idée.

Il acquiesça gravement.

— Je suis trop mature pour te répondre que je te l'avais bien dit, mais maintenant que nous sommes là, autant faire de notre mieux. Ce type est trop rusé pour laisser échapper des secrets pendant une interview. Loger chez lui est notre meilleure chance de le pousser à se confier. Je t'aiderai.

Elle hocha la tête mais elle devinait déjà que cette histoire n'allait pas bien se terminer pour elle.

3

Jack consulta sa montre. Les secondes s'écoulaient avec une lenteur infernale. Son cœur battait d'impatience et le poids de cinq longues années de culpabilité l'écrasait. Il tenait enfin sa chance de tout expliquer à Willa. Il fit les cent pas. Avait-elle changé d'avis ? Elle n'avait clairement pas envie d'accepter son invitation, mais Jack avait bien jaugé Rogerio. Cet homme était assez intelligent pour savoir qu'il aurait plus de chances de décrocher un scoop s'il restait auprès de lui. Peut-être aurait-il dû parler à Willa au TCC. Il secoua la tête. Cette conversation demanderait du temps. Il avait fait l'erreur d'aller trop vite cinq ans plus tôt et il avait attendu très longtemps d'avoir une seconde chance. Il ne voulait pas prendre le risque de la voir repartir sans avoir écouté sa version.

Tandis qu'il arpentait la pièce, ses pensées le ramenèrent à cette fameuse nuit à CMG, lorsqu'il avait décidé de priver Willa de son reportage. Son départ avait changé sa vie et il avait compris qu'il ne voulait pas être ce genre d'homme – un homme qui ne pensait qu'à son entreprise et aux affaires. Il avait passé les deux années suivantes à organiser sa succession à la tête de son empire, abandonnant ses sièges dans les divers conseils d'administration et cherchant l'endroit idéal où prendre un nouveau départ. Il avait découvert Royal par hasard. Dev, le fils d'amis de ses parents, les Mallik, vivait là et l'avait invité à passer quelques jours dans son ranch. Il y était allé avec ses parents, curieux de voir pourquoi un jet-setteur comme Dev avait décidé de vivre au Texas. Dès qu'il avait découvert la ville, il en était tombé amoureux. Le paysage, la communauté soudée, l'importance de la famille pour ces gens, tout l'avait séduit. Dev et sa femme Caitlyn lui avaient montré leur nouvelle propriété. Au même moment, un grand domaine avait été mis en vente et Jack avait passé un an à y bâtir son nouveau foyer.

Il jeta un autre coup d'œil à sa montre et se remit à arpenter l'immense hall de sa maison. Le plafond vertigineux était haut de deux étages et un chandelier scintillant projetait une lumière chaude dans toute la pièce. Des colonnes imposantes flanquaient l'entrée du salon et de la salle à manger, que l'on pouvait apercevoir par les portes grandes ouvertes.

Soudain, son téléphone sonna.

— Monsieur, les invités que vous attendiez viennent de se présenter au portail.

Il remercia le gardien de nuit et ouvrit la porte d'entrée au moment où une voiture de location s'engageait dans l'allée de briques. Willa conduisait. Rogerio sortit du véhicule dès qu'il s'arrêta.

— Cet endroit est phénoménal, dit-il.

Jack sourit. Il avait travaillé avec les architectes, supervisant lui-même les moindres détails.

— Où doit-on se garer ?

— Laissez la voiture ici avec les clés sur le contact. Le gardien la rangera dans un des garages.

— Tu mènes toujours la grande vie, remarqua Willa avec dédain en sortant à son tour.

Elle portait encore sa robe turquoise, qui épousait toutes ses courbes, et Jack vit qu'elle avait appliqué une nouvelle couche de gloss sur ses lèvres.

— Je travaille dur et j'aime le confort.

Elle a tous les droits de t'en vouloir, se rappela-t-il.

— Je vais vous faire visiter.

— La journée a été longue. Ça te dérange si on se couche directement ?

L'assistant de Jack avait appelé tous les bailleurs de Paso Street et il avait appris que Willa et Rogerio avaient réservé le studio pour trois nuits. Ils auraient bien le temps d'avoir une conversation à cœur ouvert. Jack avait attendu cinq ans – une soirée de plus ne changerait rien.

Il les conduisit donc à l'intérieur. Le ranch possédait six pavillons d'invités éparpillés sur le domaine. Sa famille avait des proches en Inde et en Europe qui étaient libres de lui rendre visite quand ils le souhaitaient. Chaque pavillon était décoré d'objets anciens et d'œuvres d'art, équipé d'une mini-cuisine, d'une chambre, d'un salon et d'une salle de bains. Deux d'entre eux avaient plusieurs chambres pour accueillir les couples avec enfants. Rogerio et Willa auraient été plus à l'aise dans l'un d'eux, mais les pavillons étaient conçus pour apporter de l'intimité aux invités comme à Jack, et il voulait garder Willa près de lui.

— Waouh, c'est impressionnant.

Rogerio combla le silence en posant une multitude de questions sur la maison et le mobilier. Jack y répondit de bonne grâce, fier de montrer ce qu'il avait fait bâtir. Willa ne dit rien quand il prit son sac et les précéda dans le grand escalier jusqu'à l'étage où se trouvaient les chambres.

Il installa Rogerio dans l'aile Ouest. Le caméraman ouvrit grand la bouche en découvrant son logement temporaire.

— Cette pièce est plus grande que mon appartement. Le décor est italien, n'est-ce pas ?

Jack hocha la tête.

— Chaque chambre a son propre style.

La pièce possédait un grand lit aux draps bleu et argent, coiffé d'une tête de lit matelassée. Deux tables de chevet anciennes étaient placées de part et d'autre, avec des lampes décorées qui projetaient des ombres douces dans la chambre. Son principal point d'intérêt était une immense fresque peinte à la main qui représentait un paisible vignoble italien.

— C'est le paradis, ici. Je ne suis pas sûr d'avoir envie de repartir.

— Dans ce cas, on va vous laisser tranquille, dit Jack en souriant avant de refermer la porte avec soulagement.

Il guida ensuite Willa le long du couloir. Il lui avait réservé la chambre voisine de la sienne. Comme si elle avait lu dans ses pensées, elle s'arrêta à mi-chemin.

— Il y a plein d'autres chambres, ici. J'aimerais rester près de Rogerio.

— Pourquoi ? Il a peur, la nuit ? plaisanta Jack.

Willa leva les yeux au ciel et il reprit sa route en ajoutant :

— Tu vas adorer la pièce que je t'ai choisie.

Elle hésita, puis le suivit. Il ouvrit la porte de sa chambre d'amis préférée. Spacieuse et aérée, elle avait d'immenses fenêtres ouvrant sur un balcon, face au jardin luxuriant. Les murs étaient peints en lavande, bordés de plinthes blanc et or. Un chandelier de cristal était suspendu au plafond et illuminait chaleureusement la pièce.

Willa le suivit à l'intérieur. Elle se tenait très raide, mais il surprit un petit sourire sur ses lèvres. Jack savait qu'elle était émerveillée malgré elle. Le lit à baldaquin de dentelle attirait tout de suite le regard. Les draps étaient en soie et en satin, or et crème. Plusieurs coussins moelleux étaient disposés avec soin dessus.

Jack pouvait déjà voir Willa sauter sur le matelas et laisser son corps s'enfoncer dans les oreillers, ses cheveux brun-doré étalés sur le couvre-lit écru.

— Ça me rappelle la chambre qu'on occupait à Paris, quand on a...

Elle s'interrompit.

— ... quand on a fait l'amour pour la première fois, acheva-t-il à sa place.

— J'allais dire : « couché ensemble ».

Elle posa son sac à main sur la coiffeuse.

— C'est une très jolie chambre. Maintenant, j'aimerais dormir…

— Willa, il faut qu'on parle de l'affaire George Wright.

Il avait prévu d'attendre, mais le regard froid, implacable de Willa et sa posture rigide le rendaient nerveux. Son visage était un masque soigneusement composé. Néanmoins, il sentait la tension émaner d'elle comme une force palpable, prête à exploser n'importe quand.

Elle se fendit d'un sourire crispé et s'approcha.

— Très bien, dit-elle d'une voix basse, maîtrisée. Pourquoi ne commencerais-tu pas par m'expliquer comment tu as pu m'arracher une année de travail pour confier le scoop à ta maîtresse ?

Quoi !

— De quoi est-ce que tu parles ?

— Jessica Danan, lâcha-t-elle avec rage.

Elle ne pouvait tout de même pas croire qu'il avait couché avec Jessica ! Hélas, ses yeux de glace étaient éloquents. *Merde. C'est vraiment ce qu'elle pense ?*

— C'est pour ça que tu n'as jamais répondu au téléphone ? Tu pensais que j'avais une aventure avec Jessica et que je lui ai donné ton reportage pour ça ?

Elle cala les poings sur ses hanches.

— Tu m'as dit que tu refusais de le diffuser parce que c'était trop dangereux.

Elle se campa devant lui et pressa son index contre son torse. Il huma son parfum. C'était toujours le même : rose et vanille.

— Tu as dit que la chaîne ne pouvait pas montrer ça. Que c'était trop risqué. Le service juridique prétendait que ça nous causerait des ennuis. La sécurité avait peur que la mafia s'en prenne à moi. Mais tu as quand même tout rendu public.

Il attrapa son doigt, incapable de résister à l'envie de la toucher. Elle le fusilla du regard mais ne recula pas.

— Si tu avais répondu à un seul de mes coups de fil ou lu un de mes e-mails, tu saurais ce qui s'est vraiment passé après notre discussion dans la salle de rédaction. J'ai appris que CNTZ avait eu vent de l'affaire. Une de tes sources avait décidé de vendre aussi ses infos à la concurrence. Ils allaient nous devancer.

— Donc, au lieu de me demander de venir présenter le reportage, tu l'as confié à Jessica Danan ?

— La menace était encore trop présente. La sécurité et la direction ont pensé qu'il vaudrait mieux ne pas attribuer ce scoop à un seul reporter. Nous ne voulions pas donner une cible à la mafia. Jessica était juste censée le diffuser.

— Pourquoi ne m'as-tu pas appelée pour le faire ?

— Parce que j'avais peur pour ta vie, dit-il en lui prenant la main pour l'attirer vers lui.

Elle avait l'air furieuse mais elle se laissa faire sans résister.

— Est-ce que tu sais à quel point cette histoire était explosive ? La mafia n'a pas peur d'abandonner un corps dans l'East River ou de le jeter dans un broyeur à déchets. La sécurité ne pensait pas pouvoir te protéger. Jessica n'était pas censée s'attribuer le reportage. On avait prévu de dire qu'il avait été réalisé par un « journaliste anonyme », mais elle a changé le script en direct. Est-ce que tu sais ce qui lui est arrivé ensuite ? Elle a été attaquée juste devant les studios. Son garde du corps a à peine réussi à la sauver. Elle a passé trois jours à l'hôpital. Ensuite, nous l'avons cachée dans un village reculé de la Nouvelle-Écosse. Elle n'a pu revenir qu'après la démission de George Wright à la mairie et quand la police a réussi à arrêter les chefs de la mafia. À ce moment, tu avais déjà disparu.

L'expression de Willa s'adoucit légèrement.

— Tu aurais pu diffuser un communiqué pour expliquer que c'était mon reportage.

— J'ai essayé, mais l'affaire était encore trop sensible. Si j'avais donné au public le moindre doute sur la validité de tes trouvailles, ça aurait pu mettre en danger le travail du FBI.

— Tu me prends pour une idiote ? s'écria-t-elle en retirant sa main de la sienne. Depuis quand la chaîne se souciait-elle des enquêtes judiciaires ? Tu ne voulais pas faire de rétractation parce que ça aurait embarrassé la rédaction.

Elle recula, le fixant d'un regard si froid qu'il tressaillit.

— La chaîne ne s'intéressait pas à moi, et toi non plus. Tu aurais pu faire ce qui était juste et tu as renoncé.

Le cœur de Jack se serra. Comment lui expliquer qu'il avait été amoureux d'elle ? Qu'il avait acheté une bague et qu'il avait été sur le point de la demander en mariage ? Il avait même engagé une entreprise de sécurité privée en plus du service de la chaîne, mais tout le monde lui avait répété qu'il ne pourrait pas protéger Willa. Il n'avait pas voulu qu'elle soit tuée pour un scoop.

— La menace planait toujours et je ne voulais pas te mettre en danger.

— Ce n'était pas à toi de prendre cette décision. C'était ma vie, mon reportage, mon risque, mon choix.

— Écoute, je m'en veux beaucoup pour la manière dont les choses se sont terminées entre nous. Je suis désolé. Mais tu ne m'as pas non plus laissé la moindre chance de me justifier.

Il avait essayé de la contacter un nombre incalculable de fois, puis elle avait déménagé et il avait perdu sa trace. Il avait demandé à un détective privé de la retrouver, avant d'annuler les recherches. Si elle ne voulait pas être avec lui, il n'allait pas la pourchasser. Avait-il pris la bonne décision ? Peut-être aurait-il dû lui courir après. Ce n'était pas comme s'il avait réussi à l'oublier depuis...

— Waouh, pour des excuses, tu n'aurais pas pu faire pire, déclara-t-elle.

Elle ouvrit la porte et lui fit signe de s'en aller.

4

En dépit du lit confortable, Willa passa une nuit agitée. Priya était une lève-tôt et elle la réveillait généralement à 6 h 30. Royal avait deux heures de retard sur New York, et pourtant il était déjà 7 heures quand Willa se leva. Elle passa un appel vidéo à sa fille, qui lui décrivit pendant cinq minutes le caca dur qu'elle avait fait la veille avant de partir préparer un petit déjeuner pour sa licorne en peluche. La sœur de Willa lui expliqua ensuite ce qu'elle avait prévu pour la journée. Kylie ne savait pas que le scoop que Willa traquait incluait Jack. Elles n'avaient jamais eu la même opinion en ce qui le concernait.

La veille, Jack l'avait un peu prise de court, mais la colère sourde qu'elle ruminait depuis cinq ans ne s'était pas encore évanouie. Même s'il n'avait pas couché avec Jessica Danan. Même s'il ne lui avait pas volontairement confié le reportage. Il n'avait pas le droit de décider à sa place que le risque était trop élevé. À l'époque, ils ne sortaient ensemble que depuis six mois. Ils ne s'étaient fait aucune promesse. Elle n'avait même pas trouvé le courage de lui dire qu'elle l'aimait. Comment avait-il pu prendre de telles libertés avec sa carrière ?

Il savait qu'elle était consciente du danger quand elle avait décidé de mener son enquête. Elle-même avait demandé très tôt l'appui du service de sécurité parce qu'elle avait peur pour une de ses sources. On lui avait assigné un garde du corps chaque fois qu'elle avait rencontré un informateur ou qu'elle rentrait tard chez elle. Jack avait su tout cela ; il avait vu à quel point elle avait travaillé dur et quels risques elle avait pris en vérifiant toutes ses informations. Willa avait monté un dossier solide et il l'avait donné à Jessica par pur machisme vieille école. Comment avait-il osé ? Non seulement ça, mais il avait eu plusieurs occasions de réparer son erreur. Elle n'en voulait pas à Jessica de s'être attribué tout le mérite. Pourquoi ne l'aurait-elle pas fait ? Elle avait vu sa chance et elle l'avait saisie. Cette femme avait toujours été un requin, mais où étaient passés les instincts protecteurs de Jack, à ce moment-là ? Pourquoi ne s'était-il pas assuré que Willa ne se fasse pas arnaquer ?

Elle soupira et prit une longue douche dans la salle de bains de sa chambre. Elle envoya un texto à Rogerio, qui ne répondit pas. Elle fouilla ensuite son sac à la recherche d'un jean, d'un débardeur et d'une veste légère en denim. On était en décembre, mais il faisait encore chaud à Royal, alors que New York était déjà sous la neige à leur départ. Elle sécha ses cheveux et décida de les laisser lâchés.

Juste un soupçon de mascara et de gloss. Il n'y avait aucun mal à vouloir être jolie.

Une fois habillée, elle consulta son portable. Toujours pas de réponse de Rogerio, mais il était déjà 8 h 30. Même un samedi, Jack serait probablement en train de travailler. Il travaillait toujours pendant les week-ends. Elle allait d'abord trouver de quoi déjeuner, puis elle réfléchirait à un plan.

La maison était encore plus belle de jour. Le grand escalier qui descendait jusqu'au hall était orné d'une rambarde en fer forgé. D'immenses fenêtres laissaient entrer la lumière naturelle et le chandelier de cristal scintillait. Partout où elle posait les yeux, elle reconnaissait la patte de Jack. Les détails traditionnels rehaussés de touches plus modernes, cette élégance discrète, c'était tout lui. Mais elle ne comprenait pas pourquoi il avait décidé de construire cette maison à Royal. Il avait possédé un loft de quatre chambres au centre de New York et avait transformé les pièces supplémentaires en un bureau, une salle de jeux et un dressing. *Je ne veux pas inciter les gens à dormir chez moi. Les hôtels sont là pour ça.* Alors, que faisait-il dans une demeure comme celle-ci ?

Elle ne savait pas où se trouvait la cuisine, mais elle entendit très vite le rire de Rogerio et le suivit dans une salle spacieuse, assez bien équipée pour rendre jaloux un chef professionnel. Le coin du petit déjeuner ressemblait à un solarium, avec une table qui aurait pu accueillir douze personnes.

— Bonjour.

Elle croisa le regard de Jack et son cœur s'arrêta. Pourquoi était-il si beau au saut du lit ? Il aimait laisser ses cheveux sécher naturellement, ce qui leur donnait toujours un air un peu ébouriffé et humide, le matin. Il lui sourit. Son cœur bondit de plus belle. Il portait un polo écru dont les deux premiers boutons étaient ouverts, laissant apparaître le duvet sombre de son torse et sa magnifique peau brune. Pourquoi n'était-il pas habillé pour le travail ? Elle avait l'habitude de le voir en costume dès le petit déjeuner, le nez plongé dans son téléphone. Là, le seul objet placé devant lui était une tasse de café.

Des fruits frais, des pancakes, du muesli, des œufs brouillés et du bacon étaient soigneusement disposés sur la table. Willa s'assit près de Rogerio et remplit son assiette.

— Goûte le caramel aux noix de pécan avec tes pancakes. C'est vraiment délicieux.

— Tout a l'air très bon, répliqua-t-elle.

— Dites-moi si vous avez besoin d'autre chose, lança soudain une voix masculine.

Elle sursauta et vit un homme coiffé d'une toque de cuisinier s'approcher dans son dos avec une cafetière.

— Je te présente Steve. C'est lui qui cuisine, le matin.

Willa sourit à Steve.

— Ce petit déjeuner est somptueux.

Elle lui tendit sa tasse, qu'il remplit. L'arôme du café était enivrant. Elle ajouta un nuage de crème et but quelques gorgées brûlantes pour trouver la force d'affronter Jack.

— Quand auras-tu le temps de terminer l'interview ?

Après leur discussion de la veille, une chose était claire : il était idiot de croire qu'elle allait pouvoir passer du temps avec lui et rester neutre. Sa meilleure option restait de dénicher son scoop et de partir le plus vite possible. Elle allait finir son entretien et demander à Rogerio de parler avec le personnel. Avec un peu de chance, ils pourraient reprendre l'avion le lendemain.

— En fait, Jack et moi avons déjà établi un programme, annonça nonchalamment Rogerio.

Willa faillit recracher le jus d'orange frais qu'elle venait de boire. Elle dévisagea son ami, qui se contenta de sourire.

— Je lui ai proposé de faire un portrait de lui et il a accepté, expliqua-t-il avec un regard entendu. Il a suggéré que tu le suives toute la journée pendant que je filmerai le personnel et le ranch. Son manager va me faire visiter les lieux.

Très mauvaise idée. N'avaient-ils pas déjà parlé de cela ? Sur la route, Rogerio et elle avaient mis un autre plan sur pied. Ils devaient se servir de ce reportage comme d'un prétexte pour observer Jack et parler à ses employés. Mais elle avait fait promettre à son ami de ne pas la laisser seule avec son ex. À quoi pensait-il donc ?

— Je n'ai pas beaucoup de rendez-vous, aujourd'hui. Nous aurons largement le temps de discuter.

Elle regarda Jack. Elle lui avait déjà dit tout ce qu'elle avait sur le cœur. Elle termina son délicieux petit déjeuner en silence, laissant Rogerio bavarder pour deux. Dès que Jack s'éclipsa pour répondre à un coup de téléphone, elle se tourna vers son caméraman.

— Qu'est-ce que tu as en tête ? Tu sais que je ne veux pas être seule avec lui.

— Oui, seulement j'ai mes raisons. Tous les employés sont présents pour l'instant, mais ils ne travaillent pas le samedi après-midi ou le dimanche. C'est notre seule chance de leur parler en privé. On va refaire une caméra cachée.

Elle soupira. La caméra cachée avait pour but de distraire les gens et de les laisser croire que personne ne les observait pour surprendre des aveux. Ils s'en étaient servis plusieurs fois pour pousser les gens à dévoiler leurs secrets. Son plus grand succès avec cette astuce avait eu lieu après une interview barbante avec une célébrité de second plan. Willa était allée aux toilettes et leur cible en avait profité pour répondre à un appel pendant lequel elle avait admis qu'elle détournait les fonds du gala de charité qu'elle organisait. Rogerio avait tout filmé en faisant semblant d'admirer l'agencement des tables.

— Vois le bon côté des choses : si on travaille bien aujourd'hui, on pourra partir dès demain, reprit Rogerio en souriant.

— Tu as de la chance d'être malin, dit-elle.

Elle repoussa son assiette si délicieuse, l'estomac noué. Elle n'avait pas envie de passer une journée entière avec Jack, à sentir son parfum, à l'écouter parler et à faire comme si c'était juste un reportage parmi d'autres.

— Alors, quel est le programme ? demanda-t-elle d'une voix un peu trop enjouée lorsqu'il revint.

Il lui sourit, dévoilant ses fossettes.

— On pourrait commencer par une visite de la maison, puis aller en ville. J'ai un petit arrêt à faire, et ensuite, j'aurai une surprise pour toi.

Ce n'est pas un rencard.

— Merveilleux, dit Rogerio sans laisser à Willa le temps de protester. Je vais vous accompagner pendant la visite pour prendre quelques images.

— Tu n'as pas de réunion ?

Comment allait-elle dénicher des secrets honteux sur lui, si elle ne voyait pas sur quoi il travaillait ? Elle avait fait des recherches en ligne et sur toutes les bases de données qu'elle connaissait. Il avait encore des parts dans ses anciennes sociétés, mais il semblait avoir démissionné de tous les conseils d'administration à part celui du TCC. Son profil LinkedIn indiquait juste qu'il était « agriculteur ». Que faisait-il donc ? Avait-il trouvé un gisement de pétrole sur sa propriété ? Elle ne pouvait pas croire que l'ancien magnat des médias, directeur de plusieurs firmes, qui n'hésitait jamais à licencier des employés et était connu pour avoir racheté tous ses concurrents, se contentait d'élever du bétail. Elle devait découvrir ce qu'il cachait. Peut-être trouverait-elle des réponses pendant leur visite.

Ils commencèrent par la maison, qui possédait sept chambres d'amis toutes décorées dans un style différent. Jack termina par la sienne, un sanctuaire luxueux en bordeaux, argent et or. De riches tentures recouvraient un mur, et un édredon de soie était drapé sur l'immense lit en bois sculpté que Willa ne voulut pas admirer trop longtemps. Elle n'avait pas envie de l'imaginer allongé là.

Rogerio, lui, n'avait aucun filtre et passa la main sur les draps délicats.

— Je n'ai jamais vu de tissu aussi décadent.

— Je l'ai fait venir du Rajasthan, dit Jack avec un sourire.

Il ouvrit la porte-fenêtre et les fit sortir sur une grande terrasse. Willa étouffa un petit cri. Le paysage se déroulait à perte de vue. Des collines ondulaient au loin, recouvertes de hautes herbes et de fleurs sauvages. Un groupe de biches se prélassait au loin, leurs queues blanches brillant sous le soleil. Au-delà, un troupeau se promenait dans un pré. Plus près de la maison, on apercevait des écuries devant une rangée d'arbres. Les murs en bois luisaient dans la lumière. Des chevaux de toutes les tailles et de toutes les couleurs se promenaient autour, broutant l'herbe et se donnant de petits coups de museau.

Le décor était si stupéfiant que même Rogerio resta bouche bée.

Ils visitèrent ensuite l'écurie, une structure impressionnante capable d'accueillir une dizaine d'animaux. Plusieurs employés s'occupaient des bêtes. La propriété contenait aussi un grand étang poissonneux, une piscine et son appentis garni d'un jacuzzi, et une serre où Jack leur montra fièrement ses tomates cultivées en hydroponie.

— Que sont tous ces bâtiments ? demanda Rogerio.

— Des pavillons. Certains de mes employés logent dedans et l'un d'eux est occupé par mes parents, dit Jack en montrant la plus grande maison, qui ressemblait à un luxueux chalet de chasse.

— Tes parents vivent ici ?

Willa allait de surprise en surprise. Lorsqu'ils rendaient visite à leur fils à New York, celui-ci les installait dans un hôtel et trouvait à peine le temps de dîner avec eux. Il se plaignait dès qu'ils restaient plus de deux jours.

— Ils vieillissent et je préférais les savoir près de moi. D'ailleurs, comment vont les tiens ?

Willa sourit.

— Bien. Ils passent leur retraite dans l'Arizona.

Ses parents l'avaient beaucoup aidée pendant sa grossesse et après l'accouchement. Ils étaient propriétaires de la maison dans laquelle elle vivait à présent avec Kylie. Elle s'était installée avec eux et ils s'étaient occupés de Priya. Jamais elle n'aurait survécu aux premières années sans le soutien de sa famille.

— Tes parents sont là, en ce moment ?

Elle les avait rencontrés la veille de l'incident du reportage sur la mafia. Ils avaient dîné à Per Se, un des plus grands restaurants de New York. Elle les avait tout de suite adorés. Ils avaient émigré de Delhi juste après leur mariage. Jeunes vingtenaires, ils avaient commencé à travailler dans l'épicerie d'un membre de leur famille, puis avaient acheté leur propre boutique. Lorsque Jack était adolescent, ils possédaient déjà une chaîne d'épiceries indiennes. Jack ne s'était pas contenté de reprendre l'entreprise familiale après ses études ; il en avait fait un empire. Ses parents étaient clairement fiers de lui, mais Willa avait lu du regret dans leurs yeux quand ils avaient parlé de l'Inde. Sa mère avait délicatement demandé à Jack s'il comptait officialiser sa relation avec Willa et il avait lâché un long monologue en hindi qu'elle avait compris sans qu'on le lui traduise.

— Ils sont en Inde pour l'instant. Ils reviendront dans quelques jours.

— Dommage, j'aurais aimé les voir. Tu leur passeras le bonjour de ma part.

Il lui adressa un regard curieux et elle regretta immédiatement ses paroles. C'était trop familier. De toute manière, les parents de Jack ne se souvenaient sans doute pas d'elle. Qui savait combien de femmes il leur avait présentées, ces cinq dernières années ?

— Que font-ils en Inde ? s'enquit Rogerio.

— Ils organisent des prières traditionnelles pour l'anniversaire de la mort de Priya, répondit Jack d'une voix émue.

Rogerio eut l'air abasourdi.

— Priya est… était… la sœur de Jack, expliqua Willa en lui jetant un coup d'œil appuyé. Elle est morte il y a dix ans.

Heureusement, Rogerio se remit vite de son choc.

Jack tourna les talons et repartit en direction de la maison. Rogerio en profita pour tirer Willa à l'écart.

— Tu as appelé ta fille comme sa sœur, chuchota-t-il.

Willa savait que Jack ne pouvait pas les entendre, mais elle lui fit quand même signe de se taire.

— Jack l'aimait beaucoup et j'ai pensé que Priya devait hériter quelque chose de son père.

Ce prénom lui était apparu dès l'instant où l'échographie avait révélé qu'elle allait avoir une fille et elle n'avait pas envisagé autre chose.

Ils laissèrent Rogerio dans la maison principale. Un des nombreux employés du ranch gara une Porsche Carrera rouge dans l'allée. Jack ouvrit la portière pour Willa, qui se laissa couler dans le siège en cuir. Il prit le volant et quitta le domaine lentement.

— Tu m'en veux toujours ? l'interrogea-t-il.

— Pourquoi ? Pour avoir détruit ma carrière et confié mon plus grand reportage à une autre journaliste ?

— Comment puis-je me racheter ?

Elle jeta un coup d'œil dans sa direction et le regretta. Il arborait encore ce sourire arrogant qui dévoilait ses fossettes et le rendait plus beau que jamais. *Pourquoi suis-je toujours attirée par lui ?* Peut-être était-elle restée seule pendant trop longtemps. Être une mère célibataire ne facilitait pas sa vie sentimentale. Entre son travail et le coût de la garderie, elle n'avait pas souvent l'opportunité de sortir. Sa sœur avait insisté pour qu'elle s'inscrive sur des sites de rencontres et elle avait eu quelques rendez-vous corrects avec des hommes intelligents, séduisants, stables, dotés de bons salaires. Mais tous avaient considéré que sa fille était de trop et elle ne leur en voulait pas. Dans une ville où la plupart des gens s'entassent dans des logements étriqués, on était rebuté à l'idée de devoir élever un enfant qui n'était pas le sien.

— Je ne sais pas, dit-elle. As-tu une machine à remonter le temps qui pourrait t'éviter d'être un gros macho convaincu qu'il sait tout mieux que tout le monde ?

— Hélas, ma machine à remonter le temps est cassée.

Il profita d'un feu rouge pour la regarder un instant.

— Écoute, je ne peux pas t'offrir un scoop sur un maire important à la botte de la mafia… mais je peux te sortir de l'ornière où tu te trouves avec NYEN.

Le sang de Willa ne fit qu'un tour. *Comment ose-t-il ?* Se sentir coincée dans ce travail était une chose, mais il n'était pas obligé de jeter du sel dans la plaie qu'il avait causée.

— Je suis très heureuse à NYEN.

— Non. J'ai vu les reportages qu'ils te font faire. Ils n'ont pas conscience de ton talent.

Un instant. Il avait vu ses reportages ? Savait-il qu'elle allait venir à Royal ? Il ne pouvait pas se douter qu'elle allait assister à la conférence de presse. David avait pris soin de ne pas communiquer leurs noms pour surprendre Jack. Cela voulait dire qu'il la surveillait de loin, et cette idée la réjouit plus qu'elle n'aurait voulu l'admettre.

— Tu connais l'appli k !smet ? Elle est sur le point d'entrer en Bourse et je peux t'arranger une interview exclusive avec Misha, la P-DG.

— Tu as raison : ce n'est pas du tout à la hauteur de mon scoop sur la mafia.

— Écoute-moi un instant, tu veux ? L'appli attire l'attention de tous les médias. Cette entrée en Bourse sera énorme et je t'offre un passe pour les coulisses. En fait, Misha organise une fête avant le lancement pour remercier les membres et je peux t'obtenir une invitation.

C'était une offre honnête. Elle avait d'ailleurs envisagé de s'intéresser à cette histoire en plus de ses recherches sur Jack. Mais elle n'allait pas accepter juste pour lui faire croire qu'elle était sur le point de le pardonner.

— Donc, à part conclure des accords entre les Capulet et les Montaigu, que fais-tu de tes journées ?

C'était le bon moment pour l'interroger. Elle pouvait étudier ses réactions pendant qu'il conduisait sans être distraite par ses yeux acérés posés sur elle.

Il sourit.

— Je pense que les Del Rio et les Winters ont surpassé les parents de Roméo et Juliette. Mais pour répondre à ta question : je gère mon ranch.

— Et… ?

— Et c'est tout. Je m'implique dans la vie de Royal, mais je me suis débarrassé de la plupart de mes autres firmes et j'ai renoncé à mes sièges dans les conseils d'administration.

— Pourquoi as-tu soudain décidé de passer de magnat des médias à rancher ? demanda-t-elle en faisant de son mieux pour paraître détachée.

— Ce n'était pas un coup de tête. Nous ne nous sommes pas parlé depuis cinq ans. Beaucoup de choses ont changé. Je parie que ta vie aussi est très différente, à présent.

Elle tressaillit malgré elle. *Était-il au courant pour Priya ?* Il aurait très bien pu engager un détective privé pour l'espionner. C'était pour cela qu'elle avait inscrit le nom d'un soldat mort sur l'acte de naissance et qu'elle avait donné à Priya le nom St Germaine. New York n'était pas assez grande, quand on devait fuir des hommes puissants.

— L'excitation ne te manque pas ?

Il haussa les épaules.

— Il y a aussi beaucoup d'excitation à Royal. Après tout, tu y es venue en quête d'une bonne histoire, non ?

C'était la vérité, mais il avait l'air trop détendu et nonchalant. Son instinct de reporter se mit à s'agiter.

— Pourquoi as-tu choisi l'agriculture ? Tu n'en as jamais parlé, avant.

Elle essayait de reformuler la question pour le pousser à commettre une erreur, à lui donner une piste pour découvrir ce qu'il cachait. Car il cachait forcément quelque chose. Sa motivation pour s'installer à Royal était peut-être la clé. Les détails ne collaient pas et elle tenait à savoir ce qui se passait.

— Je suis venu pour rendre visite à un ami de mes parents et je suis tombé amoureux de cet endroit. Il possède tout ce que j'aime : des restaurants, du bon whisky...

Il lui adressa son sourire à fossettes et elle sentit ses joues s'échauffer. Le whisky était leur boisson préférée ; ils le sirotaient durant les froides nuits new-yorkaises, nus, quand ils étaient d'humeur à faire la fête.

— ... et j'aime ce rythme tranquille. Pouvoir me concentrer

sur ma famille, profiter du plein air. C'est un mode de vie plus sain, physiquement et mentalement.

— On a l'impression de lire une brochure touristique, fit-elle remarquer sans cacher son scepticisme.

— J'avais des doutes aussi quand mon ami Dev m'a décrit la ville, mais après une semaine passée chez lui, j'étais accro.

Il se gara dans le centre. Willa et Rogerio avaient traversé cette portion de la ville, la veille. C'était l'essence même de la grande rue d'une petite commune rurale, avec des trottoirs en briques, des boutiques mignonnes et des réverbères à l'ancienne. Jack se tourna vers elle.

— Passons un accord : reste une semaine ici avec moi. Je ne peux pas t'expliquer ce qu'on ressent dans cette ville. Tu dois le découvrir toi-même. Tu peux assister à la fête de k!smet et rentrer chez toi le week-end prochain. Qu'en dis-tu ?

Hors de question. Elle ne pouvait pas rester aussi longtemps loin de Priya. Si sa fille était très heureuse avec sa tante, Willa n'avait jamais été séparée d'elle plus de deux jours. L'idée de ne pas la voir pendant une semaine entière lui brisait le cœur.

— C'est très généreux, mais je dois rentrer. Il faut que je diffuse le reportage sur le collier en diamants.

— Tu ne l'as pas déjà envoyé, ton film ? J'ai vu l'annonce sur le site de la chaîne, ce matin.

Grillée. Elle savait pourtant qu'il ne regardait jamais NYEN. Qu'avait-il dit au sujet de la chaîne, quand ils travaillaient tous les deux pour CMG ? *C'est l'équivalent télévisé d'un dîner bon marché et gras où les plats peuvent être sympas sur le moment, juste avant de te faire vomir.* Cela signifiait donc qu'il la surveillait bel et bien.

— C'était juste la transmission de la soirée d'hier. Je suis venue faire un reportage plus important sur le collier.

Elle défit sa ceinture de sécurité et ouvrit la portière pour empêcher Jack de poser d'autres questions. L'affaire du bijou volé était déjà bien couverte. Si ça avait vraiment été son sujet, elle aurait eu du mal à trouver un nouvel angle d'approche.

— Alors, qu'est-ce qu'on fait là ? s'enquit-elle.

Jack sourit.

— On va assister à un rodéo.

5

Jack savoura le regard étonné de Willa. Elle n'avait encore jamais assisté à un rodéo. Son incrédulité quand il lui avait affirmé qu'il n'était qu'un simple rancher ne lui avait pas échappé non plus. Pas plus que ses questions assez peu subtiles visant à savoir ce qu'il faisait *vraiment* à Royal. Il ne lui en voulait pas. Le Jack qu'elle connaissait n'avait eu que deux obsessions : le pouvoir et l'argent. Le plus amusant, c'était que lorsqu'il avait décidé qu'il avait assez bien gagné sa vie pour s'installer à Royal, il avait encore élargi sa fortune. Les actions qu'il n'avait pas vendues se portaient bien et les start-up dans lesquelles il avait investi avaient décollé.

— On va regarder la compétition dans un bar ? demanda Willa tout en le suivant dans Main Street.

— Non, on va la voir en vrai. Mais avant ça, tu vas avoir besoin de quelque chose.

Inutile de se tourner vers elle pour deviner qu'elle devait faire la moue. Elle aimait garder le contrôle. Ils avaient presque atteint le magasin que Jack voulait visiter quand il aperçut Maggie Del Rio sur le trottoir d'en face, en train de franchir la porte de la boutique de mariage de Natalie Valentine. Il traversa et la suivit à l'intérieur, Willa sur ses talons.

— Tu vas te marier ? demanda celle-ci.

— Ça te gênerait, si c'était le cas ?

— Jack ! s'écria Maggie dès qu'elle le vit.

Elle portait un jean, une chemise à carreaux nouée à la taille et des bottes de cow-boy. Elle l'enlaça, puis regarda Willa.

— Je ne vous ai jamais vue dans le coin.

Willa sourit et lui tendit la main.

— Willa St Germaine, enchantée.

— Je te présente Maggie Del Rio, dit Jack, même s'il se doutait qu'elle le savait déjà, vu son sourire entendu.

— Qu'est-ce qui vous amène à Royal, Willa ?

— Votre famille, en fait. Je suis ici pour couvrir l'histoire du collier.

Le sourire de Maggie s'effaça.

— Il n'y a plus rien à dire là-dessus...

Jack savait qu'elle en avait assez de voir les deux familles attirer la curiosité et d'entendre les rumeurs à leur sujet.

— Willa est aussi une vieille amie. On a travaillé ensemble à CMG. J'essaie de la convaincre de rester à Royal pour faire un reportage sur la fête de k !smet.

Ces mots éveillèrent l'intérêt de Maggie. Misha était sa meilleure amie et une cliente fidèle de son studio de graphisme, donc elle tenait à ce que k !smet connaisse le succès.

— Vous devriez essayer l'appli. C'est comme ça que j'ai rencontré mon fiancé, dit-elle à Willa, tout en adressant un coup d'œil appuyé à Jack.

— Ah, Jack ! Je suis content que tu sois là. Tu vas peut-être réussir à ramener Maggie à la raison.

Il se tourna pour voir Natalie Valentine s'approcher avec une robe écrue scintillante dans les bras. Elle était plutôt fine, avec des cheveux blonds vaporeux et des yeux bleu vif.

Maggie soupira.

— Elle veut acheter une robe de prêt-à-porter. Tu imagines ? Son mariage sera monumental et elle tient à porter une tenue produite à la chaîne. Regarde cette magnifique création Vera Wang qui vient d'arriver.

Jack n'avait aucune idée de ce qu'elle attendait de lui. Elle lui tendit la robe et lui fit signe de la présenter devant lui.

Il surprit le sourire amusé de Willa et tint le cintre devant elle à la place.

— C'est très joli.

Elle leva les yeux au ciel, mais il ne bougea pas immédiatement. Il possédait encore la bague de fiançailles qu'il avait prévu de lui offrir : un saphir de deux carats flanqué de deux petits diamants. Il avait eu l'intention de lui faire sa demande le soir de la diffusion du reportage sur la mafia. Au fil des ans, il avait repensé à sa décision et s'était demandé s'il aurait dû la laisser publier son scoop. Jessica Danan s'en était sortie, en fin de compte. La menace avait disparu et elle avait eu une belle carrière. Même en sachant comment l'affaire s'était terminée, il n'imaginait cependant pas un autre chemin possible en se basant sur ce qu'il avait su à l'époque. La vie de Willa avait vraiment été menacée et, bien qu'elle s'en moquât, il l'aimait trop pour prendre ce risque. *Avait aimée.* Au passé. Il ne devait pas l'oublier. *Tu essaies de te faire pardonner, pas de retomber amoureux d'elle.*

Il posa la robe sur un divan. Il ne voulait pas imaginer Willa dedans. Elle lui avait brisé le cœur en disparaissant. En tant que patron de son patron, il avait décidé de lui retirer l'histoire de la mafia. C'était le travail, rien de plus. Elle avait démissionné, elle en avait le droit, mais elle avait aussi décidé de détruire leur relation personnelle.

— Jack, Jericho et moi voulions te poser une question tous les deux, mais le temps file et je vais me jeter à l'eau.

Maggie hésita et il se crispa. Pourvu qu'ils ne veuillent pas l'engager pour régler un autre problème entre les familles. Il en avait assez d'être le centre d'attention des médias.

— On aimerait que tu officies lors de notre mariage.

Jack la dévisagea. Pourquoi tenaient-ils à ce qu'ils fassent partie de la cérémonie ? Il n'avait eu aucune liaison sérieuse depuis son installation à Royal. Il était l'incarnation de l'homme incapable de trouver l'amour.

— Pourquoi me demander, à moi ? Je ne suis pas pasteur. Il ne faut pas une autorisation pour faire ça ?

— Il suffit de remplir un dossier à la mairie et ils te délégueront les droits nécessaires. S'il te plaît, Jack. Jericho et moi sommes si reconnaissants pour tout ce que tu as fait. Nous voulons que notre mariage soit placé sous le signe de l'harmonie. Ça signifierait tant pour nous.

Il jeta un coup d'œil à Willa, qui le dévisageait avec une moue indéchiffrable. À une époque, il savait presque lire dans ses pensées et ils n'avaient pas besoin de mots pour se comprendre. *Mais c'était il y a bien longtemps.*

— Je t'en supplie, Jack. Je peux même remplir les papiers à ta place et te les apporter pour que tu les signes.

— Ce n'est pas une question de papiers, dit-il. Ce sera un grand jour pour Jericho et toi. Je suis touché que vous vouliez me confier un rôle aussi essentiel...

— Alors, accepte, répondit Maggie avec un sourire.

— D'accord.

Elle l'enlaça et s'écria :

— Jericho sera tellement content !

Natalie intervint et insista de nouveau pour que Maggie choisisse une robe de créateur. Jack en profita pour leur dire au revoir et pousser Willa dehors.

— Alors, rancher, négociateur de paix et maintenant marieur officiel ? lança-t-elle.

Il sentit qu'elle était incrédule et il partageait ses doutes.

— J'avoue que je ne m'y attendais pas. Mais c'est la magie de Royal : les gens ont un cœur gros comme le Texas. Les Del Rio et les Winters me traitent comme un membre de leurs familles, maintenant.

— Maggie a l'air très terre à terre, commenta Willa tout en marchant.

— Oui. C'est pour ça que je voulais te la présenter. Si tu le lui demandes gentiment, elle te laissera peut-être couvrir son mariage.

— Ça ne suffira pas à rattraper le scoop de la mafia.

Il soupira et s'arrêta sur le trottoir. Il avait besoin de la regarder dans les yeux pour lui dire ce qu'il avait sur le cœur.

— Willa, tu peux me haïr si tu veux. J'admets que je n'aurais pas dû laisser Jessica s'approprier ce reportage, mais je ne regrette pas de t'avoir écartée. Ta vie était en danger et j'ai fait le choix de te protéger.

— Tu ne l'as pas fait pour Jessica.

— Je ne voulais pas qu'elle présente ce travail comme le sien. Elle a pris cette décision seule.

— Et tu n'as pas publié d'*erratum*.

— C'était trop tard.

— C'est toi qui le dis.

Il leva les deux mains au ciel.

— Crois ce que tu veux. Écoute, je suis content de pouvoir t'aider maintenant, mais je ne suis pas responsable de tes décisions. Tu as démissionné et disparu. Peut-être que Jessica n'aurait pas pris autant de libertés si tu étais restée, et nous aurions pu corriger le tir. Tu es aussi coupable que moi.

Son regard meurtrier exprima clairement son désaccord. Tant pis. Il n'avait certes pas été le meilleur patron du monde, mais il avait été un bon petit ami et il n'avait pas mérité qu'elle lui tourne le dos comme cela.

Il s'approcha de la boutique et ouvrit la porte. Elle entra sans le regarder.

— Jack Chowdhry, que puis-je pour vous ?

Jack sourit à Pete Ludwig, le propriétaire de la Chapellerie, qui fabriquait tous les chapeaux qu'il vendait, et lui présenta Willa.

— Nous sommes en route pour le rodéo. Elle a besoin d'un chapeau.

— Un chapeau ? s'enquit-elle, clairement amusée.

— Tu apprécieras plus le spectacle avec un chapeau de cow-girl, expliqua Jack.

Willa sourit. C'était le premier sourire sincère qu'elle lui adressait. Son cœur se réchauffa immédiatement.

— Je n'en ai jamais possédé, dit-elle à Pete, qui tira plusieurs créations de l'étagère.

Il n'y avait rien de rose ou de fabriqué en paille, ici. Il n'utilisait que des matériaux de première qualité pour produire des chapeaux habillés.

— Commençons par celui-ci. C'est un 40x, dit-il en tendant à Willa un chapeau brun souple.

— 40x ? Qu'est-ce que ça veut dire ?

— Vous savez qu'on mesure la valeur des diamants en carats ? Eh bien, la qualité des chapeaux se mesure en quantité de fourrure de castor utilisée. Un chapeau 200x sera cent pour cent castor.

Il montra un autre chapeau, couleur crème.

— De la fourrure de castor ? demanda-t-elle d'un air sceptique.

Pete tapota le chapeau.

— Ne vous en faites pas, mes créations sont garanties sans cruauté animale. Mes fournisseurs sont installés au Canada, où les réglementations sont bien plus strictes. Les animaux sont si bien traités qu'on a presque envie d'être l'un d'eux.

Elle sourit et enfila le chapeau. Le cœur de Jack se serra : elle était si jolie avec, presque comme si sa place était à Royal.

— Pourquoi ne pas lui trouver un chapeau 1 000x ?

Il en possédait un et il voulait le meilleur pour Willa.

— Attends... Si un 200x est cent pour cent castor, que signifie mille ?

Pete tendit à Willa un chapeau marron foncé et l'invita à le toucher.

— Un 1 000x est fait de castor mélangé à du vison. Ce sont les plus délicats. Celui-ci est orné d'une boucle en or dix-huit carats.

Willa poussa un petit cri et lui rendit le chapeau.

— Je pense que le premier me suffira. Je n'ai pas besoin de quelque chose d'aussi luxueux.

— Mademoiselle, si Jack vous l'offre, je vous conseille de prendre ce qu'il y a de mieux. Il vous ira bien.

Il plaça le chapeau sur sa tête et... bon sang, il avait raison. Il s'adaptait parfaitement à son crâne.

— Est-ce qu'on reste sur celui-ci, alors ? demanda Pete.

Jack acquiesça.

— J'aimerais le payer moi-même.

Jack balaya ses protestations et la poussa dehors en disant :

— Je te réglerai plus tard, Pete.

Si elle découvrait que son cadeau lui aurait coûté un mois de salaire, elle aurait eu une attaque.

Ils retournèrent à sa voiture et se mirent en route pour le rodéo. De la musique country se déversait des haut-parleurs, mélangée au bavardage excité du public. Ils se frayèrent un chemin jusqu'à la petite arène. L'air était chargé d'odeurs de paille, de poussière et de friture. Le soleil était chaud, mais une brise légère rendait la température idéale.

Ils s'installèrent à leur place et Jack vit les concurrents s'échauffer dans l'arène, s'entraînant à lancer leurs lassos. Sur les gradins, on pouvait apercevoir des familles entières, de jeunes enfants et des groupes d'étudiants. Tous portaient des bottes et des chapeaux de cow-boy.

— Je comprends mieux pourquoi tu as insisté, dit Willa.

Jack lui rendit son sourire. Lorsqu'il habitait encore en ville, il n'avait jamais envisagé d'assister à ce genre d'événement, mais après son installation au Texas, il avait appris que rien n'était aussi distrayant qu'un bon rodéo. Il espérait alléger l'atmosphère entre Willa et lui. La tension était trop palpable et il tenait à faire la paix. Ils n'étaient peut-être pas d'accord au sujet de la personne à blâmer pour le désastre de la mafia, cependant il était temps de tourner la page. Jack voulait reprendre le cours de sa vie, se marier, avoir des enfants et s'occuper de sa famille. Ce n'était pas comme si les femmes manquaient, ici. Il était l'un des célibataires les plus recherchés de la ville, et tout le monde, depuis les administrateurs du Texas Cattleman's Club jusqu'au vieux Pete, avait essayé de le caser avec des prétendantes séduisantes. C'était lui qui avait reculé chaque fois, et il savait pourquoi. Il avait besoin d'être pardonné par Willa avant tout et il tenait enfin sa chance.

Tandis que le rodéo commençait, la voix du présentateur emplit l'arène. Il décrivit les différentes épreuves.

— Salut, Jack !

Il reconnut le timbre de son ami Nico et se retourna pour le saluer. Il portait son habituel T-shirt trop large et ses cheveux châtains ébouriffés étaient surmontés d'un bonnet. Nico était devenu un maître dans l'art de passer inaperçu. Il avait fait de la prison, à tort, et essayait à présent d'éviter d'attirer l'attention, de peur d'être reconnu.

— Willa, je te présente Nico.

Il la regarda un instant, lui serra la main, puis adressa un coup d'œil interrogateur à Jack.

— Nico, Willa St Germaine est une ancienne collègue de CMG.

Son ami sourit.

— Ah, vous êtes *cette* Willa.

Elle se tourna vers Jack, puis vers Nico.

— Qu'est-ce qu'il a dit sur moi ?

Jack posa lourdement sa main sur l'épaule de son ami. C'était le code masculin pour : « Tais-toi, ça doit rester entre nous. » Hélas, le regard de Nico se mit à pétiller.

— Oh ! beaucoup de choses, mais si je les répète, il risque de me démettre l'épaule. On devra en parler plus tard.

— Nico...

Jack ne dissimula même pas son intonation menaçante.

— Vous n'avez qu'à venir à la fête de ma sœur, ce soir. Misha est sur le point de lancer son appli k !smet en Bourse et elle a organisé une soirée pour les membres.

— Misha Law est votre sœur ?

Jack pouvait presque voir les engrenages tourner dans la tête de Willa jusqu'à ce qu'elle comprenne que Nico était le fameux frère au passé douteux. Il allait devoir lui dire de ne pas exploiter ce thème dans son reportage sur k !smet.

— Nico possède sa propre entreprise…

— AlgoXcell, le développeur de l'appli.

Elle ne cesserait jamais de l'impressionner. Le grand public ignorait que Nico était à la tête d'AlgoXcell. Décidément, elle gâchait ses talents à NYEN. Tant qu'elle serait là, il devait la convaincre de le laisser lui trouver un autre emploi. Il avait vendu CMG, mais il avait encore ses entrées à la chaîne. Chaque année, on le suppliait de siéger au conseil d'administration et il refusait toujours.

Nico se tut. Jack savait qu'il n'aimait pas être reconnu.

— J'adorerais discuter plus longtemps, mais je dois rencontrer un nouveau client avant le spectacle. Je ne sais pas pourquoi il a refusé de me voir à mon bureau.

Il se tourna vers Willa et ajouta :

— J'espère vous voir ce soir, et si ce n'est pas encore fait, inscrivez-vous sur l'appli. Il y a plein de célibataires à Royal.

Il la salua de la tête avant de s'éloigner.

Elle jeta un coup d'œil à Jack.

— Tu t'es inscrit ?

Grillé.

— Juste pour aider Misha en lui faisant de la pub avant l'entrée en Bourse. L'appli a beaucoup de potentiel mais elle aura besoin de faire rentrer plus d'argent dans la caisse une fois que les actions seront disponibles pour le public. Certes, son entreprise a pris de la valeur, seulement, le succès de ce genre de choses réside dans l'excitation des gens. Ils doivent avoir envie d'investir.

— C'est pour ça que tu veux que je fasse un reportage sur k !smet. Pour aider tes amis.

Jack soupira.

— C'est gagnant-gagnant. k !smet a attiré l'attention des médias, donc Misha n'aura aucun mal à inviter des journalistes pour couvrir le lancement. Mais je ne pense pas qu'ils sauront faire un aussi bon travail que toi, c'est pourquoi je suis prêt à te conseiller auprès de mes amis et à négocier une exclusivité pour toi.

— Je suppose qu'elle aura un prix, un accord sur ce que je peux dire ou pas pendant le reportage…

— Est-ce que j'ai exigé ça ?

Elle se détourna. La voix du présentateur s'éleva de nouveau pour annoncer la première épreuve : la monte de taureaux. Jack et Willa s'assirent. Il lui jeta un coup d'œil discret tandis qu'elle observait d'un air fasciné le premier taureau. C'était un animal énorme aux muscles saillants. Il se cabra et gronda, énervé d'être bloqué par un portail tandis que le cavalier grimpait sur son dos, tenant fermement la corde. L'homme fit un signe de tête et la porte fut ouverte. Le taureau fit irruption dans l'arène en soulevant un nuage de poussière. Il s'agita dans tous les sens pour tenter de désarçonner le cow-boy. Celui-ci tint bon. Son corps percutait celui de la bête à chaque secousse. La tension était palpable dans les gradins tandis que le cavalier luttait pour rester en selle malgré les assauts de sa monture. Willa ouvrit grand les yeux, les mains crispées sur ses accoudoirs quand le cow-boy mordit finalement la poussière.

— Est-ce qu'il va bien ?

Jack hocha la tête.

— Tomber est normal. Le but est de voir qui tiendra le plus longtemps. Ce type a dépassé 8,3 secondes, c'est un assez bon score, expliqua-t-il en lui montrant le tableau d'affichage électronique.

Le concurrent suivant eut plus de difficultés. Il fut désarçonné mais ne lâcha pas la corde et essaya plusieurs fois de remonter sur le taureau. Willa serra nerveusement la main de Jack tandis que la foule se dressait au bord des sièges. Jack sourit. Willa aurait été prête à affronter une tornade pour documenter les épreuves d'une ville dévastée, mais elle ne supportait pas les films d'horreur. Le suspense était trop intense pour elle. Il serra ses doigts aussi pour la rassurer quand le cow-boy abandonna enfin et se laissa tomber au sol.

— Je n'arrive pas à y croire. Ces hommes ont un sacré cran.

— Ouais. Ils sont formidables, non ?

À cet instant, Willa se rendit compte qu'elle lui tenait la main et elle s'écarta si brutalement qu'elle faillit tomber de sa chaise.

— Nous avons un passé commun, Willa, lui rappela Jack. Je pense qu'on a le droit d'essayer de redevenir amis.

Elle le regarda avec tant de tristesse qu'il sentit son cœur se briser.

— Certaines choses ne peuvent pas être pardonnées, Jack.

6

Ils rentrèrent au ranch en fin d'après-midi. Willa s'était amusée au rodéo, mais elle n'avait pas réussi à découvrir la moindre information qui aurait pu constituer un bon scoop. Elle espérait que Rogerio s'en était mieux sorti. Si elle avait bien appris une chose pendant cette journée, c'était que passer du temps avec son ex était dangereux. Trop souvent, elle avait eu l'impression de faire un bond dans le passé, d'oublier ce qu'il avait fait et le secret qu'elle lui cachait : le gros, au sujet de Priya, et le petit concernant les vraies raisons de sa présence à Royal. Ce nouveau Jack repenti semblait avoir gardé toutes les qualités de l'ancien et aucun de ses défauts. C'était très mauvais signe. Cette fois, elle ne jouait pas qu'avec ses propres émotions, elle devait aussi penser à sa fille.

— Je dois écrire quelques e-mails, annonça Jack. Steve a dit qu'il laisserait des sandwichs et des snacks au frigo pour nous, si tu as faim.

Willa le remercia et courut s'enfermer dans sa chambre. Elle envoya un texto à Rogerio. Ils devaient quitter Royal dès que possible. En attendant son ami, elle s'assit dans un des fauteuils de sa suite au décor parisien et consulta les horaires des vols. S'ils s'en allaient dans les deux heures, ils pourraient atteindre Atlanta avant minuit. Ensuite, ils auraient le choix entre passer la nuit à l'aéroport ou conduire jusqu'à New York. Les deux solutions lui convenaient.

Rogerio entra sans frapper. Avant même qu'il ait prononcé un mot, elle sentit son cœur se serrer. Son regard excité lui fit clairement comprendre qu'il avait flairé quelque chose.

— Il y a réellement anguille sous roche, annonça-t-il. C'est lié à Priya.

Le cœur de Willa s'arrêta et elle fut incapable de respirer. Jack avait-il appris qu'elle avait une fille ? Elle pensait avoir été prudente, mais avait-elle commis une erreur ?

— Pas ta Priya, celle de Jack, rectifia doucement Rogerio en s'asseyant dans l'autre fauteuil, en face d'elle.

Willa prit une profonde inspiration.

— Elle est morte il y a dix ans.

Rogerio hocha la tête.

— Oui, mais Jack a découvert quelque chose au sujet de sa mort. Apparemment, ce n'était pas un accident comme il le pensait.

Willa se pencha en avant. À sa connaissance, Priya avait été heurtée par un chauffard ivre à New York, en rentrant tard d'une soirée. L'homme avait été arrêté et condamné à la détention à perpétuité.

— Comment l'as-tu découvert ?

— Steve, le chef. Nous avons, euh... pris le temps de nous connaître. D'ailleurs, la salade de pâtes qu'il a faite pour midi était à tomber par terre. Tu devrais vraiment y goûter. Il y a de la roquette et...

— Rogerio ! Le secret au sujet de Priya.

— Pardon. Steve a été l'un des premiers employés de Jack, au ranch. Il était ami avec l'artisan qui a construit la maison. Bref, ce type a expliqué à Steve que Nico Law est venu visiter la propriété avec Jack. L'artisan était paniqué parce que Nico venait de sortir de prison et il avait peur qu'il essaie d'arnaquer Jack. Il a donc espionné leur conversation et s'est rendu compte que Nico et Jack étaient amis. Apparemment, le chauffard qui a percuté Priya a été incarcéré avec Nico. Il lui a appris quelque chose au sujet de la mort de la sœur de Jack et c'est ça qui l'a poussé à vendre CMG puis à quitter New York.

Willa sentit ses nerfs frémir. Jack avait été très proche de sa sœur. Son décès l'avait bouleversé.

— Steve t'a-t-il donné plus de détails ?

Rogerio secoua la tête.

— Il n'a entendu que des rumeurs. L'artisan n'habite plus à Royal mais j'ai son nom. On peut essayer de le retrouver.

Willa acquiesça.

— Il faut aussi qu'on parle à Nico. Je l'ai rencontré aujourd'hui, au rodéo…

— Rodéo ?

— Je t'expliquerai. Il faut que je trouve le numéro de Nico.

— Bon courage. Apparemment, il fait tout pour se cacher. Ce type est presque invisible et ne doit pas figurer dans l'annuaire.

— Je peux demander à Jack, sous prétexte de vouloir faire un reportage sur k !smet. Nico est le frère de Misha Law.

Ses pensées défilaient à toute vitesse. Que s'était-il donc passé pour que Jack laisse tout tomber ? Est-ce qu'on lui faisait du chantage ? Avait-il quelque chose à voir avec la mort de Priya ? Non. Lorsqu'ils avaient commencé à sortir ensemble, elle était décédée depuis déjà cinq ans et il était toujours aussi abattu. S'il avait été lié à l'accident, ce n'était pas exprès. Quoi qu'il en soit, Willa tenait peut-être son scoop.

— Alors, quel est le plan ? demanda-t-elle.

Rogerio sourit.

— Tu as de la vapeur qui te sort par les oreilles, chérie. Ou plutôt : « chêêrie », comme ils disent ici.

Willa leva les yeux au ciel en entendant son faux accent texan.

— Misha Law organise une fête pour k !smet, ce soir. Jack a promis de m'obtenir une invitation et Nico sera là. Il m'en a parlé. Je pourrai l'interroger à ce moment, le prendre de court.

Et demain, nous rentrerons à la maison. Inutile de rester plus longtemps que nécessaire.

— Euh, tu as pensé au fait que cet endroit est plus luxueux que tous les logements à louer du coin et que la nourriture est excellente ?

— Ce ne sont pas des vacances, Rogerio.

— Écoute, on n'est là que depuis une journée et on a flairé une vraie intrigue policière. Restons encore un peu pour voir ce qu'on peut trouver d'autre.

— Non. Impossible.

— Pourquoi ? On n'a pas d'autres reportages prévus et Jack n'a pas l'air pressé de nous mettre à la porte. On pourrait se pencher sur l'affaire k !smet en plus du reportage sur lui.

Willa n'aimait pas ça. Elle ne voulait pas rester loin de Priya et elle n'avait aucune envie de passer plus de temps avec Jack.

— Restons quelques jours, au moins. J'ai un rencard avec Steve, ce soir. On va manger à Royal. Il vit ici depuis longtemps et il connaît les meilleurs restaurants. Je pourrais sans doute lui soutirer d'autres détails.

Willa s'affala au fond de son siège.

— D'accord : on reste jusqu'à demain soir. Pas plus.

Rogerio se mordit la lèvre et elle put presque le voir réfléchir à des arguments pour prolonger leur séjour. Soudain, une autre pensée la frappa.

— Si tu vas dîner avec Steve, ça veut dire que je serai seule avec Jack pour la fête.

— Steve dit qu'il est célibataire et qu'il passe généralement ses soirées seul à la maison.

Merveilleux. Jack et elle seuls à la maison n'était pas l'image dont elle avait besoin, en ce moment.

— On en a déjà parlé : je ne veux pas être en tête à tête avec lui.

Rogerio se pencha pour poser la main sur son genou.

— Je te dis ça avec amour, mais vous avez des problèmes

sentimentaux à régler. La tension entre vous, hier et ce matin, était à couper au couteau.

— Tu sais pourquoi, non ?

— Oui, mais il n'est pas qu'un de tes ex. C'est le père de ton bébé et tu pourrais avoir besoin de lui demander de donner un rein, un jour. Tu dois te réconcilier avec lui. Et… (Il se mordit la lèvre.) Je pense que tu dois aussi lui parler de Priya.

— Rogerio, non !

— Écoute, Steve m'a dit que les parents de Jack lui mettent la pression pour qu'il se marie. Chaque matin, au petit déjeuner, ils lui montrent des photos de femmes qu'ils pourraient lui présenter et Jack y réfléchit sérieusement. Penses-y. Un jour, il aura des enfants. Priya aura des demi-frères et sœurs. L'un d'entre eux pourrait faire un test ADN et découvrir qu'ils sont liés. Ta fille te haïra de lui avoir caché l'existence de son père.

Willa baissa les yeux. Il avait raison. Elle avait aussi songé que Priya demanderait un jour une explication plus précise que « certains enfants ont un papa et une maman, d'autres n'ont qu'une maman ». Lorsqu'elle serait assez grande, elle se mettrait à poser des questions plus difficiles et exigerait des réponses.

Elle se sentit soudain épuisée. Plus rien n'avait de sens. Elle était venue à Royal pour déterrer les secrets honteux de Jack et relancer sa carrière ; mais voilà qu'elle se demandait si elle devait lui parler de Priya ou non.

— Willa, un jour, l'école de Priya organisera une soirée dansante pères-filles et elle voudra savoir si son papa sait qu'elle existe. Si la réponse est non, ce n'est pas Jack qui passera pour le méchant.

Elle enfouit son visage dans ses mains. Rogerio avait raison. Elle avait grandi avec deux parents et n'avait jamais pensé à ce que ressentirait une petite fille qui ignorait le nom de son père. À un moment, elle avait envisagé de se marier, de vivre avec quelqu'un qui adopterait Priya. Mais c'était très naïf. Aucun homme correct ne voudrait mentir à sa fille sur un sujet aussi grave.

— Tu dois te rapprocher de Jack et trouver un moyen de lui parler de Priya.

— Et s'il essaie de me l'enlever ? demanda-t-elle d'une voix brisée.

C'était sa pire peur. Elle aurait préféré continuer à diffuser des potins pour NYEN toute sa vie plutôt que perdre sa fille.

— C'est pour ça que tu dois le faire bien. Sois gentille avec Jack. S'il veut faire partie de la vie de Priya, accepte. Il ne me fait pas l'effet d'un homme prêt à séparer un enfant de sa mère ; mais d'après ce que m'a dit Steve, il voudra sans doute jouer un rôle auprès d'elle.

Willa ferma les yeux, priant pour trouver une solution facile.

— Voyons comment ça se passe ce soir. Si je sens une ouverture, je lui en parlerai peut-être.

7

Willa ne savait pas ce que l'on portait pour la soirée de lancement en Bourse d'une application de rencontre. Mais elle avait voyagé léger et ses options étaient limitées. Elle enfila donc la même robe que la veille, sécha ses cheveux pour qu'ils ondulent en vagues souples dans son dos et prit le temps de se maquiller avec soin.

Cela en valait la peine, ne serait-ce que pour voir le sourire approbateur de Jack quand elle descendit l'escalier. Il lui avait proposé de la conduire à la fête, puisque Rogerio avait pris leur voiture de location pour son rendez-vous avec Steve. Jack était stupéfiant et sentait si bon... Il portait un jean avec une chemise blanche ouverte au col.

— Ton cavalier de ce soir aura de la chance, dit-il.

— Mon cavalier ?

Il la conduisit jusqu'à sa Porsche rouge et ouvrit la portière pour elle.

— Misha organise des événements, des concours et des cadeaux pour mettre en valeur tous les aspects de k !smet jusqu'à l'entrée en Bourse. Ce soir, il est prévu de présenter la fonction *Surprise Me !* de l'appli, donc, si tu y vas seule, on va te proposer de tenter ta chance.

— C'est obligatoire ?

— Non, mais Misha est très persuasive. Elle m'a déjà convaincu de participer. Tu devrais le faire aussi, ça pourrait être amusant. As-tu créé un compte sur l'appli ?

Willa soupira. Elle s'était inscrite car la soirée était réservée aux membres, mais elle n'avait pas activé son compte. Elle avait bien assez à faire sans essayer de rencontrer un homme.

Ils arrivèrent au Texas Cattleman's Club parmi les premiers. La fête avait lieu dans la grande salle du club, un immense espace au plafond vertigineux meublé de canapés, de fauteuils, d'une cheminée et d'un bar dans un coin. Des serveurs distribuaient champagne et hors-d'œuvre. Jack attrapa une flûte et la tendit à Willa.

— Alors, vous allez jouer ?

Willa se retourna pour découvrir Misha, souriante.

— Quel est l'enjeu, exactement ?

— L'amour.

Misha les regarda tour à tour, puis leur fit un clin d'œil.

— La fonction *Surprise Me !* vous associera ce soir avec une personne que l'application juge compatible en se basant sur notre algorithme. Les dix premiers couples formés auront droit à une soirée pour deux tous frais payés et à une invitation pour la fête qui suivra l'entrée en Bourse. Pas besoin d'être présent pour gagner, mais les couples qui sont ici recevront aussi une bouteille de Cristal.

— Je ne sais pas… J'ai prévu de rentrer à New York demain, donc je n'aurai pas le temps de voir si la personne désignée me convient.

— Les projets évoluent. On ne sait jamais, répondit Misha en riant. Allez, essayez. Vous ne voulez pas voir si ça marche, ne serait-ce que pour votre reportage ?

Willa soupira.

— D'accord, mais seulement si je peux discuter avec vous quelques minutes pour vous poser des questions.

— Je ne refuse jamais rien aux amis de Jack.

Willa activa donc son profil et s'inscrivit au concours. L'application allait peut-être l'associer à Nico, ce qui lui donnerait l'opportunité de l'interviewer…

Très vite, plus d'une centaine de personnes se massèrent dans la salle. Jack présenta Willa à des amis et elle découvrit qu'elle appréciait la compagnie des habitants de Royal. Tout le monde avait l'air d'aimer Jack et, pendant un instant, elle oublia presque le temps passé depuis leur rupture. Être ici avec lui semblait si naturel. Jack trouvait toujours un moyen d'arrêter les serveurs qui portaient ses petites quiches préférées et il savait comment relancer la conversation pendant les silences. Bref, elle passait un bon moment. Elle ne se souvint des vraies raisons qui l'avaient poussée à venir qu'en apercevant Nico, seul dans un coin.

Elle s'excusa, prétextant un besoin pressant, et s'approcha de lui.

— La soirée est un succès. Est-ce que vous vous amusez ? demanda-t-elle.

Nico lui sourit.

— Ne dites rien à ma sœur, mais non. Ces cocktails publics ne sont pas mon truc. Je suis juste là pour soutenir Misha.

— Vous êtes un bon frère. Alors, pensez-vous que l'entrée en Bourse se passera bien, après les soucis qu'il y a eu pendant la ByteCon ?

— Ah, toujours au travail, n'est-ce pas ?

— Je plaide coupable.

Elle avait prévu de le rassurer avec des questions faciles avant d'aborder le sujet de Priya.

— Je pense que le succès de k !smet parle de lui-même. C'est un bon produit et les investisseurs le savent. Misha a éveillé la curiosité avec cette entrée en Bourse, reprit-il.

— Allez-vous acheter des actions ? Pas juste parce qu'elle est votre sœur, bien sûr.

— J'ai déjà placé de l'argent dans la firme, même si elle est dirigée par ma sœur, dit-il en souriant pour qu'elle comprenne qu'il plaisantait. Et j'ai l'intention de continuer. Sérieusement, j'aurais investi quoi qu'il arrive. Comme je l'ai dit : c'est un bon produit avec beaucoup de clients potentiels pour ses offres *lifestyle*, professionnelles et, évidemment, sentimentales. De nombreuses personnes cherchent l'amour.

— Êtes-vous l'une de ces personnes ?

— Moi ? Chercher l'amour ? Non, merci bien. Et vous ? Allez-vous recommencer à sortir avec Jack ?

Elle tressaillit, troublée à l'idée de parler de lui.

— Notre période est révolue. J'ai cru comprendre que vous vous connaissiez bien, même à l'époque où vous étiez en prison.

Elle sut qu'elle était allée trop loin en le voyant se crisper.

— Oui.

Son regard lui indiqua clairement que la conversation était sur le point de se terminer.

— Écoutez, je vais jouer cartes sur table. Je tiens à Jack et j'ai entendu dire que vous lui aviez donné des informations concernant la mort de sa sœur. Lesquelles ?

Nico secoua la tête.

— Pour le savoir, parlez-en à Jack.

Willa poussa un soupir frustré. Elle n'avait pas obtenu les réponses qu'elle espérait, mais le ton de Nico et son expression étaient éloquents. Il savait clairement quelque chose sur le décès de Priya.

Elle retourna auprès de Jack et le trouva au milieu d'une foule entourant Misha. Celle-ci orientait les invités vers une grange voisine pour le souper et la soirée dansante.

Un groupe de country jouait sur une scène et on avait installé une piste de danse en bois au centre de l'espace. Des guirlandes lumineuses occupaient tout le plafond. Le parfum de la paille et des grillades se mêlait au brouhaha festif ambiant. Les musiciens étaient bons et, bientôt, des gens envahirent la piste.

— Veux-tu danser ? demanda Jack en lui tendant la main.

Willa hésita quelques secondes, nerveuse et gênée. Elle n'était pas une très bonne danseuse. Mais Jack lui sourit chaleureusement et cela la rassura. Elle sentit son courage revenir. Elle lui prit la main, sentant les callosités sur sa paume et le laissa la guider au milieu des autres.

La musique était lente, douce, une ballade country classique que Willa avait déjà entendue. Elle sentit Jack passer un bras autour de sa taille et l'attirer contre lui. Instinctivement, elle posa sa main libre sur son épaule. Ils se lancèrent dans une chorégraphie simple à deux temps, leurs corps se balançant en rythme. Willa fut parcourue par un frisson en songeant qu'il était bon d'être de nouveau dans les bras de Jack, de sentir sa force et sa chaleur contre elle. Ils ne parlèrent pas immédiatement, emportés par la musique et l'intimité du moment. Puis Jack se pencha pour lui murmurer :

— Tu es ravissante, ce soir.

Willa sentit ses joues s'échauffer et elle croisa son regard.

— Merci, dit-elle à mi-voix.

Elle fut un peu déçue à la fin du morceau, quand Jack s'écarta. Il lui reprit la main et l'entraîna plus loin.

— Tu veux qu'on se promène ? proposa-t-il en montrant les portes ouvertes de la grange.

Elle acquiesça, le cœur battant. Ils sortirent dans l'air frais du soir, sous les étoiles scintillantes.

— Est-ce qu'il t'arrive de te demander ce qui se serait passé, si on était restés ensemble ? s'enquit Willa malgré elle.

Jack lui adressa son sourire à fossettes.

— Plus souvent que je l'aurais voulu.

Il tendit une main, la paume ouverte. Elle la regarda, puis plaça la sienne dedans et il la serra légèrement.

Ce contact éveilla un flot d'émotions qui la submergea immédiatement. Les souvenirs de leur passé, bons comme mauvais, l'assaillirent. Elle avait pourtant essayé de l'oublier, d'aller de l'avant, mais le revoir lui faisait clairement comprendre qu'elle n'avait jamais tourné la page.

Jack caressa le dos de sa main avec son pouce et un frisson la parcourut. C'était un contact électrisant qui envoya un éclair de désir dans tout son corps, un désir qu'elle avait cru enterré depuis longtemps.

— Tu m'as manqué, Willa, chuchota-t-il en la couvant d'un regard tendre.

Elle se plongea dans ses yeux sincères et sut qu'il disait la vérité. Toutefois, pouvait-elle vraiment lui faire confiance ? Pouvait-elle risquer son cœur une deuxième fois ? Une part d'elle l'aimait encore, mais elle était en colère et blessée.

— Nous avons eu notre chance il y a cinq ans, dit-elle dans un murmure à peine audible.

Il la lâcha et s'approcha d'elle, si près qu'elle pouvait sentir son souffle sur son visage.

— Essaies-tu de dire qu'il n'y a plus rien entre nous ?

Sa bouche était juste là. Willa n'avait qu'à se hisser sur la pointe des pieds pour l'embrasser. La brise agita ses cheveux et elle tressaillit. Jack laissa glisser ses mains le long de ses bras hérissés de chair de poule. Ses nerfs étaient en feu.

— Je ne veux pas commettre deux fois la même erreur, dit-elle à mi-voix, le cœur battant.

Il se pencha, ses lèvres à un pouce des siennes.

— Et si ce n'était pas une erreur ? répondit-il sans la quitter des yeux.

Sa détermination fondit sous la chaleur de la respiration de Jack. Elle ferma les yeux et redressa la tête, comme une invitation. Ils s'embrassèrent doucement, tendrement. Ce n'était pas assez. Elle en voulait tellement plus. Tandis que leur baiser devenait plus passionné, Willa enfouit les doigts dans les cheveux de Jack et l'attira plus près d'elle. Il la prit par la taille et la serra fort. Leur fièvre s'intensifia, leurs langues se rencontrèrent, leurs corps se pressèrent l'un contre l'autre.

Lorsqu'ils s'écartèrent enfin, ils avaient tous les deux le souffle court. Ils se regardèrent. Le cœur de Willa battait à toute vitesse et elle avait un peu le vertige. Elle n'arrivait pas à croire qu'elle ait encore envie de lui à ce point après toutes ces années.

— On ne peut pas faire ça, chuchota-t-elle.

Être si proche de Jack était trop dangereux.

— Le feu n'est pas éteint, Willa.

C'était vrai, seulement...

— On n'est pas faits l'un pour l'autre, Jack, répondit-elle dans un murmure. Ça n'a jamais été le cas.

Son cœur se serra tandis qu'elle contemplait les yeux de Jack. Elle aurait aimé que la situation soit différente, mais c'était un rêve. Ils venaient de mondes opposés, qui n'avaient fait que s'éloigner avec le temps.

— Tu as une vie ici, à Royal, poursuivit-elle, et j'essaie encore de me faire une place en tant que journaliste nationale. Tu es prêt à t'installer avec une femme, des enfants, et je...

J'ai déjà une fille. Elle avala sa salive.

— Je dois me consacrer à ma réussite professionnelle.

Elle n'allait pas emménager à Royal. Elle tenait enfin sa chance de se faire connaître. Elle avait déjà perdu sa carrière une fois à cause de Jack ; elle n'allait pas abandonner de nouveau ses rêves pour lui.

Il recula, comme s'il était sur le point de dire quelque chose, et fut interrompu par un des employés du TCC qui faisait le tour du parc en agitant une cloche.

— Tous les invités à l'intérieur, s'il vous plaît. On va annoncer les couples de *Surprise Me !*

Jack voulut toucher le bras de Willa mais elle s'écarta. Ils rejoignirent la foule qui s'amassait autour de Misha. Les lèvres de Willa la chatouillaient encore après leur baiser.

— Et pour notre dernier couple, aucune surprise. Si vous leur avez parlé ce soir, vous savez déjà qu'ils sont parfaitement assortis. Jack Chowdhry et Willa St Germaine !

Misha s'approcha et serra la main de Jack. Willa était sous le choc. Parmi toutes les personnes présentes, l'application l'avait associée à Jack ?

Il se pencha à son oreille et murmura :

— On dirait qu'on est bel et bien faits l'un pour l'autre, finalement.

8

Willa et Jack quittèrent la soirée tôt. Ils retournèrent au ranch sans parler, perdus dans leurs pensées. *Pourquoi l'ai-je embrassé ?* Toutes ses anciennes émotions revenaient la hanter. Elle avait aimé Jack, et c'était pour cela que sa trahison lui avait fait si mal. Les médecins avaient peut-être cru que sa dépression était liée aux hormones de grossesse, mais elle avait su pendant ces deux années sombres que Jack lui manquait trop : c'était pour ça qu'elle allait si mal. Comment pouvait-elle prendre le risque de revivre ça ? Les choses ne pourraient pas bien finir entre eux. Jack n'avait jamais partagé ses sentiments. Il ne lui avait pas une seule fois parlé d'amour pendant leur liaison.

Elle devait aussi penser à Priya. Que dirait sa fille, si Willa la présentait à Jack ? Elle était si jeune qu'elle se contenterait sans doute d'embrasser son papa. Quelques années plus tard, elle aurait exprimé sa douleur et sa colère. Rogerio avait raison : Willa devait trouver un moyen de tout dire à Jack. Donc, elle devait aussi garder ses distances. S'ils ranimaient la flamme et si cela ne fonctionnait pas, qu'arriverait-il à Priya ?

De retour au ranch, elle s'excusa et monta dans sa chambre pour se changer. Elle appela sa sœur et lui parla de Jack.

— Willa, pourquoi tu ne m'avais rien dit ?

Le visage de Kylie s'affichait sur l'écran, ses yeux bleus rongés par l'inquiétude. Willa sentit des larmes monter.

— Je sais ce que tu penses de lui. Si je t'avais prévenue, tu m'aurais poussée à renoncer.

— Alors pourquoi m'en parles-tu maintenant ?

— Parce que je veux que tu me persuades de rentrer à la maison.

Kylie fronça les sourcils.

— Ça suffira pour que tu l'oublies ?

— Comment le pourrais-je ? Priya...

Elle n'avait pas la force de terminer sa phrase. Même jeune, sa fille ressemblait à son père. Elle avait les mêmes yeux noisette si doux, les mêmes fossettes et ses cheveux bruns. Elle avait aussi hérité de son charme et de sa détermination farouche.

— Tu te poseras toujours la question, Willa. Maintenant que tu as ouvert la porte, tu dois la franchir et t'assurer de pouvoir la verrouiller ensuite pour de bon.

Willa ferma les yeux. Ce n'était pas ce qu'elle voulait entendre. Sa sœur avait toujours été opposée à Jack, même quand ils sortaient simplement ensemble, avant Priya. Elle avait eu peur que Willa s'investisse trop dans cette relation et que Jack ne partage pas ses sentiments. C'était Kylie qui l'avait convaincue de ne pas l'appeler pour lui parler de Priya.

— Maman ?

Willa rouvrit les yeux pour voir le visage de sa fille. Ses cheveux ondulés étaient tressés et ses joues étaient aussi roses que son pyjama décoré de licornes. Elle grimpa sur les genoux de sa tante.

— Qu'est-ce que tu fais debout, si tard ? demanda sévèrement Willa, bien qu'elle fût ravie de voir sa fille.

— J'ai fait un mauvais rêve et je suis venue voir Tatie Kylie.

— Oh ! ma chérie. Tu veux que maman te chante la berceuse des mauvais rêves ?

Priya hocha la tête et Willa se mit à fredonner les paroles un peu idiotes qu'elle avait inventées sur la musique de *Brille, brille, petite étoile*.

— Cauchemars, cauchemars, allez-vous-en, ne revenez pas avant longtemps…

Les yeux de Priya se mouillèrent et elle renifla doucement.

— Tu me manques, maman. Je veux que tu rentres à la maison.

Willa sentit son cœur se serrer. Elle ravala ses propres larmes et fit de son mieux pour paraître enjouée.

— Je serai bientôt là. Dis-moi un peu avec qui tu as joué au parc, aujourd'hui.

Le regard de sa fille s'illumina en dépit de ses joues humides. Kylie avait déjà dit à Willa qu'elles avaient vu sa meilleure amie de l'école maternelle et Priya raconta avec entrain ses aventures dans le parc du quartier.

Willa l'écouta, charmée par la voix de sa fille. Elle ressemblait tellement à Jack : sa manière d'écarquiller les yeux quand elle était excitée, sa grimace quand elle essayait de contenir sa joie…

Lorsqu'elle bâilla enfin, Willa lui dit de retourner au lit.

— Je t'aime, ma puce.

— Reviens vite, maman.

Elle envoya un baiser à Priya, qui descendit des genoux de sa tante pour courir vers sa chambre. Kylie réapparut sur l'écran et dit :

— Sois prudente.

Willa raccrocha. Sa sœur avait raison. Elle devait faire le point sur ses sentiments pour Jack. Elle ne pouvait pas passer sa vie à se demander si un avenir aurait été possible pour eux.

Elle descendit dans la cuisine et fut accueillie par un délicieux parfum de piments, d'oignons et de viande assaisonnée. Son cœur bondit lorsqu'elle vit Jack dos à elle, penché sur le feu. Il portait un tablier et remuait quelque chose qui crépitait dans une poêle.

La pièce avait un air si familier. Elle apprécia les murs peints d'un écru chaleureux et les meubles en bois.

Lorsqu'elle s'approcha, Jack se tourna et lui adressa un sourire à fossettes qui la fit frissonner.

Elle se cala au bord de l'îlot pour le regarder retourner d'un geste sûr un morceau de viande avant d'ajouter des piments et une poignée d'oignons. Elle n'avait pas mangé à la fête et son estomac se mit à gargouiller.

— Tu fais la cuisine, maintenant ?

— Seulement des plats de base.

— Quel est le menu de ce soir ?

— Fajitas au bœuf.

Ce que je préfère.

— Je croyais que tu avais un chef personnel.

— Steve ne travaille qu'à mi-temps. Il s'occupe du petit déjeuner et du repas de midi pour moi et le reste des employés, mais il rentre chez lui ensuite. J'essaie de préparer le dîner moi-même. Ma mère aime toujours cuisiner aussi. En général, je mange avec mes parents, le soir. Seuls le gardien de nuit et quelques jeunes qui s'occupent de nourrir le troupeau en fin de journée restent au ranch.

— Ça sent très bon, dit-elle sans quitter la poêle des yeux. Je peux t'aider ?

Il lui indiqua un des tabourets hauts qui flanquaient l'îlot.

— Assieds-toi. Veux-tu un verre ?

— Avec plaisir. Qu'est-ce que tu proposes ?

Il sourit et l'estomac de Willa se noua.

— Des margaritas, bien sûr.

Bien sûr. Ils s'étaient rencontrés dans un bar mexicain fréquenté par l'équipe de CMG, le vendredi soir. Tout le monde avait entendu parler de Jack Chowdhry, le propriétaire, mais personne ne l'avait croisé. Un soir, il était venu au bar, avait offert une tournée de margaritas et avait sympathisé avec toute l'équipe. Willa et lui n'avaient officiellement commencé à sortir ensemble que six mois plus tard, mais Jack avait pris l'habitude de venir au bar toutes les semaines pour lui poser la question jusqu'à ce qu'elle accepte enfin.

Il baissa le feu et sortit un pichet du réfrigérateur. Il tendit à

Willa un verre bordé de sel et lui servit une margarita avec des glaçons. Exactement comme elle l'aimait.

Elle but une gorgée, savourant le goût salé et acide. C'était sans doute la meilleure margarita qu'elle ait bue.

— Waouh, qu'as-tu mis dedans ?

— Le secret, c'est d'utiliser une bonne tequila. La mienne est cent pour cent agave millésimée.

Pour terminer les fajitas, il coupa le feu et fit glisser la poêle sur un dessous-de-plat. Il sortit deux assiettes d'un placard et commença à assembler leur repas avec soin, plaçant dans chaque assiette un peu de viande, des légumes sautés et une généreuse cuillerée de guacamole.

Willa le regarda faire en salivant, charmée par le parfum savoureux et les ingrédients colorés.

— Je ne pensais pas avoir envie de manger, mais je suis affamée maintenant, dit-elle quand il lui apporta son assiette avant de s'asseoir à côté d'elle.

Ils discutèrent de Royal tout en mangeant. Jack lui parla des restaurants locaux, des festivals et de la vie de son ranch. Pendant un instant, Willa oublia presque qu'il lui avait brisé le cœur. Leur conversation semblait facile, comme autrefois. Ils étaient capables de parler de tout, depuis les différences entre le Coca et le Pepsi jusqu'aux problèmes géopolitiques mondiaux.

Le dîner était si délicieux que Willa vida son assiette pourtant bien remplie.

— Est-ce qu'il y a une salle de sport dans ce palais ? Je crois que je vais avoir besoin de courir quelques kilomètres...

Jack sourit.

— Oui, mais tu ne préférerais pas le grand air ? La nuit est douce et un sentier fait le tour de la propriété.

Comme tout le reste, au ranch, le chemin était pensé pour se fondre délicatement dans le paysage. Willa ne s'était pas rendu compte qu'ils avaient discuté pendant des heures. Le ciel d'un noir d'encre était piqueté d'étoiles. Des lampes discrètes illuminaient le sentier pour permettre de se promener en toute sécurité sans gâcher la beauté de la nuit.

— Waouh, je crois que je n'ai jamais vu autant d'étoiles.

— Oui, c'est l'avantage de la campagne.

Une lune gibbeuse d'un blanc de cire flottait au-dessus d'eux et Willa imagina Priya à leurs côtés. Elle adorait le livre *Bonsoir, Lune* mais il était difficile de bien la voir en ville.

— Ce sera un super endroit pour élever des enfants, dit-il.

Elle se figea. Avait-il lu dans ses pensées ?

— Je te demande pardon ?

Il s'approcha d'elle et elle devint un peu trop consciente de la proximité de son corps et de la chaleur qui émanait de lui.

— Désolé, je ne voulais pas te surprendre.

— Depuis quand envisages-tu d'avoir des enfants ?

Il haussa les épaules.

— Depuis que j'ai fêté mes quarante ans et compris ce qui comptait vraiment dans la vie.

Le cœur de Willa devint presque douloureux. Ils avaient fêté ensemble les trente-neuf ans de Jack, quatre mois avant leur rupture. Priya avait dû naître autour de son quarantième anniversaire.

Il lui caressa la joue.

— Willa...

Elle ne le laissa pas terminer. D'un coup, son parfum, la boucle de cheveux qui tombait sur son front, son sourire à fossettes, tout était trop pour elle. Elle se hissa sur la pointe des pieds et l'embrassa. Il ne perdit pas une seconde avant de l'enlacer pour la serrer fort.

Leur baiser fut d'abord doux, empli de sentiments et d'une tendresse qui s'étaient peu à peu installés entre eux. Willa toucha le visage de Jack, suivit des doigts sa mâchoire, caressa sa joue mal rasée. Il l'embrassa avec plus de fièvre et la plaqua contre lui.

Du bout de la langue, elle effleura ses lèvres, l'invitant à les entrouvrir. Il obéit sans hésiter et leurs langues entamèrent une danse familière issue du passé, nourrie par cinq ans d'attente. Quelque part au fond de son esprit, Willa savait qu'elle aurait dû arrêter, qu'elle ne pouvait pas aller plus loin que ce baiser, mais c'était comme si un barrage s'était brisé en elle. Elle se coula contre Jack et explora son torse musclé avec ses mains. Il la tenait toujours au niveau des reins et la pression de son corps lui fit perdre la tête. Son désir était aussi brûlant qu'un volcan sur le point d'entrer en éruption.

Elle glissa une main sous sa chemise pour sentir les poils de son torse et la peau lisse de son dos. Il gémit quand elle le griffa le long de la colonne. Elle savait que cela le rendait fou.

Il la couva de son regard sombre. *Il était trop tard pour faire marche arrière.*

— Est-ce qu'on est vraiment sur le point de faire ça ?

Elle acquiesça. D'un coup, il s'écarta. Elle voulut protester, mais il lui prit la main et dit :

— Il y a un pavillon d'invités, pas loin.

Durant les cinq dernières années, Willa n'était sortie qu'avec un autre homme, que sa sœur lui avait présenté. Ils avaient passé plusieurs mois ensemble. Arnie avait été attentionné, terre à terre et prêt à s'engager sur le long terme. L'homme idéal. Willa l'aimait beaucoup, mais il n'avait jamais éveillé en elle la passion qu'elle ressentait avec Jack, même après une nuit entière dans ses bras.

Ils coururent presque jusqu'au pavillon. Jack ouvrit la porte et tira Willa à l'intérieur avant de refermer d'un coup de pied. Il l'embrassa immédiatement, les mains passées sous son haut. Il saisit ses seins pour caresser ses tétons avec le pouce. Elle ne recula que le temps d'enlever son T-shirt. Il dégrafa son soutien-gorge et elle souleva le bas de la chemise qu'il portait pour défaire sa ceinture. Elle ouvrit sa braguette et fit glisser son jean le long de ses jambes.

— Ralentis, plaisanta-t-il.

Elle n'avait pas l'intention d'obéir. Le sexe dressé de Jack lui faisait clairement comprendre qu'il était aussi impatient qu'elle. Pendant qu'ils se déshabillaient, il avait réussi à la guider jusqu'à la chambre. Willa ne remarqua même pas le décor : elle ne pensait qu'à Jack, à son corps sensuel, au désir qui l'embrasait et au fait qu'il lui avait atrocement manqué.

Ses mollets percutèrent le bord du lit et Jack la souleva pour l'installer sur le matelas. Il commença par déposer une série de baisers le long de son cou, pressant son bassin contre le sien. Elle se cambra quand il referma les lèvres sur sa poitrine. Il glissa les doigts entre ses cuisses, puis en elle.

— Tu m'as manqué, murmura-t-il avant de gober un de ses tétons pour le lécher jusqu'à ce qu'il devienne dur, presque douloureux.

Elle gémit et redressa les hanches pour qu'il lui donne enfin ce dont elle avait tant envie. Il la provoqua encore quelques instants avec ses mains et sa bouche. Enfin, elle saisit son sexe dur et le caressa, savourant ses gémissements et ses murmures rauques. Il se redressa pour trouver un préservatif – elle ne sut pas où – et l'enfiler.

Quand il la pénétra, le plaisir fut si intense que Willa cria, les ongles enfoncés dans son dos. Jack donna des coups de reins très lents au début, puis accéléra pour s'adapter à ses mouvements. Bien vite, Willa s'abandonna à l'orgasme qui bouillonnait en elle. Elle se crispa autour de Jack. Elle adorait sentir son corps s'agripper au sien. L'orgasme fut si soudain qu'elle se rendit à peine compte qu'il jouissait aussi.

Elle était épuisée et comblée. Jack l'allongea sous les couvertures moelleuses et l'enlaça, allongé dans son dos comme elle l'aimait. Au bout de quelques minutes, elle sentit son érection de nouveau. Elle s'agita un peu contre lui et il l'embrassa dans la nuque, ses mains refermées sur ses seins. Ils recommencèrent aussitôt.

Toute la nuit s'écoula dans un brouillard de plaisir et de passion. Ils explorèrent chacun le corps de l'autre, redécouvrant l'amour qui les avait rapprochés au départ. Willa ne vit pas le soleil se lever mais, lorsqu'elle se réveilla, Jack n'était plus là.

9

Jack espérait que Willa n'allait pas ouvrir les yeux avant qu'il soit revenu de la maison avec leur petit déjeuner. Il n'avait pas prévu de faire l'amour avec elle, la veille, mais il était heureux que ça soit arrivé. Il s'était voilé la face en pensant qu'il avait tiré un trait sur elle. Cette nuit lui avait prouvé que rien n'était terminé pour lui. Durant les cinq années précédentes, il n'avait connu que deux femmes. Elles avaient été extraordinaires et il aurait eu de la chance si elles avaient décidé de rester. Mais il n'avait jamais retrouvé la passion et le désir qu'il connaissait avec Willa – loin de là. Ces liaisons avaient été superficielles et sans conséquence.

Il pensait juste qu'il n'avait pas encore rencontré la bonne personne, et il avait tort. C'était Willa. Ça avait toujours été elle. Pendant cinq ans, il s'était noyé dans sa colère et sa douleur. Elle n'avait pas apprécié qu'il lui retire un scoop, et alors ? Cela ne signifiait pas qu'elle avait le droit de l'abandonner et de disparaître pendant si longtemps. Elle l'avait blessé bien plus profondément qu'il n'avait voulu l'admettre.

Il avait sincèrement essayé d'oublier Willa. Il lui avait offert son cœur et elle était partie sans même lui dire adieu. Comment savoir si elle n'allait pas recommencer ? Était-il prêt à prendre ce risque de nouveau ?

Il soupira et souleva le plateau du petit déjeuner. Il pouvait toujours s'accrocher à sa rancœur, mais s'il avait bien appris une chose, c'était que rien n'était certain dans la vie. Willa était son âme sœur et il l'aimait encore. D'après ses réactions de la veille, ces sentiments étaient mutuels. Cette fois, il allait tout faire pour ne pas la perdre.

Il retourna au pavillon avec du jus de fruits, du café et des gaufres aux fraises nappées de crème fouettée. Le petit déjeuner préféré de Willa. Étrange : il ne savait plus si sa dernière petite amie buvait du thé ou du café, mais tout ce que Willa appréciait ou non était gravé dans sa mémoire.

Dès qu'il franchit la porte du pavillon, il le sentit : Willa était partie.

Où est passé Rogerio ?

Ils devaient plier bagage immédiatement s'ils voulaient prendre le prochain vol au départ de Houston pour New York. Quelle mouche avait donc piqué Willa, la veille ? Elle avait cédé à son désir pour Jack sans réfléchir aux conséquences. Une part d'elle voulait tourner la page. Ils n'avaient jamais vraiment rompu ou dit adieu à leur relation. La nuit où elle l'avait quitté, ils s'étaient disputés au sujet du reportage. Jack lui avait répété toutes les raisons qui les empêchaient de diffuser l'affaire, mais pas une seule fois il ne lui avait dit qu'il l'aimait ou qu'il essayait de la protéger parce qu'il avait peur de la perdre. Leur relation n'avait pas eu d'importance pour lui ; Willa n'avait été qu'un numéro de plus au bas de sa longue liste de petites amies. Elle ne le blâmait pas, évidemment. Au début de leur histoire, il lui avait clairement fait comprendre qu'il ne comptait pas se fixer avec quelqu'un ou se marier. C'était bien cela qui avait empêché Willa de lui parler de Priya. Elle n'avait pas voulu qu'il reste avec elle parce qu'il s'y sentait obligé, et sa fille était plus heureuse sans père plutôt qu'avec un papa qui la verrait comme une erreur.

Pendant des années, elle s'était raccrochée au souvenir de Jack comme une femme en train de se noyer s'agrippe à un radeau.

Il avait été son idéal de passion, la seule personne qui lui avait permis de se sentir vraiment vivante. Aucun autre homme n'avait été aussi proche d'elle, émotionnellement et physiquement. Elle voulait que ces images aient un défaut. Elle s'était convaincue d'avoir rendu Jack plus parfait, d'avoir romantisé le temps qu'ils avaient passé ensemble. La nuit précédente aurait dû être un adieu, une manière de tourner la page et de comprendre que Jack n'était pas aussi extraordinaire, que ce qu'ils avaient partagé appartenait au passé.

Mais cela avait été encore meilleur que dans ses souvenirs. Ils avaient été parfaitement synchronisés, faits l'un pour l'autre. La douceur de ses lèvres faisait encore frémir les siennes. Son corps vibrait toujours après le passage de ses mains. Ce n'était pas censé se passer comme ça. Comment pouvait-elle réfléchir sereinement à l'idée d'inclure ou non Jack dans la vie de Priya, quand elle ne savait même pas si elle voulait de lui dans la sienne ? Elle devait à tout prix s'éloigner pour s'éclaircir les idées.

Elle fourrait déjà fiévreusement ses vêtements dans son sac quand elle entendit frapper à sa porte. Son cœur s'arrêta et elle se retourna pour voir Jack sur le seuil, vêtu de la même tenue que la veille et beaucoup trop séduisant.

— Willa, dit-il d'une voix rauque.

— Je ne peux pas faire ça, Jack.

— Pourquoi pas ?

Parce que nous avons une fille. Je ne peux pas tomber amoureuse : je ne suis pas la seule qui risque d'en souffrir, cette fois. Je dois d'abord penser à Priya.

— On est déjà passés par là, Jack. Ça n'a pas marché.

— À qui la faute ?

Tu plaisantes ? Elle se campa devant lui, les poings sur les hanches.

— Est-ce qu'on a encore besoin de parler du fait que tu m'as privée de mon plus grand scoop et que tu as détruit ma carrière ?

— Je l'ai fait pour te protéger. Tu as détruit ta carrière toute seule en démissionnant avant de disparaître des radars.

J'ai disparu parce que j'attendais ta fille. Elle ne pouvait pas lui expliquer les raisons de son départ sans dévoiler l'existence de Priya.

Jack s'approcha. Elle aurait voulu reculer mais une force invisible la cloua sur place, juste pour lui permettre de sentir son odeur, la chaleur de son corps et le feu de ses yeux.

— On a eu une dispute au travail. D'accord. Tu as démissionné pour protester, c'était ton droit. Mais tu n'as pas quitté que la chaîne, tu m'as aussi abandonné. Sans un adieu. Tu as piétiné notre relation.

Elle retint son souffle. Autant tout déballer.

— Est-ce que c'était sérieux, au moins ? Ce n'est pas comme si tu m'avais dit que tu m'aimais.

Il la regarda un long moment avant de répondre :

— J'avais une bague pour toi.

Le cœur de Willa fit un bond. *Que vient-il de dire ?*

— Quelle bague ? balbutia-t-elle au bout de plusieurs secondes de silence, voyant qu'il n'ajoutait rien.

— Une bague de fiançailles. J'avais tout prévu. J'allais t'emmener au restaurant après la diffusion du reportage et te demander en mariage.

Elle sentit sa gorge se nouer. Elle voulait répondre, mais sa bouche ne lui obéissait plus. Il allait lui demander sa main ? Comment aurait-elle pu le deviner ? Elle avait passé les mois qui avaient suivi leur rupture à analyser chaque instant pour tenter de savoir comment il réagirait s'il apprenait qu'un bébé était en route.

Il s'approcha et posa doucement les mains sur ses bras. Des larmes montèrent aux yeux de Willa et elle les refoula.

— Le soir où j'ai annulé la diffusion, poursuivit-il, le service de sécurité venait de me transmettre son rapport. Ils m'ont clairement dit qu'ils ne pourraient pas te protéger et je ne voulais pas mettre ta vie en danger. Tu as raison : je n'aurais pas fait la même chose pour Jessica parce que je n'étais pas amoureux d'elle.

Espèce d'idiot, pourquoi n'as-tu pas dit tout ça sur le moment ? Nos vies auraient été si différentes !

— Pourquoi... Pourquoi ne m'en as-tu pas parlé ce soir-là ?

— Parce que je ne pensais pas que tu allais me quitter. Je croyais que nous partagions plus que le travail. Si tu avais pris la peine de me rappeler, nous aurions peut-être pu régler le problème.

Comment aurais-je pu répondre au téléphone ? Lorsque sa colère était retombée, sa grossesse avait pris le pas sur tout le reste. Et si elle avait moins écouté ses émotions ? Si elle avait accepté de lui parler cinq ans plus tôt ? Il lui aurait demandé sa main et elle aurait su qu'il préparait un avenir pour eux. Elle ne lui aurait pas pardonné de l'avoir privée de son heure de gloire, mais ils auraient peut-être trouvé un moyen de se réconcilier une fois que la chaîne avait accepté de diffuser le reportage. Jessica n'aurait pas osé s'attribuer tout le mérite si Willa avait été là. Jack et elle se seraient mariés, et Priya connaîtrait son père.

D'un autre côté, aurait-elle accepté de l'épouser ? Aurait-elle passé l'éponge, après ce qu'il avait fait ? Sans doute pas. Mais elle lui aurait parlé du bébé. Si elle s'était tue pendant tout ce temps, c'était juste parce qu'elle ne voulait pas qu'il se sente obligé de l'aider.

Il se pencha. Leurs nez se touchèrent.

— Essayons encore, Willa. Nous nous devons bien ça, juste pour savoir s'il y avait quelque chose de réel dans ce qu'on a ressenti hier soir.

C'est bien le problème. Si on se trompait ? Si les choses ne se passaient pas bien entre eux, elle aurait encore plus de mal à lui parler de Priya.

— Qu'est-ce qu'on a à perdre, Willa ? Si ça ne marche pas, rien ne changera ; mais sinon, pense à ce que ça signifierait pour nous.

Priya aurait une famille. Willa n'eut pas conscience d'acquiescer, mais Jack l'embrassa avec tant de douceur qu'elle ne put penser à autre chose qu'à la sensation délicieuse de ses bras autour d'elle. Elle avait tellement envie de lui et de l'amour qu'il lui offrait.

Leur baiser fut long, lent, et son cœur fondit.

— Veux-tu qu'on porte ce sac dans ma chambre ?

Elle sourit.

— Allons-y petit à petit. Je préfère rester ici pour l'instant.

— Je vais devoir m'en contenter, dit-il en déposant un autre baiser sur son front. Il faut aussi que je te dise autre chose.

Il recula d'un pas.

— Il s'agit de Priya.

•

10

Le cœur de Willa fit un bond. Jack était au courant. Pourquoi avait-elle cru qu'elle pourrait lui cacher ça ? Et s'il voulait faire partie de la vie de leur fille ? Ou pas, au contraire ?

— Sa mort n'était pas un accident.

Willa faillit s'étrangler de soulagement. Il pensait à sa sœur. Soudain, son air grave la pétrifia.

— Qu'est-ce que tu veux dire ?

— Lorsqu'elle est décédée, CMG était encore GMG, le Gagan Media Group, et j'étais le producteur en chef du journal télévisé. Tu te souviens que je me suis personnellement impliqué dans un reportage au sujet de George Wright.

Elle hocha la tête. George Wright était le maire corrompu dont elle avait découvert les liens avec la mafia. C'était Jack qui l'avait incitée à se pencher sur cette affaire.

— Il était candidat à l'élection, à l'époque. J'avais des preuves d'un pot-de-vin versé à un juge pour trancher en sa faveur alors qu'il était procureur. Si je diffusais ce que je savais, sa carrière politique aurait été terminée. Il a payé le chauffard pour percuter Priya exprès. Il était juste censé la blesser, mais...

Sa voix se brisa et Willa serra fort sa main entre les siennes.

— Il voulait m'envoyer un message. Mais je n'ai pas écouté. Cette nuit-là, GMG a décrété que nos preuves n'étaient pas suffisantes, dit-il en se massant la nuque. Je ne savais pas que l'accident de Priya n'en était pas un jusqu'à ce que tu sois sur le point de présenter ton travail. C'est là que George Wright a décidé d'en rajouter une couche. Il m'a envoyé une lettre anonyme pour m'expliquer ce qui est vraiment arrivé à ma sœur. J'étais obligé de t'empêcher de diffuser ton reportage. Je ne voulais pas courir le risque que tu subisses la même chose.

— Oh ! Jack. Je suis désolée. Si seulement tu me l'avais dit.

— Il se passait trop de choses, à l'époque. Je ne savais pas ce que je devais croire. Ça aurait pu être une tactique pour me faire peur et c'est pour ça que je devais prendre la menace au sérieux. Plus tard, j'ai découvert que le chauffard était en prison avec Nico, que j'avais rencontré des années plus tôt pendant une conférence. C'est un excellent programmeur. Il était sur le point de lancer son entreprise quand le destin l'a frappé en traître et envoyé derrière les barreaux. Quand je l'ai contacté, il s'est souvenu de moi et il a accepté de soutirer la vérité au chauffeur de taxi. Finalement, le vieux George ne bluffait pas.

Willa se sentit mal. Jack avait affronté tant d'épreuves seul. Il avait beaucoup aimé sa sœur, et savoir qu'elle était morte à cause d'un de ses reportages avait dû le briser.

— C'est pour ça que j'ai vendu CMG et que j'ai changé de vie. Ça m'a permis d'ouvrir les yeux sur ce qui importe vraiment.

— Jack...

Elle l'enlaça et il la serra fort contre lui.

— Tout va bien. J'ai eu cinq ans pour accepter la réalité. Le pire a été de devoir tout dire à mes parents. Étrangement, ça nous a rapprochés. Ils ne m'en ont jamais voulu.

— Parce que tu n'étais pas responsable.

— C'est arrivé à cause de mon travail. J'ai placé une cible dans son dos.

— Ce type était un politicien corrompu et il mérite de pourrir en prison. Pourquoi n'as-tu pas publié la vérité au sujet de la mort de Priya ?

— Parce que des rumeurs de taulards ne sont pas une preuve. Si j'avais rendu la chose publique sans fournir ce qu'il fallait pour le faire arrêter, j'aurais mis mes parents et mon frère en danger. J'avais déjà perdu Priya. Je ne pouvais pas prendre ce risque. Grâce à ton boulot, le coupable est enfin puni. Il n'est plus maire et sa carrière politique est enterrée.

— Il devrait être dans une cellule.

Jack recula d'un pas.

— Willa. On n'est pas à la télé.

— Mais...

— Non. Écoute-moi : George Wright a peut-être perdu la mairie, mais il reste dangereux. Je t'ai raconté la vérité parce que je veux que tu comprennes pourquoi j'avais peur pour ta vie. Je ne veux pas que tu écrives une ligne là-dessus. Ma famille et toi seriez de nouveau menacés et...

Rogerio frappa soudain à la porte et les interrompit. Jack adressa un autre regard à Willa pour bien faire passer le message. Le cameraman les observa d'un air étonné.

— J'ai raté un truc ?

Il s'était passé tant de choses en quelques minutes. Que devait-elle dire à Rogerio ? Le scoop qu'elle avait traqué était là, devant elle, tout comme le père de sa fille et sa chance de trouver enfin l'amour.

— Jack nous a gentiment proposé de rester chez lui quelques jours pour qu'on puisse interviewer Misha Law au sujet de l'entrée en Bourse de k !smet.

Le visage de Rogerio s'illumina et Jack sourit à Willa.

— Nous allons devoir discuter en privé pour savoir quoi dire à notre patron...

Jack n'eut pas l'air ravi d'être chassé ainsi, mais il s'en alla sans protester. Rogerio ferma la porte derrière lui.

— Vous avez couché ensemble, c'est ça ?

Willa ouvrit de grands yeux.

— Comment tu l'as deviné ?

— Tu plaisantes ? Ça se voyait à la manière intime dont vous vous teniez et à l'énergie dans la pièce. Ces derniers jours, une tension sexuelle vibrait autour de vous. Et aujourd'hui, vous êtes enfin en paix.

— Tu nous as vus ensemble, non ?

Il sourit.

— C'est Steve qui me l'a dit. Jack est venu dans la cuisine pour lui demander un plateau de petit déjeuner pour toi.

Elle se laissa tomber dans un fauteuil.

— Qu'est-ce que je fais, Rogerio ? Je n'avais pas l'intention de coucher avec lui, mais maintenant, je ne peux pas prétendre que ce n'est pas arrivé.

— Non, c'est vrai. Pour ton bien et celui de Priya, tu dois voir s'il existe encore quelque chose entre vous deux.

— Et quand ça foirera ?

— Si… *Si* ça foire, alors tu ne seras pas dans une situation pire que maintenant.

— Bien sûr que si ! Avant, il ne s'agissait que de lui et moi. Maintenant, il y a aussi Priya. Quoi qu'il arrive, nous serons toujours liés par elle. Si les choses tournent mal, cette fois…

Elle enfouit son visage entre ses mains.

— Le feu ne s'est pas éteint en cinq ans, donc il continuera à brûler. Vous étiez destinés à retomber dans les bras l'un de l'autre à la première occasion. Mieux vaut que ça arrive avant que tu lui parles de ta fille, pour te permettre de savoir ce qu'il y a vraiment entre vous.

Il avait raison. Si elle avait parlé de Priya à Jack avant de passer la nuit avec lui, elle se serait toujours demandé s'il restait avec elle par devoir.

— Très bien. Puisque nous restons quelques jours de plus, on va devoir trouver une excuse à donner à David.

— Ouais. Je n'ai plus d'autres pistes au sujet de la sœur de Jack.

J'ai parlé à quelques habitants hier soir et avec Steve, mais ils pensent tous que ton ex est un saint. Personne ne sait comment sa sœur est morte.

Willa sentit son estomac se nouer. Elle voulait tout dire à Rogerio, mais pas sans l'aval de Jack – et il était obstiné. Peut-être ferait-elle mieux d'interroger Nico d'abord pour obtenir des détails, maintenant qu'elle en savait davantage. Il devait y avoir un moyen de punir George Wright pour ce qu'il avait fait. *Cet homme a du sang sur les mains. Sa place est en prison.*

— Je vais expliquer à David que nous suivons des pistes. En attendant, on peut faire un reportage sur le premier mariage Winters-Del Rio lors duquel Jack va officier. Il aimera ça.

— Est-ce que je peux te poser la question évidente ?

— Comme si j'avais le pouvoir de t'en empêcher.

— Que feras-tu si tu tombes sur un scoop explosif au sujet de Jack alors que vous sortez ensemble ?

— Je suis journaliste avant tout.

— Non, tu es d'abord une mère et il est le père de ta fille.

Inutile de me le rappeler. Rogerio avait mis le doigt sur un point sensible, mais elle savait déjà quel scoop elle tenait et Jack n'était pas le méchant de l'histoire.

— Va manger ton petit déjeuner. Je dois téléphoner à ma sœur pour prendre des nouvelles de Priya.

Rogerio se leva et s'arrêta avant d'ouvrir la porte.

— Encore une chose, dit-il d'un air gêné. Steve m'a dit que Jack veut une famille à tout prix. Et j'ai pensé... Tu crois qu'il demandera la garde de Priya ?

Le cœur de Willa s'arrêta. Elle refusait d'y penser. Jack ne lui ferait jamais ça. Si ?

Après le départ de Rogerio, elle se laissa tomber sur son lit et appela Kylie. Priya et elle étaient en train de manger des œufs et des toasts. Sa fille faisait tout pour convaincre sa tante qu'un sandwich à la confiture ferait un bon repas de midi et Kylie tentait de négocier un menu constitué de pain, de fromage et de tomates avec des fraises en dessert.

Cette petite routine familiale manquait à Willa. Elles partageaient un appartement à deux chambres dans l'immeuble de leurs parents : une pour Kylie et l'autre pour Willa et Priya. Il n'y avait pas de jardin ou de salle de jeux. Les jouets étaient éparpillés dans toutes les pièces et des crayons de couleur encombraient la table de la salle à manger. Willa jeta un coup d'œil à l'immense jardin, par la fenêtre. Priya aurait adoré vivre au ranch, courir dehors, monter les chevaux et avoir une chambre pour elle seule. Ne méritait-elle pas de connaître son père et de profiter de cette vie aussi ? Willa était-elle égoïste de la priver ainsi ?

Lorsque la petite se laissa distraire par autre chose, Willa demanda à sa sœur si elle pouvait la garder quelques jours de plus. Évidemment, Kylie accepta.

Lorsqu'elle fut douchée et habillée, Willa descendit dans la cuisine. Jack et Rogerio avaient fini de manger et Steve avait débarrassé la table. Jack s'était douché aussi. Il portait un T-shirt à col rond et un jean. Ses cheveux étaient encore humides. Il lui montra une assiette garnie.

— Fruits, yaourt et une gaufre.

Mes préférés.

— Qu'est-ce qu'on fait, aujourd'hui ? demanda Willa d'une voix trop légère.

À présent qu'elle avait décidé de prolonger son séjour, elle ne savait plus comment se comporter. Elle avait l'habitude de courir après des pistes pour divers reportages, de déposer Priya à l'école, d'aller la chercher après les cours, d'emballer des déjeuners tout en essayant de deviner ce que sa fille accepterait de manger. Elle passait ses week-ends au parc pour que Priya joue avec ses amis, jonglait avec les baby-sitters si elle devait travailler et organisait des soirées films en famille.

Profiter tranquillement de son petit déjeuner sans avoir de planning précis pour sa journée la rendait nerveuse.

— J'ai prévu de sortir avec Steve. On va au marché.

Willa regarda Rogerio. Depuis quand fréquentait-il les marchés ? Son dimanche idéal impliquait généralement du shopping, un match de foot et un pub rempli de monde. Quant à cuisiner, cela se limitait pour lui à faire réchauffer des plats surgelés au micro-ondes.

— Tu aimerais prendre une leçon d'équitation ?

Elle se tourna vers Jack, encore plus surprise.

— Tu montes à cheval ? C'est récent ?

— C'est obligatoire pour un propriétaire de ranch, au Texas.

Elle avait du mal à l'imaginer à cheval, dans ses costumes de créateur à la coupe parfaite. Il sourit comme s'il avait lu dans ses pensées.

— Je sais, ajouta-t-il. Si on m'avait dit que je finirais ici il y a cinq ans, je ne l'aurais pas cru non plus.

— Je ne pense pas avoir de vêtements adaptés…

— Petite citadine. Ne t'en fais pas : un jean et un T-shirt suffiront. Tu peux porter des baskets aujourd'hui, et quand tu auras progressé, on te trouvera des bottes d'équitation.

Il la conduisit jusqu'à l'écurie. Tandis qu'ils longeaient les stalles, des hennissements et des respirations lourdes s'élevèrent. Jack s'arrêta devant un puissant Quarter Horse à la robe luisante et au front marqué d'un éclair blanc.

— Voilà Tonnerre.

Willa le contempla avec un mélange d'excitation et de nervosité. Elle n'était jamais montée sur un cheval, et la taille de celui-ci l'intimidait.

— Pour commencer, faisons les présentations, reprit Jack en tapotant l'encolure de l'animal. Il est doux mais il peut être craintif avec les inconnus. Il doit te voir comme une amie.

— Et comment je fais ça ?

— Viens. Je vais te montrer.

Il ouvrit la porte de la stalle et fit signe à Willa de le suivre à l'intérieur.

— Tiens-toi près de lui et laisse-le sentir ta main. Ensuite, caresse-le doucement, comme ça.

Il passa la main le long de l'encolure de Tonnerre, puis effleura son dos en faisant des cercles. Le cheval gémit et se laissa aller contre lui, les yeux mi-clos. Willa se sentit étrangement jalouse de la tendresse de Jack. Serait-il aussi affectueux avec leur fille ?

— À ton tour, dit-il avant de reculer pour lui céder la place.

Timidement, elle s'approcha du cheval et tendit la main. Tonnerre la renifla, puis fourra son museau soyeux dans sa paume. Willa rit, ravie, et commença à le caresser aussi doucement que Jack l'avait fait.

— Tu vois ? Il t'apprécie déjà. On va le seller.

Un des employés les aida à préparer Tonnerre.

— Allons dans le manège, le temps que tu te mettes à l'aise, et ensuite je t'emmènerai faire une promenade.

Willa se tint nerveusement devant Tonnerre, le cœur battant d'impatience et de peur. Allait-elle réussir à contrôler un animal aussi puissant ? Jack resta près d'elle et posa les mains sur ses épaules pour la rassurer.

— Prête ? demanda-t-il de sa voix grave qui la faisait frissonner.

— J'imagine, répondit-elle dans un souffle.

— Bien. Pour commencer, on doit s'assurer que tu te tiennes bien en selle.

Il l'aida à monter et ajusta les étriers à la bonne longueur.

— Place tes pieds dans les étriers et tiens les rênes comme ça, expliqua-t-il en lui montrant la bonne position.

Willa l'imita, à la fois fière et exaltée de se trouver à cette hauteur. Tonnerre s'agita et renifla comme s'il sentait son anxiété.

— Très bien, commenta Jack, une main sur sa cuisse. Allons-y lentement. Je vais guider Tonnerre dans le manège pour te laisser sentir ses mouvements.

Tandis qu'il entraînait le cheval par la longe, Willa fit de son mieux pour garder l'équilibre. Sa confiance se renforçait à chaque pas. Lentement, ses muscles se détendirent et s'adaptèrent au rythme du cheval.

— Tu as un don naturel pour ça, remarqua Jack en souriant. Je savais que tu ferais une bonne cavalière.

Elle rougit, envahie par une chaleur nouvelle, et croisa le regard de Jack. Elle l'imaginait déjà en train d'apprendre à Priya comment monter. Sa fille aurait adoré ça.

Pendant qu'ils chevauchaient, Jack ne cessa de l'encourager et de lui donner des conseils pour lui permettre de mieux diriger le cheval ou d'ajuster sa vitesse. Elle savoura chaque mot, de plus en plus sûre d'elle. Elle n'avait encore jamais vu Jack comme cela. Elle l'avait connu dans son rôle de patron, distribuant des ordres à la ronde, et dans son costume de négociateur capable d'obtenir tout ce qu'il voulait. Elle l'avait vu charmeur et passionné dans l'intimité. Mais elle ne l'avait pas imaginé dans la peau d'un professeur, d'un homme adepte du grand air capable d'enseigner l'équitation. D'un homme qui aurait pu devenir un bon père.

Au bout d'un moment, il lui proposa un défi.

— Voyons si tu es prête pour le trot, dit-il avec malice.

Le cœur de Willa s'emballa à l'idée d'aller plus vite, mais elle faisait confiance à Jack. Elle se prépara tandis qu'il encourageait Tonnerre d'un claquement de langue. Le cheval accéléra et entraîna Willa d'un pas plus rapide.

Elle poussa un cri de joie lorsque le vent agita ses cheveux et se mit à bondir au rythme du trot.

Ils ralentirent enfin, puis s'arrêtèrent. Elle se tourna vers Jack et lui sourit.

— C'était merveilleux, dit-elle, le souffle court et se sentant plus vivante que jamais.

Jack lui rendit son sourire, le regard brillant de fierté.

— Tu t'en es très bien sortie.

De nouveau, une vague de chaleur la parcourut, et cela n'avait rien à voir avec la chaleur du soleil. Elle observa Jack, le cœur battant. Il était peut-être temps de lui parler de Priya.

Jack sella Prince à son tour, un cheval brun qu'il avait acheté l'année précédente. Il avait appris à monter dans un camp de vacances, quand il était petit, mais faire des tours de manège n'avait rien à voir avec une promenade sur les chemins. Il se mit en selle et fit signe à Tonnerre de le suivre. Il avait dressé cet animal lui-même et savait qu'il prendrait soin de sa cavalière.

Le soleil illuminait les cheveux dorés de Willa et il eut le souffle coupé quand il la vit sourire. Comment avait-il cru qu'il l'oublierait un jour ? C'était leur seconde chance et il devait trouver un moyen de la convaincre qu'ils pouvaient encore construire une vie ensemble. Il devait la faire tomber amoureuse de Royal, comme lui à son arrivée.

Le parfum doux des fleurs sauvages flottait dans l'air et une petite brise agitait les feuilles des arbres, créant une symphonie enrichie du battement rythmique des sabots. Jack se sentait si bien, à côté de Willa. La campagne texane était unique, avec ses collines et ses immenses pâturages à perte de vue. C'était très différent des perspectives froides et grises de New York. Depuis le jour où il avait vu sa propriété pour la première fois, il avait rêvé d'y fonder une famille. De bâtir une vie qui n'inclurait pas de maires fous capables de faire tuer les gens pour garder le pouvoir. Il en avait fini avec ce monde-là.

Il se tourna vers Willa, qui chevauchait à ses côtés. Elle était si belle, les joues rougies par l'exercice.

— Cet endroit est stupéfiant, dit-elle.

— Tu sais, être ici avec toi suffit à mon bonheur.

Elle lui sourit, le regard pétillant de tendresse.

— Je ressens la même chose, Jack. On a l'impression que le reste du monde disparaît, quand on est là.

— C'est le but. Ça n'a rien à voir avec la ville. Des grands espaces, de l'air frais… C'est le lieu idéal pour une famille.

Elle émit un petit bruit qu'il ne put identifier. Ils poursuivirent leur route pendant quelques instants en silence, savourant la sérénité de la nature.

— Est-ce qu'on peut faire une pause ?

Jack trouva un endroit parfait pour mettre pied à terre. Il descendit de Prince et aida Willa avant d'attacher les rênes des chevaux à un arbre. C'était l'un des lieux qu'il préférait, le long du sentier. Proche du sommet de la colline, il offrait une vue sur tout le ranch, dans la vallée.

Il passa un bras autour des épaules de Willa et elle s'appuya contre lui tandis qu'il lui montrait tous les bâtiments de sa propriété.

— Jack, tu sais que je ne peux pas rester ici, n'est-ce pas ?

Il se raidit.

— Ma carrière m'oblige à vivre à New York, Chicago ou dans une autre grande ville. Royal n'a qu'un journal local et une station radio. Rien ne m'attend dans cette région.

— Si, moi, Willa.

Elle le regarda avec tristesse et son cœur se serra. Elle n'avait pas besoin d'en dire plus : il n'était pas suffisant pour elle.

11

Jack et Willa passèrent l'après-midi à faire du shopping. Si elle devait rester quelques jours de plus à Royal, elle allait avoir besoin de vêtements de rechange et de produits de base. Jack lui présenta les commerçants de la ville et il fut heureux de voir qu'elle appréciait sa popularité. Tout le monde s'efforça de trouver ce qu'elle cherchait.

Pendant leur randonnée, elle lui avait clairement fait comprendre que sa carrière restait sa priorité. Ce n'était pas une nouveauté, mais il n'était pas encore prêt à abandonner. Elle n'avait passé que deux nuits à Royal. Ce n'était pas assez pour tomber amoureuse de la ville, comme lui.

Ils dînèrent au grill de Rafe Cortez-Williams. Leur viande provenait du ranch familial et Jack aimait le décor à l'ancienne de la salle. Ils discutèrent de tout sauf de l'évidence : leur avenir. Jack savait résoudre tous les problèmes, et tant que Willa voudrait s'impliquer dans leur relation, il trouverait un moyen de rester avec elle.

— Nico sait que tu connais la vérité sur Priya, lança-t-il.

Willa se figea, la bouche pleine, et Jack sourit malgré lui. *Toujours sur la brèche.* Il avait rapporté leur conversation à Nico, qui avait accepté que Willa apprenne tout ce que le chauffeur lui avait avoué en prison. À présent, Jack et elle pouvaient en parler librement. Il se pencha vers elle.

— Nico veut bien que tu sois au courant du rôle qu'il a joué dans l'affaire. Que veux-tu savoir de plus ?

Elle but lentement une gorgée de vin et s'éclaircit la voix.

— Je veux tout savoir, Jack.

Il s'en doutait. S'il avait appris une chose, ces derniers jours, c'était que retarder un aveu ne servait à rien. S'il avait confié ses soupçons à Willa après la mort de sa sœur, s'il l'avait demandée en mariage quand il l'avait prévu au lieu d'attendre le bon moment, ils auraient passé les cinq dernières années ensemble.

— Tu sais déjà que je t'ai mise sur la piste de George Wright parce que je le croyais corrompu.

Il détailla les preuves qu'il avait accumulées au sujet de l'ancien maire depuis sa campagne électorale.

— Le soir où mon reportage devait être diffusé, toutes mes sources sont revenues sur leurs témoignages. J'ai pensé qu'on les avait intimidées. C'est aussi ce soir-là que Priya a eu son accident. Je n'ai fait le rapprochement que cinq ans plus tard, quand un de tes informateurs t'a parlé de la compagnie de taxis qui servait de façade à la mafia.

— La voiture qui a percuté Priya provenait de cette firme ?

Il acquiesça.

— Pourquoi ne m'en as-tu pas parlé plus tôt ?

— Je n'avais que des soupçons. J'ai découvert que Nico était dans la même prison que le chauffeur qui a avoué le meurtre et je lui ai demandé de trouver des preuves. Nico a sympathisé avec ce type et lui a fait avouer qu'il avait été payé par la mafia pour endosser toute la responsabilité.

— Si ce chauffeur pouvait avouer...

Jack secoua la tête.

— J'ai déjà essayé. Je lui ai proposé deux fois plus d'argent que la mafia, mais il refuse. Sa mère est en maison de retraite et il a peur que ses employeurs s'en prennent à elle.

— George Wright doit être puni, soupira Willa.

Jack lui prit la main par-dessus la table.

— Willa, pour mon bien, je te demande de laisser tomber.

— Est-ce que tu te souviens de ce qui m'a poussée à devenir journaliste ?

Il connaissait ses motivations, mais il savait aussi qu'elle avait besoin de raconter une histoire pour défendre sa position.

— J'étais à la fac et ma colocataire a été violée pendant une fête de fraternité. Elle a fait tout ce qu'il fallait : appeler la police du campus, porter plainte, consulter immédiatement un médecin. Mais l'administration n'a pas réagi. Au contraire, on a prétendu que si une fille buvait pendant ce genre de soirée, elle allait forcément être agressée. Tamara était dévastée. Elle avait peur de quitter notre chambre. Dès qu'elle entendait une voix de garçon dans les couloirs, elle sursautait. Au bout d'une semaine, j'ai commencé à éplucher les publications datant de cette nuit sur les réseaux sociaux. Il m'a fallu dix heures pour trouver une image d'un type en train de tendre un verre à ma colocataire.

Chaque fois que Willa racontait cette histoire, ses yeux se remplissaient de larmes. Jack serra doucement sa main, l'estomac noué. Il savait ce qu'elle allait dire ensuite et il devinait qu'un affrontement était inévitable.

— La police a à peine interrogé le garçon, qui a prétendu qu'il ne se souvenait de rien. C'était le fils d'un homme d'affaires puissant dans la région et on a demandé aux flics de clore le dossier. J'ai donc écrit un article pour le journal de la fac. J'ai obtenu une interview de Tamara et moi à la radio locale. Certains invités de la fête ont eu honte et ont avoué qu'ils avaient vu le type traîner mon amie inconsciente dans un placard.

Elle se pencha vers Jack.

— Si ce violeur n'avait pas été puni, il aurait recommencé.

— Je sais où tu veux en venir, mais c'est différent.

— Parce que George Wright est puissant.

— Oui.

— Raison de plus pour le lui faire payer.

— Pas si ça doit mettre en danger les gens que j'aime.

Ils s'observèrent un moment, puis Jack soupira.

— Tu sais que ma famille s'est effondrée après la mort de Priya.

Il n'avait pas besoin de lui répéter ce qu'il s'était passé. Il voyait à son regard qu'elle s'en souvenait. Après l'accident, la mère de Jack s'était recentrée sur lui et son frère Peter. Ses parents avaient essayé de contrôler chaque aspect de leur vie. Jack avait dû prendre ses distances. Son frère s'était installé en Californie et avait cessé de leur téléphoner. Désemparés, leurs parents étaient rentrés en Inde et le gouffre s'était creusé.

— J'ai dû travailler dur pour retisser des liens. J'ai pris le risque que mes parents recommencent à empiéter sur ma vie, et ils ont dû me faire confiance quand j'ai dit que je voulais leur faire une place. Rouvrir le dossier George Wright raviverait nos blessures. Ça n'en vaut pas la peine. Je suis heureux, en ce moment, et je veux le rester.

— Tu ne veux pas le punir ?

— Il l'a déjà été. Sa carrière est en miettes. Il est ruiné. Crois-moi, si jamais il essayait un jour de renaître de ses cendres, j'agirais. Je me suis assuré que personne n'investisse dans ses entreprises et il est devenu un paria dans la haute société. Est-ce que j'aimerais le savoir en prison ? Oui. Mais je ne veux pas faire courir de risques à ma famille.

Willa n'eut pas l'air convaincue. Néanmoins, elle acquiesça.

— De toute manière, sans le témoignage du chauffeur, nous ne pouvons pas prouver que l'assassinat a été commandité par George Wright.

— Et ses liens avec la compagnie de taxis ?

— Ce n'est qu'une preuve indirecte.

— Tu es sûr que le chauffeur refuse de parler ? Et si nous faisions entrer sa famille dans le programme de protection des témoins ?

Jack secoua la tête.

— Tu ne comprends pas, Willa. Je ne veux pas me lancer dans cette traque. Mes parents sont heureux, ma famille se porte bien, je suis en paix. J'ai été obsédé par la mort de Priya pendant trop longtemps. Je ne veux pas replonger. Le chauffeur est condamné à la prison à vie – on ne peut pas imaginer pire sentence. Et George Wright est ruiné. L'histoire se termine là, que nous le voulions ou non.

Willa ouvrit la bouche, puis la referma. Jack sentait déjà qu'ils auraient d'autres conversations sur ce sujet.

— À ton tour, maintenant. Confie-moi ton plus grand secret, en commençant par ce que tu as fait quand tu as disparu pendant deux ans.

Willa faillit recracher l'asperge qu'elle avait dans la bouche. Ce n'était pas une question inattendue mais elle ne savait pas quoi répondre. Elle songea aux remarques de Rogerio. L'idée que Jack puisse réclamer la garde de Priya l'avait convaincue de ne pas lui parler de leur fille. Elle ne pouvait pas aborder le sujet tant qu'elle ne serait pas sûre de sa réaction.

— Je ne suis pas encore prête à en discuter avec toi.

Le sourire de Jack s'évanouit. Au bout d'un instant, il hocha la tête de mauvaise grâce.

— Dis-moi ce qu'il s'est passé de ton côté. Je pensais que tu aurais convaincu une femme de s'engager avec toi, depuis le temps, voire de t'épouser, plaisanta-t-elle.

Il sourit de nouveau.

— C'était le projet, mais j'ai eu un petit souci : je n'ai pas trouvé la bonne.

Voyant son air mutin, elle baissa les yeux sur son assiette. Le dîner avait vraiment été délicieux.

— Tes parents n'ont pas cherché à te caser avec une jolie fille en Inde ?

— Oh ! si. Ils en ont trouvé plusieurs. Apparemment, je suis convoité même si j'ai passé les quarante-quatre ans. Mon charme et ma fortune ont incité la plupart des familles à négliger ce détail.

— J'en suis sûre, dit-elle, amusée. Alors que s'est-il passé ? Tu n'as pas aimé les pelles apportées par toutes ces chasseuses de trésor ?

Jack éclata de rire.

— En fait, j'ai rencontré des femmes très gentilles, et certaines étaient encore plus riches que moi.

— Donc ?

Il haussa les épaules.

— Elles n'étaient pas toi.

Un flot de chaleur parcourut Willa et elle baissa de nouveau les yeux.

— Est-ce que tu t'es déjà demandé où on en serait, si je t'avais demandé ta main ce soir-là ?

— On serait mariés avec 2,5 enfants et tu insisterais pour quitter la ville dans l'espoir de devenir un rancher à Royal, dit-elle, l'estomac noué.

— Peut-être que j'aurais été heureux à New York, avec toi.

— Et dans le cas contraire ? Qu'aurais-tu fait si nous avions eu des enfants et si j'avais refusé de te suivre ici ?

— Ça fait beaucoup de « si ». Pourquoi veux-tu le savoir ?

La méfiance qui perçait dans sa voix et sa posture plus tendue l'inquiéta. Elle devait rester prudente.

— Je poursuis juste la discussion qu'on a eue sur le sentier. Je me demande comment on va réussir à faire durer cette histoire.

Jack caressa l'intérieur de son poignet avec son pouce, et le bras de Willa se couvrit de chair de poule.

— En grandissant, je n'aimais pas les sports de plein air. Je ne comprenais pas comment on pouvait vouloir passer des heures sous une chaleur cuisante ou dans le froid quand on pouvait jouer à l'intérieur, dans un espace tempéré. Puis, à la fac, je suis sorti avec une passionnée de randonnée. Elle m'a emmené sur les chemins pour la première fois et j'ai été fasciné par le décor depuis le sommet de la montagne, même si je suais comme un cochon. Après ça, j'ai commencé à faire du jogging dans la nature, de l'escalade et du ski. J'ai compris que le chaud et le froid rendaient le sport plus amusant et que la satisfaction qu'on en retire mérite bien de souffrir un peu.

Il se fendit de son sourire à fossettes. *Pourquoi est-ce que ça me fait frissonner à chaque fois ?*

— On devrait commencer par voir s'il y a vraiment quelque chose entre nous. Et si c'est le cas, je pense qu'on sera tous les deux prêts à faire des efforts pour que ça marche.

Il avait raison. Mais ce qu'il ne savait pas, c'était qu'ils étaient déjà liés pour la vie, que leur couple dure ou non. Il ne s'agissait pas juste d'enfiler des skis pour voir s'ils aimaient la glisse. Ils avaient déjà investi dans un chalet à la montagne.

12

En quittant le restaurant, ils croisèrent Nathan Battle, le shérif local. Jack lui serra la main. Nathan était aussi grand que lui, avec des cheveux bruns coupés court et des yeux noisette remplis de douceur. C'était l'un des premiers amis que Jack s'était faits à Royal. Nathan était toujours aimable et juste ; et il était très doué au poker.

— Eh bien, eh bien, qui avons-nous là ? dit-il en souriant. Le dernier couple local imaginé par k !smet.

Jack sourit aussi et lui présenta Willa.

— Tu es en service ? demanda-t-il.

Nathan portait son uniforme kaki.

— Ouais. Quelques ados ont poussé un touriste à leur acheter de la bière. Le vieux Fred n'était pas ravi.

— C'est le pic criminel du mois, ici, expliqua Jack à Willa.

Nathan rit.

— En temps normal, oui. Mais avec l'exposition prochaine du collier du scandale des diamants, nous avons plus de touristes que d'habitude et les gens ont tendance à perdre la tête avant les fêtes. J'ai déjà écroué un charmant couple.

— Pourquoi ? s'enquit Willa.

Il était clair que Nathan mourait d'envie de tout raconter.

— Le type, Larry, est du coin. Il était enfin décidé à demander sa copine en mariage et il a voulu le faire avec un grand panneau d'affichage qu'il a placé devant la boutique de Frankie Junior en pensant qu'il allait fermer pour les fêtes, comme toujours. Mais Frankie a décidé de rester ouvert plus longtemps pour profiter de l'afflux de visiteurs. Il a gentiment accepté de laisser le panneau pour ne pas gâcher la demande en mariage. Seulement, la copine n'habite pas en ville et son vol a été retardé. Frankie a pensé que la demande avait été faite et a retiré le panneau pour le jeter à la poubelle. Un des touristes l'a vu et a décidé de le récupérer. Larry a aperçu l'homme en train de partir avec son panneau et lui a sauté dessus sans réfléchir.

— Je ne peux pas le blâmer, commenta Willa.

Nathan haussa les épaules.

— Je sais, mais il a fallu que je les sépare. Alors que je m'apprêtais à arrêter Larry, sa copine a refusé de le laisser partir seul. Donc, ils sont tous les deux en train de se calmer en cellule trois.

Jack ne put s'empêcher de rire.

— Il faut que tu les relâches.

— Oh ! je vais le faire. Je les garde juste quelques heures, le temps que Larry retienne la leçon.

— La copine habite loin ? l'interrogea Willa.

— À LA. Ils se sont rencontrés en vacances et sont tombés amoureux. Il leur a fallu du temps pour trouver un moyen de gérer leur relation à distance. C'est vraiment touchant.

— Comment ont-ils fait ?

Willa semblait très attentive et cela réchauffa le cœur de Jack. Il se promit de la présenter à Dev et Caitlyn, qui avaient aussi fait face à ce genre de problème. De toute évidence, la distance lui faisait peur. Si leur relation devait durer, il ne lui demanderait jamais d'abandonner sa carrière. C'était très important pour elle et elle devait vivre dans une grande ville pour réussir. Or Dallas n'était pas très éloignée et il avait encore des contacts dans les médias. Il pourrait aider Willa à trouver un nouvel emploi, si elle le voulait.

— La fille est avocate. Elle a convaincu son cabinet de la laisser travailler à distance et Larry cherche un emploi à LA. Quand on s'aime, on trouve toujours une solution, dit Nathan en leur adressant un regard entendu.

Jack et Willa échangèrent un coup d'œil avant d'éclater de rire.

— Quelle subtilité, lança Jack en donnant une grande tape dans le dos de son ami.

Nathan était très heureux avec sa femme Amanda, propriétaire d'un restaurant local, et il ne manquait jamais une opportunité de rappeler à Jack tous les bons côtés du mariage.

— Bref, je ferais mieux d'aller libérer les tourtereaux. C'était un plaisir, Willa, dit-il avant de faire un clin d'œil à Jack. Filez avant que je vous accuse de vagabondage.

Ils rirent de plus belle et se séparèrent.

Tandis que Jack laissait Willa entrer dans le ranch devant lui, elle ne put réprimer un mélange d'excitation et d'appréhension. Leur conversation du déjeuner avait été intense et elle avait besoin de se détendre.

— On pourrait boire un verre de vin au salon, proposa-t-il.

— Tu as lu dans mes pensées.

Le salon était chaleureux et accueillant, baigné dans une lumière tamisée et garni d'une cheminée en briques. Willa se laissa tomber sur le canapé moelleux, soulagée et à son aise au milieu des coussins.

Jack ouvrit une bouteille de cabernet rouge et remplit deux verres. Elle le regarda s'activer dans la pièce, admirant la flexion de ses muscles sous son T-shirt et la forme de ses hanches dans son jean. Elle se sentit rougir et se détourna, soudain intimidée.

Jack déposa quelques bûches dans la cheminée, puis ajouta du papier et des allume-feu. Une fois la flambée lancée, il s'assit près de Willa. Elle observa les reflets des flammes dans ses yeux.

— Il n'y a rien de plus apaisant que le crépitement d'un feu, non ? demanda-t-il.

Une vague de chaleur envahit le cœur de Willa.

— C'est vrai. C'est ce que je préfère, en hiver.

— Je m'en souviens. Le constructeur m'a pris pour un fou quand je lui ai dit que je voulais un foyer ouvert en plein Texas. Il voulait se contenter d'une fausse cheminée électrique, pour l'ambiance.

— On ne peut pas imiter un vrai feu.

Ils discutèrent pendant des heures, parlant des meilleurs livres qu'ils avaient lus récemment et de leurs anciens restaurants préférés à New York. Elle avait presque l'impression d'être en compagnie de son meilleur ami et de rattraper le temps perdu. Mais, tandis que la soirée se prolongeait, une énergie différente, électrique, s'installa entre eux.

— Je suis content que tu sois là, murmura Jack.

Willa soutint son regard. Tout son corps brûlait et tremblait à la fois. Il la contemplait comme si elle était la plus belle femme sur Terre. Elle tendit une main et effleura sa joue du bout des doigts, savourant la rudesse de sa barbe naissante.

— Moi aussi, dit-elle à mi-voix.

Jack se pencha et l'embrassa légèrement. Un frisson lui parcourut l'échine.

— Tu m'as manqué.

— Toi aussi.

Il se rapprocha un peu plus. Son regard était si intense que Willa sentit sa gorge se nouer. Il lui prit la main et traça de petits cercles sur sa peau avec son pouce. Lorsqu'il l'embrassa de nouveau, tous ses nerfs se tendirent. Elle ferma les yeux et se laissa bercer par son souffle chaud sur son visage. Elle inclina la tête pour prolonger leur baiser. Elle aimait sentir la saveur de ses lèvres contre les siennes.

Lorsqu'il s'écarta, elle rouvrit lentement les paupières et le regarda, noyée dans la profondeur de ses yeux bruns. Son cœur accéléra. Il retourna sa paume pour plaquer la sienne dessus, leurs doigts entremêlés. Quand il se pencha de nouveau vers elle, la chaleur qui émanait de son corps la fit fondre. Il déposa une série de baisers dans son cou et elle frémit de plus belle. Elle rejeta la tête en arrière pour le laisser accéder au point sensible qui la rendait toujours folle, entre son épaule et sa gorge. Il se montra d'abord doux, puis de plus en plus passionné.

Elle poussa un soupir ravi. Il mordilla tendrement son lobe et le lécha. Un flot de lave en fusion déferla en elle. Elle caressa la ligne puissante de la mâchoire de Jack avant d'enfouir les doigts dans ses cheveux. Elle tira doucement pour le rapprocher d'elle et l'embrasser langoureusement.

Leurs bouches étaient en parfaite harmonie, leurs langues s'unirent pour entamer un tango sensuel qui les laissa essoufflés. Willa passa les bras dans le cou de Jack et l'attira contre elle pour rendre leur baiser plus fougueux. Elle sentait son sexe dressé près de sa cuisse et se replaça pour lui permettre de s'approcher davantage.

Jack explora son corps et sa poitrine à travers ses vêtements. Elle glissa les mains sous son T-shirt pour le lui enlever avant de caresser son torse. La solidité de son corps sous ses doigts alluma un nouvel incendie en elle.

Elle était prête pour lui, mais il avait d'autres projets. Il lui ôta son jean, sa culotte, et enfouit son visage entre ses cuisses. Il la lécha et la poussa au bord du précipice tant de fois qu'elle ne put plus le supporter. Lorsque leurs corps se rejoignirent enfin, elle eut l'impression que le monde éclatait, les laissant seuls dans un tourbillon de désir et de passion.

Ils s'étendirent un long moment, enlacés, laissant le feu s'éteindre lentement dans la cheminée. Willa sentit malgré elle une pointe de doute s'insinuer dans son esprit. Était-elle vraiment prête à tomber amoureuse de Jack une nouvelle fois ?

13

Willa jeta un dernier coup d'œil à son reflet dans le miroir à l'instant où Jack frappait à la porte. Elle ouvrit et lui sourit. Il portait un jean et un simple T-shirt, alors qu'elle venait de passer la matinée à arpenter les boutiques pour trouver la robe idéale, et la dernière heure à se coiffer puis à se maquiller.

— Hum, si tu as l'intention d'être aussi jolie, je risque d'être obligé d'annuler le dîner, dit-il en l'enlaçant.

Elle le repoussa avec malice.

— Je ne tiens pas à faire attendre tes parents.

Il plaqua une main sur son cœur comme s'il était offensé et quitta la pièce. Elle prit une profonde inspiration avant de le suivre. Elle était à Royal depuis une semaine et les parents de Jack venaient de rentrer d'Inde. Ils tenaient à la voir. Même si elle les avait déjà rencontrés auparavant, elle était nerveuse. Que pensaient-ils d'elle ? Que leur avait raconté Jack au sujet de leur relation – passée et présente ?

Ils descendirent dans le hall. Les parents de Jack arrivèrent. Willa hésitait un peu. Le moment était-il bien choisi pour annoncer à Jack qu'elle devait retourner à New York le lendemain ? Priya lui manquait et son patron, David, perdait patience. Rogerio était déjà parti, à regret. Elle avait ménagé David en lui livrant une interview de Misha Law et un article au sujet des préparatifs du mariage de Maggie Del Rio et de Jericho Winters. Mais il lui avait téléphoné dans la journée pour exiger qu'elle revienne. Il n'appréciait pas le fait qu'elle n'ait rien déterré sur Jack et elle ne savait pas comment en parler à son amant. Ils avaient passé une semaine magique ensemble. Hélas, le moment était venu d'avoir avec lui la discussion pénible qu'elle ne faisait que repousser.

Les parents de Jack, Sanjay et Maria Chowdhry, étaient l'un des couples les plus mignons que Willa ait connus. Sanjay mesurait plus d'un mètre quatre-vingts et portait le genre de costume qu'elle associait à l'image de vieux joueurs de bingo en Floride. Maria, de son côté, était vêtue d'un impeccable pantalon de tailleur et d'un chemisier en soie agrémenté d'un collier de perles. Ils embrassèrent d'abord leur fils, puis se tournèrent vers Willa. Maria l'enlaça et Sanjay serra sa main d'un air un peu gêné.

Jack et Willa avaient préparé un dîner simple : biryani au poulet et yaourt au concombre.

— Tes parents n'en auront-ils pas marre de la cuisine indienne après avoir passé un mois dans leur pays ?

Jack secoua la tête.

— Étrangement, les plats traditionnels leur manquent dès qu'ils quittent l'Inde. À croire qu'ils ont peur de ne rien manger de semblable jusqu'à leur prochain voyage. Donc, quand ils arrivent ici, ils ne veulent que ça.

Le ranch possédait une salle à manger formelle, mais Jack préféra servir le dîner dans la cuisine, qui embaumait la cardamome et le garam masala.

« C'est un peu plus intime », avait-il confié à Willa.

— C'est un plaisir de vous revoir, Willa. Jack ne parle que de vous depuis une semaine, commença Maria.

La jeune femme ne put réprimer un sourire en voyant l'air peiné de Jack. Sa mère lui posa ensuite des questions sur sa famille et Willa se détendit un peu. Puis Maria se pencha un peu plus et demanda :

— Alors, avez-vous déjà parlé de mariage, tous les deux ?

Willa rougit jusqu'aux oreilles. Jack éclata de rire en servant le biryiani. Elle le regarda, s'attendant à ce qu'il réponde à sa place, mais il se contenta de lui adresser son sourire avant de s'éloigner pour attraper la carafe de lassi à la mangue qu'ils avaient préparée plus tôt.

— Oh ! euh... Nous prenons les choses au jour le jour, dit-elle d'un ton qu'elle voulut rendre léger. Nous ne nous sommes retrouvés qu'il y a une semaine.

— Ce n'est pas tout à fait vrai, répondit Maria. Vous avez passé des mois ensemble avant. Ça compte.

Willa s'agita sur sa chaise.

— C'est compliqué. J'ai une vie à New York.

Elle jeta un coup d'œil discret à Jack, qui s'assit près d'elle.

— Jack vous a-t-il déjà raconté comment Maria et moi nous sommes rencontrés ? demanda Sanjay avec une douceur pensive.

Il était très différent du père exubérant de Willa et il émanait de lui la même chaleur que chez Jack.

Elle fit non de la tête. Sanjay et Maria échangèrent un de ces sourires secrets de couples. Willa regarda Jack malgré elle. Il lui sourit aussi, dévoilant ses fossettes.

— C'était en Inde, dans les années 1970, expliqua Maria. Mon père était pasteur d'une église de Goa. C'était déjà une grosse destination touristique et j'étais chargée de faire le tour des plages pour distribuer des prospectus.

Sanjay enchaîna :

— J'étais là-bas avec mes parents en vacances, pour fêter mon diplôme universitaire. Mon père était très fier que je sois devenu ingénieur. Vous devez comprendre que c'était un homme très dur. Il avait beaucoup d'attentes pour moi et exigeait que j'aie les meilleures notes.

— Tiens, ça me semble familier, remarqua Jack, moqueur.

— C'est grâce à ça que tu as autant de succès, répliqua Sanjay. Les parents doivent pousser leurs enfants, parfois.

— Le père de Sanjay était un important brahman. Bien sûr, je l'ignorais quand je l'ai abordé pour lui donner une brochure et l'inviter à l'église.

— Avant d'entendre la suite, Willa, sachez que mon père descendait d'une longue lignée d'illustres Hindous. On lui avait appris que c'était la seule véritable religion.

— Donc, je leur ai proposé d'en apprendre plus sur le christianisme, et il a eu une petite réaction.

— Elle édulcore, intervint Jack. La première fois que j'ai entendu cette histoire, j'ai appris que mon grand-père, *Dadaji,* avait de la vapeur qui s'échappait par les oreilles et avait dû prier pendant vingt-quatre heures d'affilée pour se calmer.

— Quand mon père se fâche, il parle avec les mains. J'étais trop près de lui et il m'a frappé sans le vouloir. Je suis tombé et je me suis cogné la tête.

Maria tapota la main de son époux.

— Manque de chance, il a percuté le rebord d'un trottoir en béton. Il y avait tellement de sang… Sa mère était hystérique, et son père, en état de choc.

— Maria a donc déchiré un morceau de sa jupe longue, elle a placé ma tête ensanglantée sur ses genoux et elle a pressé le tissu contre ma blessure. C'est là que je suis tombé amoureux.

Willa se tourna vers Maria.

— Et vous ? L'avez-vous aussi aimé au premier regard ?

— Disons, le lendemain. Je suis rentrée chez moi après avoir distribué mes prospectus et j'ai vu Sanjay assis dans le salon avec mon père, en train de parler de christianisme. Vous savez, à l'époque, le fils d'un brahman n'aurait jamais fait ça. Il est venu chez nous chaque jour pendant une semaine pour m'apporter des fleurs blanches et jaunes qu'il cueillait lui-même. Nous avons discuté pendant des heures et ça a été le coup de foudre.

— C'est une belle histoire, commenta Willa.

— Tu ne connais pas le plus beau, dit Jack. Attends un peu.

Cette fois, Willa était intriguée. Le récit se poursuivit pendant le repas. Sanjay et Maria l'avaient clairement répété de nombreuses fois, parce qu'ils récitaient chacun leurs portions du conte en parfaite synchronisation. Évidemment, les deux familles s'étaient opposées au mariage. Leurs pères, chefs religieux respectés, refusaient de voir leurs enfants épouser un adepte d'une autre religion. Maria et Sanjay avaient fait leur possible pour les convaincre, mais en voyant que cela ne marchait pas, ils s'étaient enfuis pour se marier.

— Nous avons prononcé nos vœux à l'église et avons fait sept fois le tour du feu sacré dans un temple hindou, dit Maria.

— Et vos parents ? Comment ont-ils réagi ?

— Après coup, ils ne pouvaient plus rien dire. Ils ont respecté les deux cérémonies religieuses mais nous ont reniés.

Willa poussa un petit cri. Elle ne pouvait pas imaginer que ses parents la renieraient, juste parce qu'elle épousait un homme qui n'avait pas leur aval. Sanjay et Maria expliquèrent qu'à l'époque, l'Inde était très à cheval sur le statut social, en particulier concernant les chefs religieux.

— Nous savions qu'ils n'auraient pas le choix. Nous étions prêts à faire ce sacrifice par amour, dit Sanjay en couvant sa femme d'un regard tendre. Et, cinquante ans plus tard, je peux vous assurer que ça en valait la peine.

Willa pressa une main sur son cœur, qui semblait sur le point d'exploser.

— Donc, quels que soient les obstacles qui compliquent votre relation, ma chère, sachez que, dans un demi-siècle, elle sera toujours aussi importante à vos yeux.

Maria avait parlé avec douceur, mais Willa sentit les remontrances derrière ses mots. Elle regarda Jack, qui étudiait avec attention son verre de lassi.

— Comment s'est passé votre voyage ? demanda-t-elle, pressée de changer de sujet.

Sanjay et Maria échangèrent un regard triste.

— Commémorer la mort d'un enfant est toujours difficile. Mais Sanjay tenait à se rendre à Varanasi et à prier pour trouver la paix. Non seulement pour Priya mais aussi pour notre famille, dit Maria avant de se tourner vers son fils. Certains d'entre nous cherchent encore un moyen d'honorer sa mort et de lui donner un sens.

Jack se leva et enlaça sa mère.

— Je vais bien, maman. J'ai accepté la disparition de Priya. Je te l'ai dit : si j'ai une fille un jour, je lui donnerai son nom.

Ce commentaire frappa Willa comme une balle en plein cœur. Elle n'arrivait plus à respirer, à bouger ou à parler. Elle sentit son repas lui remonter à la gorge.

— Veuillez m'excuser. Je ne me sens pas très bien.

Elle repoussa sa chaise et monta dans sa chambre en courant. Elle claqua la porte et s'écroula par terre, roulée en boule. Elle essaya de prendre quelques inspirations, mais sa poitrine était tellement comprimée qu'elle ne put que hoqueter.

Les murs se refermaient autour d'elle, l'étouffaient. Son cœur tambourinait. C'était comme si un rocher pesait sur elle, entravant ses mouvements et ses pensées. Elle ferma les yeux et respira profondément pour tenter de se calmer.

Quel genre de personne était-elle ? Pendant toutes ces années, elle avait privé un père de sa fille, des grands-parents de leur petit-enfant. Priya aurait pu leur apporter le fragment de réconfort dont ils avaient besoin pour surmonter la mort de leur propre fille, et elle le leur avait refusé. Pourquoi ? Parce qu'elle était égoïste. Si elle était honnête avec elle-même, elle devait admettre qu'elle avait caché l'existence de Priya à Jack pendant tout ce temps parce qu'elle ne voulait pas la partager. Peut-être qu'une petite part d'elle cherchait à le punir. En faisant cela, elle avait non seulement tenu Jack à l'écart, mais elle avait aussi empêché sa fille de connaître son père et ses grands-parents. *Quel genre de personne suis-je ? Comment vais-je bien pouvoir réparer mes erreurs ?*

Jack frappa à la porte.

— Willa, est-ce que tout va bien ?

Non, ça ne va pas.

Elle voulait lui ordonner de partir, lui demander de dire à ses parents qu'elle était malade et qu'elle allait se coucher. Ensuite, elle aurait pu faire ses bagages et s'en aller une fois Jack endormi. Elle lui aurait laissé une lettre de rupture, serait rentrée à New York et aurait fait comme si cette dernière semaine n'avait jamais existé.

Elle prit une profonde inspiration tremblante et ouvrit la porte.

14

Dès qu'il vit son visage, Jack la serra dans ses bras.

— Quel est le problème, Willa ?

Il avait attendu quelques minutes avant de la suivre à l'étage, pour ne pas la pressuriser. À présent qu'il tenait son corps agité de spasmes contre lui, il regrettait de ne pas être monté plus vite. Elle avait quitté la table trop soudainement pour qu'il comprenne ce qui avait pu la bouleverser à ce point. Elle s'agrippait à lui, maintenant, et il repassa le film de leur conversation. Pourquoi donc était-elle si perturbée ?

Jack avait eu raison de dire à ses parents de rentrer chez eux. Willa avait clairement besoin de lui. Son cœur se serra tandis qu'il la tenait fermement pour l'encourager à se confier.

Elle finit par le lâcher et recula d'un pas. Son visage était rose et bouffi. Ses yeux inondés de larmes lui brisèrent le cœur.

— Parle-moi, Willa. Quoi qu'il se passe, laisse-moi t'aider.

Elle hocha la tête et le conduisit jusqu'aux fauteuils. Il l'assit puis approcha le second siège pour pouvoir lui tenir la main. Elle se détourna, évitant son regard. Il serra ses doigts entre les siens.

— Tu peux tout me dire, murmura-t-il.

Elle le faisait penser à un chat effrayé prêt à s'enfuir au moindre bruit.

Elle prit une profonde inspiration et ferma les yeux.

— Je dois te faire un aveu, Jack. C'est très important.

Il acquiesça, le cœur battant. De toute évidence, ça l'était. Willa n'était pas du genre à réagir aussi violemment pour rien.

— Il y a cinq ans, après mon départ de CMG, j'ai découvert que j'étais enceinte.

Elle avait parlé si bas que Jack ne fut pas immédiatement sûr d'avoir bien entendu. Avait-elle vraiment prononcé ces mots ? Son cœur s'arrêta. Impossible. Willa avait été enceinte ?

— Quand l'as-tu su ?

Elle avala sa salive.

— Quelques jours après ma démission de CMG. Jack, il faut que tu me comprennes. J'étais sur le point de t'en parler quand j'ai vu Jessica à la télé, en train de présenter mon reportage. J'étais si furieuse que je n'ai rien pu te dire. Après ça, j'ai eu des complications pendant ma grossesse. C'est pour ça que j'ai disparu. J'ai dû rester au lit, donc j'ai emménagé chez mes parents.

La douleur qui lui vrillait la poitrine se fit plus intense. Soudain, une terreur incontrôlable le poussa à balbutier :

— Le bébé ?

— C'est une fille. Elle a quatre ans et demi, maintenant.

Le sol s'ouvrit sous les pieds de Jack. Il lâcha la main de Willa et se laissa aller contre le dossier de son siège. Il passa les doigts dans ses cheveux en essayant de comprendre ce qu'elle venait de lui dire. Il avait une fille. Avec Willa. Elle avait accouché quatre ans et demi plus tôt et elle lui avait caché la vérité pendant tout ce temps.

Dès que l'information s'imprima en lui, son sang se mit à bouillonner. Comment avait-elle pu lui mentir sur un sujet aussi important ? Leur couple n'avait pas été parfait, mais ils avaient été très proches et ils avaient toujours pu parler de tout. Pourtant, elle n'avait pas su trouver un moyen de lui annoncer qu'elle était enceinte ?

Il serra les dents pour tenter de contenir sa colère – en vain. La fureur montait en lui et menaçait d'exploser à n'importe quel moment. Durant la semaine qui venait de s'écouler, il avait réussi à pardonner Willa pour son départ soudain après une simple dispute professionnelle. Il avait trouvé plusieurs bonnes raisons de passer l'éponge : le fait qu'elle ait vu ses actions comme une trahison, ou bien qu'elle ne se soit pas doutée qu'il allait la demander en mariage. Il avait même accepté la possibilité qu'elle n'ait pas partagé ses sentiments. Mais lui cacher son enfant était inexcusable. Même si leur aventure n'avait duré qu'un soir, il aurait eu le droit de savoir.

— Tu as eu mon bébé ? Et tu ne m'as rien dit ? Pourquoi as-tu fait une chose pareille ?

Elle se tassa au fond de son siège et de nouvelles larmes inondèrent ses joues. Le cœur de Jack se serra de plus belle mais sa colère était trop intense : elle étouffait tout le reste.

— J'avais peur, Jack, répondit-elle d'une voix tremblante. Je ne savais pas comment tu allais réagir. Je ne voulais pas t'imposer un enfant alors que nous n'étions même plus ensemble.

— Et qu'est-ce qui t'a fait croire que je ne voulais pas d'enfant ? De quel droit as-tu pris cette décision à ma place ?

Il avait toujours voulu une famille, rêvé d'être père. Et voilà qu'il avait une fille, une jolie petite fille, et il avait ignoré son existence pendant plus de quatre ans. Cette seule idée le mettait en rage et il ne put s'empêcher de s'en prendre à Willa.

— Comment as-tu pu me priver d'elle pendant toutes ces années ? s'écria-t-il. As-tu la moindre idée de la douleur que je ressens en apprenant que j'ai un enfant dont je ne sais rien ?

Willa tressaillit, le visage déformé par la souffrance. Jack voyait le regret au fond de ses yeux, mais il était trop tard. Le mal était fait et il n'était pas certain d'avoir un jour la force de la pardonner. Il serra les poings sans se soucier de ses ongles qui s'enfonçaient dans ses paumes.

— J'avais le droit de connaître mon enfant. Comment as-tu pu te convaincre que tu pouvais me cacher son existence ?

Elle ferma les yeux, sans parvenir à réprimer un nouveau flot de larmes.

— J'avais tant de choses à digérer, à l'époque, Jack. Je venais de perdre mon travail...

— Tu as démissionné !

Ils tremblèrent tous les deux sous la violence de son cri et il prit une profonde inspiration pour tenter de se contrôler.

— Je me sentais trahie, puis j'ai découvert que j'étais enceinte. Je n'ai pas su comment réagir et je ne savais pas quoi faire. Quelques jours plus tard, j'ai commencé à saigner et j'ai cru que j'allais perdre le bébé. Pendant un long moment, ma grossesse a été compliquée et je ne pensais qu'à garder notre enfant en vie.

La colère de Jack retomba d'un coup, remplacée par une émotion qu'il ne reconnut pas. *J'ai besoin d'air.* Il se leva et ouvrit les portes du balcon pour sortir. La chaleur de la journée avait été remplacée par une nuit fraîche. Il inspira à longues goulées, laissant le parfum des fleurs sauvages l'apaiser.

Combien de temps resta-t-il là ? Il l'ignorait. Au bout d'un moment, Willa lui tapota l'épaule et lui tendit son téléphone sans prononcer un mot. L'image, sur l'écran, lui coupa le souffle. Il prit le portable d'un geste mal assuré. *Ma petite fille.* Elle ressemblait à sa sœur mais elle avait le teint plus clair. Elle avait aussi hérité de ses grands yeux noisette, de son large sourire. Il trouva également des traits de Willa : ses joues roses et sa petite fossette sur le menton. Elle était parfaite.

— Comment s'appelle-t-elle ? chuchota-t-il.

— Priya.

Un violent spasme le parcourut et il serra le téléphone si fort que la coque se détacha. Le poids de ce seul mot s'abattit sur sa poitrine, étouffant toute vie en lui. Ses émotions se mélangeaient pour former un cocktail explosif.

Il rendit le téléphone à Willa.

— Je ne peux pas rester là.

15

Willa resta seule sur le balcon et regarda les étoiles scintiller dans la nuit. La brise fraîche lui caressait les joues mais elle ne parvenait pas à apaiser la tempête qui faisait rage en elle. Jack avait quitté la chambre sans un regard en arrière. À quoi s'était-elle donc attendue ? Elle venait de lui annoncer qu'ils avaient un enfant. Un enfant dont il avait ignoré l'existence. Elle avait gardé le secret pendant quatre longues années et demie, et maintenant tout s'abattait d'un coup sur elle.

Sa respiration devint plus saccadée quand elle se souvint de son expression, à l'instant où elle lui avait dit la vérité. La douleur, la colère, la confusion, la trahison. Elle ne pouvait pas lui en vouloir. Elle l'avait privé de son enfant, de l'opportunité d'être un père.

Elle songea à tout ce qu'elle aurait pu faire différemment. Elle aurait dû dire à Jack qu'elle était enceinte et le laisser choisir de faire partie de la vie de l'enfant ou non. Dans son esprit, elle avait lié le bébé à leur relation et avait pensé que s'ils n'étaient plus ensemble, Jack n'avait pas de rôle à jouer auprès de Priya. Elle avait eu tort. Au fond, elle avait envisagé d'en parler à Jack de nombreuses fois au fil des ans. Le jour où Priya avait dit « papa » parce que tous les bébés de la crèche le disaient, par exemple. Ou bien en première année de maternelle, quand sa classe avait dessiné des portraits de famille et quand elle lui avait demandé pourquoi elle n'avait pas de père.

Willa prit une profonde inspiration et essuya ses larmes. Elle savait ce qu'elle devait faire. Elle devait trouver un moyen de tout arranger.

Elle alla frapper à la porte de la chambre de Jack. Il ne répondit pas, alors elle ouvrit. Elle le trouva assis sur son lit, perdu dans ses pensées. Elle n'attendit pas sa permission pour entrer et s'installa près de lui. Il se crispa.

— J'aurais aimé que tu me le dises plus tôt, murmura-t-il.

Il se leva, s'approcha d'un coffre-fort mural, tapa le code et revint en tenant une boîte à bijoux qu'il lui tendit.

Elle l'ouvrit et découvrit une somptueuse bague de fiançailles ornée d'un saphir.

— J'allais te demander ta main. Si tu m'avais dit que tu étais enceinte, j'aurais été aux anges. Et si tu n'avais pas voulu rester avec moi ou devenir ma femme, je ne t'aurais pas imposé ça. Je t'aurais juste demandé de faire partie de la vie de ma fille.

Willa sentit de nouvelles larmes couler sur ses joues.

— Qu'est-ce que tu aurais répondu ?

— Quoi ?

— Si j'avais pu te demander en mariage, qu'aurais-tu répondu ?

Son estomac se noua. Elle n'aimait pas la vérité et aurait préféré ne pas être obligée de l'admettre – même à elle seule.

— Je n'étais pas prête à l'époque, Jack. Ne te méprends pas. Je t'aimais de tout mon cœur, mais j'étais uniquement centrée sur ma carrière. Je voulais me faire un nom dans le journalisme et je ne pensais pas au mariage.

Il reprit la bague et la rangea dans le coffre.

— Cet anneau appartenait à ma *nani*. Quand ma mère a quitté sa maison avec mon père, sa maman s'est sentie coupable parce qu'elle ne pouvait pas soutenir sa fille. Elle lui a donc donné ce bijou pour qu'elle garde un lien avec sa famille. Ma mère comptait l'offrir à Priya, mais quand elle a su que j'avais enfin trouvé la femme que je voulais épouser, elle me l'a confié.

Était-il possible pour Willa de se sentir encore plus mal ?

— Je suis désolée, Jack.

— Pourquoi ne m'as-tu pas dit que tu étais enceinte ?

Il lui avait déjà posé cette question et elle devait à tout prix lui apporter une réponse.

— J'étais furieuse et terrifiée.

— Et tu ne crois pas que c'était un peu excessif pour punir un simple choix *professionnel* de ma part ?

— Jack, non ! Ce n'était pas une punition, protesta-t-elle avant de se mordre la lèvre. J'avais peur que tu m'enlèves le bébé, si je t'en parlais. J'étais au trente-sixième dessous et Priya était tout ce qui comptait pour moi, tout ce qui me permettait de tenir. Je ne pouvais pas…

Sa voix se brisa et elle n'eut pas la force de continuer.

— Penses-tu vraiment que je sois le type d'homme prêt à séparer un enfant de sa mère ?

Non, bien sûr.

— Je ne pouvais pas prendre ce risque.

— Dans ce cas, pourquoi m'annoncer ça maintenant ?

— Parce qu'il est temps de réparer mes erreurs.

Elle lui tendit une feuille de papier pliée. Il l'ouvrit et elle surprit l'éclat furtif d'un sourire sur ses lèvres.

— Elle adore dessiner et aime les couleurs. Avant mon départ de New York, elle a tenu à ce que j'emporte quelque chose pour me souvenir d'elle, donc elle a fait ce portrait d'elle avec sa peluche préférée qu'elle s'entête à appeler un chien.

— Comment est-elle ?

Willa passa l'heure qui suivit à lui parler de Priya. Elle lui dit à quel point leur fille était audacieuse. Elle lui raconta que la petite parlait sans arrêt et qu'elle avait la capacité de concentration d'un oiseau. Jack l'écouta attentivement résumer les quatre premières années et demie de la vie de Priya, de petit bébé trop maigre à la naissance, à fillette énergique capable d'avaler deux gros hamburgers d'affilée quand elle avait faim.

— J'ai raté tellement de choses pendant cinq ans.

— Je sais, répondit Willa, les joues inondées de larmes. Je suis vraiment désolée, Jack. Je n'aurais pas dû te la cacher.

Jack fit défiler en silence les photos de Priya sur le téléphone de Willa. Elles les représentaient en train de manger d'immenses piles de pancakes surmontées de crème fouettée. Il trouva un portrait de Priya sur le dos d'un poney dans une ferme pédagogique, un autre de Willa en train de rire tandis que leur fille l'embrassait sur la joue. Il examina longuement ce cliché, le cœur débordant d'émotions contraires. Il aimait Willa depuis le premier jour. Mais comment pourrait-il lui pardonner de l'avoir privé de Priya ?

Soudain, une autre pensée le traversa.

— Pourquoi es-tu venue à Royal ?

Elle baissa les yeux.

— Lorsque cette opportunité s'est présentée, j'ai pensé que ce serait un bon moyen de te revoir. Je ne pouvais tout de même pas t'appeler sans prévenir et t'annoncer que tu as une fille.

La gorge de Jack se serra. Avait-elle prévu de ranimer la flamme entre eux dans l'espoir que cela adoucisse le coup ?

— Et nous ? C'était prémédité aussi ?

Elle plaqua une main sur sa bouche.

— Non ! Crois-moi, ce n'est pas du tout ce que je voulais.

Cet aveu lui fit du mal. Avait-elle seulement imaginé qu'ils pourraient former une famille, tous les trois ? La peur de perdre sa carrière était-elle si ancrée en elle qu'elle entachait tout le reste ? Avait-elle cherché à le punir, cinq ans plus tôt ?

— Comment as-tu pu passer cette semaine avec moi sans me dire que j'ai une fille ?

Elle cligna des paupières et de nouvelles larmes roulèrent sur ses joues.

— Je n'avais pas prévu que les choses se passeraient comme ça entre nous.

— Mais après que nous...

— J'attendais le bon moment pour t'en parler.

Le bon moment ? Ils avaient passé presque tout leur temps ensemble durant la semaine précédente. Chaque jour, ils avaient discuté longuement, et chaque soir, ils avaient retrouvé une intimité qu'ils n'avaient connue avec personne d'autre. Et pendant tout ce temps, elle avait gardé ce secret pour elle sans qu'il ne se doute de rien. Pourtant, Jack avait bâti son succès sur sa capacité à lire les gens. En général, il ne lui fallait que quelques minutes pour savoir si quelqu'un lui mentait ou bluffait. Il aurait pu écrire un livre sur l'art de jauger les situations et ses interlocuteurs afin de négocier le meilleur accord possible. N'avait-il pas fait cela avec les Del Rio et les Winters ? Alors, comment avait-il pu passer à côté de l'évidence avec Willa ? Comment n'avait-il pas deviné qu'elle lui cachait une chose aussi énorme ?

— Le bon moment ? répéta-t-il, à la fois blessé et furieux. C'était censé être quand ? Après que nous avons couché ensemble ? Une fois que je serais retombé amoureux de toi ?

Willa tressaillit sous la violence de ses accusations.

— Non, Jack. Ce n'est pas ça. Je ne savais pas comment te le dire, c'est tout. J'avais peur de ta réaction.

Peur de ma réaction ? Lui avait-il déjà donné une raison de le craindre ?

Comme si elle avait lu dans ses pensées, elle lui effleura le bras.

— Je suis désolée, Jack. Sincèrement. Oui, j'avais peur de ta réaction, de ce que tu allais penser de moi et des conséquences que ça allait avoir pour nous, dit-elle d'une voix tremblante. J'avais peur de te perdre et de perdre Priya.

Jack secoua la tête, incrédule.

— Tu craignais de me perdre ? Tu m'as déjà perdu, Willa. Tu

aurais dû me dire la vérité dès le début. Tu aurais dû me faire confiance et savoir que j'aurais été là pour toi, pour le bébé.

Il avait toujours porté des œillères avec Willa. Son amour l'avait empêché de voir qui elle était vraiment. Elle s'était montrée particulièrement égoïste en lui cachant l'existence de Priya. Comment pourrait-il lui pardonner ça ? Comment pourrait-il la croire de nouveau ?

— Ça va tout changer entre nous, n'est-ce pas ?

— C'est déjà fait, Willa, dit-il plus doucement. Je ne sais pas comment réagir à tout ça. Puis-je encore te faire confiance ? Puis-je rester avec quelqu'un qui m'a caché une telle chose ?

— Je comprendrais que tu ne puisses pas me pardonner, dit-elle d'une voix mal assurée. Mais sache que je n'ai jamais cessé de t'aimer et que je regrette ce que j'ai fait.

Jack la contempla un long moment, sondant son regard. Lui disait-elle la vérité ? Comment le savoir ? De toute évidence, il ne savait pas être objectif face à elle. Finalement, il soupira et passa une main dans ses cheveux.

— J'ai besoin de temps pour réfléchir, Willa. Je dois découvrir si je suis capable de te pardonner ou si je peux encore me fier à toi. Mais une chose est sûre : j'aimerai notre enfant et je serai toujours là pour elle.

Willa acquiesça, les joues inondées de larmes.

— Merci, Jack. C'est tout ce que j'ai le droit d'attendre de toi.

Ils restèrent assis en silence pendant quelques minutes, écrasés par le poids de cette conversation. Une boule se forma dans la gorge de Jack tandis qu'il songeait à tous les instants qu'il avait manqués avec leur fille ; à toutes ces petites choses si magiques, d'après ses amis. Entendre son cœur battre pendant une échographie, couper le cordon ombilical, la tenir dans ses bras pour la première fois. Choisir son prénom.

— Pourquoi l'as-tu appelée Priya ?

Ça n'avait aucun sens. Willa l'avait tenu éloigné de leur fille.

Si le scandale des diamants ne l'avait pas amenée à Royal et s'ils n'avaient pas ravivé leur ancienne flamme, aurait-elle pris la peine de lui dire la vérité ? Pourquoi avait-elle baptisé leur fille en hommage à la sœur de Jack ? Willa devait se douter que s'il apprenait le nom de l'enfant, il aurait immédiatement compris qu'il était le père. Si elle avait prévu dès le départ de lui cacher sa fille, pourquoi avoir choisi un nom si symbolique ?

— Je savais à quel point tu aimais ta sœur. Même avant sa naissance, je tenais à ce que le bébé hérite de quelque chose de toi. Je me doutais qu'elle me demanderait un jour pourquoi j'ai choisi ce nom et j'avais l'intention de lui parler de son père, de son attachement à sa sœur. Je ne voulais pas qu'elle oublie qu'elle vient autant de toi que de moi.

Ces mots lui transpercèrent le cœur comme une flèche acérée. Il la sentit déchirer sa poitrine et se planter au plus profond de son âme. Ils se turent encore quelques instants, perdus dans leurs pensées. Jack essaya d'imaginer sa rencontre avec sa fille. Serait-elle prête à l'accueillir, ou bien lui en voudrait-elle d'avoir été absent si longtemps ?

— Je veux la voir, dit-il avec détermination. Je veux faire partie de sa vie.

Willa hocha la tête. Une larme coula sur sa joue.

— Je vais réserver un jet privé pour qu'on aille à New York ensemble dès demain matin.

— On ne peut pas faire ça, Jack.

16

Willa fut bouleversée par l'expression blessée de Jack. Maintenant qu'elle lui avait enfin dit la vérité, un immense soulagement la submergeait. Elle regrettait presque d'avoir tant attendu. Mais, d'un autre côté, elle sentait la terreur monter en elle. Elle avait toujours pensé que garder le secret était la bonne solution. Hélas, face au regard peiné et trahi de Jack, elle eut soudain la certitude d'avoir commis une terrible erreur.

— Jack, je dois d'abord parler de toi à Priya. Si j'arrivais avec toi sans prévenir, je ne sais pas comment elle réagirait. Je dois la préparer.

— Que lui as-tu dit au sujet de son père ?

— Rien. Elle n'a que quatre ans et demi. Elle est encore à l'âge où on peut la distraire avec des jouets quand elle pose des questions difficiles.

Pourrait-il jamais la pardonner ? Elle avait toujours su que lui parler de Priya serait difficile, mais sa moue et son regard étaient comme des pointes de glace enfoncées dans son cœur. La colère de Jack était palpable. Elle la voyait dans ses mâchoires crispées et ses poings serrés. C'était une fureur froide et amère qui la fit frissonner. Pourtant, il y avait aussi autre chose, une émotion qu'elle n'aurait pas su nommer. Un sentiment profond, brut, qui allait au-delà de la rage ou de la douleur. Elle se sentit soudain toute petite.

— Quel est ton plan, alors ?

Elle n'avait pas de plan. Elle s'était tellement concentrée sur la manière d'avouer son secret à Jack qu'elle n'avait pas pris le temps de réfléchir à la suite. Comment allait-elle le faire entrer dans la vie de Priya ? Allait-elle le laisser l'amener à Royal ? Et s'il voulait que leur fille vive avec lui ? Willa ne pouvait pas quitter New York.

Plus les secondes passaient, plus Willa sentit qu'elle était sur le point d'exploser, incapable de supporter cette tension écrasante. Elle ne s'était encore jamais sentie aussi seule et impuissante. Elle ne pouvait que rester assise ici, le cœur brisé, sous le regard glacial et impitoyable de Jack.

— Laisse-moi rentrer à New York et parler à Priya. Ensuite, je l'amènerai ici pour qu'elle te rencontre.

— Puis-je te faire confiance ?

La question la blessa plus que tout le reste. Pensait-il sincèrement qu'elle ne tiendrait pas parole ? Restait-il donc si peu de choses entre eux ?

— Je serai de retour le week-end prochain.

— Je t'enverrai mon jet.

Jack ne prit pas la peine de lui dire au revoir. Willa quitta le ranch sans le voir, le lendemain matin. Il avait prévu une voiture pour elle et avait affrété son jet. La seule chose qui la poussa à partir fut la perspective de revoir Priya. Elle avait passé neuf jours loin de sa petite fille. On était dimanche, donc Priya ne serait pas à l'école. Willa avait du mal à croire que son absence avait été si courte ; elle avait l'impression d'être partie depuis une éternité. Lorsqu'elle avait quitté la ville, elle ne pensait qu'à obtenir un scoop capable de relancer sa carrière. À présent, sa vie entière avait basculé. Jack allait faire de nouveau partie de son monde. Mais quel rôle tiendrait-il ? Serait-il juste le père de

Priya, ou quelque chose de plus ? L'avenir de leur relation n'avait jamais été aussi incertain.

En s'installant dans un fauteuil de cuir moelleux à bord du jet privé, elle ne put s'empêcher de remarquer l'opulence qui l'entourait. Les cloisons écrues et apaisantes étaient ornées de délicats filigranes dorés et le plancher en bois poli brillait sous la lumière tamisée. Les sièges étaient confortables, agrémentés de coussins et de couvertures chaudes. Sur la table, près d'elle, des flûtes à champagne reflétaient l'éclat discret des lampes.

En dépit de tout ce luxe, Willa ne parvint pas à apprécier le voyage. Ses pensées inquiètes ne tournaient qu'autour de Jack. Elle n'arrivait pas à se libérer de l'impression d'être emportée par un courant incontrôlable, sans savoir où il la conduirait. Elle ferma les yeux et tenta de calmer son esprit fiévreux. Elle songea à Priya, à la manière dont son visage s'illuminait quand elle la voyait et à l'avenir qu'elles pourraient bâtir ensemble. Quoi qu'il arrive, elle devait être forte pour sa fille.

Tandis que le jet fendait les nuages, Willa laissa son regard se perdre par la fenêtre, plongée dans ses réflexions. Sa vie ne serait plus jamais la même, mais elle devait continuer à avancer en dépit des incertitudes qui l'attendaient. Pour le bien de sa fille autant que pour le sien.

Lorsqu'elle descendit sur le tarmac, elle ne put réprimer la sensation de voir son destin lui échapper. Elle songea de nouveau aux événements qui l'avaient conduite ici – les mensonges, les tromperies, la douleur. Elle ne savait pas ce que l'avenir lui réservait, mais une chose était sûre : elle ne pourrait pas supporter de perdre Jack ou Priya.

En franchissant le seuil de son appartement, elle entendit le rire de sa fille. Son cœur s'emplit de joie et de soulagement. Priya courut vers elle et passa ses petits bras autour de son cou. Willa la serra très fort, incapable de retenir ses larmes.

— Pourquoi tu pleures, maman ?

— Je suis juste contente de te voir, répondit-elle, agrippée à sa fille.

— Maman, tu me fais mal, protesta Priya.

Willa la lâcha et sourit.

Elle plongea de nouveau dans leur routine quotidienne comme on se laisse couler sur un canapé chaud et rassurant. Priya et elle mangèrent un déjeuner simple constitué de sandwichs au beurre de cacahuètes et à la confiture, accompagné de carottes et de houmous. Après une partie de cache-cache, Willa prépara un goûter et elles se rendirent au parc. Même les choses qui l'agaçaient d'habitude, comme le fait de devoir éplucher les pommes parce que Priya n'aimait pas manger la peau, la réconfortèrent.

Au parc, elle tint sa fille par les jambes tandis qu'elle s'aventurait sur les jeux destinés aux enfants plus âgés. De retour à la maison, elles jouèrent à la marelle sur le trottoir puis préparèrent des spaghettis aux boulettes de viande pour le dîner.

Willa essaya d'imaginer qu'elles incluaient Jack dans leur vie et ne put le visualiser dans ce petit appartement. Saurait-il vraiment couper les sandwichs de Priya en petits carrés, sans la croûte ? Démêler ses cheveux ? L'aider à se brosser les dents ? Willa ne savait pas ce qui l'effrayait le plus : l'idée qu'il n'arrive pas à s'occuper de leur fille, ou qu'il y réussisse, au contraire. Allait-elle parvenir à partager l'affection de Priya avec lui ?

Une fois sa fille couchée, elle raconta à sa sœur tout ce qui s'était passé entre Jack et elle. Elles discutèrent assises à la table ronde de la cuisine, flanquée de quatre chaises. Willa et Kylie avaient grandi ici. Les placards avaient toujours des façades blanches, comme dans leur enfance, mais les deux sœurs avaient arraché le vieux papier peint pour recouvrir les murs d'un écru aux reflets jaunes plus chaleureux. Le décor n'avait rien à voir avec l'élégante cuisine de Jack, mais Willa s'était toujours sentie apaisée dans cette pièce.

— Willa, je crois que tu commets une erreur en emmenant Priya à Royal. Et si Jack insistait pour qu'elle y reste ? Ou si elle refusait de revenir ? Après tout, quelle petite fille n'aurait pas envie de vivre dans un ranch avec des chevaux ?

Willa soupira.

— Je dois prendre le risque. Tu n'as pas vu le visage de Jack quand je lui ai tout dit. J'avais tort de lui cacher Priya, et maintenant, je dois leur donner la chance d'apprendre à se connaître. Je ne pense pas que Jack serait cruel au point de m'arracher ma fille.

— Et vous deux ?

Willa se mordilla la lèvre. Ses sentiments pour Jack étaient bien réels, mais parviendrait-il à la pardonner ?

— Je ne sais pas où nous en sommes, avoua-t-elle.

— Admettons qu'il passe l'éponge, que voudrais-tu faire ensuite ?

Elle enfouit son visage entre ses mains.

— Je ne sais pas. Ma vie est ici. Je dois me concentrer sur ma carrière et la relancer. Je ne vais pas emménager dans une petite ville pour écrire des articles sur le rodéo. Quant à lui, il ne pourra pas quitter Royal. Il a installé ses parents sur son ranch et toute la communauté le connaît bien. Il est aimé. Je ne pourrai jamais lui demander de tout abandonner pour revenir à New York. Je ne veux pas qu'il me haïsse pour ça.

— Il veut faire partie de la vie de Priya. Comment allez-vous réussir, si vous vivez chacun à un bout du pays ?

— Je l'ignore. Je ne sais absolument pas comment régler le problème.

Elle soupira, totalement épuisée.

Kylie la serra contre elle.

— Prenons les choses au jour le jour, pour l'instant. D'abord, essayons de trouver un moyen de parler de Jack à Priya. Ensuite, tu devras demander quelques jours de congé à ton patron. Tu ne peux pas juste emmener Priya à Royal pour un week-end alors qu'elle va rencontrer son père pour la première fois. Tu dois les laisser passer un peu de temps ensemble. Et, tant que tu seras là-bas, tu devrais essayer de découvrir ce qu'il y a vraiment entre Jack et toi.

— Je ne pense pas qu'il me pardonnera un jour.

— Sois patiente. Tu lui as livré beaucoup de choses d'un coup. Lorsque tu y retourneras, il sera sans doute plus rationnel.

Il pourrait me pardonner, c'est vrai. Mais avons-nous encore une chance d'être ensemble ? Cette nuit-là, Willa eut du mal à trouver le sommeil. Elle se tourna et se retourna dans son lit, hantée par ses souvenirs de Jack. Lorsqu'elle parvint enfin à s'endormir, ses rêves furent envahis par des images de Jack et Priya. Elle savait que sa vie ne serait plus jamais la même, mais elle devait à tout prix continuer d'avancer pour sa fille, et pour elle. Et le premier pas serait de renoncer à Jack.

17

Jack était complètement perdu. Il contempla les étagères colorées débordantes de peluches, de poupées et de jouets. Il ne savait pas du tout ce qu'une fillette de quatre ans et demi pouvait aimer. Il venait de passer une heure dans la boutique et tout ce qu'il avait posé dans son panier était une serviette de bain rose. Il était temps d'appeler des renforts.

Tout en attendant l'arrivée de sa mère, il demanda à un employé de veiller sur son panier et poussa la porte d'Odds & Ends, la brocante d'Alisha Winters.

— Jack ! s'écria-t-elle avant de l'enlacer.

Elle portait un jean et un haut rose vif qui la mettait en valeur. Ses cheveux noirs bouclés flottaient sur ses épaules.

— Il paraît que tu as été ferré par k !smet, toi aussi.

Jack avait presque oublié ce détail.

— Techniquement, oui. Mais Willa est mon ex, donc je ne suis pas sûr que ça compte.

Alisha sourit.

— Si l'appli vous a réunis, tu dois lui en laisser le mérite. Alors, où est-elle ? J'aimerais beaucoup rencontrer la femme qui a su ravir le cœur de Jack Chowdhry.

Son estomac se noua. Certes, elle avait ravi son cœur, mais il n'était pas certain d'avoir un avenir avec elle.

— Elle est rentrée à New York.

— Ah, je comprends mieux ta mine sombre. Tu es venu pour lui acheter un cadeau ?

Il fit non de la tête.

— J'étais dans le coin et je voulais juste passer te dire bonjour. Comment va Tremaine ?

Alisha était fiancée à Tremaine Knowles, détective privé. Jack faisait régulièrement appel à lui pour vérifier les antécédents de ses employés.

— Il va très bien. Mais laisse-moi te rendre service en m'assurant que tu ne repartes pas sans un cadeau pour Willa.

Sans lui laisser le temps de protester, Alisha s'approcha d'une des étagères chargées d'objets divers.

— Je viens de mettre la main sur ça et je pense qu'il devrait être destiné à quelqu'un de spécial, dit-elle en lui tendant un petit coffret à bijoux en argent. C'est la taille idéale pour des boucles d'oreilles précieuses ou… une bague, pourquoi pas ?

Elle lui fit un clin d'œil. Jack acheta le coffret, la remercia et s'éclipsa en annonçant qu'il avait rendez-vous avec sa mère.

Lorsque celle-ci le rejoignit dans le magasin pour enfants, il avait reposé la serviette, craignant qu'elle fasse trop « fifille ». Il avait parlé de Priya à ses parents le jour du départ de Willa. Comme lui, ils étaient furieux qu'il ait perdu quatre ans de la vie de son enfant, mais ils semblaient davantage disposés à pardonner Willa. Étrangement, son père avait été le plus compréhensif des deux. Il avait rappelé à Jack qu'il n'avait pas demandé Willa en mariage, cinq ans plus tôt, et que celle-ci n'avait donc eu aucun moyen de savoir à quel point il tenait à elle. D'une certaine manière, elle avait essayé de le protéger en lui évitant de devoir prendre une décision spontanée qui aurait pu leur gâcher la vie à tous les deux. Si elle lui avait avoué qu'elle était enceinte et si Jack avait fait sa demande immédiatement, elle aurait pu douter de ses sentiments réels pour elle.

Il embrassa sa mère à son arrivée.

— Tu vois, dit-elle, c'est pour ça que tu as besoin d'une femme. Les hommes ne savent pas faire ce genre de choses.

— Si Willa avait cru en moi, j'aurais une épouse et une fille maintenant.

Sa mère posa la main sur son bras avec douceur.

— *Beta*[1], je sais que tu souffres, mais tu ne dois pas t'accrocher au passé comme ça. Vous avez tous les deux fait des erreurs. À présent, vous devez penser à Priya, pas à vos ego.

— Comment puis-je encore lui faire confiance ?

— Jack, est-ce que tu te souviens de ce qui s'est passé entre nous après la mort de ta sœur ?

Il s'agita un peu, gêné. Il avait honte de la manière dont il avait traité sa famille, à l'époque. Après le décès de Priya, il avait pris ses distances. Il n'avait pas su trouver le temps de s'occuper de ses parents, avait tout fait pour éviter de les voir même quand ils venaient d'Inde exprès. La douleur avait été trop intense et il avait eu tant de mal à la supporter qu'il n'avait pas eu le courage d'affronter l'instinct trop protecteur de ses proches. À présent, il comprenait que ça avait été leur manière de faire leur deuil et il n'avait pas été là pour eux.

— Un jour, tu as décidé de nous installer au Texas alors que nous ne connaissions pas la région. Tu voulais qu'on quitte notre foyer pour qu'on puisse redevenir une vraie famille.

Du haut de son mètre soixante-quatre, elle était bien plus petite que Jack. Elle tapota son torse pour l'obliger à baisser les yeux sur elle.

— Nous t'avons fait confiance. Sais-tu pourquoi ?

C'était une question rhétorique, mais il répondit quand même :

— Pourquoi ? Surtout après la manière dont je vous ai ignorés ?

— Parce que s'il existait une chance infime pour que nous fassions partie de ta vie, nous voulions la saisir. Nous t'aimons tant que te retrouver méritait tous les sacrifices.

1. *Beta* signifie « fils » en hindi.

Elle prit un cadre photo sur une étagère et le lui montra. L'image représentait un couple avec une petite fille.

— Tu peux avoir ça avec Willa et Priya. Mais tu dois renoncer à ta colère et croire en votre bonheur. Est-ce que ça en vaut la peine, à tes yeux ?

Il plaça le cadre dans leur panier et embrassa sa mère sur la joue.

Ils parcoururent ensuite tous les rayons et choisirent plusieurs objets. Jack dut faire de nombreux allers-retours jusqu'aux caisses pour poser son panier et en prendre un nouveau. Tandis que sa mère sélectionnait des robes, il aperçut un petit service à thé et l'ajouta à sa pile d'achats.

De retour au ranch, il vida ses sacs et contempla le cadre. Réussirait-il vraiment à faire confiance à Willa ?

Willa s'apprêtait à quitter son bureau quand son patron, David, entra avec Rogerio qui agitait frénétiquement les mains. Willa n'était pas douée pour les devinettes et elle ne comprit pas contre quoi son ami tentait de la mettre en garde. Elle se prépara au pire. David n'avait pas été heureux d'apprendre qu'elle prenait une semaine de congé. Le fait qu'elle n'ait pas réussi à déterrer un secret gênant sur Jack l'avait mis hors de lui.

— Je t'ai donné une chance quand les autres chaînes refusaient de t'embaucher, oui ou non ? lança-t-il.

C'était un homme petit et noueux, aux cheveux gris et portant toujours des vêtements froissés.

— Que se passe-t-il, David ? soupira Willa.

— Tu m'as dit que tu n'avais rien trouvé sur Jack Chowdhry, et pourtant je viens de découvrir que sa sœur est morte dans des circonstances douteuses. Au même moment, tu décides de prendre des vacances pour retourner à Royal. As-tu l'intention de vendre le scoop à nos concurrents ? Est-ce que tu vas retourner à CMG ? Que t'ont-ils offert ?

Willa regarda Rogerio sans parvenir à déchiffrer son expression.

— David, je retourne à Royal pour des raisons personnelles. Il n'y a aucun scoop au sujet de la sœur de Jack. Rogerio et moi avons entendu des rumeurs, mais nous n'avons pas de preuves.

David se tourna vers le caméraman, qui lança un coup d'œil navré à Willa.

— J'ai demandé à Steve de parler avec les habitants. La mort de la sœur de Jack n'était pas un accident. Il le sait, et Nico Law aussi.

Willa sentit son estomac se nouer. Elle n'avait pas dit à Rogerio que Jack lui avait tout raconté. Elle ne voulait pas de fuites accidentelles. Sa relation avec Jack était fragile et elle avait peur que la publication de cette histoire gâche tout.

— Et le reportage que j'ai fait sur k !smet, sur le mariage Winters-Del Rio ?

— Tous les autres journalistes qui étaient à Royal cette semaine ont diffusé le même. J'ai besoin d'une exclusivité. Je veux publier l'histoire de la sœur de Jack.

— David, il n'y a pas de quoi faire un scoop.

— Mais tu peux creuser plus profond.

— Non.

David cala ses poings sur ses hanches.

— Très bien. Voyons ça autrement. Jerry Kramer vient de quitter la rubrique politique. Tu veux toujours devenir journaliste d'investigation ? Je te donnerai son poste si tu me rapportes cette exclu.

— David...

— C'est à toi de choisir, Willa. Reviens avec un bon reportage, ou prépare-toi à passer ta vie dans les faits divers.

David tourna les talons sans lui laisser le temps de répondre.

— Rogerio ! cria Willa en se campant devant son ami.

Il leva les mains en signe d'excuses.

— Je suis désolé. Il m'a entendu parler à Steve au téléphone et il m'a tiré les vers du nez. Je pensais que tu faisais encore des recherches au sujet de la sœur de Jack. Quand as-tu décidé d'abandonner ?

C'était la faute de Willa : elle aurait dû le prévenir.

— Jack m'a demandé de laisser tomber pour des raisons que je ne peux pas te confier.

— Que vas-tu faire, alors ?

— Je vais rentrer chez moi et préparer Priya pour sa rencontre avec son père. Quand ce sera fait, je commencerai à chercher un nouveau travail.

18

Comme promis, Jack envoya son jet très tôt, le samedi matin. Willa avait parlé de lui à Priya quelques jours auparavant. Elle lui avait montré des photos de son père. Sa fille était surexcitée. Elle n'avait pas arrêté de poser des questions au sujet de Jack et de son ranch.

Elles montèrent à bord et s'installèrent dans les confortables fauteuils en cuir. Priya n'avait encore jamais pris l'avion et Willa savoura son émerveillement enfantin. Une voiture les attendait à l'aéroport de Dallas lorsqu'elles atterrirent. Jack avait voulu venir les chercher, mais Willa lui avait suggéré de rencontrer Priya au ranch, pour éviter la gêne d'un long trajet en voiture.

Jack les accueillit donc sur le pas de la porte. Willa le regarda approcher avec anxiété. Un mélange d'amour et de joie illumina son visage lorsqu'il découvrit sa fille. Priya s'agrippa à la jambe de sa mère et Willa passa le bras autour de ses épaules.

Jack s'agenouilla devant la petite, lentement.

— Bonjour, Priya. Je suis ton papa, dit-il à mi-voix avant de lui tendre la main.

Priya l'observa un long moment, puis lâcha la jambe de Willa et serra Jack dans ses bras.

La tendresse avec laquelle Jack lui rendit son étreinte fit fondre le cœur de Willa.

— Est-ce que tu veux voir ta chambre ?

Priya jeta un coup d'œil à sa mère, qui hocha la tête pour l'encourager. Ne s'était-il réellement écoulé que deux semaines depuis qu'elle avait franchi ce seuil, la première fois ? Willa eut le souffle coupé en entrant dans le hall. Toute la maison avait été décorée pour Noël. La rambarde de l'escalier était enrubannée de guirlandes végétales et de lumières scintillantes. Sur chaque marche, on avait dressé un minuscule sapin décoré avec soin. Une magnifique plante avec des fleurs rouges occupait le centre de l'entrée.

Les yeux écarquillés, Priya admira le décor avec fascination. Jack les conduisit à l'étage en direction de la chambre d'amis que Willa avait occupée la semaine précédente. Elle avait été transformée en palais merveilleux, digne d'une petite princesse. Les murs avaient été repeints en rose clair et recouverts de pochoirs de fleurs, de papillons, de fées en train de danser. Un épais tapis blanc masquait le parquet pour accueillir les pieds de la fillette. Le lit de Priya, blanc également, possédait quatre colonnes et un baldaquin drapé de légers rideaux roses qui s'agitaient au moindre courant d'air.

Dans un coin, on avait installé une zone de jeux avec une petite table, des chaises, une cuisine miniature et une bibliothèque remplie d'albums. Un tipi taille enfant était dressé dans un autre angle, offrant une cachette cosy.

— C'est tout pour moi ? demanda Priya en ouvrant de grands yeux.

Elle fit le tour de la salle, toucha tous les objets, prit les jouets puis les reposa avec soin.

— Oui, tout pour toi, répondit Jack sans la quitter des yeux. Mais tu sais quoi ? Je trouve que cette chambre est trop rangée. On pourrait mettre un peu de bazar, non ?

Il se laissa tomber sur le lit, attrapa un oreiller et le jeta par terre avant de tapoter le matelas. Priya grimpa dessus avec bonheur. Elle sautilla tout en riant.

— Maman, regarde ! Le lit rebondit super bien !

Willa ne put s'empêcher de rire aussi en voyant sa fille jouer au trampoline, imitée par Jack qui faisait semblant de perdre l'équilibre.

— J'ai une autre surprise pour toi, dit-il quand elle se calma.

Priya le regarda avec un enthousiasme à peine contenu. Jack lui prit la main et la conduisit dans le couloir. En passant, Priya s'agrippa au bras de Willa pour descendre dans la cuisine entre ses deux parents.

La table était dressée avec un joli petit service à thé composé de tasses rondes sur des soucoupes rose et blanc. Une théière trônait au milieu, avec son long bec et une élégante poignée. Elle était peinte du même motif floral que le reste de la vaisselle. Des assiettes miniatures étaient remplies de sandwichs et de scones.

— Tu aimes jouer au thé ? demanda Jack.

Priya poussa un cri aigu.

Elle prit immédiatement place en tête de table, près de la théière, et invita ses parents à s'asseoir de part et d'autre d'elle. Ils obéirent avec joie, échangeant un petit sourire.

Une vague de chaleur envahit la poitrine de Willa. Jack avait préparé cette rencontre avec tant de soin… Il ne s'était pas contenté d'acheter des jouets, il avait réfléchi à un moyen d'interagir avec sa fille et de se lier à elle.

Priya servit le « thé » – en fait, du chocolat chaud.

— Steve s'est-il amusé à couper tous ces sandwichs ? demanda Willa en gobant une bouchée au jambon et au fromage.

D'un coup, elle se rendit compte qu'elle était affamée. Elle s'était assurée de servir à Priya un bon petit déjeuner et un repas à midi, mais elle n'avait pas mangé de toute la journée.

Jack prit sa tasse et sa soucoupe avec délicatesse, comme Priya venait de lui montrer, et but une gorgée.

— Steve ne comprend pas le concept des simples sandwichs au jambon ou au beurre de cacahuètes et à la confiture. Sa première fournée était composée de roquette et d'aïoli. Ils sont au frigo, si tu as faim. J'ai fait ceux-ci moi-même.

Imaginer Jack en train de couper la croûte du pain de mie lui fit chaud au cœur.

Ils continuèrent leur goûter en bavardant et en riant ensemble. Jack était très attentionné. Il posa des questions à sa fille pour découvrir ce qu'elle aimait ou non, ses rêves et ses aspirations.

— Merci d'avoir joué avec moi, papa, dit-elle en levant ses grands yeux noisette vers lui.

Willa sentit son souffle se coincer dans sa gorge quand elle vit le regard de Jack briller plus fort. C'était la première fois que Priya l'appelait papa. Il avait un don naturel pour ça.

Les parents de Jack les rejoignirent pour le souper. Priya fut plus réservée avec eux et resta près de Willa. Néanmoins, en fin de soirée, ils réussirent à la charmer en lui promettant de jouer avec elle le lendemain.

Lorsque Willa lava sa fille dans l'immense baignoire remplie de jouets achetés par Jack, Priya se tourna vers sa mère.

— Maman, j'adore cette maison. Est-ce qu'on peut rester pour toujours ?

En quelques mots, la pire crainte de Willa venait de se matérialiser.

Jack se tint sur le seuil en silence tandis que Willa bordait leur fille. Priya se cala contre elle, les yeux grands ouverts et toujours aussi excités. Willa lui sourit, ouvrit un livre et commença à lire. Sa voix douce emplit la chambre. Jack sentit son cœur gonfler d'amour et d'adoration, à la fois pour sa fille et pour la femme qui la câlinait avec une telle tendresse. Il avait du mal à croire qu'il aimait à ce point cette fillette, qu'il n'avait pourtant rencontrée que le jour même. La confiance et l'affection qu'il lisait dans son regard levé vers Willa lui serrèrent le cœur. Si elle lui avait parlé de sa grossesse, ils auraient été assis au bord du lit tous les deux, ce soir. Il n'aurait pas été obligé de contempler la scène de loin.

Willa termina l'histoire, referma le livre et chanta une berceuse. Sa voix était caressante comme une brise fraîche au milieu d'une chaude journée d'été. Les paupières de Priya s'alourdirent. Jack percevait l'amour et le dévouement qui émanaient de Willa, tandis qu'elle contemplait leur fille. Son cœur se mit à battre plus vite. Willa avait bien élevé leur fille. Priya était polie, gentille, intelligente, et Jack savait d'où elle tenait tout ça.

À la fin de la berceuse, Willa déposa un baiser sur le front de la petite. Elle remonta les couvertures pour s'assurer qu'elle n'ait pas froid, puis se tourna et vit Jack dans l'encadrement de la porte. Leurs regards se croisèrent un instant et ils restèrent immobiles plusieurs minutes.

Enfin, Willa lui fit signe de venir dire bonsoir à Priya. Il embrassa les cheveux de sa fille.

— Je n'arrive pas à croire qu'elle est à nous, murmura-t-il, la voix chargée d'émotion.

Ils restèrent debout un moment, devant la fillette endormie.

Willa se tourna vers lui, les yeux humides de larmes.

— Je suis désolée de te l'avoir cachée.

Une boule dure se forma au fond de la gorge de Jack tandis qu'il contemplait Willa. Comment pourrait-il la pardonner ? D'un autre côté, comment rester fâché ? Elle était la mère de son enfant, l'amour de sa vie. Elle avait élevé leur fille toute seule pour en faire un être humain merveilleux. Elle lui avait même donné le nom de sa sœur, sans qu'il ait besoin de le lui demander. Elle avait entretenu sa mémoire d'une manière si touchante. Jamais il n'avait ressenti autant d'amour et de gratitude pour une autre personne.

Priya émit un petit bruit dans son sommeil et se retourna pour se nicher un peu plus sous les couvertures. Jack et Willa sourirent.

— Je ne la connais que depuis une journée, et je l'aime déjà plus que je ne saurais le dire.

Willa posa une main sur son bras et, sans réfléchir, il l'enlaça. Ils regardèrent Priya s'agiter encore un peu avant de se pelotonner confortablement sur le matelas. Ils savourèrent la chaleur et la tendresse de cet instant. Tout ceci semblait naturel aux yeux de Jack : son bras autour des épaules de Willa, regarder leur fille, l'embrasser pour lui souhaiter une bonne nuit. C'était ce dont il avait rêvé pendant des années. Une famille.

Il se tourna vers Willa, qui leva les yeux. Il se pencha et déposa un léger baiser sur ses lèvres. Très vite, la passion se réveilla. Willa glissa les deux mains sur sa nuque, son corps pressé contre le sien. Il l'embrassa avec plus de fièvre, explorant sa bouche, appréciant son goût unique. Elle gémit doucement et il sut qu'elle était aussi enivrée que lui par cet instant partagé.

Quand il passa les mains sous son haut, la douceur de sa peau l'embrasa au creux des reins. Willa était la seule capable de faire naître ce genre de feu en lui.

D'un coup, elle s'écarta. Il la regarda, le cœur battant, et elle recula.

— Qu'est-ce qui ne va pas ? demanda-t-il dans un murmure.

— Je ne peux pas faire ça, répondit-elle à voix basse.

19

Allongée à côté de Priya, Willa observait le plafond, hantée par l'absence de Jack comme jamais auparavant. Chaque fois qu'elle était avec lui, elle le désirait avec une fièvre qui l'effrayait. Elle n'arrivait pas à le chasser de ses pensées. Elle songeait à ses bras autour de sa taille, à la chaleur de ses étreintes et à la saveur de ses lèvres contre les siennes. Mais, dès qu'ils étaient ensemble, la même terreur revenait, lui rappelant que leur aventure ne pourrait jamais durer.

Elle tourna le regard vers sa fille. Elle aimait Priya plus que tout au monde et n'aurait pas supporté de lui briser le cœur. Lorsqu'elle lui avait parlé de Jack, elle lui avait expliqué que sa maman et son papa ne vivraient pas ensemble mais qu'elle pourrait passer du temps avec chacun, séparément. Elle avait aussi discuté avec l'institutrice de Priya et son conseiller scolaire avant d'aborder le sujet. Tous deux lui avaient recommandé de poser clairement les termes de sa relation avec Jack afin que sa fille sache à quoi s'attendre. Priya était trop jeune pour comprendre ce genre de complications et elle s'y habituerait plus facilement dans un environnement constant. Si Jack et Willa se remettaient en couple pour se quitter ensuite, ça briserait le cœur de leur fille, et elle ne pouvait pas prendre ce risque. Le conseiller l'avait également mise en garde : si Priya voyait ses parents ensemble, puis chacun de son côté, elle aurait du mal à accepter que l'un d'eux puisse vivre un jour avec une autre personne.

Willa ne pouvait pas ignorer le fait qu'elle n'avait aucun avenir professionnel à Royal et que Jack, lui, avait posé ses valises ici. Il avait travaillé dur pour reconstruire sa vie. Elle l'aimait de tout son cœur, mais elle n'avait pas envie de lui en vouloir un jour d'avoir saboté sa carrière. Renoncer à ses rêves et à ses objectifs aurait été injuste pour eux deux. D'un autre côté, elle ne pouvait pas non plus demander à Jack de quitter son foyer. Il lui avait fallu des années pour créer son ranch et trouver sa place dans cette ville. C'était là qu'il voulait fonder sa famille. S'il abandonnait tout ça et si les choses ne fonctionnaient finalement pas pour eux, que se passerait-il ? Puisqu'ils devaient élever Priya ensemble, il fallait à tout prix éviter le moindre sujet de discorde.

Tout en réfléchissant à leur relation, depuis une semaine, elle se rendit compte qu'elle était piégée dans une spirale de douleur. Elle voulait être avec Jack et Priya, se réveiller près d'eux chaque matin et construire une vie avec eux. Mais songer à la souffrance qui l'attendait si leur couple implosait lui était insoutenable. Jack et elle seraient toujours liés à travers Priya. Elle ne pouvait plus se permettre de couper simplement les ponts à la première difficulté.

Le lendemain matin, à son réveil, elle se rendit compte que Priya n'était plus là. Le soleil se déversait à travers les fenêtres et elle bondit du lit. Ses angoisses l'avaient tenue éveillée presque toute la nuit et elle n'avait cédé à la fatigue qu'à l'aube. Clairement, il était déjà tard.

Elle courut jeter un coup d'œil dans la salle de bains. Pas de Priya. Toujours en pyjama, elle se précipita au rez-de-chaussée et se figea sur le seuil de la cuisine. Sa fille était attablée avec Jack. Il lui servait un verre de lait.

— Maman, regarde ! Papa m'a fait des pancakes en forme de Minnie !

Willa s'assit près de la petite et déposa un bisou sur son front. Elle n'osa pas regarder Jack. Après qu'il l'avait embrassée, la veille, elle lui avait demandé de partir. Correction : après qu'elle lui avait rendu son baiser.

— Où est Steve ?

— Je lui ai donné une semaine de congé. Je pensais qu'il valait mieux limiter le nombre de personnes dans la maison pour ne pas intimider Priya.

C'était très attentionné de sa part.

— Et puis, on s'est bien amusés à préparer ces pancakes.

— Pourquoi est-ce que tu ne m'as pas réveillée, ma puce ? demanda Willa à sa fille.

— Je voulais, mais papa a dit que tu avais besoin de dormir.

Willa leva enfin les yeux vers Jack.

— J'ai frappé à la porte et Priya m'a ouvert. Tu dormais comme un loir et elle a accepté de descendre avec moi.

— Tu t'es brossé les dents ? demanda encore Willa à Priya.

Sa fille se figea en plein masticage et ouvrit de grands yeux.

— Oups, dit Jack. Je n'ai pas pensé à ça.

— Pas de souci. Finis ton petit déjeuner. On ira les brosser et nous habiller après, reprit Willa en souriant.

— Qu'est-ce qu'on va faire, aujourd'hui, maman ?

Willa interrogea Jack du regard. Il sourit à son tour.

— Tu aimerais apprendre à monter un poney ?

L'expression radieuse de Priya fut la seule réponse dont ils avaient besoin. Jack avait envoyé un e-mail à Willa avec une liste d'activités pour la semaine. C'était le rêve de tous les enfants. Des balades en poney, une visite au zoo et à l'aquarium de Dallas, des films… Priya n'aurait jamais envie de repartir et Willa se préparait déjà pour cette éventualité. Jack et elle n'avaient communiqué que par messages pendant son court passage à New York. Il lui avait juré qu'il n'avait pas l'intention de lui enlever leur fille, qu'il voulait juste faire partie de sa vie. Ils avaient décidé de discuter des détails à son retour au Texas.

— Es-tu intéressée par d'autres leçons d'équitation ? lui demanda Jack avec son fidèle sourire à fossettes.

Son cœur bondit, comme s'il avait actionné un interrupteur. Elle se redressa et répondit :

— Tu sais quoi ? Ça me ferait très plaisir.

Elle ne voulait pas être mise à l'écart s'il décidait d'emmener Priya sur les chemins du ranch.

Après le petit déjeuner, ils se rendirent à l'écurie et, comme il l'avait fait pour Willa, Jack présenta les chevaux à Priya. Il guida un poney dehors et aida sa fille à se mettre en selle. Elle serra très fort les rênes dans ses mains, les yeux pétillants d'excitation. Willa les observa de loin, attendrie par la patience de Jack et l'attention qu'il portait à leur fille. Il aida doucement Priya à s'habituer au poney. Willa n'avait pas vu cet animal lors de son dernier passage et elle devina que Jack l'avait acheté spécialement pour Priya. C'était tout lui.

Des souvenirs datant d'avant la naissance de sa fille, lorsqu'ils commençaient à peine à sortir ensemble, lui revinrent soudain. Ils avaient passé un week-end dans les Hamptons et étaient tombés sur une boutique d'antiquités. Willa avait découvert une poupée Hello Kitty rose et avait dit à Jack qu'elle en avait possédé une semblable dans son enfance. C'était la poupée qui l'aidait à surmonter ses cauchemars fréquents. Ses parents lui avaient offert ce jouet et lui avaient raconté qu'il la défendrait quand elle aurait peur, la nuit. Elle les avait crus et avait toujours dormi avec la poupée par la suite. Elle avait été très spéciale : bleue, la couleur préférée de Willa. Quelques mois plus tard, après une mauvaise journée au travail, Jack lui avait fait la surprise de lui donner une poupée Hello Kitty bleue. Il l'avait trouvée sur Internet, l'avait achetée et avait attendu le bon moment pour lui en faire cadeau.

Willa avait oublié à quel point elle était heureuse avec lui, quel amour et quel soin il mettait dans tout ce qu'il accomplissait. Elle s'approcha de Priya et de lui. Il sourit. Elle sourit en retour. Priya faisait à présent fièrement le tour du manège toute seule sur son poney.

— Tu veux réessayer ? demanda-t-il en lui montrant Tonnerre, qui broutait paisiblement dans l'enclos voisin.

Willa hésita un instant, puis acquiesça. Jack l'aida à se mettre en selle et ils passèrent l'après-midi à se promener. Jack avait empaqueté un pique-nique dans une glacière.

Une fois Priya à l'aise sur son poney, il les conduisit tranquillement le long des chemins du ranch, sans lâcher les rênes de la fillette. Pendant quelques heures, Willa faillit oublier qu'ils n'étaient pas vraiment une famille, que tout ceci n'était que temporaire. Laisser Jack prendre soin d'elle et de Priya lui semblait si naturel…

Mais ce n'était pas réel et elle devait s'en souvenir.

Priya n'avait pas l'habitude de faire la sieste, mais le soleil, le grand air et l'excitation l'avaient épuisée. Elle n'eut même pas la force de marcher jusqu'à la maison et Jack la porta pour la mettre au lit.

— Veux-tu un verre de vin ? demanda-t-il ensuite à Willa.

Elle réfléchit un instant. Rester seule avec lui n'était pas une bonne idée. Surtout quand son cœur était envahi d'émotions incontrôlables.

— D'accord.

Il la précéda dans le salon et elle sentit son estomac se nouer. Ils étaient sur le point d'entamer une discussion sérieuse qui risquait de tout changer entre eux. Elle ne put s'empêcher de remarquer qu'il se mouvait avec aisance, confiant. S'il lui en voulait de l'avoir repoussé la veille, il ne le montrait pas. Jamais. N'était-ce pas une négociation, techniquement ? Dans ce genre de cas, Jack Chowdhry ne laissait jamais l'autre parti sentir son trouble.

Il s'approcha du bar et en sortit une bouteille de vin qu'il déboucha sans effort. Il tendit ensuite un verre plein à Willa, qui huma le parfum riche du bordeaux. Jack avait très bon goût en matière d'alcools et il savait ce qu'elle aimait. Elle s'assit sur le canapé, les jambes repliées sous elle. Refermant sa main sur le globe large du verre, elle but une gorgée et savoura un instant le vin profond et fruité.

Jack s'installa près d'elle. Son cœur se mit à battre plus vite. Elle s'était beaucoup interrogée, depuis une semaine. Au fond, elle avait laissé sa vie se dérouler sur pilote automatique pendant des années. Entre Priya, sa reprise du travail et ses efforts pour que tout fonctionne bien, elle avait été trop occupée pour réfléchir à son avenir professionnel. Mais elle savait ce qu'elle devait faire, à présent.

Jack se tourna face à elle, sondant son regard de ses yeux intenses. Il lui prit la main, et le cœur de Willa accéléra un peu plus. Elle inspira profondément.

— Tu t'en sors très bien avec Priya, dit-elle.

— C'est une petite fille formidable. Tu l'as bien élevée.

— Je suis prête à te laisser une place dans sa vie.

Jack sourit, montrant ses fossettes. Elle tressaillit. Comment allait-elle réussir à passer son existence entière près de lui sans être *avec* lui ?

— Et toi, Willa ? Pourquoi ne peux-tu pas aussi faire partie de ma vie ?

Quelque chose se serra dans sa poitrine.

— C'est trop compliqué. Il y a ma carrière. Tu sais que je ne peux pas percer comme journaliste à Royal, et ton avenir est ici.

— Je pourrais déménager…

— Tu ferais ça pour moi ? Tu abandonnerais tout ce que tu as bâti dans cette ville ? demanda-t-elle en montrant la pièce autour d'eux. Tu as conçu cette maison, tu as installé tes parents dans le domaine. Toute ton existence est là. Retournerais-tu vraiment à New York pour redevenir un homme d'affaires ?

— Je pourrais trouver une solution.

Si ses paroles semblaient sincères, son sourire n'atteignit pas ses yeux.

— Et puis, il y a Priya.

— Justement.

Il saisit son autre main et la regarda avec tant de trouble qu'elle aurait voulu crier : *oui, oui, oui !*

— Willa, je veux que nous soyons une famille. Je veux qu'on élève Priya ensemble. On était en couple il y a cinq ans et aucun de nous n'a trouvé d'autre partenaire depuis.

— Eh bien, j'étais un peu occupée, dit-elle, sur la défensive.

— J'ai tout fait pour t'oublier, pour tourner la page, pour entretenir ma colère après ton départ. Mais je n'ai pas réussi. Tu es gravée au fond de mon cœur, de mon âme. Je veux être avec toi. À présent, nous avons encore plus de raisons de trouver un moyen de nous reconstruire. Nous serons toujours liés par Priya. Pourquoi ne pas passer notre vie ensemble au lieu de regretter notre histoire révolue ?

Willa soupira. Il avait raison. Même après toutes ces années, penser à lui faisait toujours battre son cœur plus vite. Elle avait aussi tenté d'aller de l'avant, de le chasser de son esprit et de chercher son bonheur ailleurs, mais c'était comme essayer de fuir un ouragan. Jack avait laissé une marque indélébile en elle, et ni le temps ni la distance ne pourraient l'effacer. Chaque fois qu'elle pensait à leur amour, elle éprouvait un mélange de désir et de douleur. Elle savait qu'elle ne pourrait jamais rencontrer un autre homme capable d'éveiller les mêmes sentiments chez elle. C'était à la fois un réconfort et une malédiction.

— Et si ça ne marche pas ? s'enquit-elle.

— Et si ça marche ? répliqua-t-il, ses yeux sombres et fiévreux fixés sur elle. Dis-moi honnêtement que tu ne partages pas mes sentiments. Je t'aime, Willa.

Elle retint son souffle. Elle aurait tant voulu entendre ces mots cinq ans plus tôt. Elle l'avait toujours aimé mais elle avait eu peur de le dire à voix haute.

— Vas-tu me répondre que tu m'aimes, ou bien comptes-tu me laisser en plan ?

Son sourire à fossettes fit fondre les derniers doutes de Willa. Elle se pencha pour l'embrasser. Lorsque leurs lèvres se rencontrèrent, un flot d'émotions la submergea. Elle flottait sur les airs, comme si rien n'importait excepté cet instant.

Mais, alors qu'ils s'écartaient, la peur revint à la charge. N'était-ce pas qu'un rêve ? N'était-ce pas trop beau pour être vrai ? Elle recula et sonda les yeux de Jack à la recherche d'un signe qui aurait prouvé qu'il jouait simplement avec elle. Son regard était assuré, si intense qu'elle sentit son pouls accélérer.

— Je t'aime, Willa, murmura-t-il encore, la voix rendue rauque par l'émotion. Je t'ai aimée depuis si longtemps que je n'imagine pas ma vie sans toi.

Des larmes lui montèrent aux yeux et elle laissa échapper un petit sanglot. C'était comme si un poids énorme venait de quitter sa poitrine, comme si toute la douleur et la tristesse des années passées en avaient finalement valu la peine.

— Je t'aime aussi, Jack, souffla-t-elle, la gorge nouée. Je t'aimais il y a cinq ans et ça n'a jamais changé. J'avais juste trop peur pour te le dire. Je ne savais pas si tu ressentais la même chose.

Il l'attira contre lui et la serra fort comme s'il n'allait plus jamais la lâcher.

— J'ai toujours éprouvé les mêmes sentiments pour toi, Willa. Je ne savais juste pas comment t'en parler. Mais maintenant que je t'ai retrouvée, je ne te laisserai plus jamais partir.

Il la fit grimper à cheval sur ses genoux. Elle glissa ses mains dans ses cheveux et l'embrassa. Il lui rendit ses baisers avec la même ferveur. En quelques instants, son corps réagit aux caresses de Willa. Elle se frotta à lui, savourant ses gémissements et ses mouvements sous elle. Elle retira son haut et son soutien-gorge, puis se laissa emporter par la sensation de ses mains et de sa bouche sur ses seins. Elle avait tellement envie de lui. Il protesta quand elle se leva pour enlever le reste de ses vêtements. Les mains tremblantes d'anticipation, elle essaya maladroitement de défaire la ceinture de Jack. Il écarta ses doigts et s'en chargea lui-même tandis qu'elle ôtait son jean et sa culotte. Il attrapa un préservatif dans son portefeuille et l'enfila. Elle revint sur lui, son sexe humide glissant contre le sien, déjà dressé.

— Ralentis, murmura-t-il.

Mais cela ne fit qu'attiser l'impatience de Willa.

Elle se frotta à lui de plus belle. Il mordilla ses tétons juste assez fort, comme elle l'aimait. Sentant qu'elle était sur le point de basculer, elle se redressa un peu et se laissa redescendre sur lui. Le sentir en elle était si merveilleux que tous ses muscles se crispèrent. Il l'allongea, une main glissée entre ses cuisses pour caresser son clitoris d'un doigt. Cette fois, elle perdit pied. Elle se cambra, cédant au plaisir.

Une fois que son cerveau se fut remis en marche, elle remarqua qu'il était toujours aussi dur en elle. N'avait-il pas apprécié ça ? Comme pour lui répondre, il se mit à la pénétrer.

— Je crois qu'il t'en faut plus, dit-il d'une voix grave et rocailleuse.

Oui, beaucoup plus. Elle avait réprimé tant d'émotions : son angoisse à l'idée de parler de Priya à Jack, sa terreur en songeant qu'elle allait devoir trouver un moyen d'être proche de lui sans être avec lui, sa peur d'échouer, son intense fatigue. Plus encore, ces cinq ans passés à aimer et haïr cet homme l'avaient épuisée.

Jack accéléra le mouvement. Ses hanches l'entraînèrent avec lui dans un rythme parfait. Il se servit de ses doigts pour attiser son désir aux bons moments. Elle se crispa si fort qu'elle ne fut bientôt plus certaine de pouvoir le retenir en elle. Cette fois, l'orgasme la traversa comme une explosion. Tout l'amour qu'elle ressentait pour lui sans parvenir à l'exprimer se déversa d'un coup. Il la serra contre lui tandis que les spasmes la parcouraient tout entière.

Leurs peaux étaient moites de sueur et Willa posa la tête sur l'épaule de Jack pour reprendre son souffle. Il la tint fermement.

— Est-ce que tu me pardonnes de ne pas t'avoir parlé de Priya il y a cinq ans ?

— Est-ce que tu me pardonnes de t'avoir empêchée de diffuser ce reportage sur la mafia ?

Elle se redressa et secoua la tête. Il l'imita.

— Le pardon est surfait, dit-il. Disons juste qu'on a tourné la page.

Elle sourit.

— Mais il y a juste une chose, Willa, reprit-il plus sérieusement – et elle le dévisagea, surprise. Ne trahis plus ma confiance, s'il te plaît. Quoi qu'il arrive, nous surmonterons les épreuves ensemble. En revanche, je ne suis pas certain d'arriver à supporter que tu me mentes de nouveau.

Le cœur de Willa s'arrêta un instant. Elle lui cachait encore un lourd secret.

20

De retour à New York, Willa et Priya regrettèrent toutes les deux l'absence de Jack. Elles avaient passé une semaine magique avec lui, avaient fêté Noël à Royal, mais il avait fallu rentrer en ville après le nouvel an. Willa devait reprendre le travail. Priya aurait voulu rester avec Jack, mais sa mère n'avait pas eu la force de se séparer de sa fille. Jack avait prévu de les rejoindre en milieu de semaine pour profiter d'un week-end prolongé avec elles.

Willa termina de rédiger son dernier papier couvrant le gala de charité d'une riche personnalité mondaine et l'envoya à son patron avec le même dégoût qui la saisissait chaque fois qu'elle devait couvrir ce type d'événements frivoles. Elle avait besoin d'un vrai changement.

Pour l'instant, elle allait rester à New York avec Priya. Jack était abonné à un service de jets privés et il était prêt à s'en servir pour faire des allers-retours. Entre-temps, Willa avait envoyé son CV à plusieurs chaînes, avait passé des coups de fil et réactivé tous ses anciens contacts pour trouver un nouveau travail. Elle en avait terminé avec NYEN. Jack lui avait proposé d'appeler le siège de CMG pour elle, mais elle le lui avait interdit. Elle tenait à être embauchée pour son talent et pas grâce à l'influence de son petit ami.

Son bureau disparaissait sous un amas de post-it, de documents imprimés et de dossiers. Après avoir envoyé son article mondain, elle entreprit de ranger les papiers éparpillés sur la table.

David entra sans frapper.

— Tu ne devrais pas être partie ? Il va te falloir au moins une heure pour arriver à Rikers Island.

— Quarante-cinq minutes, répondit-elle en fourrant la liasse dans sa sacoche.

Elle tenait à emporter toutes ses recherches au cas où elle aurait besoin de les consulter pendant l'interview.

— Écoute, Willa, je ne veux pas te mettre la pression, mais il faut que je te dise une chose. Ce reportage éveille l'intérêt de beaucoup de gens. Notre ex-maire, George Wright, vient d'annoncer qu'il a l'intention de se présenter aux élections sénatoriales. L'info est tombée il y a quinze minutes.

— Quoi ? s'écria Willa en ouvrant de grands yeux.

À son retour de Royal, elle avait décidé de renoncer à publier l'histoire du meurtre de la sœur de Jack. Mais George Wright, le commanditaire, avait obtenu un jugement favorable de la Cour suprême, annulant sa condamnation précédente. Il avait réussi à faire abandonner les charges pour vice de procédure. Tout le travail que Willa avait accompli pour l'envoyer en prison, sa douleur à la suite de la perte de Jack, tout avait été englouti par une simple manœuvre juridique. Non seulement ce type était libre, mais il avait l'intention de se servir de sa notoriété pour se hisser au sommet du pouvoir ?

— Si jamais tu persuades ce chauffeur de taxi de témoigner contre lui...

David n'avait pas besoin d'en dire plus. Willa pourrait envoyer un meurtrier sous les verrous, là où était sa place, mais aussi diffuser le scoop de sa carrière. En dépit de ses nombreux coups de téléphone, elle n'avait pas encore déniché de meilleur emploi que celui-ci. Ses anciens contacts lui répondaient tous la même chose – elle avait quitté le terrain de jeu depuis trop longtemps.

Désormais, elle n'était connue que pour ses articles mondains et superficiels, sans avoir la moindre chance de s'en extirper. Elle devait trouver quelque chose de bon pour attirer l'attention et obtenir le genre de travail dont elle rêvait.

Une fois qu'elle aurait parlé à Jim Ross, le chauffeur qui avait percuté la sœur de Jack, elle devrait convaincre Jack lui-même de la laisser publier son reportage. Inutile de courir le risque de se disputer avec lui si le chauffeur n'avait pas de preuve à lui apporter. Son témoignage seul ne suffirait pas – un homme écroué, déjà condamné pour homicide involontaire, n'était pas crédible. Mais s'il possédait une preuve – un coup de téléphone, un texto, un e-mail, ou mieux encore, une trace du paiement reçu –, alors elle pourrait vendre son histoire à la chaîne et à Jack.

David avait fait jouer ses relations pour lui obtenir une interview avec Jim Ross. Willa avait envisagé de parler avec Nico Law pendant son séjour à Royal, puis avait renoncé. Nico était l'ami de Jack et elle savait quel était l'avis de Jack sur le sujet. Elle se sentait coupable de lui avoir caché ses recherches, mais elle ne le faisait que parce qu'il se laisserait mieux convaincre par un dossier solide. Jack craignait pour la sécurité de sa famille. Seulement, si Willa trouvait un élément tangible pour envoyer George Wright en prison, il aurait sans doute moins peur.

Elle prit une profonde inspiration tout en remontant les couloirs froids éclairés au néon de la prison de Rikers Island. Son cœur battait la chamade et elle dut se rappeler qu'elle avait déjà fait ça : elle avait interrogé des dizaines de prisonniers depuis le début de sa carrière de journaliste.

Mais cette rencontre serait différente. Cette fois, l'enjeu était personnel et très élevé. Elle avait relu tous les documents liés au procès et avait parlé aux gardiens de la prison. Au sein de l'établissement, Jim avait la réputation d'être désagréable, rebelle et même violent. Néanmoins, elle devait obtenir son témoignage, quoi qu'il en coûte.

Elle entra dans la salle d'interrogatoire et observa le décor rapidement. La pièce aux murs gris n'était meublée que d'une table rectangulaire au centre et de deux chaises placées de part et d'autre. Un garde était posté dans un coin pour les surveiller.

Jim Ross était déjà assis, ses mains menottées devant lui. Willa eut du mal à en croire ses yeux. Il était petit, maigre, avec des cheveux grisonnants clairsemés et un visage presque enfantin. Comparé aux photos du procès, il semblait avoir perdu plus de quarante-cinq kilos. Il examina Willa avec un mélange de crainte et de méfiance, puis jeta un coup d'œil autour de lui.

Willa s'assit et installa son matériel. On ne l'avait pas laissée entrer avec son téléphone, donc elle allait se contenter d'un ancien enregistreur à micro. Jim ne la quittait pas des yeux, épiant ses moindres mouvements. Elle tenta de l'ignorer tout en ajustant le micro. Enfin, elle lança l'enregistrement.

— Monsieur Ross, dit-elle d'une voix ferme. Je vous remercie d'avoir accepté de me parler aujourd'hui. J'ai des informations à vous communiquer et j'espère qu'elles vous convaincront de me donner quelque chose à votre tour.

Jack était en train de remplir le formulaire qui lui permettrait de marier légalement Maggie Del Rio et Jericho Winters. Les préparations de la cérémonie avançaient vite. Lorsque Maggie lui avait demandé d'officier, il avait été un peu gêné – lui, un célibataire, en train de parler d'amour et de mariage –, mais à présent que Willa et Priya avaient fait leur entrée dans sa vie, il avait hâte de prononcer son discours. Même s'il n'avait pas encore demandé la main de Willa, sa mère commençait déjà à prévoir leur mariage. Certes, tout se passait bien entre eux ; néanmoins, ils devaient encore trouver un moyen de faire durer leur couple.

Willa refusait son aide pour trouver un nouvel emploi. Il

comprenait et admirait son intégrité. Hélas, il savait aussi comment fonctionnait le monde des médias. Willa avait passé trop de temps dans l'ombre. Les gens ne se souvenaient que de ses reportages les plus récents. Elle était douée, mais elle allait avoir besoin d'un coup de pouce. Il avait discrètement sondé l'antenne de CMG à Dallas. Ils avaient de la place pour un reporter de terrain local. Ce n'était pas exactement ce dont Willa rêvait puisque ça la cantonnerait aux actualités régionales, mais c'était déjà mieux que la rubrique des potins dans laquelle elle travaillait actuellement.

Il venait de signer la déclaration quand son téléphone se mit à sonner. C'était une ancienne associée de CMG, Gail Flowers. Elle avait été interne lorsqu'il avait commencé à travailler pour la chaîne, avant de la racheter. Il avait été son mentor et elle était à présent l'une des dirigeantes de CMG. Jack n'avait pas eu de nouvelles de Gail depuis son départ. Pourquoi l'appelait-elle maintenant ? Peut-être avait-elle entendu dire qu'il s'intéressait aux options d'embauche et voulait-elle lui proposer quelque chose ? Après tout, elle avait une dette envers lui.

— Gail, ça fait plaisir d'avoir de tes nouvelles.

Ils échangèrent quelques politesses, puis Gail aborda le sujet qui la préoccupait :

— Jack, je t'appelle par courtoisie en souvenir du passé. Willa St Germaine travaille sur un reportage au sujet de ta sœur. Elle doit tenir une bonne piste, parce que NYEN a annoncé la diffusion d'une exclusivité ce soir.

Jack faillit laisser tomber son téléphone. Le sol se déroba sous ses pieds. Willa ne pouvait pas le trahir comme ça. Pas après ce qu'ils avaient traversé et partagé.

— Je n'ai pas d'autres détails, mais notre service des actualités essaie d'en savoir plus.

Il remercia Gail pour l'information et consulta le site de NYEN. Une publicité pour leur émission du soir s'étalait en page d'accueil, annonçant une enquête spéciale au sujet de la mort de Priya Chowdhry, sœur de Jack Chowdhry.

Son estomac se retourna. Comment Willa avait-elle pu lui faire une chose pareille ? Elle ne lui avait pas parlé de ça lors de leur dernier coup de téléphone. Rien ne laissait supposer qu'elle avait poursuivi ses recherches après qu'il lui avait parlé de Priya. Pourquoi faisait-elle ça ? Était-ce une manière de se venger de lui, après qu'il l'avait privée de son plus grand scoop ? Il avait cru qu'ils avaient laissé cet épisode derrière eux, et il s'était clairement trompé.

Il prit une inspiration et l'appela. Il tomba sur son répondeur, raccrocha et contacta le service des jets. Il devait la voir. Si elle l'avait réellement trahi, il avait besoin de la regarder dans les yeux et de comprendre pourquoi.

L'interview de Jim Ross avait dépassé tous les espoirs de Willa. Au début, il s'était montré réticent et agressif, mais elle lui avait dévoilé la carte qu'elle gardait dans sa manche. Elle avait supposé que la seule chose qui pouvait pousser le chauffeur à protéger George Wright était le paiement reçu. Après avoir soigneusement examiné ses relations familiales et sociales, elle avait découvert qu'à l'époque du meurtre, la mère de Jim était dans une maison de retraite. C'était un établissement luxueux et Willa n'avait eu aucun mal à deviner que George Wright payait les factures s'élevant à plusieurs milliers de dollars par mois. Ce n'était pas dans les moyens d'un simple chauffeur de taxi, surtout un homme qui n'avait que cent dollars sur son compte en banque. Jack avait aussi laissé entendre que Jim Ross avait peur pour la vie de sa mère. Mais ce qu'il ne savait pas, c'était qu'elle était déjà décédée. Elle était morte de causes naturelles plusieurs mois plus tôt et Jim n'en avait pas été informé.

Il s'était effondré en découvrant le certificat de décès de sa mère. On lui avait dit qu'elle avait été installée dans un établissement encore plus huppé pour le récompenser de sa loyauté. Une fois qu'il avait compris qu'on l'avait même privé de l'occasion d'assister aux funérailles, il n'avait pas hésité avant de retourner sa veste. Non seulement il avait accepté une interview filmée, mais il possédait aussi un enregistrement d'un coup de téléphone entre Wright et lui juste après la mort de Priya. Sur cet enregistrement, sauvegardé dans le Cloud par Jim, George disait qu'il avait voulu qu'on blesse gravement Priya, mais pas qu'on la tue. Néanmoins, puisque c'était fait, il était disposé à conclure un marché. Les preuves contre Jim étaient irréfutables. Le seul accroc était qu'il avait gardé une trace de tous ses frais d'avocat, payés par George Wright.

Willa avait immédiatement appelé David depuis la cabine téléphonique de la prison et Rogerio avait été envoyé avec une équipe de tournage pour filmer l'entretien.

Cela fait, elle récupéra son téléphone à l'accueil et vit que Jack avait essayé de l'appeler. Son estomac se noua. Elle était tellement excitée d'avoir enfin son scoop, de suivre une piste brûlante de nouveau, qu'elle l'avait presque oublié. Son cœur s'alourdit lorsqu'elle découvrit ensuite plusieurs textos de David. Il avait l'intention de diffuser le reportage le soir même. Pendant qu'elle interrogeait Jim Ross, David avait vérifié tous les renseignements obtenus et avait parlé à la direction, qui avait hâte de dévoiler l'affaire.

Presque nauséeuse, Willa appela David et lui demanda s'il était possible d'attendre un jour de plus.

— Hors de question, répondit-il. Diffuser cette histoire le jour où George Wright a annoncé sa candidature pour le Sénat va faire bondir les audiences. Et puis, CMG commence à fouiller. On ne veut pas qu'ils nous prennent de court. Rentre au studio. Tu passes en direct dans deux heures.

Elle raccrocha, secouée par une montée de bile. Les choses tournaient mal. Elle téléphona à Jack en quittant Rikers Island.

Il ne répondit pas. Elle contacta ensuite Steve, qui lui annonça que son employeur était en route pour New York. Il était sans doute dans l'avion, ce qui expliquait qu'il ait éteint son portable. Steve ne savait pas pourquoi il était parti si soudainement, mais Willa pouvait le deviner. La chaîne avait annoncé son reportage avant même qu'elle termine l'interview de Jim Ross.

Elle trouva le studio plongé dans le chaos. Elle dut se dépêcher de finaliser les détails du script pour le téléprompteur, trouver une tenue à porter lors de son direct, se faire coiffer et maquiller. Elle avait essayé de rappeler Jack plusieurs fois, en vain.

Elle tenta donc de convaincre son producteur de reporter la diffusion, arguant qu'ils n'étaient pas prêts, mais elle était à bord d'un train en route qu'elle ne pouvait plus arrêter.

Vingt minutes avant le début de l'émission, Jack répondit enfin au téléphone.

— Où es-tu ?

— Devant le studio.

Elle courut dans le hall et se pétrifia lorsqu'elle vit son expression.

— Jack, laisse-moi t'expliquer.

Il croisa les bras.

— Expliquer ? Oui, explique-moi comment tu as pu te servir de mes confidences pour essayer de relancer ta carrière.

— Ce n'est pas ça.

— Dis-moi ce que c'est, alors.

— J'ai trouvé la preuve que George Wright a bien commandité l'assassinat de Priya avant de couvrir l'affaire. Une preuve admissible au tribunal. Il vient d'annoncer qu'il va se présenter aux élections sénatoriales. On ne peut pas le laisser s'en tirer après ce qu'il a fait à ta sœur.

— Si, on peut. Quand je t'ai demandé de ne plus creuser, je ne savais même pas qu'on avait une fille. La menace est plus grande que jamais. George m'a dans le viseur depuis des années. Quand il apprendra que j'ai un enfant, Priya deviendra une cible. Aucun scoop ne mérite qu'on prenne ce risque.

— Si on ne diffuse pas cette histoire, ce type continuera à terroriser les gens. Sa place est derrière les barreaux. En tant qu'ancien journaliste, tu comprends que je ne puisse pas étouffer ce scandale.

— Même si notre famille en paie le prix ?

— Je ne suis pas de ton avis. C'est pour le bien de notre famille que je tiens à faire enfermer Wright. Quand notre fille sera assez grande pour comprendre, je veux pouvoir lui dire que j'ai eu la force de tenir tête à une brute et d'obtenir justice pour sa tante. Et je ne vois pas pourquoi tu refuses de le faire.

— Le problème n'est pas là. Je suis d'accord sur le fait que George Wright devrait être arrêté. En revanche, je t'ai raconté ce qui est vraiment arrivé à Priya parce que j'avais confiance en toi. Je t'ai demandé de ne pas réveiller le passé et tu l'as fait quand même. Ta carrière est-elle plus importante que nous ?

— Est-ce que tu me demandes de faire un choix ?

— Non. Il y a cinq ans, tu m'as déjà fait comprendre quelle est ta position sur ce point.

Ils se fusillèrent du regard un instant. C'était une impasse.

— Tu ne peux pas diffuser ce reportage, Willa.

Était-il sérieusement prêt à lui interdire ça ?

— Pardon ?

— Écoute, je ne te demande pas de ne jamais le montrer. Retarde la diffusion de quelques jours. Laisse-moi mesurer les risques et te placer sous protection avec Priya.

— Jack, on a déjà eu cette conversation il y a cinq ans.

— Non, ce n'est pas pareil.

— Tu as raison. Cette fois, je ne te laisserai pas prendre la décision à ma place. Je serai en direct dans dix minutes.

— Ce n'était pas à toi de rendre cette histoire publique.

— Maintenant, si.

Jack la dévisagea froidement.

— Ce sera au détriment de notre relation…

Willa soutint son regard.

— Très bien.

21

— Papa, quand est-ce que maman va revenir ?

Jack regarda sa petite fille, qui lui tendait une tasse à thé rose.

— Dans quatorze jours, ma chérie.

Il avait appris à lui parler en jours plutôt qu'en semaines et était déjà prêt pour l'inévitable question qui allait suivre.

— Pourquoi doit-elle partir aussi longtemps ?

— Ta maman est une super journaliste et elle s'occupe d'un reportage important à Bruxelles. Tu n'aimes pas la voir aux infos du matin, tous les jours ? Elle est obligée d'aller sur place pour être sûre que l'histoire sera racontée comme il faut.

— Et maman est la seule qui sait raconter, hein ?

Il acquiesça, le cœur serré. Après la diffusion des preuves contre George Wright, la carrière de Willa avait décollé en flèche. Sans même prévenir Jack, CMG l'avait contactée pour lui proposer une série de reportages aux Nations unies. C'était une opportunité unique. Willa s'était arrangée pour emmener Priya avec elle, mais elle avait appelé Jack à la dernière minute pour lui proposer de s'occuper de leur fille. Bien sûr, il avait accepté. Willa avait insisté sur un point : même si leur relation était terminée, elle voulait lui laisser une chance d'être un père pour Priya.

Il en voulait encore beaucoup à Willa d'avoir rendu l'histoire de sa sœur publique, bien qu'au fond, elle en ait eu le droit. George Wright avait été arrêté. Les avocats et le service de sécurité de

Jack lui avaient promis que le dossier contre l'ancien maire était accablant. Jack ne savait pas comment Willa avait convaincu Jim Ross de parler, mais celui-ci avait fourni toutes les preuves nécessaires.

Malgré tout, une chose restait douloureuse : Willa lui avait menti. Encore.

Elle lui avait expliqué qu'elle avait eu l'intention de lui parler après la volte-face de Jim Ross, mais que tout s'était enchaîné trop vite. Il avait accepté ses justifications, qui ne suffisaient cependant pas à l'excuser. Elle aurait dû le prévenir dès le départ. Il n'aurait pas été d'accord, et alors ? Comment avait-elle pu lui cacher une telle chose ? *Exactement comme elle lui avait caché Priya.* Ce qui le blessait le plus était de savoir que Willa ne lui faisait toujours pas confiance.

— Quand maman reviendra, est-ce qu'elle habitera ici avec nous ?

Il secoua la tête.

— Non, ma puce. Maman et toi allez retourner dans votre maison à New York, tu te souviens ? Mais je vous rendrai visite très vite, ou alors, c'est toi qui reviendras me voir.

— Pourquoi maman ne peut pas rester ? J'aime être ici.

Étrangement, « C'est compliqué » ne lui parut pas être une réponse appropriée. Comment faire comprendre à sa fille de quatre ans que ses parents s'aimaient beaucoup, mais qu'ils ne pouvaient pas être ensemble parce qu'ils ne se faisaient pas confiance ?

— Ta maman a un travail très important à New York.

— Alors, pourquoi tu ne viens pas à New York aussi ?

Parce que je ne peux pas lui pardonner ce qu'elle a fait et parce qu'elle ne m'a pas pardonné non plus.

— Ma vie est ici, à Royal. Chérie, ta maman et moi t'aimons énormément mais nous ne pouvons pas vivre ensemble. Ne t'en fais pas : tu vas passer beaucoup de temps avec nous deux quand même.

Elle sourit.

— On peut manger des hot-dogs, ce soir ?

— Bien sûr, dit-il avec trop d'enthousiasme, soulagé de voir cette discussion close pour la journée.

Il savait que Priya aurait besoin de temps pour s'habituer à sa nouvelle vie. Ce qu'il ignorait encore, en revanche, c'était de combien de temps *il* aurait besoin pour s'habituer à la perte de Willa.

— Je te le jure, je vais être obligé de nommer plein d'étudiants adjoints pour qu'on ait assez de monde à la gestion du trafic, le jour du mariage, dit le shérif Nathan Battle en abattant un brelan de sept.

Jack jeta un coup d'œil à ses cartes, puis à la table de poker. Il avait organisé cette soirée depuis des semaines. En temps normal, il aimait ces parties entre hommes qui leur permettaient d'échanger des nouvelles en buvant une bière, mais il avait failli annuler, ce soir. Il essaya de jauger la main de Jericho, qui restait totalement neutre. C'était pour ça que Jack appréciait de jouer avec eux. Il choisit un huit et le posa sur la table.

Jericho gloussa et secoua la tête.

— Tu ne fais pas attention, mec. Tu viens de jouer un huit face à un brelan de sept.

Jack fronça les sourcils et consulta de nouveau ses cartes.

— Désolé. Je crois que je suis un peu distrait.

Lyle Drummond s'affala contre le dossier de sa chaise et but une gorgée de bière.

— Est-ce que c'est lié à ta rencontre k !smet ?

Lyle pouvait remercier l'application, qui lui avait permis de rencontrer sa fiancée, Giselle Saito. Jack soupira et se massa le front.

— On s'est séparés.

— Quoi ? demanda Jericho en haussant un sourcil. Quand ?

— Il y a un mois, répondit Jack.

— C'est à cause de ce reportage sur George Wright ?

Jack acquiesça.

— Je lui ai dit de laisser tomber. Je ne voulais pas mettre toute notre famille en danger, mais elle l'a quand même fait.

Le shérif éclata de rire.

— Oh ! bon sang ! Tu n'as pas eu beaucoup d'histoires d'amour sérieuses avec des femmes, n'est-ce pas ?

Jack fronça les sourcils et Nathan se pencha vers lui.

— Écoute, je suis marié depuis un bout de temps et une des pires choses que tu puisses faire est dire à ta partenaire qu'elle ne doit pas faire une chose alors qu'elle en meurt d'envie. Crois-moi. Ça ne finira jamais bien pour toi. Pas si tu es avec quelqu'un de fort et de déterminé.

— C'est le cas de Willa.

— Tu sais, quand j'ai épousé Amanda, elle tenait à ouvrir un *diner* à Royal. J'ai trouvé un million de raisons pour l'en empêcher, à commencer par le fait que nous n'avions pas d'argent à investir, que ça représentait beaucoup de travail et que je ne pensais pas qu'un simple *diner* pourrait survivre face aux restaurants de luxe qui existent déjà ici. Mais sais-tu ce que je n'avais pas pris en compte ?

Amanda dirigeait bel et bien le *diner* de Royal, ce qui voulait dire que Nathan avait clairement perdu la bataille.

— Je n'avais pas réalisé qu'Amanda n'avait pas besoin de ma permission. Elle avait juste besoin de mon soutien.

— La voix de la sagesse, shérif, déclara Jericho en lui donnant une tape dans le dos.

Lyle sourit et ajouta :

— Imaginez-vous Royal sans les milk-shakes d'Amanda ?

Ils rirent en chœur. Jack se replongea dans l'étude de ses cartes, mais il avait le cœur serré. Combien de fois Willa lui avait-elle dit à quel point sa carrière était importante pour elle ? Pas en tant que simple travail, pas parce qu'elle en tirait beaucoup d'argent (loin de là), mais parce qu'elle était convaincue que les journalistes d'investigation jouaient un rôle essentiel dans l'application de la justice.

— Aucun couple n'est parfait. Demande à tous les gens mariés. Tout ce que je dis, c'est que si Willa est la raison qui te pousse à jouer des cartes lamentables, tu es mal parti.

Jericho rit de plus belle avant de frapper les mains levées de Nathan et Lyle.

— On dirait que j'ai un bon jeu, cette fois, dit-il ensuite en dévoilant une paire d'as.

Le shérif ne parut pas convaincu.

— Ralentis, cow-boy. Voyons d'abord ce qu'a Jack.

Celui-ci regarda ses cartes et soupira.

— Rien du tout, dit-il avant de se coucher.

— On dirait qu'on est en tête à tête, shérif.

— Dans ce cas, voyons si tes as tiennent la route face à mon full, répondit Nathan en abattant trois rois et une paire de cinq.

Le sourire de Jericho s'évanouit.

— Bon sang. Belle main. Je m'avoue vaincu.

Jack ne put s'empêcher de rire.

— Joli coup, shérif.

— Je n'arrive pas à croire que je suis tombé dans le panneau, soupira Jericho. J'étais sûr d'avoir la meilleure main.

Nathan sourit.

— On ne peut pas toujours miser sur sa chance, Jericho, dit-il avant d'adresser un regard plus dur à Jack. Parfois, il faut accepter de prendre un risque.

22

Willa termina son émission de l'après-midi, qui serait diffusée pendant les informations matinales, à la maison. Jack regardait-il ses reportages ?

— Tu vas bientôt être la reine du monde. C'était super.

Elle sourit à Rogerio. Lorsqu'elle avait accepté le poste à CMG, elle avait pu lui faire intégrer son équipe de tournage.

— Je suis ravie aussi. La chaîne apprécie vraiment notre travail.

Ils étaient à Bruxelles pour couvrir un sommet des ministres de la Défense aux Nations unies. Un parfum de gaufres chaudes et une musique jouée par un groupe de rue emplissaient l'atmosphère. Willa aimait l'énergie vibrante de cette ville, mais cela ne suffisait pas à chasser sa tristesse.

— Dans ce cas, pourquoi as-tu l'air de lutter contre une gastro ? demanda Rogerio.

Le sourire de Willa s'évapora.

— Ce n'est rien. Priya me manque, c'est tout.

— Priya ? Ou quelqu'un d'autre ?

Willa ravala la boule qui s'était formée dans sa gorge. Jack lui manquait aussi, mais elle savait qu'elle avait pris la bonne décision. Le journalisme représentait plus qu'un travail pour elle et Jack ne l'avait jamais compris.

— Peu importe, dit-elle. On ne peut pas être ensemble.

— Explique-moi pourquoi, encore une fois.

Elle soupira et ils rejoignirent leur voiture de location.

— Il ne fait pas de ma carrière une priorité. C'est un détail pour lui. Comment pourrais-je passer ma vie avec un homme qui ne valorise pas mon boulot ? Il trouvera toujours des raisons de m'empêcher d'agir. Je veux savoir que mon partenaire comprend ce qui est important à mes yeux et me soutient. Aujourd'hui, il s'agit d'un reportage et, demain, il pourrait essayer d'imposer sa loi sur l'école à laquelle Priya doit aller ou l'endroit où nous devrions vivre.

— Il aime le contrôle et tu as peur qu'il prenne le dessus dans ta vie.

— Dit comme ça, ça a l'air si banal.

— Steve dit qu'il est formidable avec Priya.

Willa le savait déjà. Sa fille adorait son père. Elle ne parlait que de lui et répétait qu'il était génial.

— Comment ça se passe, entre Steve et toi ?

— La distance est dure à supporter, dit-il en haussant les épaules, mais on essaie de tenir le coup. T'ai-je déjà remerciée pour cette mission d'un mois, d'ailleurs ?

— De rien.

— Comptes-tu accepter ce nouveau poste à Londres ?

Elle soupira. On lui avait proposé un emploi basé à Londres et elle devait donner sa réponse avant le soir. CMG lui avait aussi offert un travail permanent plus proche de la maison à la fin de cette mission. D'un coup, elle se retrouvait catapultée dans son rêve. Son avenir professionnel était assuré.

— J'ai eu plusieurs offres, mais rien comme Londres. Ces opportunités sont rares.

— Mais…

— Mais ça empêcherait Priya de passer beaucoup de temps avec Jack. Dallas n'est qu'à trois heures d'avion de New York. Pour Londres, il faut en compter dix ou douze. On ne peut pas faire le trajet sur un week-end et, quand l'école aura repris, elle ne verra plus Jack que pendant les vacances.

— Tu as peur qu'elle passe trop de temps avec Jack, ou bien crains-tu d'être plus proche de lui, toi ?

Elle leva les yeux au ciel, démarra la voiture et les reconduisit à leur hôtel. Willa tenait fermement le volant en naviguant dans les rues de Bruxelles. L'architecture ancienne de la ville et ses avenues pavées étaient magnifiques, mais circuler au milieu des piétons et des autres véhicules était un vrai défi.

Elle aperçut les flèches vertigineuses de la cathédrale Saints-Michel-et-Gudule ainsi que la façade impressionnante du Palais de Justice tout en slalomant dans les rues tortueuses.

Lorsqu'ils atteignirent l'hôtel, Rogerio l'enlaça et lui dit avant de la quitter :

— N'oublie pas. Parfois, être au sommet de la montagne n'est pas drôle, si tout ce qu'on peut faire est regarder ce qu'on a laissé derrière soi.

Elle téléphona à Priya. Jack était très doué pour s'assurer que leur fille soit en ligne à l'heure prévue et pour rester en retrait. Apparemment, Priya s'était fait un nouvel ami au terrain de jeux, mais il ne voulait jouer que sur le tourniquet alors qu'elle préférait les balançoires. Willa écouta patiemment sa fille exposer ses arguments sur la supériorité des balançoires.

— Tu sais, ma chérie, si tu veux te faire des amis, tu ne peux pas de contenter de faire ce qui te plaît. Parfois, il faut aussi accepter de participer aux jeux qui les intéressent.

Priya fit la moue et Willa sentit sa bouche s'assécher. Plus elle pensait à Jack et à sa fille, plus son cœur lui faisait mal. Elle n'avait encore jamais connu un tel déchirement. Elle voulait qu'ils forment une famille, mais elle ne pouvait pas renoncer à ses rêves. Le poids de sa décision au sujet de l'emploi à Londres l'écrasait et l'étouffait.

Plus les jours passaient, plus elle se surprenait à vagabonder sans but dans les rues de Bruxelles. Priya lui manquait, tout comme leur routine quotidienne : préparer le petit déjeuner, l'accompagner à l'école, écouter son récit de la journée.

Mais des opportunités comme celle de Londres n'arrivaient pas souvent. Oui, elle était enfin au sommet, après avoir connu les affres des profondeurs.

Elle savait ce qu'elle avait à faire.

23

— À quelle heure maman arrive ? demanda Priya pour la millionième fois.

Jack sourit patiemment et jeta un coup d'œil au GPS de sa voiture. Il avait envoyé un chauffeur à l'aéroport de Dallas pour récupérer Willa.

— Bonne nouvelle : elle sera là dans une minute. Tu veux sortir pour l'accueillir ?

Priya n'hésita pas. Lorsque Jack atteignit la porte d'entrée, elle avait déjà réussi à l'entrouvrir pour se glisser dehors.

Willa bondit hors de la voiture et courut pour enlacer sa fille. Jack sentit son cœur gonfler en observant ces tendres retrouvailles. Il ne put s'empêcher de sourire lorsque Priya serra fort sa mère contre elle. Leurs rires fusaient dans les airs.

Enfin, Willa s'écarta et contempla sa fille, les yeux humides. Priya avait dû beaucoup lui manquer.

Elle leva ensuite la tête et croisa le regard de Jack. Son pouls s'accéléra devant le sourire un peu triste qu'elle lui adressa. Comment pouvait-elle être encore plus belle qu'un mois plus tôt, lorsqu'elle avait déposé Priya chez lui ? Était-ce juste un symptôme de la séparation ? Non, ce n'était pas son imagination. Son visage rayonnait. Ses yeux avaient retrouvé leur ancienne étincelle déterminée, comme lorsqu'elle suivait une piste prometteuse pour un reportage. Elle était plus heureuse. Sans lui.

Tout en la regardant, il fut assailli par les souvenirs du temps passé avec elle, les émotions qu'elle lui faisait ressentir et ce qu'il traversait maintenant qu'elle ne faisait plus partie de sa vie. Il aurait voulu la toucher, lui dire à quel point il l'aimait. Mais il ne le pouvait pas. Elle avait l'air épanouie et satisfaite. Peut-être valait-il mieux qu'il garde ses distances.

— Papa, regarde ! Maman est rentrée !

Priya lui tendit la main et il la prit. Pendant un instant, ils restèrent immobiles, connectés, dans leur bulle de joie familiale. Le cœur de Jack se serra.

Jack se promenait dans ses prés, entouré par les herbes hautes qui ondulaient sous la brise. Le soleil se couchait derrière lui, projetant un éclat chaleureux sur la campagne. Tandis qu'il approchait de l'écurie, il entendit les chevaux s'agiter.

Passant l'angle du bâtiment, il aperçut soudain Willa près de la clôture, les cheveux au vent. Elle portait une longue robe d'été et l'étoffe légère dansait autour de ses jambes au moindre mouvement. Une douleur traversa la poitrine de Jack et il eut du mal à reprendre son souffle.

Il s'arrêta un instant pour savourer ce spectacle. Elle tenait une carotte et Tonnerre était venu la voir. Il frottait son museau dans sa paume. Willa leva les yeux, vit Jack et sourit. Il prit une profonde inspiration pour contrôler ses émotions.

— Willa, dit-il d'une voix à peine audible.

— Tout va bien avec Priya ?

Il acquiesça.

— Elle mange avec mes parents.

Jack leur avait demandé de venir garder leur fille pour pouvoir parler à Willa. Qui savait quand il aurait cette chance de nouveau ? Ses anciens collègues lui avaient confié qu'elle avait accepté une offre d'emploi à Londres. Elle était sur le point de partir très loin de lui.

La peur de la perdre avait rendu la situation très claire à ses yeux. Il ne pouvait plus supporter le vide qu'il avait connu pendant les cinq années précédentes. Elle était la femme de sa vie, et il le savait. Mais son obstination et son arrogance l'avaient chassée. Durant le mois qui venait de s'écouler, il avait rejoué leurs disputes sans arrêt dans sa tête, se demandant comment il avait pu être aussi aveugle. Il avait été tellement certain d'avoir raison, il avait tant voulu la rallier à ses arguments, lui faire voir les choses qu'il considérait comme importantes. Nathan avait eu raison. Willa avait besoin de son soutien, pas de sa permission, et il n'avait pas été là pour elle quand elle avait eu vraiment besoin de lui.

Il ne savait pas si elle le pardonnerait un jour, mais il devait lui avouer ce qu'il ressentait pour elle, même si cela signifiait tout perdre.

Le sourire de Willa s'évanouit quand il s'approcha et son cœur se serra de plus belle. Il n'avait encore jamais été aussi nerveux. Il fouilla dans sa poche et en tira un morceau de papier qu'il lui tendit.

— Qu'est-ce que c'est ? demanda-t-elle.

Il sourit.

— Ma nouvelle maison à Londres. Ce n'est pas aussi somptueux qu'ici – c'est une demeure plus petite, mais l'agent immobilier m'a dit qu'elle était charmante et très proche de ton nouveau bureau.

Willa contempla la photo. Que venait-il de dire ?

— Jack, pourquoi... ? Que... ?

Elle leva les yeux et s'interrompit. Il avait mis un genou en terre et lui présentait un écrin d'argent avec une bague nichée à l'intérieur. L'anneau de sa grand-mère. Le cœur de la jeune femme s'arrêta un instant.

Jack s'éclaircit la voix et reprit :

— Willa, j'ai été idiot. J'avais tellement peur de te perdre que je t'ai chassée. Tu avais raison de dévoiler la vérité au sujet de la mort de Priya. George Wright méritait d'être puni. J'étais si focalisé sur ce que je pensais être juste que je n'ai pas vu le plus important. Je sais que tu n'as aucune raison de me faire confiance, mais je te promets que je serai là pour toi, que je te soutiendrai quoi que tu entreprennes.

Ses yeux brillaient et Willa eut du mal à respirer tant sa poitrine était comprimée. Était-il en train de dire ce qu'elle croyait entendre ? Était-ce vraiment en train d'arriver ?

— C'est toi, mon foyer. Tout ceci, dit-il en montrant le domaine, je l'ai bâti pour nous. Quand j'ai conçu le balcon de ma chambre, je me voyais dessus en train de regarder le coucher de soleil avec toi. Je nous ai imaginés en train de cuisiner ensemble, en train d'apprendre à nos enfants à monter à cheval dans le manège. Sans toi, ce ranch n'a plus aucun sens. Je serai chez moi n'importe où si c'est avec toi et je te suivrai au bout du monde si tu m'acceptes.

Sa voix se brisa. Le cœur de Willa aussi.

— Willa, je n'ai jamais cessé de t'aimer et je t'aimerai toujours. Tu es mon âme sœur. Tu es celle qui fait chanter mon cœur et qui me fait sourire même dans les jours les plus sombres. Tu es le phare qui me guide, le vent qui me porte, l'amour qui me nourrit. Tu es la mère de ma fille, la gardienne de mon cœur, celle avec qui je veux passer le reste de mes jours. Je ne peux pas vivre sans toi. Veux-tu m'épouser ?

Elle s'agenouilla aussi devant lui et prit son visage entre ses mains. Il se pencha pour l'embrasser. Elle lui rendit son baiser avec la fièvre d'une femme qui a attendu cet instant pendant cinq ans.

Jack finit par s'écarter et demanda :

— Est-ce un oui ?

Sa voix était grave, profonde. Son anxiété se lisait clairement sur son visage. Mais il méritait de souffrir encore un peu pour l'avoir laissée patienter aussi longtemps...

— Ça dépend.

— Tu auras tout ce que tu désires, Willa. Je te dois une vie de bonheur.

— Peux-tu rendre cette maison, à Londres ?

— Quoi ?

Elle sourit.

— J'ai refusé le poste. Ce dernier mois a été un enfer. J'étais dans une ville merveilleuse pour faire le travail de mes rêves. J'étais au sommet et je me sentais vide. Je ne pensais qu'à toi.

Il écarquilla les yeux. Elle poursuivit :

— J'ai pris un nouveau boulot à Dallas et j'espérais te convaincre de me laisser habiter ici.

Comment avait-elle pu croire, ne serait-ce qu'une minute, qu'elle pourrait vivre sans cet homme ?

— Donc, c'est un oui ?

Quelque chose grandit dans sa poitrine. Elle avait enfin trouvé ce qui lui manquait, la personne auprès de qui elle se sentait entière. Sa carrière idéale ne lui avait pas offert un fragment du bonheur qu'elle ressentait avec Jack. Elle savait, sans le moindre doute, qu'elle ne pourrait pas supporter de le quitter et elle n'en avait aucune envie.

— Mille fois oui, répondit-elle.

Il l'embrassa et ils restèrent enlacés un long moment. Le soleil se coucha, peignant le ciel de mauve, d'orange et de rose.

Épilogue

— Dépêche-toi, Priya. On va manquer l'avion, cria Willa en jetant quelques affaires dans son sac.

Jack se pencha pour l'embrasser dans la nuque et elle sentit un frisson parcourir ses bras.

— Tu sais que le jet ne partira pas sans nous. Nous sommes les seuls passagers.

— J'ai oublié. J'ai l'habitude de la classe économique.

— J'ai du mal à croire que je vais t'avoir pour moi tout seul pendant une semaine.

Ils allaient rentrer au Texas pour le mariage de Maggie et Jericho. Jack allait officier et sa nervosité était adorable. Priya était excitée à l'idée de revoir son poney, qu'elle avait baptisé Coton. Willa était heureuse de voir avec quelle vitesse sa fille s'était adaptée à la vie londonienne. Jack l'avait finalement convaincue d'accepter le poste. Lorsque Priya serait plus grande et moins enthousiaste à l'idée de changer d'école, ils retourneraient à Royal. Ils s'étaient installés dans la maison que Jack avait achetée et il s'occupait de Priya, laissant Willa parcourir le monde en quête de scoops. Elle ne savait pas comment elle aurait réussi sans lui.

— Tu sais, on ferait mieux de fixer une date pour notre mariage. Tout Royal va nous poser la question. En particulier Misha. Elle est ravie de voir que k !smet a formé un nouveau couple, dit-il en prenant le sac de Willa.

Ils se rendirent dans l'entrée, où Priya bataillait avec ses lacets de chaussures. Jack s'accroupit pour l'aider et elle lui fit un câlin pour le remercier.

— Maman, est-ce que je porterai les fleurs à ton mariage ?

— Oui, et tu seras aussi demoiselle d'honneur.

Jack embrassa sa fille.

— Et ton *dadi* te commandera une tenue spéciale et des bijoux en Inde, ajouta-t-il avant de se tourner vers Willa. Ma mère est excitée par les préparatifs. Plus on attendra, plus elle perdra la tête.

Willa éclata de rire. Ils avaient décidé d'organiser une cérémonie traditionnelle hindoue et une autre à l'église, comme les parents de Jack. Leur plus gros défi était de trouver deux semaines pendant lesquelles Willa serait libre. Jack tenait à ce qu'ils partent en lune de miel juste après les festivités indiennes de sept jours.

— Dis à ta mère de faire tout ce qu'elle veut. J'ai attendu cinq ans pour t'épouser et je me moque de l'organisation tant que je deviens ta femme.

Willa s'était rapprochée des parents de Jack, qui les avaient soutenus sans hésiter depuis leurs fiançailles et leur emménagement à Londres. Ils étaient restés à Royal, mais avaient l'intention de passer leurs étés en Angleterre, quand la météo serait plus clémente.

Willa leva la tête et Jack l'embrassa. Lorsqu'il se redressa, il plongea son regard dans le sien et dit :

— J'ai hâte de passer le reste de mes jours avec toi, Willa. Tu es mon âme sœur, ma meilleure amie et l'amour de ma vie.

Le cœur de Willa se mit à battre plus fort. Elle ressentait toujours le même frisson devant son sourire à fossettes.

— Je t'aime, Jack.

Tant qu'ils étaient ensemble, rien ne pourrait jamais les séparer.

Ils avaient affronté de nombreuses épreuves, mais leur amour était ressorti plus fort. À présent, tandis qu'ils préparaient leur mariage et leur avenir ensemble, ils savaient que leurs sentiments continueraient à grandir et à s'épanouir un peu plus chaque année.